Et je renaîtrai de mes cendres...

www.editionsatelier.com
www.twitter.com/editionsatelier
www.facebook.com/editionsatelier

Imprimé en France *Printed in France*

ISBN : 978-2-7082-4474-0

Laurence Finet

Et je renaîtrai de mes cendres...

LES EDITIONS DE L'ATELIER

Les Editions Ouvrières
51-55, rue Hoche
94200 Ivry-sur-Seine

Les Éditions de l'Atelier remercient René Poujol, Anne Jouve et Sandra Aubry.

Introduction

Posé sur la table au milieu des bols du petit déjeuner, mon mobile a vibré, annonçant l'arrivée d'un nouveau sms : c'est Mathilde, notre aînée, partie tôt ce matin au collège.

– Je t'aime, Maman, prends soin de toi. (Smiley.)

Début de journée classique avant le grand rush pour l'école. Comme à l'accoutumée, notre maison retentit d'appels et de cavalcades effrénées dans les escaliers.

– Tu peux m'aider, Maman ?

– J'ai perdu mon cahier.

– Les enfants, dépêchez-vous, vous allez être en retard.

J'ai aidé Juliette à lacer ses chaussures, recoiffé la chevelure emmêlée d'Élodie, rajusté le col d'Alexis. Une dernière recommandation et ils filent tous les trois à l'école, accompagnés par Frédéric.

– Attends-moi, Alexis.

Alexis galope déjà, le cartable lourdement chargé sur son dos, suivi de près par Élodie.

Juliette resserre ses petits bras autour du cou de mon mari.

– Tu me portes jusqu'à l'école, Papa ?

Comment ne pas fondre devant ses yeux ronds comme des billes ? Frédéric empoigne le minuscule cartable et cale notre petite dernière sur ses hanches. Un « bisou prout » posé sur la fossette de la benjamine. Un autre bisou tendre échangé avec Frédéric sur le pas de la porte et tous les deux disparaissent à leur tour au coin de la rue. Je m'étire et me presse dans le salon avec une excitation gourmande.

Patrick m'a confié un travail à réaliser pour notre prochaine séance. Je dois découper des images dans des revues et les coller sur une feuille. Hier, je me suis rendue dans une maison de la presse pour y puiser mon inspiration. Je débranche le téléphone et éparpille autour de moi l'ensemble de mes trouvailles. Ciseaux à la main, je feuillette les pages, en détache quelques-unes, grappille des images. Je dois encore assembler et coller les bouts de papiers colorés.

Un long soupir de satisfaction. Enfin, j'ai fini. Je tends mon œuvre à bout de bras, cligne un œil tel un peintre devant son tableau. Rien. Circonspecte, je tourne et retourne la grande feuille A3 devant moi. Toujours rien. Pas d'illumination ni de grande tape sur le front, le regard extasié, pas de cri victorieux : « Bon sang, mais c'est bien sûr... » Où Patrick a-t-il voulu en venir ? Désorientée, je roule mon travail et le range. Je l'apporterai à Patrick à ma prochaine visite. Lui, est psychothérapeute. Pas moi.

Ding Dong.

– Bonjour, Patrick.

– Bonjour, Laurence. Comment vas-tu aujourd'hui ? Vas-y, tu connais le chemin.

Je précède Patrick dans le petit escalier en bois jusqu'à la pièce exiguë qui lui sert de cabinet. Une odeur d'encens. Une ambiance cosy avec, pour décor, un vieux piano et une table d'examen. Les étagères sont envahies par les livres et quelques objets hétéroclites : un bouddha facétieux, des pierres, des peintures... Je me suis installée face à Patrick sur l'un des deux fauteuils en rotin. Au dehors, des bruits de circulation et des cris d'enfants. C'est l'heure de la sortie des écoles.

– Alors, où en est le travail de collage que je t'ai confié la semaine dernière ?

J'extirpe timidement ma feuille et la lui tends avec un rire gêné.

– Rien de bien artistique ni de bien convaincant. Tu vas être déçu.

– Tu permets que je le regarde ?

Patrick l'examine longuement avant de me le rendre, pensif.

– Où es-tu sur ce dessin ?

– Hein ?

– Oui, toi, où es-tu ?

La question de Patrick m'embarrasse. S'il y a une part de conscient dans le travail que j'ai réalisé, il y a très certainement une part d'inconscient. Je m'approche du patchwork de papier et m'attarde sur chaque cliché que j'ai découpé avec soin. Que choisir ?

Mon index se déplie et désigne finalement le visage d'une toute petite fille photographiée en noir et blanc. Le cliché est insignifiant par sa taille et par son emplacement. La fillette de trois-quatre ans donne la main à un homme, certainement son père. J'ai encore le souvenir d'avoir extrait cette photo parmi de nombreuses autres scènes. Il y avait les ruines d'une ville en arrière-plan. La petite fille était collée aux longues jambes de son père dont on ne voyait que le pantalon et le ceinturon. J'avais écarté la présence masculine à grands coups de ciseaux pour ne garder que la tête aux grands yeux apeurés. Perdue dans la masse colorée. Isolée du reste d'un monde qui ne semble ni la voir ni l'entendre.

Tout aussitôt, je regrette mon geste. Pourquoi elle ? Pourquoi pas cette femme épanouie qui chante au piano ? Ou cette autre qui surfe sur la mer, accrochée au harnais de sa planche à voile ? Pourquoi avoir choisi un enfant ? Mes yeux reparcourent lentement le document. Je tique. À bien y regarder, il y a beaucoup de visages dans mon collage. Des regards éperdus qui semblent en quête de quelque chose. Bizarrement, je n'en avais pas pris conscience. Je réfléchis mais ne comprends toujours pas. Je lève un regard interrogateur vers Patrick.

– Pourquoi elle ?

Patrick choisit lentement ses mots.

– Cette petite fille, c'est un peu comme si c'était toi. Elle est toujours là. Tapie. Elle attend. Pendant des années, tu l'as cachée pour qu'elle survive. Aujourd'hui, il n'y a plus de danger mais elle continue de ne pas se faire entendre. Écoute-la. Que te dit-elle ?

Je n'éprouve aucun sentiment pour ce petit être dont il me parle. Je suis née sans enfance, programmée pour protéger les miens. Je ne reconnais pas à cette petite fille le droit de se plaindre ni de pleurer.

– Rien.

– En es-tu sûre ?

J'ai subitement envie que Patrick arrête de parler.

– J'en suis sûre !

Ma voix s'est faite agressive. J'ai presque crié. Je détourne résolument les yeux du patchwork de photos et tente d'ignorer le regard apeuré qui semble m'implorer.

– Alors ferme les yeux et écoute-la. Ne la chasse pas.

Vacances en Italie

Par la fenêtre ouverte de mon bureau, une abeille vient de s'engouffrer. Son bourdonnement sourd suspend le tapotis de mes doigts sur le clavier de mon ordinateur.

Bzz.

Elle se pose ici, volette là-bas sous mon regard distrait.

Bzz.

Que vient-elle faire ici ? Pas de pots de fleurs ni de plantes grasses. Non, juste un cadre de vie atone par lequel je transite tous les jours. L'insecte tourbillonne puis disparaît, comme happé par la clameur de la ville. C'est la sortie du travail, le retour vers la ruche. Les bureaux de notre étage sont presque déserts. Pourquoi m'en étonner ? Nous sommes vendredi soir, à la veille des grands départs du mois d'août. Mes collègues sont partis plus tôt pour profiter du début du week-end ou finaliser les derniers préparatifs avant le rush de demain. Je regarde machinalement ma montre. Encore une petite heure de travail et, bientôt, moi aussi je serai libre.

Toc ! Toc !

Joanne, ma voisine de couloir, a passé la tête par l'entrebâillement de la porte de mon bureau. Étonnée de me voir encore penchée sur mes dossiers, elle m'interpelle en agitant son index comme une maîtresse d'école devant un écolier buté.

– Tu n'es pas encore partie ?

– Jérôme m'a demandé de jeter un coup d'œil ce matin à ce dossier. J'aimerais le finir avant.

Les yeux de Joanne pétillent. Elle se hausse brusquement sur la pointe des pieds, écarte les bras pour simuler la haute stature de mon chef et tonitrue :

– Alors, Laurence, je reviens de ma pause café et je m'aperçois que tu n'as pas fini ! Comment se fait-ce ?

Habituel entre nous, le jeu de rôle est trop tentant.

– J'y travaille, Missié. Mais pas de problème pour rester tard, pour commencer tôt, pour venir travailler le week-end et même pendant les vacances.

Gloussements de part et d'autre.

– Fais attention à toi quand même. Et surtout profite de tes vacances.

Après un dernier salut, Joanne est partie d'un pas pressé. Ses trois petits l'attendent à la maison. Les miens aussi d'ailleurs. Un sentiment de culpabilité m'étreint brusquement. En fin d'après-midi, j'ai téléphoné en catastrophe à Frédéric pour lui demander de récupérer nos quatre enfants disséminés dans autant de centres de loisirs différents.

– J'ai encore des choses à finaliser avant de partir.

– ...

– Je sais, demain on part en vacances mais *a priori*, c'est urgent.

– ...

– Non, je n'en fais pas trop. À tout à l'heure, je me dépêche.

J'ai raccroché, agacée par le léger ton de reproche que j'ai cru percevoir dans la voix de mon mari. Furieuse aussi contre moi : il a raison, j'aurais dû préserver ce petit moment de bonheur d'avant-départ que j'aurais suçoté comme un bonbon. J'avais prévu de rentrer plus tôt à la maison pour aller chercher nos enfants. Je me serais postée nonchalamment à la porte des centres et je les aurais cueillis à leur sortie, en me repaissant de leur émerveillement. Nous serions rentrés à la maison en mordant à pleines dents dans les petits pains au chocolat que j'aurais achetés pour l'occasion et nous aurions chantonné.

– C'est les vacaaanceeus. Demain, on part en Italieeeue.

Un peu de soleil avant de nous engouffrer dans le tunnel automnal. Un peu de répit avant d'affronter une nouvelle année scolaire. Une pause dans notre vie réglée comme une horloge. Je tournoie sur mon grand siège. La fenêtre, les murs de mon bureau et la porte défilent devant mes yeux. Moment magique pendant lequel je redeviens une petite fille assise dans un carrousel.

Toc ! Toc !

– Entrez !

Gisèle, la secrétaire, interrompt mon manège. Forte de son droit d'aînesse, elle s'est promis, à mon arrivée à la direction, de me prendre sous son aile protectrice.

– Vous êtes encore là, Laurence ?

Son regard me scrute impitoyablement.

– Et, bien sûr, vous n'avez pas déjeuné ?

– J'avais pensé qu'en faisant l'impasse sur le déjeuner je pourrais m'avancer et sortir plus tôt ce soir.

– Vous êtes incorrigible. Apprenez à dire non. Le cimetière est rempli de personnes indispensables. Tenez, je vous ai apporté des provisions.

Gisèle me fourre dans les mains une pleine boîte de biscuits secs et me regarde les croquer tout en papotant allègrement. Une paire de minutes plus tard, elle me quitte elle aussi pour rejoindre ses copines : ce soir, ce sera cinéma et restaurant chinois. Sans son mari ni ses enfants. Une soirée rien qu'entre filles.

Je contemple la pile de dossiers que je me suis imposé de finaliser avant mon départ. Je n'ai pas vu les heures s'écouler. Il va me falloir travailler plus longtemps pour rattraper le temps perdu. Le mouvement rapide de mes doigts a repris sur les touches du clavier. Je dois rester sourde à toute tentation. Pas de café : pas le temps d'aller me faire chauffer de l'eau à la tisanerie. Je serre les genoux : pas de pipi, cela pourra attendre ce soir. Pas de coup de téléphone : ce serait trop long si je veux bénéficier d'un peu de temps libre d'ici ce soir.

Non, pas de temps libre. Il faut que je passe au supermarché du coin. Je n'ai pas eu l'occasion de nous approvisionner en vivres pour le pique-nique de demain sur l'autoroute. Et puis, il faut me faire pardonner des miens pour ce retour tardif. Trouver des petites surprises pour nos quatre petits que je n'ai pu gâter tout à l'heure. Et pourquoi ne pas rafler au passage des sushis ? Il faut que j'égaie notre dernier dîner à la maison avant le grand départ. Et puis il faut aussi que je finisse les bagages. Qui m'a seriné l'autre jour, en m'entendant énumérer la longue liste de tâches que je m'étais imposée : « "Il faut, il faut...", t'as tout faux ! » ?

Condescendante, j'avais ricané. Le monde était rempli de contraintes et de devoirs envers soi-même et envers autrui. Nul ne pouvait y échapper.

Mouvement sourd de la trotteuse dans le silence de la pièce. Il y a deux ans, j'ai hérité de ce grand bureau comme d'une médaille un peu lourde accrochée à mon poitrail. Murs blancs, peinture d'une affligeante banalité et mobilier sobre. Pas de photos d'enfants ni de cartes postales de vacances. Jeune diplômée, j'avais hésité longtemps : fallait-il que je persévère dans le domaine informatique ou devais-je m'ouvrir à d'autres horizons ? Je voulais fuir ces étiquettes qui me collaient à la peau.

– Vous avez un doctorat en informatique ? Allô, docteur ? Je suis ordinateur et j'ai un gros bobo.

Ou :

– Vous faites de la recherche ? Mais vous recherchez quoi ? Et vous trouvez quelquefois ?

Ou encore :

– Experte en informatique ! Hmm Hmm ! Pas trop dur de vivre dans la réalité ? Connaissez-vous un autre langage que celui des bits ?

L'herbe était tellement plus verte ailleurs. J'avais finalement opté pour le grand saut : j'avais largué mes amarres techniques et avais appris à faire circuler les trains. Rien ne m'avait été épargné pour que je « fasse mes preuves ». Finalement, à la force du poignet, j'avais décroché le titre ronflant de directrice de production et le statut prestigieux de cadre supérieure. Un peu comme le gros pompon que l'on essaie d'attraper au vol dans les manèges et qu'une fois décroché on serre bien fort contre soi.

Je n'en avais même pas parlé à mes parents. Trop compliqué de leur expliquer ce que cela signifiait pour moi. Crainte qu'ils n'interprètent mon sentiment de satisfaction comme de l'orgueil mal placé, eux qui n'avaient pas fait de longues études. Nos discussions sur mon travail se bornaient dorénavant à de courts échanges lors de nos repas de famille :

– Ça va ton boulot ?

– Ça va.

– Ne te fatigue pas trop. Consacre-toi à ta famille. Qui veut encore du poulet ?

Surtout ne pas parler de mes difficultés ni de mes ambitions. Ils n'auraient pas compris que d'autres étoiles filantes scintillaient déjà dans mon firmament. Je savais que cela me demanderait de nouveaux sacrifices pour éteindre cette soif de reconnaissance qui brûlait en moi. Sans compter cette envie folle de rattraper le temps perdu.

Soudain, des pas lourds dans le couloir et une voix mâle reconnaissable parmi toutes les autres.

– Ouais, ouais, Pascal, on voit ça à mon retour. Je te tiens au courant. Salut.

C'est Jérôme, de retour de ses rendez-vous. Il fourrage dans la serrure de la porte de son bureau positionné à côté du mien, allume la pièce, décroche son téléphone. Un silence. Il doit sûrement écouter ses messages vocaux. Aïe, crissement des roues de son fauteuil. Il s'est levé. La poignée de notre porte communicante s'abaisse brusquement. Certain de me trouver à mon poste habituel, mon chef vient rechercher son lot de chair fraîche. Vite, profiter de la fraction de seconde qui précède son irruption. Tout est-il en ordre ? Je jette hâtivement l'emballage vide du paquet de biscuits, me redresse sur mon siège, affecte un air concentré. Trop tard, il est là.

– J'te dérange ?

– Non, non.

Pourquoi cette voix de petite fille soumise ? Jérôme n'a pas attendu la réponse. Il s'approprie une chaise de mon bureau et s'affale lourdement. Un mouvement savant de ses doigts dans sa crinière blonde. Un sourire carnassier sur son visage de beau gosse épaissi par les repas d'affaires. Je soupire. Je vais devoir déployer des trésors d'ingéniosité pour laisser dormir son dragon intérieur. À défaut, je réveillerai le cracheur de feu cyclothymique qui sommeille en lui et qui ne m'épargnera ni ses grands coups de gueule ni sa mauvaise humeur.

– Ah là là. Quelle journée !

Jérôme raconte. À grands renforts d'adverbes et de superlatifs : « C'est absolument inconcevable... Il est indubitable... C'est incroyablement difficile... » Il a guerroyé contre des chefs mesquins, des subalternes amorphes, des collègues incapables. Il est épuisé. Jérôme enchaîne ensuite longuement sur ses futures vacances en Guadeloupe puis s'étire en regardant sa montre.

– Bon, il faut que je te laisse. Je dois absolument partir plus tôt ce soir.

C'est tout ? Qu'avais-je imaginé ? Jérôme est comme moi. Il a des soucis, des envies, un besoin de souffler et de s'épancher. Mes défenses tombent pendant que j'exhale un timide soupir de soulagement. C'est fini. L'orage est passé. Mes muscles se relâchent, mon corps se décrispe doucement sur le fauteuil. Le « Garde à vous ! » a fait place à un « Rompez ! » de bon aloi.

– Au fait, Laurence, j'oubliais. Il faudrait que tu regardes ce dossier avant de partir. C'est hyper important. Ça ne te dérange pas ?

Mon « Pas de problème ! » a jailli de mes lèvres, avant même que je ne puisse le retenir. Automatiquement. Avec un sourire figé de première de la classe qui se porte volontaire pour tenir les cahiers de la maîtresse. Pas moyen de me rattraper. Jérôme a déjà posé la pile de documents sur mon bureau.

– Bon week-end ! Ah non, plutôt bonnes vacances ? Tu pars demain, c'est ça ?

Il n'a pas attendu ma réponse, happé par la sonnerie de son téléphone.

– Oui, je m'en vais tout de suite. Oui, je passe chercher Hugo à son cours de musique. Oui, je me dépêche.

La porte s'est refermée brusquement. Mon chef est parti. Je me frappe la tête de rage.

– P... ! Tu pouvais pas la fermer ? T'aurais été tranquille.

Rien. Nada. Que tchi. Juste mon écoute polie qui l'a incité à continuer de parler pendant que mes yeux suivaient le mouvement inexorable de la trotteuse de l'horloge située dans son dos. Ce matin, j'avais pourtant bafouillé « Il est possible que je sorte plus tôt ce soir » et puis le mot « vacances » comme si le terme était banni. Secrètement, j'avais espéré qu'il comprendrait le message : pas de réunion tardive ni de dossier de dernière minute comme il en avait l'habitude. Jérôme m'avait-il seulement entendue ? Il avait vaguement hoché la tête puis avait quitté son bureau précipitamment. Affairé. Le portable vissé à l'oreille.

Clavier. Écran. Document. Café. Non, pas de café. Pas le temps. Travail. Clavier. Écran. Document.

Maya l'abeille ne rentrera pas tôt à la ruche ce soir.

Fini.

Je rassemble papiers et chemises cartonnées, les empile à la va-vite et m'étire. Je supprime les cadavres de mails qui encombrent ma boîte et active mon gestionnaire d'absence d'un petit clic tremblant : « Je suis absente pour trois semaines. En cas d'urgence, vous pouvez joindre... » N'ai-je rien oublié ? Je tais à contrecœur mes regrets et me glisse rapidement hors de notre bâtiment de peur qu'un dernier remords ne m'oblige à retourner dans mon bureau. Personne pour remarquer ma sortie tardive une veille de long week-end et de grandes vacances. À cette pensée, je réprime un ricanement. Pourquoi toujours cette envie de ne pas faillir ni décevoir ? Surtout plaire. Ne pas décliner les invitations oiseuses à des réunions tardives. Ne pas arriver plus tard ni partir plus tôt. Ne pas prendre de temps partiel pour m'occuper de ma nombreuse tribu ni de congés maladie.

Que me martelait déjà Jocelyne, ma N +1 précédente ?

– Laurence, dans notre métier il y a le savoir-faire, le savoir-être et le faire-savoir. À votre niveau, le savoir-faire n'est pas suffisant. Vous n'êtes pas qu'un hamster qui trottine sur sa roue pour la faire avancer. Essayez d'être plus politique.

Et puis en aparté, après un long regard pensif.

– Apprenez à vous protéger. Vous êtes trop...

Elle avait laissé sa phrase en suspens. Trop quoi ? Trop gentille, trop bête, trop humaine ? Voulait-elle me mettre en garde contre l'arrivée de la nouvelle directrice ? Fraîchement débarquée des bureaux parisiens, Odile avait pris ses nouvelles fonctions quelques mois auparavant. Acide comme du vitriol, elle régnait en despote sur ses collaborateurs tétanisés. Les réunions de direction s'étaient transformées en curées et les participants rivalisaient d'imagination pour éviter ses attaques sournoises.

– Ici, réunion des crocodiles. Prière de montrer ses grandes dents. Lapins roses aux longues oreilles, abstenez-vous de participer. Même déguisés.

Je ferme la grille du bâtiment qui m'a abritée depuis ce matin, geôlière volontaire, et me hâte vers le tramway. Je vois se profiler la fin de la soirée : après les courses au pas de charge, il y aura le repas, le ménage, les valises jusqu'à tard pour un lever aux aurores.

Tant pis. Demain sera mieux. Demain, je réveillerai les enfants en chantonnant.

– C'est les vacaaanceeus. Aujourd'hui, on part en Italieeeue !

À cette idée, j'esquisse un sourire dans le tramway presque désert qui me ramène chez nous. Le voyageur assis en face de moi y répond, comme s'il lui était destiné. Vite, j'ouvre mon roman et m'y absorbe avec un soupir de bonheur. Enfin un moment rien qu'à moi : cinq minutes de rêve coincées entre la station de Lille-Flandres et celle de Botanique.

Retour de vacances

Je regagne mon bureau après trois semaines de trêve.

Bronzée. Gonflée de sommeil et de bonne bouffe.

Ce matin, j'ai endossé un corsage vif pour mettre en valeur ma peau brunie par le soleil. Un peu de couleur en lieu et place de mon costume gris anthracite traditionnel. Pour une fois, j'oublierai les recommandations maternelles qui continuent chaque matin de résonner à mes oreilles.

– Pas de couleurs salissantes mais du gris, du noir et du marron. Privilégier les valeurs sûres : le pratique, le sobre et l'indémodable. Pas de vêtements trop ajustés. Surtout quand on est mère de famille et que l'on n'est plus toute jeune.

Oui, mais aujourd'hui, je fais exception. J'ai encore le cœur en fête. Je suis arrivée avec des images encore dans la tête, pleine de bonnes résolutions... qui seront vite oubliées. J'effectue nonchalamment le tour traditionnel des bureaux, serre les mains et m'attarde ici et là pour raconter nos vacances.

– Alors Laurence, ça y est, t'es revenue ? C'était bien les vacances ?

Mes yeux revoient les villes mythiques : Venise, Vérone. Ma bouche salive à l'évocation des fruits et légumes dont nous nous sommes gorgés. Leur goût n'avait pas leur pareil. Mes oreilles réentendent le parler chantant des Italiens au sourire lumineux. Mon cœur parle d'éclats de rire autour de la piscine, de tendresse et de joie.

– Ça devait être drôlement bien.

Et puis mes sens continuent silencieusement de raconter le retour dans le Nord, la grisaille, les valises que l'on déballe et la machine à linge que l'on fait tourner tout le week-end. Mes pensées chevauchent les journées : après-demain c'est la rentrée des petits ; il faudra faire la course aux affaires scolaires ; j'ai vu réapparaître des réunions sur mon agenda. Effarée, j'entraperçois de nouvelles échéances. En octobre, il faudra penser à inscrire les enfants au centre de loisirs. En décembre, il y aura la traditionnelle revue de projets avec Odile, coincée entre la Saint-Nicolas et Noël.

Un sentiment de tristesse m'étreint brusquement. Est-ce cela la vie ? Une succession de courts instants de plaisir ? Je me suis tue au milieu des soupirs envieux. Les doigts ont lentement regrimpé sur les claviers. Les regards ont contemplé machinalement les écrans. Les tasses de café ont fini de se siroter doucement dans le tintement des cuillères frappées contre les parois comme une cloche d'école. Ding, ding, ding ! Allez, la récréation est finie, on retourne en classe, les enfants.

– Et ici, rien de neuf ?

– Non, rien. Il n'a pas arrêté de pleuvoir pendant ton absence. Ah si, Jérôme te demande de mettre à jour ton dossier. C'est extrêmement urgent. Il en a besoin aujourd'hui. Et puis, tu dois le remplacer pour une réunion ce soir avec Odile. Il va t'en parler tout à l'heure, à son retour.

J'ai rouvert le dossier ultra-urgent qui n'avait pas été utilisé pendant mon absence. J'ai contemplé, accablée, l'avalanche de mails vomie par ma boîte quand je l'ai ouverte. Et puis, très vite, je me suis replongée dans le bain.

Clavier. Écran. Document. Café. Non, pas de café. Pas le temps. Travail. Clavier. Écran. Document.

Le soir, je n'ai pas eu le cœur d'enterrer nos vacances si récentes. J'ai feuilleté les magazines de voyage à la recherche de nouveaux lieux de villégiature et me suis prise à rêver tout haut, sous l'œil ahuri de Frédéric.

– Qu'est-ce que tu fais ?

– Je regarde les destinations pour l'année prochaine. Pourquoi ne pas passer un mois en Espagne l'année prochaine ? Ou en Croatie. Ou en Sicile. Il y a tant de choses qui me tentent.

Frédéric me regarde d'un air narquois.

– Toi, t'as toujours besoin de te motiver avec des projets. Allez Lolo, plus que onze mois à tenir.

– Non, ce n'est pas tout à fait vrai. Il y aura, avant, la semaine de ski dans les Alpes et puis aussi les vacances de printemps. On pourrait peut-être faire découvrir aux enfants l'Angleterre ? Avril serait la période idéale. Non, en avril il y a le marathon de Paris. Ça ne te dirait pas de le faire ? Allez, un petit challenge à relever.

Je cligne de l'œil, faussement malicieuse, mais un sentiment de malaise m'étreint. Frédéric a raison. Ma vie ne semble tenir qu'au souffle de projets à construire : celui de nous marier, d'avoir des enfants, une maison, des vacances, une promotion. La décision prise par Frédéric de ne pas avoir de cinquième enfant avait jeté un froid dans notre couple. Impression de ne plus vivre les mêmes envies. Sentiment de vide. Quel projet important nous restait-il à construire ? Comment nous sentir plus heureux ? Parce que, c'est sûr, il manquait autre chose à notre vie pour goûter le bonheur absolu.

– Non, pas de marathon en avril. Tu ne seras pas remise.

J'oubliais.

Opération

Dans un mois, je rentre à la clinique. Frédéric m'a convaincue de me faire opérer des ligaments croisés du genou.

– Tu verras, après, tu seras comme neuve.

Après cette intervention, je sais que ne pourrai plus jamais remonter sur le tatami pour faire du judo. Trop fragile. Je ne pourrai pas skier pendant un an. Trop risqué. Je ne pourrai pas être de celles et ceux qui courront le semi-marathon traditionnel de Lille. Trop éprouvant. La rééducation sera longue mais je crois aux bénéfices de cette opération. Je ne me vois pas mettre un terme à toutes nos activités sous prétexte que mon accident de ski, il y a quatre ans, me handicape encore.

Frédéric et moi avions décidé de faire découvrir à nos enfants les joies de la montagne. Une mauvaise chute et je m'étais retrouvée ensevelie dans la poudreuse dont j'avais essayé de me défaire avec l'énergie du désespoir, entravée par la lourde combinaison. Chaque mouvement de délivrance m'avait arraché un hurlement de douleur, avant que je ne découvre, sous la neige, mon genou gauche plié bizarrement. Frédéric, à mes côtés, était inquiet. Sans nous regarder, nous espérions que le bébé que je cocoonais bien au chaud dans mon ventre avait été protégé dans la chute. Mon ventre gonflé abritait un trésor qui nous ferait définitivement entrer dans le rang des familles nombreuses atypiques. Nous voulions profiter de cette semaine de calme pour apprendre à nos trois jeunes enfants que j'étais à nouveau enceinte. Nous ne leur avions pas encore annoncé la nouvelle, nous délectant à l'avance de leur joyeuse surprise.

– Mathilde, Alexis, Élodie, asseyez-vous. Papa et Maman ont quelque chose d'important à vous annoncer.

Nos petits, pour qui nous nous étions battus d'arrache-pied.

Contre l'intolérance de certains envers nos différences : avec leurs yeux noisette et leurs cheveux châtains, nos enfants étaient un merveilleux mélange de ma peau brune de métisse et de la blondeur nordiste de Frédéric.

Contre la toxoplasmose qui avait entravé ma première grossesse pendant si longtemps.

Contre les six fausses couches qui m'avaient fait douter de ma capacité à être maman.

Contre le regard désapprobateur de notre entourage qui ne comprenait pas notre envie de fonder une tribu. Comment pourrions-nous rendre compatibles notre vie professionnelle, celle de notre couple et nous occuper de nos enfants ? Frédéric et moi occupions à plein temps des postes à responsabilité. Nos journées, nos soirées, nos week-ends tenaient du marathon.

Finalement, les conséquences de ma chute avaient été minimes. Dans le cabinet du médecin où l'on m'avait conduite précipitamment, nous avions entendu les battements du cœur du bébé. Petite mélodie au tempo si rassurant qui m'avait inondée de bonheur. Mon bébé, porteur de vie et d'espoir. Il était là, solidement accroché aux amarres de mon bateau. Il n'avait rien. J'étais rassurée. Ma propre souffrance était secondaire.

Le médecin avait diagnostiqué une vilaine entorse. Ce n'était pas grave. Claudiquant sur mes béquilles, j'avais repris mes activités professionnelles dans la foulée. Ni ma jambe coincée dans une attelle, ni mon ventre proéminent ne m'avaient fait lever le pied. J'étais intimement convaincue que la volonté seule suffisait à surmonter tous les obstacles. Six mois plus tard, Juliette était née en pleine forme, adulée par ses frères et sœurs qui nous réclamaient déjà un cinquième bébé.

L'état de mon genou s'était détérioré progressivement. Il se dérobait de plus en plus, comme animé d'une vie qui lui était propre. Je ne lui faisais plus confiance. Inquiet, mon médecin traitant m'avait redirigée vers un spécialiste du genou. Le verdict du chirurgien avait été sans appel.

– Vos ligaments sont rompus. Il faut vous faire opérer. À défaut, c'est d'une prothèse dont vous aurez besoin d'ici quelques années.

Je ne voulais pas de cette opération qui allait me handicaper pendant quelques mois. Comment gérer nos quatre enfants, la maison, les courses ? Comment annoncer cette trêve professionnelle pendant une période si dense ? Comment vivre sans sport, alors que toute activité physique m'était nécessaire au même titre que boire et manger ? Et puis, il y avait cette peur sourde de l'environnement médical, des médecins, des malades et de leurs souffrances. Un hôpital était synonyme de tristesse. Du CHR de Lille visité une fois pour un examen de routine, je n'avais retenu qu'un panneau sobre parmi tous les services parcourus au pas de charge : aire des cancers. J'y avais jeté un œil furtif, mon regard happé par des photos de femmes sans cheveux offrant un visage épanoui. L'ambiance y était feutrée. Brusquement, j'avais pris conscience de tous ces morts en sursis, si proches et déjà si lointains. Vite, j'avais pressé le pas, priant en mon for intérieur de ne pas connaître leur enfer ni celui de leur famille.

Frédéric avait calmé mes craintes. Il serait là : il assurerait la logistique à la maison, s'occuperait des devoirs des enfants, me dorloterait.

– Lolo, crois-moi. Le jeu en vaut la chandelle. Après tout, ce n'est qu'une petite intervention...

Vaincue par son optimisme, j'avais finalement capitulé. Moyennant cinq jours à l'hôpital de la Louvière et quelques semaines de repos à la maison, je comptais être à nouveau sur pied début décembre. Deux petits mois d'interruption dans une vie, c'était finalement peu cher payé pour un nouveau départ...

C'est quoi cette boule ?

Ma petite valise à la main, je m'apprête à me rendre à la clinique, située à vingt minutes à pied de la maison. Les enfants pépient à mes côtés, vaguement inquiets. Un peu de marche ne me fera pas de mal et dissipera mon appréhension.

– Où vas-tu comme ça ? Attends, je viens avec toi.

La voix chaude et grave de Frédéric. Il me rattrape au pas de la porte, saisit au vol ma main et la valise qu'il dépose dans notre voiture avec un petit rire moqueur. Nous sommes partis.

– Je t'attendrai à la sortie de la salle d'opération, Lolo.

– Ça risque d'être long. Tu vas perdre ton temps.

– Non, non. Je t'ai toujours dit que je serai là pour le meilleur et pour le pire. Je t'accompagne. Tu vas voir, tout va bien se passer.

Un long baiser plein de promesses et il s'éclipse de la chambre où j'ai été installée en attendant l'arrivée des infirmières et médecins pour le check-up final. Assise sur le rebord de mon lit, je balance mes jambes dans le vide, les heurtant par jeu aux pieds de la chaise installée à mes côtés.

Bing ! Bing !

Mes pensées voguent. Suis-je prête ? Un regard sur mes affaires disposées au pied de mon lit. J'ai apporté des livres, mon ordinateur portable pour traiter mes mails et être joignable pour le travail. Je suis disponible pour tous et compte le rester. Mon travail ? J'ai anticipé mon départ, distribué les tâches à mes collaborateurs, rassuré mon supérieur sur mon indisponibilité toute relative :

deux petits mois d'absence, sachant que je leur promets d'être corvéable dès la sortie de mon anesthésie générale, c'est-à-dire demain.

– Laurence, qui gère ce dossier pendant ton absence ?

– Madame Finet, vous me finirez cette synthèse pour lundi. Comment, vous n'êtes pas là lundi ? Ah oui, c'est vrai !

– Laurence, tu restes joignable, n'est-ce pas ?

J'ai rassuré à tour de bras, diluant mes peurs pour calmer les inquiétudes de chacun. Les enfants ? Je fais défiler leurs photos sur l'écran de mon téléphone portable et dévore celles prises pendant nos dernières vacances : nos quatre petits sourient, hilares et bronzés par le soleil. Que font-ils d'ailleurs ce soir ?

– Maman va se faire opérer. Elle va à l'hôpital.

Je ferme les yeux. Les rassure dans mon cœur, à voix basse. Me rassure. Je n'ai pas à me faire de souci. Frédéric est un papa poule en qui j'ai une confiance aveugle. Nous nous targuons d'être interchangeables depuis leur naissance. Frédéric sait cuisiner, dorloter, assurer aussi bien que moi devoirs et logistique. Le temps partiel qu'il a pris il y a trois ans, pour s'occuper des petits et me laisser me consacrer à mon métier de chef de gare, l'a rodé. En dépit du regard critique de notre entourage, il a géré mon indisponibilité d'une main de maître. Et puis nous avons aussi Yvette, notre nourrice.

Tout va bien alors ?

Oui. Enfin presque.

Depuis le retour de nos vacances d'été, je ne mange presque plus. Le peu que j'absorbe s'accompagne de douleurs et de régurgitations acides. J'ai mis ces symptômes sur le compte du stress. Après tout, mes nerfs ont été mis à rude épreuve ces derniers temps : le travail, la rentrée des classes, l'opération de mon genou. Et puis il y a aussi cette grosseur, là, à l'aisselle gauche. Un ganglion que j'ai découvert une nuit d'insomnie, en glissant ma main sous mon pyjama pour y sentir la chaleur de mon corps. De la taille d'une petite prune.

Qu'est-ce qui différencie un ganglion d'une tumeur ? Une fraction de seconde, j'avais entraperçu le gouffre noir du cancer comme la bande-annonce d'un film larmoyant de mauvais goût. Tout aussi rapidement, le rideau s'est refermé, tiré par la raison. Non, il fallait que j'arrête. J'avais une santé de fer. Il ne m'arrivait jamais rien de grave. Ma nature restait la plus forte et le rythme effréné que nous menions étouffait toute velléité de mon corps de se croire faible. Résignée, j'avais tout de même décidé d'aller consulter.

Le remplaçant de notre médecin de famille m'avait tâté longuement le sein en silence, remontant ses doigts à l'aisselle, malmenant mon ventre. Bizarrement, dans son visage inexpressif, j'avais senti l'inquiétude pointer. Il fallait faire une mammographie, voire une biopsie du ganglion et une fibroscopie de l'estomac.

– Docteur, ce n'est pas grave, n'est-ce pas ?

Il ne m'avait pas répondu franchement, répétant simplement que je devais réaliser ses prescriptions au plus vite. Les examens avaient été effectués dans la foulée, un midi, coincés entre deux réunions. La mammographie avait été une simple formalité. La biopsie également. J'espérais qu'avec le temps ce mal mystérieux disparaîtrait. Je continuais d'aller au travail, repoussant mes inquiétudes derrière les remparts de mes dossiers. Deux semaines plus tard, le docteur m'avait communiqué les résultats. Rien à la mammographie et rien à la biopsie. Tout était normal.

– Et l'estomac, docteur ?

Le médecin mettait mes symptômes sur le compte du stress. Un petit début d'ulcère. Il fallait que je me calme, que je me gave de petits sachets de Gaviscon pour tapisser la paroi de mon œsophage et de mon estomac. Par acquit de conscience, il me conseillait de demander à la clinique de procéder à une fibroscopie. C'était désagréable mais cela pourrait sans doute être fait sous anesthésie locale. Bref, il fallait que je me rassure : je n'avais rien.

À la clinique

Mes pensées s'interrompent brutalement à l'arrivée des infirmières et de l'anesthésiste. On me pique ; on me questionne ; on me triture. Le check-up de l'anesthésiste l'oblige à m'interroger sur mon manque d'appétit. Il devance la proposition du docteur et suggère une fibroscopie dans les jours qui suivront l'opération. Il ne veut rien laisser au hasard. Son professionnalisme me rassure. Je suis entre de bonnes mains.

Le lendemain, le chariot m'amène au billard. Je vois défiler les néons, apparaître et disparaître médecins et infirmières, vêtus de vert. Après un dernier sourire qui se veut rassurant, l'aide-soignant m'abandonne dans les coulisses de la grande scène. Nue comme un ver sous la grande chemise prêtée par la clinique, je claque des dents. De froid. D'appréhension.

Enfin, c'est mon tour. Mon chariot avance à nouveau et se fait engloutir par une des multiples portes, surmontée d'une petite lampe qui s'allume à mon passage. J'aperçois très vite le visage glabre et solennel du chirurgien qui va officier, ceux affairés des infirmières qui évoluent à ses côtés, celui enjoué de l'anesthésiste, ce marchand de sable qui fait déposer parcimonieusement dans ma perfusion les gouttes salvatrices. Le regard accroché à la grande lumière qui m'éblouit au-dessus de moi, je compte : 1, 2, ...

– Madame, madame.

J'ai du mal à rouvrir les yeux. Les avais-je fermés ? Il y a une voix qui gémit à côté de moi, à moins que ce ne soit la mienne. J'entends des râles, des ronflements. Je veux bouger mais mes membres semblent attachés. Je force. Ma jambe gauche pèse une tonne. Ma bouche est pâteuse. Je veux parler, ma voix me parvient déformée ; ma langue se meut difficilement dans un habitacle de coton. Ça y est. Mes yeux se sont entrouverts et laissent apparaître le visage d'une infirmière, souriante. Derrière elle, j'entrevois ce qui me semble être des vingtaines de lits disposés en rang d'oignon dans la pénombre, habités par des masses qui dorment ou qui gémissent. C'est fini. L'opération s'est bien déroulée. Ma surprise est énorme. Est-ce possible ? Je reprends le chemin du retour, portée par le chariot dans l'autre sens que celui emprunté ce matin. Dans le couloir, les yeux bleus de Frédéric m'attendent, et son sourire aussi.

– Ça y est. Tu vois, c'est fini.

Les jours passent, les douleurs s'estompent. Ce matin, un infirmier est venu me chercher pour la fibroscopie avec M. Peyrat, le gastroentérogologue. C'est un petit homme sec à l'air sévère. La voix cassante, il m'explique le processus envisagé. Un tuyau muni d'une micro-caméra va être introduit dans mon nez et descendre jusqu'à l'estomac par l'œsophage. Un écran suivra son cheminement et reflétera l'état de mes organes parcourus. C'est simple. Indolore. Peut-être légèrement inconfortable.

Inconfortable ? Le tuyau enfoncé dans la narine ne passe pas. Je saigne du nez. Ce n'est pas grave. Le conduit en plastique passera par la bouche. Par la bouche ? Je ne veux pas. J'essaie d'expliquer mon refus. Je vais étouffer, je vais vomir. D'une voix étranglée, je balbutie.

– Monsieur, non, s'il vous plaît.

Ma demande est incongrue, je le sais. Agacé, le gastroentérologue secoue la tête, balaie mes paroles d'un revers de main. Mon estomac se serre. Mon désarroi n'arrêtera pas le processus envisagé par le petit homme sec dont l'énervement croît à vue d'œil. Son ton devient acerbe pendant que ses lèvres pincées me morigènent : je ne suis pas une petite fille. Il faut que je me raisonne.

– Ouvrez la bouche maintenant.

Éperdue, j'acquiesce. Je ne veux pas le fâcher. Allez la bouche, ouvre-toi. Mon corps semble ne plus m'obéir. Le gastroentérologue s'énerve. Il prend à parti l'infirmière positionnée à ses côtés. Je veux être soignée ou non ? Si ce n'est pas le cas, que viens-je faire ici ? Son planning est chargé. Il a d'autres patients à traiter. L'infirmière approuve : toutes ces simagrées pour si peu...

Échapper à ses yeux méprisants. Faire plaisir. J'entrouvre ma mâchoire crispée. Fermer les yeux. Penser à autre chose. À après. Quand tout sera fini. Ne pas ressentir la douleur. Répéter intérieurement en boucle : « Ça va passer, ça va passer. »

Le tuyau est poussé entre mes lèvres. Un obstacle. Tant pis. Le tuyau pousse, s'acharne à avancer. Je suffoque. Une envie de vomir. Je me débats. Je pleure. Non, je ne veux plus coopérer. Trop tard. Ils me maintiennent assise de force, plaquent leurs mains sur mon corps et mon visage pendant que le gastroentérologue suit le cheminement du tuyau à l'écran.

– Il n'y a rien. Tout est normal. L'estomac, l'œsophage, le foie. Regardez, tout est normal.

Le tuyau est retiré pendant que le spécialiste répète en boucle : « Il n'y a rien ». Sa satisfaction est manifeste. On ne le lui fait pas, à lui, le coup du malade imaginaire. Il s'essuie les mains pendant que ses lèvres pincées concluent brutalement :

– Votre problème n'est pas l'estomac. Ce sont vos nerfs. Il faut vous faire soigner.

Retour à la maison

Je suis de retour à la maison. Soulagée et heureuse de retrouver ma place, nos habitudes, notre chez-nous. Fini, le lever du matin au bruit des galoches qui claquent dans le couloir. Finies, les allées et venues des infirmières dans ma petite chambre austère, le pipi dans le sabot glissé sous mes reins, la toilette de mon intimité révélée sans pudeur.

Les enfants ont attendu mon arrivée avec impatience. Je les sens soulagés. Qu'ont-ils imaginé ? Que je ne reviendrais pas ? Je leur souris. Leurs yeux inquiets épient ma démarche incertaine coincée entre mes béquilles.

– Maman, quand est-ce que tu seras comme avant ?

– C'est fini. Maman est revenue. Ça va aller très vite maintenant.

Je réinvestis notre maison à étages. Ses escaliers multiples compliquent tout déplacement. Je claudique avec mes béquilles dans les pièces, enragée de devoir dépendre de tous pour des besoins minimes. Frédéric dresse autour de moi des murailles pour mieux me protéger, s'occupe de la maison, supervise les devoirs des enfants, assure les conduites aux multiples activités.

Très vite, je culpabilise de mon inactivité forcée. Il faut que je reprenne ma place. Perchée sur ma jambe emmaillotée, je m'agite malgré les regards désapprobateurs de mon compagnon. Je récupère ma place auprès des fourneaux, trouve le moyen de me rendre à nouveau utile. C'est un besoin viscéral : il me faut m'agiter pour mieux exister.

Un ancien rêve me hante. J'étais en enfer. Il n'y avait pas de diables à la queue fourchue dans ce monde. Non, juste rien. Rien à faire, rien pour exciter les yeux, le corps, l'esprit : pas de livres, pas d'activités, personne. Le vide complet et moi. Seule. Vite, chasser cette idée qui me terrorise.

J'ai tellement hâte de retrouver mes journées de femme active. Certes, j'apprécie de ne plus subir de réunions interminables qui me font sortir tard le soir sans égard pour nos enfants gardés par la baby-sitter. Mais tout mon être réclame sa dose de sport destinée à préserver ma silhouette de la malbouffe et mon esprit du stress. À moi les courses, le ménage, les devoirs des enfants, le zapping du soir qui laissera si souvent un Frédéric déconfit sur les quais du désir.

Frédéric relativise mon invalidité.

– Ne t'inquiète pas. Ce n'est qu'une question de semaines. Quelques séances de rééducation et bientôt il n'y paraîtra plus.

Frédéric s'est chargé de me réserver un taxi spécialisé qui, chaque jour, me conduit jusqu'au centre de rééducation préconisé par le chirurgien. C'est la cour des miracles où progressivement j'apprends à discerner les vrais malades des retraités esseulés en manque de vie sociale. Tous viennent chercher leur quota d'humanité à travers les massages et les paroles d'encouragement. Les yeux plissés par l'effort, je m'exhorte à suivre les exercices dictés par Camille, la jeune kinésithérapeute qui s'est attelée à ma rééducation.

– Un petit effort ! Allez, on continue ! On ne s'arrête pas...

Beauté rousse au regard dédaigneux, Camille ne ménage pas ses propos.

– Mangez-vous suffisamment ? Regardez comme vous êtes maigre ! Ce n'est pas comme cela que vous allez progresser.

Même le chirurgien qui m'a opérée s'inquiète de la lenteur de mes progrès.

– J'ai lu dans le rapport transmis par la clinique que vous aviez du mal à manger. Cela va-t-il mieux ?

– Non, pas vraiment.

– Que vous arrive-t-il ?

– Je ne sais pas. C'est peut-être le stress. Le gastroentérologue n'a rien détecté à la fibroscopie.

– Vous avez des problèmes personnels qui expliquent votre manque d'appétit ?

Son regard se fait insistant.

– Non, pas que je sache.

– Alors, vous devez vous obliger à manger régulièrement. Sans forces, votre jambe ne pourra pas retrouver sa mobilité initiale.

Il a écrit longuement à ma kinésithérapeute et lui a demandé de redoubler de vigilance à mon égard. La réaction de Camille a été immédiate. Mettrait-il en doute ses compétences ? Est-ce sa faute si je renâcle devant les appareils ? Que faire de plus si mon genou refuse les pliés et les tendus ? L'œil mauvais, elle s'acharne dorénavant sur mon genou : elle m'aura à l'usure, elle se le promet.

Impression d'être une petite fille capricieuse, harcelée par une institutrice acariâtre. Que m'arrive-t-il ? Est-ce un début d'anorexie ? J'ai faim. Tout le temps faim. Et soif. Je rêve, de jour comme de nuit, de ripaille pour calmer mon ventre qui proteste et remplir mon corps qui fond. Je traîne ma jambe entre les rayons du supermarché. Que de tentations en cette période précédant les fêtes de fin d'année ! Foies gras, saumons, fruits exotiques... Les étals regorgent de mets pour le plaisir des sens. Mes yeux dévorent, mon nez frétille, ma bouche salive. À table les gars ! Jouez hautbois, résonnez musettes, allons faire bombance !

Nada, que tchi.

Plus rien ne passe. Mes sens frustrés s'offusquent. Mon estomac gargouille, mais il n'aura pas sa dose de bonne bouffe. Hier, je me suis arrêtée pour acheter un hot-dog au marché de Noël de Lille. Mêlées à celles de la choucroute fumante, les effluves de la saucisse chaude avaient excité mes papilles. J'ai mordu à pleines dents dans le pain frais. Trois bouchées et deux haut-le-cœur plus loin, j'avais abandonné mon frugal repas dans un caniveau.

Ce matin, ce sera une tranche de pain frais et du beurre. Tiens ! Et pourquoi pas un œuf à la coque ? À l'idée de tremper des mouillettes beurrées, mon ventre se crispe d'impatience. Je taille délicatement mon pain en cavaliers et trempe le premier morceau dans le jaune orangé de l'œuf. Une bouchée. Mes yeux se plissent de plaisir. Ma bouche s'étire dans un sourire de contentement. Trop bon ! Je mâche et remâche puis louche sur mon œuf qui me regarde du trou béant de la coquille ouverte. Deuxième bouchée que je mâchouille, avec, me semble-t-il, un peu moins de plaisir. Pourquoi ?

Quelque chose d'indéfinissable commence à coincer. D'où cela vient-il ? De la gorge ? Non. Du ventre ? De l'œsophage ? Je ne sais pas. C'est mon mental qui coince. Pas le physique. Allez, encore une bouchée que tu feras passer avec le café. Et pourquoi pas du jus de fruits ? Je me lève en anticipant la coulée de jus frais qui s'écoulera dans la gorge. Je me verse un verre. Orange, passion, ananas, mangue. C'est plein de soleil et plein de vitamines. C'est frais. Une gorgée que je déglutis avec peine. Non, trop acide.

Allez, Laurence, il faut manger. Tu n'as pas de raison de t'arrêter. Tu n'as presque rien mangé hier, à part un demi-bol de soupe aux légumes. Oui mais c'était normal. Hier, j'étais stressée. Mes parents ont appelé. L'infirmière est passée. Je recherche désespérément un événement qui me fera comprendre que oui, bien entendu, il y a une raison à ce que mon corps, dicté par mon mental, se mette en grève. Rien. Un haut-le-cœur m'envahit. Il faut que j'arrête de réfléchir et de me torturer l'esprit. Je range la table, jette le reste d'œuf et le pain, remplis le lave-vaisselle.

Driiing ! Le portable sonne.

C'est Philippe, mon collaborateur fidèle, qui demande de mes nouvelles. Mon haut-le-cœur s'amplifie. Il y a comme une arête qui me déchire l'œsophage. J'ai mal. Atrocement mal. « Attends, Philippe, je te rappelle. » Je me lève du fauteuil où je m'étais assise.

Je marche, comme pour tasser le peu de nourriture avalée et faciliter la descente vers l'estomac. J'essaie de racler ma gorge. Un filet de salive en sort. J'étouffe. Mon Dieu, je vais mourir étouffée. Soudain dans un ultime réflexe, je me creuse le ventre, comme pour vomir. Les haut-le-cœur s'accélèrent. Pliée en deux, à bout de souffle, submergée par la peur, je me force à vomir, à vomir sans pouvoir m'arrêter.

Faites que ça s'arrête. Oui mais quand j'arrête, j'ai mal. Soudain, une boule glaireuse sort de ma bouche avec des restes de pain et d'œuf qui me salissent, dégoulinent de mon visage sur mes vêtements et sur le sol pendant que je cours pour faire disparaître par la lunette des toilettes ce trop-plein qui me dégoûte. J'en ai partout sur moi. J'en pleure mais je suis libérée. Je n'ai plus mal. Un curieux sentiment de victoire m'envahit alors même que je reste là, pantelante. J'ai trouvé le moyen de me libérer quand cela ne va pas. Il me suffit de vomir un peu. Suis-je devenue anorexique-boulimique ?

Mes parents

Dring. Dring.

– Allô ?

– Laurence, c'est Maman, ça va ?

La voix inquiète de Maman au téléphone.

Je l'ai informée depuis peu de mon mal-être. Pas trop de détails sur mon manque d'appétit. Je ne voudrais pas qu'elle se fasse du souci.

– Et ton pied ?

– Avec mon genou j'ai un peu de mal mais c'est certainement parce que je manque de forces. Et vous, tout va bien ? Comment va Bruno ? Papa est là ?

J'ai rectifié l'origine de mon opération. Le genou, le pied, quelle importance ? Je ne lui en tiens pas rigueur. Maman a appris à parler français tardivement. Même si l'école religieuse française à Saïgon au Vietnam lui a donné les rudiments de la langue durant son enfance, elle n'a pu véritablement la pratiquer qu'à son arrivée en France avec mon père, il y a cinquante ans. Les termes vietnamiens qui s'immiscent dans son parler quotidien donnent une saveur exotique à son expression orale teintée d'un léger accent.

Papa est venu la rejoindre au téléphone.

– Bonjour, Laurence. Ça ne va pas mieux alors ?

– Bonjour, Papa. Si, si, mais j'ai toujours un peu de mal à manger. Je suis allée voir le médecin. *A priori*, ce serait dû au stress.

– Du stress ? Tu as des problèmes au boulot ? Depuis quand ?

Malgré mes efforts pour minimiser mon mal, je sens leur appréhension.

– Tu nous inquiètes... Quand pouvons-nous venir te rendre visite ?

– Quand vous voulez.

– On va regarder les horaires du train. En attendant, fais attention à toi.

Maman a pris le relais.

– Vous habitez tellement loin ! On aurait aimé vous aider davantage. Vous seriez restés à Paris, ce serait différent. Tu es sûre qu'on ne vous dérangera pas ?

– Non, non.

Bien que la capitale du Nord ne soit située qu'à deux heures de porte à porte de chez eux, maman va préparer scrupuleusement leur aller-retour et la journée qu'ils passeront parmi nous. Je soupire. Au fil des années, j'ai appris à ménager leur susceptibilité. Nos conversations s'allègent de tout sujet polémique qui menacerait la sérénité de nos échanges. Les parents ont la rancune tenace et sont attentifs au respect des convenances. Je n'ai pas oublié leur réaction lors de la naissance d'Élodie. Une parole malheureuse et ils s'étaient murés dans un silence glacial, dédaignant de nous voir, nous et le nouveau-né, pendant plusieurs mois.

Papa et Maman avaient accepté difficilement mon mariage avec Frédéric. Me voir quitter le cocon familial, moi, leur seule fille, avait été un choc. Les premières années, Frédéric et moi avions habité la banlieue parisienne. Nos activités de jeune couple sans enfant se prêtaient bien à un mode de vie trépidant partagé entre un travail qui nous absorbait et les sorties entre amis. Le choix de la localisation de notre appartement n'était pas neutre : en habitant à Puteaux, à trois quarts d'heure en métro de mes parents, je voulais leur prouver que rien n'avait changé : je ne les abandonnais pas ; ils pourraient toujours compter sur moi.

Mes parents m'avaient prévenue des conséquences d'un éventuel départ. Maman n'avait pas atteint la soixantaine et Papa venait tout juste de la franchir mais ils m'avaient fait comprendre qu'ils auraient besoin de moi. Leur vieillesse était à ma porte. Pourquoi partir ? Voulais-je les fuir ? Et puis pourquoi quitter Paris, alors que l'on y trouvait de tout ? La province ne nous offrirait rien d'attrayant. Si nous restions, ils pourraient être disponibles pour nous et leurs futurs petits-enfants.

La promesse d'une vie plus sereine en province s'était cependant progressivement fait jour dans nos esprits. Frédéric et moi voulions fonder notre foyer loin de la capitale, de ses transports bondés, de ses appartements petits et chers. Avoir des enfants à Paris nous paraissait incompatible avec le mode de vie que nous envisagions à terme. Les visites que nous rendions à Valenciennes, chez Papi et Nini, les parents de Frédéric, nous donnaient un aperçu de ce à quoi nous aspirions pour notre future progéniture. Nous savions que, dans le Nord, nos petits seraient choyés par la multitude de tantes, oncles, cousins et cousines qui composaient l'entourage proche de Frédéric.

Après mûres réflexions, nous avions finalement choisi de nous installer à Lille. Le froid et la légendaire pluie ne nous freinaient pas, au regard de tous les avantages que nous avions trouvés à habiter la capitale nordiste. Chaleureuse et moderne, la ville était située à une heure en TGV de Paris, ce qui faciliterait nos déplacements. Elle était suffisamment grande pour nous donner la possibilité de trouver du travail. Nous ne serions pas trop éloignés de mes parents ni de mon frère Bruno qui habitait également la banlieue parisienne. L'aveu de cette décision à mes parents avait été difficile. Comment allais-je leur annoncer la nouvelle ?

Durant des jours et des nuits je m'étais préparée à leur avouer notre choix, peinant à trouver les mots qui puissent calmer leur peine. J'avais finalement attendu la fin d'un de nos repas en famille pour bégayer, le souffle court, entre la poire et le fromage :

– Papa... Maman... Frédéric et moi, nous allons partir... Nous allons déménager à... à... à Lille.

Papa avait arrêté de couper sa pomme. Maman avait écarquillé les yeux. J'avais comblé le silence par des explications confuses que j'ânonnais la gorge serrée.

– C'est pour le travail... Et puis pour les enfants... On a choisi Lille parce que l'on ne sera pas très loin de vous... Avec le TGV, Paris est tout près... Ça n'est pas forcément pour longtemps.

Papa, Maman et Bruno, mon grand frère, m'écoutaient en hochant la tête.

– Vous ne dites rien ?

Pas de réaction vive.

Pas de pleurs ni de cris.

Non, juste un long regard étonné.

– Que veux-tu qu'on te dise ? Tu es mariée maintenant. Tu fais ce que tu veux.

J'avais soupiré puis repris progressivement mon souffle, en essayant de réprimer les larmes de soulagement qui picotaient mes yeux.

– Pourquoi tu pleures ?

– J'avais tellement peur que vous le preniez mal !

– Mais non, mais non. On n'est pas comme ça.

Un regard de connivence à Frédéric, qui me dit en souriant :

– Tu vois tu te faisais des idées...

J'avais souri de ma frayeur : mes parents acceptaient que je prenne mon envol ; ils ne me réprouvaient pas ; ils ne m'en voulaient pas de mener ma vie à ma convenance. Le temps avait montré que ma crainte initiale était justifiée : mes parents n'avaient jamais digéré notre décision. Depuis plus de quinze ans que nous étions partis, je sentais encore leur amertume au travers de sous-entendus, de bouderies, de petites phrases assassines qui minaient mon moral et me déchiraient intérieurement. Malgré tous mes efforts pour leur prouver que rien n'avait changé, ils nous battaient froid et attribuaient à Frédéric la responsabilité de ce qu'ils considéraient comme un abandon. La naissance successive des enfants avait constitué des trêves de courte durée qui avaient comblé mes parents de joie mais leur avait très vite rappelé qu'ils n'étaient pas à mes côtés comme ils l'auraient souhaité.

La voix de Maman me tire de mes songes.

– Soigne-toi, Laurence. Au besoin, consulte un autre médecin, essaie de manger un peu plus.

– Ne t'inquiète pas, Maman, ça va aller. Au revoir !

Je raccroche, prise de remords à l'idée des pensées qui ont traversé mon esprit lors de notre conversation téléphonique. Un regret me saisit. Je rappellerai Maman demain. Non, plutôt ce soir pour la rassurer. D'ailleurs, je devrais les appeler plus souvent. Après tout, les enfants sont la canne de leurs parents vieillissants. Les miens méritaient de souffler après tant d'années de souffrances et de sacrifices. Ils avaient vécu la guerre, la mort des leurs, l'orphelinat. Cinquante ans après leur arrivée en France, leur intégration était une réussite : propriétaires de trois maisons, ils nous avaient élevés avec rigueur et nous, leurs enfants, leur vouions un respect sans limite malgré une éducation stricte.

Visite du docteur Salin

Les jours et les semaines passent. Uniformément semblables. Faim et impossibilité de manger. Soif et impossibilité de boire. Impossibilité de marcher et impossibilité de courir. Tristesse et impossibilité de remonter la pente. Je pleure, prise de crises d'angoisse dont je ne m'explique pas l'origine. Je pleure en me levant le matin et en voyant la grisaille hivernale s'abattre jour après jour, mois après mois. Je pleure toute seule. Je pleure à table. Je pleure avec Frédéric, devant les enfants, au téléphone. Je pleure la nuit dans la maison endormie. Je pleure sur mon corps si faible, mes vomissements à répétition, ma jambe que je traîne. Je pleure en allant chez le kiné. Je pleure en en revenant. Je pleure, décontenancée par ce manque d'envie de tout. Je pleure en pensant à Noël qui approche, à mon retour au travail. Je pleure en pensant au passé, en me projetant dans l'avenir. Je pleure parce que je ne mange plus. Je pleure parce que je ne sais pas ce qui m'arrive. Je pleure parce que je ne maîtrise plus ni mon corps ni mes larmes.

Je ne peux pas continuer ainsi. Dans quelques jours, le retour au travail. Je n'y arriverai pas. Il faut que je réagisse. Une fois n'est pas coutume, je décide de me faire aider par notre médecin de famille, le docteur Salin. Nous le connaissons depuis la naissance de Mathilde, notre aînée de douze ans. Nous avons confiance en lui. Sa visite à domicile sera une bouffée d'oxygène. D'une poignée de main énergique, il va secouer mon abattement quotidien. Son dynamisme va me booster, j'en suis certaine.

Je lui décris avec précision mes symptômes, enchaîne sur la fibroscopie du docteur Peyrat et termine par le résultat négatif des premières investigations. Certaine d'avoir fait le tour du sujet, je me tais, pleine d'espoir. Va-t-il me prescrire un traitement miracle ou me demandera-t-il de poursuivre les examens ? Le docteur Salin m'ausculte brièvement puis repose son stéthoscope. Son regard s'attarde un moment sur mon visage anxieux puis s'abaisse sur ses mains soigneusement manucurées qui se croisent et se décroisent au rythme de ses propos.

Effectivement, il a reçu un courrier du docteur Peyrat. Mais les conclusions dont il me parle ne sont pas celles que j'escompte. Le gastroentérologue n'a enregistré aucune anomalie gastrique. Il a parlé cependant d'un état de stress intense. Il a été même jusqu'à évoquer une dépression sévère. Ses mots me font l'effet d'une bombe dont les retombées me ravagent le cœur. Se peut-il que l'origine de mon mal ne soit que psychologique ?

J'aurais accepté n'importe quel autre diagnostic : un ulcère, une hépatite, une infection rare au nom exotique. Après une lutte acharnée contre la maladie, je serais revenue victorieuse au bureau, sous le regard compatissant et admiratif de mes collègues. Mais une dépression ! C'était d'une inconvenance sans nom, qui renvoyait mon ego à ses responsabilités. Il me paraissait normal que d'autres que moi soient en proie au mal-être de ce siècle. Je compatissais à leur souffrance morale et m'ingéniais à trouver les gestes et les mots pour les requinquer. J'avais mal pour eux. Mais il était hors de question que je vienne grossir leur rang. C'était contre ma nature. Il n'y avait pas de raisons de m'apitoyer sur mon sort d'autant que ma personnalité n'offrait aucune aspérité aux investigations d'un psy.

Je me débats dans mes conjectures, pendant que le docteur Salin replie tranquillement ses affaires. Un doute s'installe dans mon esprit. Et si le gastroentérologue s'était trompé ? Des périodes de stress, j'en ai connues. Ne serait-ce que parce que j'exerce le métier difficile de manager. À la rigueur, j'accepterais le diagnostic de stress mais pas celui de dépression.

Une petite voix intérieure me demande d'insister sur la justesse du diagnostic.

– Docteur, et si malgré tout c'était physiologique ? Si le pronostic médical n'était pas bon ? Je ressens vraiment un malaise en mangeant.

Son regard me soupèse. Je me sens désarmée, honteuse, comme si j'essayais de l'acheter. En même temps que je lui objecte mon raisonnement, des larmes commencent à rouler sur mes joues. Qu'est-ce qui m'arrive ? Je ne peux pas les retenir. Le robinet à morve est ouvert maintenant. Je pleure à gros sanglots, démentant par mon attitude la sérénité dont je veux faire preuve. Le docteur me contemple calmement, sûr de son diagnostic. Il m'explicite longuement les diverses manifestations d'une dépression. Non, il n'a pas de doute à mon sujet. Je lui souris à travers mes larmes. Je veux lui montrer que je sais maîtriser mes émotions mais le cœur n'y est pas. Les mots suivants sortent difficilement de ma gorge sèche.

– Docteur, avez-vous une adresse de psychothérapeute à me conseiller ?

Sa réponse est décourageante. Non, il n'en a pas et même s'il en avait, il n'a pas pour principe de me conseiller. Le choix d'un psychothérapeute est un cheminement personnel. Il me propose d'ouvrir les pages jaunes de l'annuaire et d'appeler au hasard. Il me tapote gentiment l'épaule avec un sourire et s'en va après quelques paroles d'encouragement. D'autres patients, des vrais malades eux, l'attendent.

Le couperet est tombé. Je ne peux pas ignorer le diagnostic d'un médecin en qui j'ai toute confiance. Il l'a dit. Mon appétit et mon insouciance ne reviendront qu'avec l'aide d'un psychothérapeute. Cette idée me hante. Que m'apporterait un psy, si ce n'est des contraintes ? Je devrais m'astreindre à des séances longues et coûteuses, pour un résultat somme toute dérisoire. Quel avantage à me dévoiler ? Je pense me connaître.

Je suis une maman attentionnée. Je suis une professionnelle reconnue dans mon secteur d'activité. Je suis une sportive accomplie. C'est tout ? Non, mes proches me disent forte, intéressante, mignonne. J'ai de beaux enfants dont je suis fière, un mari qui m'adore, un avenir doré. Bref, j'ai de la chance. Alors pourquoi ce désespoir ? Pourquoi cette impression de broyer continuellement du noir ?

Un coup d'œil au calendrier. Nous avons dépassé la Toussaint. Impossible d'échapper à la mélancolie qui, comme chaque automne, m'envahit. Je hais novembre et les chrysanthèmes. Je hais les cyprès et la chute des feuilles sur le marbre mouillé. Je hais les plaques commémoratives, hommage dérisoire à ceux que l'on ne verra plus.

Pardonnez-moi, mes frères, de vous avoir abandonnés. Bientôt quinze ans et je ne suis toujours pas revenue au cimetière où l'on vous a enterrés.

Durant toute la cérémonie d'enterrement de Michel, j'avais fermé mes yeux, guidée par Frédéric comme une aveugle volontaire. Ne pas voir pour ne pas avoir à me souvenir des détails dérisoires : la couleur de la terre retournée, les habits noirs des agents des pompes funèbres, le cercueil que l'on descend, son nom gravé à côté de celui de Serge.

Michel.

Cri de douleur que j'étouffe de mes dents serrées.

Il n'y avait pas eu de messe à l'église, pas d'amis ni de famille venus soutenir notre chagrin. Choix guidé par la souffrance. Non, juste Papa, Maman, Bruno, Frédéric et moi autour du trou sombre, sous la pluie. Juste le père Chao, le prêtre qui nous a aidés dans la préparation de notre mariage, pour officier la cérémonie. Ne pas revivre le cortège mortuaire, les paroles de condoléances, les regards pleins de pitié des proches et des moins proches, le retour à la maison, les crises de désespoir.

Je me retiens de remonter le temps. Étouffer cette souffrance atroce qui me broie le ventre. Mes larmes jaillissent malgré mes efforts pour les retenir. Arrête de t'apitoyer. À quoi bon ? Il ne faut pas. Il ne faut plus. Oublier et laisser les morts en paix. Mais les années n'ont rien effacé.

Serge

Aujourd'hui, c'est samedi. Avant de fermer les volets de la salle d'études où nous travaillons tous les quatre, j'ai vu quelques flocons tomber. Ce ne sont pas les premiers, le mois de janvier est déjà bien entamé et l'hiver s'annonce rigoureux. Je jubile : dans trois jours, je fêterai mes dix-sept ans. Mes parents ne sont pas riches mais j'attends avec impatience la petite surprise que je recevrai pour l'occasion. Il y a deux ans, Maman m'avait confectionné en cachette un pyjama que les parents m'avaient offert en grande pompe. À l'évocation de ce souvenir, je souris. Que me concoctent-ils cette fois-ci ? Tiens, Maman vient juste d'allumer la radio pour écouter les informations.

– Au troisième top, il sera 19 h 00...

– Je sors.

Glissement de chaise sur la moquette. Serge, mon frère aîné de quatre ans, s'est levé. Je m'étire longuement puis consulte, perplexe, la grosse pendule de la salle d'études. À travers la porte fermée de la cuisine, j'entends la hotte ronronner bruyamment. Il y a aussi le bruit des casseroles que Maman a sorties pour le dîner. Où mon frère compte-t-il aller ?

Une évidence.

Serge n'a certainement pas eu le temps d'acheter mon cadeau d'anniversaire. Dimanche, les magasins seront fermés. Lundi, il rentrera tard de l'université. Il a dû penser que c'était le moment idéal pour s'éclipser et faire ses emplettes.

Surtout le laisser croire que je ne me doute de rien !

J'étouffe un rire, me lève à mon tour et l'accompagne jusqu'au seuil de notre appartement. Sa haute silhouette s'engouffre dans l'ascenseur. Tiens, il n'a pas mis de manteau. Sa sortie ne devrait pas être longue alors ?

Il est parti.

Je referme la porte derrière lui et me rassois.

L'abat-jour éclaire doucement la table ronde où nous travaillons en silence. Tic tac. Tic tac. La grosse pendule rythme le souffle de nos respirations. Il va bientôt être l'heure de nous doucher. Une torpeur nous envahit en même temps qu'un sentiment de bien-être : le week-end s'annonce. Il fait si bon. Tout est calme. On est si bien.

– Où est Serge ?

J'ai sursauté au son de la voix de mon frère Michel.

Un bout de papier dans sa main.

Trouvé dans la salle de douche.

Signé de Serge.

« Si vous voulez vraiment savoir où je suis, regardez sous mon sous-main. »

Course éperdue jusqu'à la place de son bureau.

Il y a un tout petit bout de feuille arrachée d'un cahier.

« Je suis au métro Varennes, direction Châtillon-Montrouge. Je vais tenter de mettre fin à mes jours. La vie est trop dure pour moi. À vous tous, Papa, Maman, Bruno, Michel et Laurence, bonne chance. »

Une balle tirée à bout portant. Mon esprit se vide. Mon corps devient subitement mou.

Ça va très vite ensuite.

Des cris dans l'appartement.

– Il faut l'arrêter !

Papa se précipite hors de chez nous. Hagarde, Maman balbutie des mots sans fin. Longtemps, le désespoir nous fait tourner en rond dans l'appartement, sans espoir de nouvelles que pourrait nous envoyer mon père. Nous n'avons pas de téléphone : trop cher. Nous ne pouvons pas prévenir les voisins : nous ne sommes pas assez proches d'eux pour partager notre malheur. Nous n'avons pas d'amis ni de famille à qui nous confier : nous avons toujours vécu dans l'isolement le plus total. L'attente est interminable. Il est tard. Bruno et Michel sont finalement allés se coucher. Je reste seule avec Maman. Vite, l'apaiser, elle, dont le désespoir me fait si mal. Je parle sans discontinuer, la console, noyant mes propres peurs pour mieux la rassurer. Il ne faut pas qu'elle flanche. Je ne le supporterais pas.

– Il reviendra, Maman, ne t'inquiète pas.

Assises l'une à côté de l'autre, nous attendons leur retour dans l'appartement sombre et silencieux. Parce qu'ils reviendront, c'est sûr.

Tous les deux.

Et Serge sera vivant.

Et cette nuit, il dormira comme d'habitude à la maison.

Peut-être qu'il sera grondé de nous avoir fait si peur. Mais je le tiendrai serré fort contre moi pour lui faire oublier ce chagrin que je n'ai pas su voir, moi qui l'ai accompagné la dernière sur le pas de la porte.

Crr... Crr.

Un bruit de clé que l'on introduit dans la serrure de la porte d'entrée.

Nous nous précipitons tandis que nos yeux scrutent avidement l'espace derrière mon père qui a franchi le seuil. Non, mon frère n'est pas là. Papa ne l'a pas retrouvé ? Pourquoi se tait-il ?

– Émile, où est Serge ?

Je n'ai pas reconnu la voix déformée de Maman qui a devancé ma question.

– C'est fini.

Je ne comprends pas. Que veut dire mon père ?

Un regard. Ses yeux qui fuient les nôtres. Désespérés. Déjà résignés.

Un silence.

Je viens de comprendre.

J'ai poussé un hurlement. Ridicule écho de mon âme dont la souffrance n'a pas de limite.

Pour empêcher la folie de me saisir.

Pour le rappeler lui, mon frère.

Reviens. S'il te plaît. Ne me laisse pas vivre sans toi.

Mes frères se sont réveillés. Michel pleure doucement et ses larmes sont plus terribles que tout. Papa nous raconte qu'il est arrivé trop tard. À la station Varennes, le corps de mon frère était déjà recouvert d'un drap. Serge s'était jeté sous une rame de métro, emportant avec lui sa souffrance, ses vingt ans, son sourire.

Nuit interminable. Je me suis allongée dans le lit des parents. Ma bouche parle pour calmer leur douleur. Il faut que j'adoucisse leur peine, au prix de la mienne.

– Vous n'y êtes pour rien. Ce n'est pas de votre faute.

Mes mains caressent pour apaiser leurs souffrances.

– Pourquoi est-il parti ? N'était-il pas heureux ? Qu'avons-nous fait ?

Je suis la mère et le père. Je ne peux pas les laisser sombrer dans le désespoir.

Les jours passent, balayant la célébration de mes dix-sept printemps, nous ensevelissant dans le désespoir le plus noir alors que, dehors, tombe doucement la neige.

Choix du cercueil, du cimetière, des fleurs.

Messe.

C'est un cauchemar dont je vais me réveiller. Je n'arrive pas à réaliser que mon frère est allongé sans vie au milieu de l'église. Il va sortir, nous dire que c'est une plaisanterie.

Corbillard, cimetière, mottes de terre qui s'écrasent sur le cercueil que l'on descend.

Il ne reviendra pas.

Les parents nous ont demandé de nous taire : il n'y a pas eu de suicide, juste un accident. Pas de honte sur notre famille dévastée. J'aimerais disparaître pour taire ma douleur. Le poids du secret est si lourd à porter. Pour épargner les miens, je ne pleure qu'à l'école accrochée à la balustrade d'un escalier de secours. Hier, mon professeur a surpris mes larmes devenues quotidiennes. Je n'ai pas pu taire ces quatre petits mots qui broient mon cœur depuis plusieurs semaines.

– Mon frère s'est suicidé !

Je me suis effondrée. On m'a conduite inconsciente à l'infirmerie jusqu'à ce qu'un semblant de calme revienne. Les yeux rouges et gonflés, je suis revenue plus tôt à la maison. La réaction de Maman a été terrible. Elle s'est mise à pleurer à gros sanglots. Tétanisée par ses larmes, j'ai eu le sentiment d'être égoïste. Elle a raison. Il n'y a rien de pire que de perdre son enfant. Je ne suis que la sœur. Il faut que j'arrête de m'apitoyer sur mon sort. Je suis une mauvaise comédienne dans une tragédie dont je ne suis pas l'héroïne. J'essaie d'attirer les faveurs du public par mes poses de mauvais goût.

L'esprit de mon père s'égare. Un matin, en cheminant avec lui, je lui demande son avis.

– Papa, pourquoi Serge s'est suicidé d'après toi ?

J'ai besoin qu'il analyse les faits, qu'il m'explique l'indicible avec sagesse. Les yeux dans le vague, il anéantit mes certitudes sur la vision que j'ai du monde.

– Serge est un moine bouddhiste réincarné. C'était son destin de mourir ainsi.

Le sérieux avec lequel il m'expose sa théorie fait vaciller mon univers. Je le regarde hébétée. Surtout ne pas le contredire, ne pas lui faire de mal. Mais assister à la destruction de ce qui, jusqu'à présent, était si sûr est une douleur atroce, aussi destructrice que l'annonce de la mort de Serge.

Malgré mon désarroi, je prends une décision : je resterai lucide. C'est mon devoir de protéger mes parents de tout chagrin. Je dois leur montrer que la vie continue malgré tout. Je me promets de ramasser les miettes de notre bonheur piétiné et de reconstruire un autre monde. Il ne sera certes pas identique, mais cet Atlantide leur redonnera un semblant de bonheur ; ils retrouveront leur fierté, et nous la sérénité.

Petit à petit, dans notre cellule familiale recroquevillée sur sa douleur apparaît du ressentiment, puis de la colère. Une colère froide dirigée contre tout le système éducatif. Trop de pression envers les jeunes. C'est la conclusion que nos parents tirent après la mort de Serge.

Douze ans après, la police a sonné à la porte de l'appartement de mes parents. Ils étaient désolés. Ils avaient, semble-t-il, repêché le corps de Michel dans la Seine. Les parents se débattaient contre l'idée d'une seconde tragédie. Était-on certain que ce soit lui ? Michel était devenu si instable depuis la mort de Serge. Il avait peut-être disparu une nouvelle fois sans prévenir. Pour la police, il y avait d'autres éventualités.

– Était-il dépressif ? Ah, son grand frère s'était jeté sous une rame de métro ?

Un silence.

Il fallait espérer. Ce n'était peut-être pas lui.

Ils sont repartis en secouant la tête.

L'enquête a pris deux mois et n'a abouti qu'à une seule conclusion : c'était bien mon frère. La cérémonie des obsèques a été courte, célébrée par le père Chao. Pas de famille, ni d'amis, ni de connaissances autour du cercueil que l'on a descendu dans le caveau. Juste mes parents, Bruno, Frédéric et moi.

Réunis autour du trou béant comme une plaie ouverte sur notre souffrance.

Mon enfance

Je n'évoque jamais l'existence de mes deux frères, encore moins les circonstances de leur décès. Leurs photos sont enfermées dans des albums chez mes parents ou figées sur des diapositives qui ne seront jamais diffusées. Même nos enfants sont persuadés que mon frère Bruno, dont les visites se font si rares, est leur unique oncle. Avec le temps, j'ai appris à détecter les événements déclencheurs de larmes : une mélodie qui passe à la radio, une photo, une anecdote. Je zappe aussitôt et m'agite pour combler le vide. C'est un grand écart continuel avec la réalité mais il a le mérite de m'offrir un monde lisse. Un monde sans douleur.

– Dis, Maman, c'était comment quand tu étais petite ?

Je suis devenue une experte dans l'art et la manière de raconter mes jeunes années. Je me faufile dans mes souvenirs comme une voleuse et tranche à grands coups de serpe ce qui ne saurait être racontable. Mon âme s'insurge quand je livre à mes proches les anecdotes amputées de leurs véritables acteurs.

– Waouh, Tonton Bruno, t'en as fait des choses quand t'étais petit.

Héros involontaire, Bruno se tait. Frédéric écoute, partagé entre l'envie de me laisser parler et celui de rétablir la vérité.

– Attention, Lolo, comment leur avoueras-tu plus tard que tu leur as menti durant toutes ces années ?

Je ne veux pas y penser. Trop compliqué. Trop douloureux.

J'ai quatre ans. Pour arrondir les fins de mois, nos parents ont acheté une famille de lapins qui s'est multipliée dans les clapiers confectionnés par Papa. Mes frères et moi jouons aux gendarmes et aux voleurs. Nous avons créé des équipes : Serge et Michel ensemble, Bruno me prenant sous sa protection. Par je ne sais quel tour de passe-passe, Serge et Michel ont réussi à nous enfermer tous les deux dans le petit cabanon à claires-voies où sont gardés les lapins. Ils nous ont libérés, riant de nos mines déconfites. Quelle chance ils ont de s'entendre de la sorte. On les prend même quelquefois pour des jumeaux. Moi, je sais qu'ils sont différents : Serge est doux et Michel est autoritaire. Tous les deux essaient de m'apprendre à lire mais c'est un peu dur.

– C'est Tonton Bruno qui t'a appris à lire ? Il est gentil, hein, Maman ?

Papa et Maman ont investi dans quatre canards qui ont vécu sous les escaliers du grand balcon. Leurs cancans étaient trop bruyants. Leurs déjections salissaient notre cour. Les canards qui nous avaient été affectés comme des animaux domestiques n'ont pas survécu.

Couic. Dans la casserole.

La vingtaine de poussins qui ont été couvés par la grande cocotte remplie d'eau chaude sont devenus désormais de belles poules. Les petites boules de duvets jaunes qui pépiaient dans nos menottes se sont métamorphosées en pondeuses rousses et blanches et occupent le nouveau poulailler grillagé.

Tous les matins, chaussés de bottes en plastiques, nous, les enfants, nous battons pour aller chercher les œufs tout chauds dans la maisonnette en bois et les ramener dans le petit bol en plastique.

– Où as-tu caché l'œuf, ma poule ?

Les parents nous ont attribué à chacun une poule que nous affectionnons comme un animal domestique. Normal, nous avons suivi leur croissance, petits poussins devenus grands que nous portons quelquefois dans nos bras malgré leurs protestations bruyantes. Elles sont encombrantes, un peu bruyantes et un peu bêtes mais elles sont à nous, à défaut de chiens ou de chats que nous réclamons en vain.

La plus vieille poule, c'est la mienne, et je ne suis pas peu fière quand Maman claironne que c'est la meilleure pondeuse du poulailler.

Depuis quelques jours, nous avons appris que nous allons déménager en Afrique, au Sénégal. La décision coûte à Maman qui s'était habituée à notre maison en Alsace. Papa et elle ont surexploité le jardin de 300 mètres carrés. Il y a des arbres fruitiers partout qui empiètent sur notre terrain de jeu, un potager rempli de courgettes, de tomates, de carottes... Papa a même planté un champ de maïs dont les épis poussent dru.

Mais il paraît qu'en travaillant à l'étranger, Papa gagnera plus : une prime de soleil, des impôts en moins, des économies en perspective. J'ai surpris les conversations à mi-voix de mes parents, où Papa tentait de convaincre Maman de la pertinence du voyage qui devrait nous éloigner de notre maison pendant trois ans. C'est dit, nous partirons cet été.

Dans le poulailler, c'est l'hécatombe. Maman a accentué ses virées et nous cuisine du poulet à tour de bras. La chair des pondeuses est dure à mâcher pour mes dents d'à peine six ans et je reste des heures à table, avec le morceau de fibres en boule collé à ma joue gauche. Plus de suc. Juste une boulette qui renâcle à se faire avaler et que je fais passer d'une joue à l'autre, en y portant à l'occasion un coup de dents.

– Mange, Laurence.

Le poulailler se vide. Il ne reste plus que nos quatre poules.

Ça y est, la vieille poule rousse est seule à picorer.

À travers le grillage, elle me contemple de ses yeux ronds quand je passe à côté et que je lui parle doucement.

– T'inquiète pas, Poupoule. Je suis là. On ne va pas la manger, elle, hein Papa ?

Papa se racle la gorge.

– On verra, Laurence, on verra.

J'ai prié pour qu'elle ne subisse pas le même sort que toutes les autres dont j'ai quelquefois surpris la longue agonie en passant la tête par la porte du garage. Après tout, c'est ma poule. Elle a à peu près le même âge que moi. C'est une bonne pondeuse. Et puis je l'aime bien. Poupoule n'échappera pas à la casserole. Papa l'a attrapée ce matin au vol, l'a coincée entre ses genoux, a écarté les plumes de son cou et couic.

Avec le couteau de cuisine longuement aiguisé, il a entaillé la gorge de Poupoule qui s'est débattue avec de grands cris.

– Papa, Papa, tu lui fais mal.

– Ne regarde pas, Laurence.

Papa l'a suspendue au mur, les pattes en hauteur pour récupérer le sang qui giclait de son artère, pendant que ma poule continuait ses soubresauts. Quand la poule a cessé de bouger, Papa l'a déshabillée de ses jolies plumes rousses et l'a écartelée. Comme les autres, elle a fini dans nos assiettes. Mes larmes n'ont rien changé. J'ai mangé ma poule en faisant passer la boulette de fibres d'une joue à l'autre, avec plus de peine que les autres fois pour déglutir.

– Mange, Laurence, et arrête de pleurer.

Je sais bien qu'il ne faut pas que je me plaigne. Les parents n'ont pas beaucoup de sous. C'est pour cela qu'ils achètent des animaux et les tuent pour qu'on les mange. C'est pour cela aussi que nous n'avons pas beaucoup de jouets. J'ai appris à vivre sans grand besoin. Et puis, j'ai mes frères et, avec eux, je joue bien dans le pré à côté de la maison. Les bouts de bois que nous ramassons sont suffisants pour se transformer en épées, en couteaux ou en fusils. Nous sommes les cowboys ou les Indiens que nous avons vus à la télévision. Quelle fierté ! C'est Papa qui l'a construite en suivant des cours par correspondance. Bon, elle ne fonctionne pas très bien ; l'image tressaute beaucoup et il faut tenir l'antenne pendant tout le film pour pouvoir suivre l'émission. Alors Maman empile des dictionnaires sur le tabouret et monte dessus tout en tenant l'antenne.

– Ne bouge plus, Louise. Là, c'est bien.

La maison en Alsace a été louée et nous sommes partis vivre à Dakar, dans un petit appartement au premier étage. Il n'y a plus de poules maintenant, plus de lapins ni d'oies. Plus de pré où courir. Plus de doudou non plus : Babar, mon éléphant bleu, l'ours en peluche de Michel et le canard blanc de Serge dorment dans le grenier de la maison en France. Il n'y aura plus de jouets au pied du sapin et encore moins à nos anniversaires.

– Vous êtes grands maintenant. Et puis en Afrique, il y a d'autres choses à faire.

Tout est nouveau pour nous qui n'avons connu que le froid, les maisons traditionnelles en colombage et les Noëls sous la neige. Il y a des hommes et des femmes à la peau noire et au sourire éblouissant qui palabrent en wolof, drapés de boubous chamarrés. Il y a la démarche chaloupée des marchandes ambulantes qui invitent maman à acheter des poissons fraîchement pêchés, des cornets remplis de fruits de l'arbre à pain, des statuettes en ébène. Il y a l'appel à la prière du muezzin qui nous réveille chaque nuit du haut de son minaret. Il y a les fous en guenilles qui hantent les rues et les plages de leur dégaine efflanquée et tendent vers nous leur misère et leurs mines sales.

Il y a aussi les lépreux au visage défiguré qui nous apostrophent de leurs mains aux doigts rongés quand nous les dévisageons trop longtemps. Il y en a même un qui a poursuivi Michel parce que mon frère regardait trop longuement sa face rongée par le mal et ses moignons qui astiquaient la carrosserie d'une voiture avec une éponge. Le lépreux lui a couru après jusqu'à notre appartement pour le plaisir de lui faire peur. Pour se plaindre aussi auprès des parents : nous ne sommes pas bien éduqués. Vision de cauchemar qui a longtemps hanté les rêves de mon frère.

– Il a dû avoir drôlement la frousse, Tonton Bruno.

J'ai sept ans. Maman achète des tissus au marché Sandaga. Elle les découpe, les assemble, les coud pour nous vêtir tous les quatre. Il y a des pantalons, des chemises, des petites robes en cotonnade pour moi. Avec le soleil et la mer toute proche, les parents nous emmènent souvent à la plage. Un temps, mon père devient notre professeur de natation. Quand vient mon tour d'apprendre, Papa me porte sur son dos, vers le bleu du large. Je ris d'aise. Il est un dauphin et je suis une cavalière qui chevauche les vagues. La course s'arrête. Campé sur le sable, Papa me lâche brusquement, recule et me demande de le rejoindre. Je n'ai pas pied. Je pédale comme un chien en agitant les pieds et les mains. Frénétiquement, pour ne pas couler. Les yeux éperdus, la bouche pleine de cette eau âcre et salée qui me brûle la gorge. Malgré mes efforts et les exhortations de mon père, la mer m'ensevelit. J'ai peur. Les bras de mon père me repêchent, me remontent. Je pleure de soulagement. Ses mains me relâchent. La leçon de natation ne fait que commencer. Je sanglote.

– Papa, Papa.

Les leçons se suivent de la même façon pendant plusieurs jours. Un jour, je parviens à atteindre son buste. C'est un soulagement. Ça y est. Tous les quatre, nous savons nager. Les parents nous ont acheté un bateau pneumatique et nous jouons aux explorateurs sur la mer pendant que Papa fait de la plongée et que Maman se repose sur la plage. Après-midi radieux où nous ne voyons pas l'heure passer. Quand le soir tombe, Papa revient de ses heures de plongée et dépose sur le sable ses trouvailles : des coquillages vivants en forme de volutes, des murex, des olives. Nous avons des caisses pleines de coquillages que Papa collectionne et qu'il compte ramener en France. Quelquefois, Papa ramène une sole qu'il a embrochée avec le trident qu'il s'est acheté. Papa adore bouger et découvrir des activités nouvelles. Il se lève tôt pour aller pêcher ; il apprend l'anglais ; il adore danser ; il s'est mis au tennis et a décidé de nous enseigner tous les quatre à jouer. La raquette d'adulte est un peu lourde pour nos bras d'enfants et nous ne sommes pas très adroits. Mais Papa se donne tellement de mal pour nous apprendre à jouer à tour de rôle. Quelquefois, nous l'accompagnons à ses matchs. Pas pour nous exercer mais pour ramasser les balles éparpillées sur le terrain et les entasser aux pieds des joueurs en prenant soin de ne pas les déranger.

Un midi, en revenant de l'école, nous avons surpris les parents en train de pleurer. À la radio, les journalistes ont annoncé la fin de la guerre au Vietnam. Les Américains ont perdu contre les Viêt-minhs. À la télévision, des gens essayaient de se sauver à bord d'un hélicoptère. Papa et Maman ont regardé les images, comme s'ils pouvaient apercevoir des visages connus. Que va devenir leur famille restée là-bas ? Qui s'occupera de la vieille Ma ?

Finalement Grand-Mère a été emmenée par Tata Rosa, la sœur cadette de Maman. Elle, son mari et ses enfants ont emménagé à Dakar. Pour la première fois, j'ai rencontré mon aïeule. Elle marche difficilement et ne parle pas français. Elle s'entretient en vietnamien avec les parents et nous les regardons, nous ses petits-enfants qui ne parlons ni ne comprenons la même langue qu'elle. Quand elle vient nous rendre visite, nous faisons tout pour être sages et ne pas la déranger. Elle ne reste pourtant jamais longtemps avec nous : Mémé se languit de ses autres petits enfants qu'elle a élevés depuis qu'ils sont tout petits. Maman s'est énervée de cette préférence marquée. Un jour, elle s'est fâchée avec Mémé et a décidé de ne plus la voir.

Nous allons déménager et partir habiter en Allemagne. Nous sommes tout excités. Il va faire froid, il y aura de la neige. Les parents nous parlent de conditions de vie idylliques : un appartement de fonction ; une femme de ménage qui viendra trois fois par semaine ; j'aurai peut-être une chambre pour moi et la vie sera beaucoup moins chère.

J'ai neuf ans. Ça y est. Nous sommes installés à Berlin. Il fait tellement froid et gris. J'ai une chambre pour moi toute seule. Mes frères eux, dorment à trois dans la même pièce. L'appartement est quasiment neuf, aménagé confortablement. Mes frères sont entrés au collège et au lycée. Les études sont plus difficiles et ne nous permettent plus de jouer autant qu'à Dakar. Il faut qu'ils travaillent s'ils veulent réussir. On dirait que la vie tourne au ralenti et que nous hibernons. Nous ne sortons pas beaucoup. Nous ne visitons pas beaucoup la ville. Nous ne recevons pas beaucoup non plus mais je ne m'ennuie pas. Je reste dans ma chambre pour jouer à la poupée ou lire.

Mes parents continuent de guetter les petites lettres bleues qui les relient à ceux restés là-bas. Il y a également du courrier de Rochefort, la ville où se sont installées les deux sœurs aînées de Maman. Il y a aussi des colis et des lettres de mon grand-père paternel que Papa a retrouvé et qui, en dépit de toutes les rumeurs, a miraculeusement survécu à la guerre. Convaincu de la perte de sa famille durant la guerre, Pépé Stéphane s'est remarié et vit dorénavant dans son île natale, la Réunion, entouré de ses onze enfants et autant de petits enfants.

Je grandis.

Au terme de cinq années passées à Berlin, les parents ont suffisamment économisé pour acheter un appartement en banlieue parisienne. Il sera plus petit que celui que nous avons à Berlin mais il est bien placé. Paris est la capitale du monde. Nous aurons plus de chance de trouver un travail.

– Et c'est là que tu as rencontré Papa, c'est ça ?

– Oui, les enfants. Et après Papa et Maman ont déménagé à Lille et après vous êtes nés.

Une page se tourne. Les enfants n'en demandent pas davantage. Suis-je lâche de ne pas vouloir divulguer mon enfance ? Je ne sais plus. Notre médecin de famille, à qui je me suis ouverte à la naissance de nos enfants, ne m'a pas été d'un grand secours.

– Quand devrais-je leur parler ?

– Attendez d'être prête. Attendez qu'ils soient un peu plus grands.

– Mais grands comment ? Comment leur expliquer le suicide, comment leur dire que l'on peut se donner la mort, à vingt ans ?

– Vous verrez bien.

J'appréhende les questions que me poseront nos petits.

– Et pourquoi Serge était-il malheureux ? Et de quoi Michel est-il mort ? Et pourquoi tu nous as menti si longtemps ?

Est-ce des mensonges ? J'essaie de me convaincre du contraire. Et puis j'ai des excuses que je brandis comme un bouclier. Trop tôt. Trop compliqué. Trop dur. Je sais pourtant qu'il n'est pas bon de garder des secrets de famille. Ils constitueront l'héritage transgénérationnel de nos enfants, en même temps que nous leur léguerons nos biens. Vous, la chair de ma chair, vous reproduirez peut-être les mêmes actes sans savoir que d'autres avant vous les ont perpétrés ou en ont souffert. C'est un fait : les parents ont mangé des raisins verts et leurs enfants grincent des dents. Mes larmes continuent de couler. Désemparés, les enfants m'interrogent : « Pourquoi tu pleures tout le temps, Maman ? Tu as mal ? » Non, je ne me laisserai pas aller. Pour eux. Pour Frédéric. Une force me pousse. Je dois réagir.

Visite chez le docteur Doucet

La visite du docteur Salin a constitué un électrochoc. Je suis malade. Il faut que je me soigne. Au diable mon amour-propre ! Sandra mon amie et Frédéric m'ont convaincue d'aller voir un psychothérapeute. Leurs arguments ont porté. J'ai décidé d'aller consulter le docteur Doucet de la SNCF qui me connaît bien et dont les conseils m'ont souvent été utiles. L'attente dans son cabinet est longue, les patients nombreux mais philosophes. Ils savent que la praticienne prend son temps avec chacun des malades, gage indéniable de sa mansuétude à leur égard. Je suis la dernière de ses rendez-vous de la soirée.

– C'est à vous, ma chérie. Prenez place.

Cheveux courts poivre et sel, le docteur Doucet m'a ouvert la porte. Elle a coutume d'affubler tous ses patients de petits surnoms affectueux, ce qui lui confère une douceur toute maternelle. Agile, malgré sa corpulence, elle s'efface pendant que son regard perçant me parcourt tout entière. Un sourire compatissant. Elle a noté mon léger boitement.

– Alors ma chérie, qu'est-ce qui vous amène ? Comment va votre genou ?

– Heu, ça pourrait aller mieux.

– Je vois ça. Vous avez vraiment maigri. Que vous arrive-t-il, ma chérie ?

– J'ai toujours du mal à manger.

Laconiquement, j'expose le diagnostic du docteur Peyrat, le gastroentérologue. On me préconise de consulter un psychothérapeute. Le docteur Doucet pourrait-elle m'aider dans ma recherche ? Je formule ma demande avec l'espoir qu'elle rira de mes inquiétudes. Peut-être n'en ai-je pas besoin ? Peut-être existe-t-il un remède qui me dispense d'entrer dans un monde rempli de pénitents et de confesseurs à la mine inspirée ?

– Pourquoi pensez-vous avoir besoin de consulter ?

– Je ne sais pas trop. Je ne me reconnais pas. Je pleure tout le temps. C'est inhabituel chez moi et je n'arrive pas à me sortir de cette situation.

Le regard du docteur Doucet trahit son étonnement mais ses premiers mots se veulent rassurants : c'est l'automne, il est normal de déprimer ; l'opération n'a pas été minime ; il est normal que je boite ; il faut persévérer ; tout va bien se passer ; un peu de magnésium, du repos et je serai reboostée. Je bois ses paroles. Elles résonnent à l'unisson de ce que je me répète depuis plusieurs semaines. Brusquement, le charme se rompt. Je secoue la tête, comme tirée de mes rêves. Non, il ne faut pas que je me leurre. Il y a en moi quelque chose qui s'est cassé et je ne peux plus temporiser. Il y va de la sérénité de notre famille et de la qualité de mon retour au travail. Quelle explication donner à cet état général ? Absente au regard du docteur rivé au mien, je réfléchis à voix haute, émets des hypothèses que j'étale au grand jour comme un joueur de poker abat ses cartes.

– Y a-t-il quelque chose qui a changé ou qui vous tracasse ?

J'ai retourné la question dans tous les sens depuis ces dernières semaines.

– Peut-être est-ce à cause du décès de mes frères. Je n'arrête pas d'y penser... Mais pourquoi maintenant ?

Le docteur Doucet s'étonne. Elle n'était pas au courant.

– Quand avez-vous perdu vos frères ?

Impression de trouver des bras dans lesquels je peux m'épancher. J'évoque brièvement le chemin de croix de Serge et Michel.

Impossible de retenir mes larmes qui commencent à couler. Frénétiquement mes mains recherchent un kleenex dans les poches du manteau noir dans lequel je me suis drapée. Il fait si froid dans la pièce pourtant surchauffée. Le docteur Doucet m'a tendu son paquet de mouchoirs. En un rien de temps, les papiers souillés s'amoncellent entre mes doigts crispés.

– Ne gardez pas ces condensés de chagrin dans vos mains. Jetez-les. Tenez, je vais placer la corbeille à vos côtés. Et puis pleurez, ça fait du bien.

Sa compassion m'incite à me livrer davantage, d'autant que ses questions se font plus précises.

– Comment expliquez-vous leurs gestes ? N'étaient-ils pas heureux ?

– Heureux ? Je pense qu'ils devaient l'être.

– Ah bon ?

– Ben, comme tout le monde. Qu'aurions-nous pu demander de plus ? Nous avions tout.

Une enfance normale, des parents attentionnés, une éducation un peu sévère peut-être. Mais nous étions une famille nombreuse. Pas facile d'élever trois garçons et une fille. Les parents avaient fait de leur mieux. Ils étaient si pauvres. Ils avaient été si malheureux. Je raconte leur épopée. Me tait. Me remets à parler. Pourquoi ai-je autant de mal tout d'un coup à m'exprimer ? Mes dents claquent. Mon corps grelotte. Ma voix tremble.

– Ma chérie, qu'est-ce qui se passe ?

Trop tard pour ériger un barrage de convenances. Les souvenirs subitement me submergent. Non, ma mémoire n'a rien oublié.

J'ai quatre ans. Je me suis terrée avec Serge et Michel dans une chambre de notre maison en Alsace. Les cris de Maman au bout du couloir me pétrifient. Ils n'arrivent pas à couvrir les hurlements que pousse Bruno, mon frère aîné, à ses côtés. Maman est hors d'elle et tente de plonger la tête de Bruno dans le trou de la lunette des toilettes. Bruno se débat avec désespoir. Ma peur silencieuse n'est qu'un pâle écho de sa terreur à lui, pendant qu'il crie sans fin : « Non, Maman, non ! »

Je me sens petite, impuissante, muette. C'est pour son bien que Maman le tape, n'est-ce pas ? Pour qu'il change et qu'il devienne meilleur. Bruno est épileptique. Il a du mal à garder son attention à l'école. Il s'ennuie. Il se bagarre quelquefois avec ses copains qui sentent sa différence. Il rapporte de mauvaises notes à mes parents et récolte en échange des coups et des insultes. Mais il n'y a pas de cruauté dans les corrections des parents. D'ailleurs, les cris de mon frère se sont calmés. Il n'y a plus que des hoquets et des bredouillements inaudibles. Maman, elle, s'est tue. Sa rage plane et va s'abattre ailleurs. C'est comme cela et rien ne peut changer le cours des choses.

Est-ce le même jour que Michel a été puni ? Je le revois à genoux sur le carrelage de la cuisine. Il est nu. Il porte au-dessus de sa tête, à bout de bras, un dictionnaire qu'il ne doit pas laisser tomber. D'effort, de peur, de souffrance, les larmes coulent sur son visage et les sanglots font saillir une hernie au-dessus de son pubis. Mais c'est certainement aussi pour son bien.

Je me remémore nos premières vraies vacances chez mon grand-père à la Réunion. Les retrouvailles ont été émouvantes dès notre atterrissage à l'aéroport de Saint-Denis. Il y a eu des embrassades, des larmes de joie, des interpellations en créole. Du haut de mes huit ans, j'ai regardé, ahurie, cette famille tombée du ciel que je n'ai jamais soupçonnée. Hier, Pépé Stéphane a tué en grande pompe un cochon en l'honneur de son fils aîné, mon père. Nous sommes entourés d'une multitude d'oncles, de tantes, de cousins et de cousines qui ne savent quoi imaginer pour nous faire plaisir. Malgré leur pauvreté, ils plaisantent, nous chahutent, nous chouchoutent. Pour nous, qui n'avons pas l'habitude d'être câlinés de la sorte, c'est le paradis. Il y a en particulier l'oncle Williams, qui ne cesse de me taquiner. Je m'assieds sur ses genoux pendant qu'il me raconte des histoires. Il me poursuit avec de grands éclats de rire. C'est devenu mon grand copain.

Un matin, Papa et Maman me tirent du lit dans la maison encore endormie de mon grand-père. Papa me demande de l'embrasser comme si j'étais l'oncle Williams. Est-ce un jeu ? Je l'embrasse de bon cœur, faisant claquer mes lèvres sur sa joue. Ce geste le met en fureur. Il ne faut pas faire comme cela mais comme ceci. Il joint le geste à la parole et m'effleure la joue avec la sienne. Je ne comprends pas. Ma posture n'est certainement pas bonne. Suis-je trop penchée vers la droite ? Vers la gauche, trop en arrière ? Faut-il que je sourie ? Que je baisse la tête ?

Je sens papa s'énerver. Que se passe-t-il ? L'explication recommence, les mêmes gestes, la même posture, le même effleurement de joue. J'y réponds par le même claquement de lèvres mais le cœur n'y est plus. Silence. Mon regard vole de Papa à Maman qui enrage à ses côtés. Peut-être Maman va-t-elle m'aider ? Non, je sais que Maman n'est pas patiente. Je l'ai souvent appris à mes dépens. Un instant d'inattention... Subitement, la main de Papa s'abat sur ma joue. Affolée, je redouble d'efforts. La douleur ressentie ne m'aide pas à comprendre. Ma bêtise me désespère. Je m'applique, concentrée comme une bonne élève. La deuxième gifle me surprend comme la première. Elle ne fait que présager des gestes suivants. De rage, Papa me tord le nez. Combien de temps la leçon va-t-elle continuer dans des chuchotements terribles et des larmes silencieuses ? Le malaise que je ressens est-il lié à ma peur devant sa colère froide ou au sang qui s'est mis à couler doucement de mon nez ? Je comprends finalement qu'il ne faut pas embrasser avec les lèvres. Je ne dois pas les claquer. Ça ne se fait pas. Cela fait pute. J'ai huit ans.

J'apprends très vite que les moments de répit sont rares à la maison.

– Tous les quatre venez ici !

Le temps suspend son vol. Terreur à la perspective de l'interrogatoire auquel ils vont nous soumettre. Ne pas espérer y échapper. Nos réponses doivent être rapides : ils sont pressés. Sans excuse ni fioritures : ils n'écoutent pas nos arguments. Avec respect : ce sont nos parents. Avec gratitude : c'est pour notre bien qu'ils agissent ainsi.

– Qui a sali le couvre-lit, laissé la chambre en désordre, oublié les miettes sur la table du petit déjeuner ? Qui n'a pas essuyé le pot de confiture, perdu la monnaie ? Qui a perdu un gant, fait un accroc à son vêtement ?

Qui ?

Personne ? Nos cœurs se serrent. Personne ne se dénoncera. La peur. L'oubli. L'incompréhension. Nous sommes si petits.

– Pourquoi n'avez-vous pas balayé comme nous vous l'avons appris, essuyé sans casser, rangé comme ça devrait l'être ? Pourquoi vous montrez-vous si têtus ? Si insolents ? Si turbulents ?

Le regard intransigeant de Maman nous fouille. Toujours pas de réponse ? Tant pis, nous serons tous coupables.

– Déshabillez-vous !

Pas de vêtements ni de sous-vêtements. Ils pourraient amortir la morsure du fouet, de la ceinture, de la corde, du câble électrique, du manche à balai, de la spatule en bois, de la louche, de la cuillère en métal. Des coups de pied assénés au bas du dos. Des doigts en crochet pour tordre la joue, le nez, la chair intérieure et tendre de nos cuisses d'enfants.

Impuissante, je regarde les coups s'abattre sur le corps de mes frères. Je regarde en attendant mon tour, comme on attend son pain à la boulangerie. Je suis la dernière à passer. C'est normal. Je suis la benjamine. Je n'apitoierai personne avec mon nez qui coule, mes yeux éperdus qui supplient en vain.

– Pardon, Maman, je ne recommencerai plus.

– Avance.

Premier coup abattu sur mon corps nu. Douleur.

Mes yeux se ferment. Crispés dans l'attente des prochains.

Ma peau gonfle. Comme une pâte à crêpe qui se boursoufle dans la poêle chaude.

Larmes de terreur et de souffrance.

Peur et impuissance.

Peur et solitude.

Peur.

Mes frères se rhabillent en silence. Ils respirent enfin et contemplent la scène, comme je l'ai fait tout à l'heure pour eux. Un peu comme des voyeurs en mal de violence. Un peu comme les spectateurs d'une curée dans une arène. Il va y avoir du sang mais ce ne sera plus le leur.

Un jour, il y a cette embellie.

Nous ne subirons plus le fouet.

Non.

Plus l'un après l'autre.

Non, nous le subirons en même temps.

Nus, à plat ventre.

C'est mieux. Pour Maman qui gagne du temps.

Pour moi aussi. Cela me fait moins peur que d'attendre mon tour. Cela me fait moins mal, quand je parviens à suivre les conseils chuchotés par mes frères : « Ne te mets pas au bout, quand nous sommes allongés. Cela fait plus mal ». Cela me rassure quand nous nous allongeons par terre, serrés les uns à côté des autres.

À plusieurs, je me sens moins seule.

Je relate d'un ton résigné cette éducation sévère qui s'exprime sans que nous arrivions forcément à en déchiffrer tous les rouages. Si nous voulons éviter les coups, il nous faut comprendre immédiatement, engranger la leçon et la restituer aussi vite. Ne pas suivre ce précepte nous expose tous les quatre à des coups et des humiliations que nos esprits acceptent avec soumission. C'est comme cela. Après tout, nous sommes des enfants au service des parents et non le contraire. Nous leur devons respect et ils ont droit de vie ou de mort sur nous.

– À n'importe quel prix ?

Je n'hésite pas à répondre devant une question aussi évidente.

– Oui.

Même adultes, mes frères restent des proies résignées et dociles. Ils ont dix-huit, dix-neuf, vingt ans. Maman est plus menue qu'eux et continue de les battre. Un geste pour reprendre les habits.

– Ne te rhabille pas. Reste tout nu !

L'humiliation est une punition bien plus terrible. Désespérément, mes frères essaient de cacher leur nudité à l'aide de leurs mains. Ils circulent courbés pour dresser la table, essuyer la vaisselle, pendant que Maman les fustige de la voix et du regard. Tant bien que mal, ils essaient de dissimuler leur corps d'homme que je découvre malgré moi.

Michel semble se ficher royalement de sa nudité et n'affiche aucune honte. Il déambule librement, le cul et la verge à l'air, dévisageant Maman crânement, ce qui finit par la gêner et lui faire arrêter cette humiliation. « Rhabille-toi, tu me fais honte. »

J'en réchappe. Mais est-ce de justesse ou parce que je suis la seule fille ?

Le docteur Doucet me regarde, stupéfaite. Son regard horrifié m'interpelle.

– Vous n'avez jamais essayé de vous rebeller ?

Michel avait bien essayé. Il était intervenu un jour lors d'un repas, entre la poire et le fromage. Une divergence d'opinion avec mes parents sur les études et la réplique avait été immédiate : pas de forte tête ici. À notre grand étonnement, Michel avait insisté. Depuis la mort de Serge, Michel semblait vouloir imposer sa personnalité.

– Pourquoi ne nous écoutez-vous pas quand nous voulons nous exprimer ?

– Quoi ?

– Oui, même quand nous étions petits. Pas vrai ?

Michel s'était tourné vers nous, quêtant notre approbation à Bruno et moi. Impossible d'acquiescer. Peur de mal faire, de perdre l'affection parentale. Peur de leur violence à tous les deux. Gênés, nous avions détourné la tête, priant intérieurement pour que Michel se taise. Les parents avaient triomphé.

– Tu vois, tu dis n'importe quoi !

– Non, ce n'est pas vrai. Et puis vous nous tapiez pour un rien.

– Quoi ? Tu veux nous faire passer pour des parents indignes ? Mais quelle ingratitude ! Quelle insolence ! On a pourtant toujours tout fait pour vous.

Maman s'était mise à pleurer, partagée entre la colère et l'indignation. Du haut de ses vingt-deux ans, Michel avait tenté de se dégager de l'emprise de mon père qui l'avait saisi par le col et lui assénait des coups de pied au bas du dos. Hurlements des parents. Cris de rage de Michel qui pour la première fois se débattait avec l'énergie du désespoir. Le combat était inégal : entravé par le respect qui tétanisait ses gestes, mon frère s'était tu. Chez nous, il était impensable de s'affranchir du quatrième commandement : obéir et aimer ses parents.

Mon discours s'arrête net comme stoppé par une prise de conscience qui me demande un peu de décence. Je suis la gardienne d'un temple maudit. Il ne faut pas que je trahisse les miens. Arrête. Je parle de mes parents, à qui je dois loyauté. En décrivant notre vie je les insulte, d'autant que j'étais un peu plus privilégiée. Vous comprenez, j'étais la dernière, la seule fille.

Le docteur Doucet me tend des mouchoirs. En moi se déroule une bataille entre le sentiment intense de traîtrise et le soulagement d'avoir parlé. Mais je suis la proie d'autres scènes plus sournoises. La ronde des souvenirs se resserre autour de moi, me laissant de moins en moins de répit. Bientôt, les mots recommencent à sortir de ma bouche sans que je puisse les retenir. Études tortures, études amères, études soumission.

Les études

Penchés sur leurs cahiers, Serge et Michel s'appliquent sur la grande table de la cuisine. Je dessine à leurs côtés. Mes crayons de couleur sont disposés autour de moi et je veille à ce qu'ils ne roulent pas à terre. Je ne sais pas encore lire mais je les envie : entourés d'une aura que leur confère l'importance du savoir, mes frères travaillent. Chut ! Pas de bruit, je ne dois pas les déranger. J'hésite : vais-je ajouter une fleur à mon jardin, ou dois-je d'abord apposer les croisillons aux fenêtres de ma maison dont la cheminée fume en belles boucles grises ? Je relève quelquefois la tête de ma feuille pour les admirer en silence. Serge compte sur ses doigts en ânonnant à mi-voix. Michel répète gravement :

– Capi rêve. Il pilote le car.

Un brouhaha diffus dans le salon aux portes fermées. Celui de Papa et de Maman qui, comme chaque soir, supervisent l'avancement des devoirs de Bruno, l'aîné de la famille. Brusquement, le bourdonnement se transforme en éclats de voix.

Mon crayon se fige. Mes doigts se crispent.

D'abord étouffés, les cris s'amplifient. Il y a de l'impatience, de la colère. Les tons montent dans les aigus. C'est Papa ou c'est Maman ? Qu'est-ce que cela change ? Le résultat est le même. Intérieurement, je supplie Bruno. Qu'il réponde, qu'il les calme, que tout cela s'arrête.

Je ferme les yeux.

Maintenant les parents insultent, frappent.

Sur mon papier, il n'y aura pas de soleil, ni de bonhommes au large sourire. J'essaierai peut-être d'écrire mon prénom en grosses lettres comme je l'ai vu faire à la maternelle. Je tracerai des chiffres. Ils seront certainement à l'envers, mais il faut que je m'entraîne. Plus tard, quand je serai à l'école des grands, j'écouterai bien ce que me dira la maîtresse. J'aurai de bonnes notes. Je ne veux pas devenir comme Bruno. Je ne veux pas être grondée ni être traitée de ratée. Je ne veux pas qu'ils me crient dessus comme ils le font avec lui. Ni qu'ils me tapent. Parce que quand ça arrive, je suis comme lui. Ma bouche reste obstinément close, scellée par la peur. Celle de me tromper, celle de décevoir, celle de ne pouvoir échapper à leur fureur.

Je grandis. Tout comme Serge et Michel, j'excelle en classe.

Je suis un des chevaux sur lesquels mes parents ont parié. Je galope, le mors aux dents, vers une ligne d'arrivée invisible, un Eldorado qu'ils me font miroiter. Ils ont parié sur mes frères, sur moi, sur leur satisfaction à avoir donné naissance à des enfants intelligents. Nous reflétons leur mérite : celui d'une éducation sévère mais payante, celui de tous leurs sacrifices. C'est une quête du Graal. Il ne faut pas nous laisser distraire de la cible choisie par nos parents : tu seras docteur, ingénieur, architecte. Qu'à cela ne tienne. Il faut diminuer les loisirs. Travailler. Encore plus dur. Le soir, pendant le week-end, durant les vacances. Nous leur sommes tellement redevables.

« Maman ne travaille pas pour que nous puissions nous consacrer aux études. D'ailleurs, si elle ne restait pas à la maison, qui s'occuperait de la cuisine, du linge, de nous ? » « Maman a dû arrêter très tôt d'aller à l'école pour nourrir ses frères et sœurs. Tes frères et toi avez de la chance de continuer. » « Pas de sorties entre amis, pas d'amis à la maison, pas d'activités extrascolaires, pas de loisir. Ils nous distrairaient et nous empêcheraient de rapporter de bonnes notes. » « Vous aurez tout le temps de jouer plus tard. Vous avez fait vos devoirs ? »

Les années lycée ébranlent les espoirs familiaux.

Bruno s'écroule, après avoir été porté à bout de bras pendant tant d'années. Marqué du sceau de l'infamie, il n'ira pas jusqu'au brevet. L'idéal est de lui trouver un travail dans un bureau. Maman dote les métiers administratifs de toutes les qualités : la stabilité de l'emploi, un salaire sûr, un travail pas trop épuisant.

– Les travaux manuels ou en plein air ? Il est hors de question que tu sois cantonnier ou jardinier. Passe les concours. Tu travailleras à la poste. Pas comme facteur. Comme préposé ou guichetier. Tu seras au moins assis.

Pendant des années, c'est la traversée du désert pour Bruno qui se dépêtre seul. Non, pas totalement seul puisque les parents sont là, qui lui font sentir qu'il est une charge, qu'il n'y arrivera jamais, qu'il rate tout ce qu'il entreprend. Bruno s'accroche, passe les concours, est admis. Il sera agent des PTT.

Fin de l'histoire.

Au suivant.

La machine à bonnes notes de Serge s'enraie progressivement.

– Comment ? Malgré tous nos sacrifices, tu n'y arrives pas ?

La rancœur s'installe. L'année de la seconde lamine son peu d'assurance, aggrave son bégaiement naturel. Il est recalé. Repasse son bac sans gloire. Nous n'avons aucune idée des perspectives professionnelles qui lui sont offertes à l'issue du baccalauréat. La mode des années 1980 est aux métiers en « ique » : mécanique, informatique, électronique, robotique. Même si les grandes lignes de ces professions restent floues, on y entre comme dans les ordres, entouré du mystère et du prestige que confèrent ces nouveaux domaines. C'est dit. Sans en connaître les contours, Maman lui trouve un BTS en électrotechnique. Serge s'engouffre dans un parcours dont il ignore tout. Ses yeux soumis acceptent. Il ne sera pas une charge pour les parents. Il tait ses interrogations.

– Cela fait quoi un électrotechnicien dans la vie ?

On ne devient pas électrotechnicien sans mal. Serge chute lourdement. Sans comprendre ce qui lui arrive. Étouffé par les doutes. Est-il devenu bête au point de ne pas savoir se motiver pour le dessin industriel et l'électronique ?

– Cela fait quoi, si l'on n'arrive pas à être électrotechnicien ?

Vite, lui trouver une voie de garage. Les métiers liés à la gestion sont des pis-aller, des fourre-tout bon chic bon genre. Maman se démène à nouveau. Tiens, pourquoi pas un DUT en GEA ?

– On fait quoi avec un DUT en GEA dans la vie ?

– De la gestion.

– C'est quoi de la gestion ?

– Tu verras bien. Travaille !

Il ne faut surtout pas que l'échec s'installe. Le savoir à nouveau casé est un soulagement. Serge s'embrouille dans la comptabilité, envahi une nouvelle fois par le doute et un profond sentiment d'impuissance.

– Je ne comprends rien.

L'angoisse le submerge. Que fera-t-il s'il vient à échouer une fois encore ? Il n'y aura pas de session de rattrapage. À presque vingt ans, Serge choisit un tout autre débouché que celui escompté par mes parents. Un soir de janvier, il se jette sous une rame du métro parisien.

Au suivant.

Michel est intelligent, ambitieux, travailleur. Personne n'impose d'orientation à son esprit rebelle. Il veut devenir ingénieur. Il en a les moyens. Son chemin est tout tracé : une prépa scientifique dans un lycée renommé, des journées et des nuits laborieuses, une lutte acharnée pour accéder aux prestigieux concours. La mort brutale de Serge est un tsunami qui balaie tout sur son passage.

– À quoi sert-il de travailler à l'école si l'on meurt si jeune ? Il faut profiter de la vie.

Michel devient celui qui peut y arriver mais qui ne veut plus se sacrifier au dieu Études. Un jour, il dépose ses livres et ses cahiers comme on dépose les armes. Plus de leçons, plus de classe, plus de concours. Michel traîne son âme en peine dans les librairies, les théâtres, les bars. Commence à fuguer, une fois, deux fois, de plus en plus souvent. Son esprit s'enferme dans un monde de peur et de souffrance.

Parents, frère et sœur, je vous ferai craindre ma mort à chacune de mes sorties. Vous halèterez de terreur à l'idée de me perdre à l'instar de Serge et de n'avoir pu m'en empêcher. Un soir d'automne, les gendarmes sonneront à votre porte pour vous annoncer la fin de mon odyssée. Dans la Seine. Noyé sans que l'on sache ni comment ni pourquoi.

Au suivant.

Je suis un tournesol arrivé à maturité. Mes pétales s'ouvrent et se tournent vers le dieu Soleil, qui m'a promis depuis tant d'années la floraison.

– Et moi ?

Depuis toute petite, j'ai été programmée pour emprunter la voie royale. Je prends plaisir aux études au même titre que certains de mon âge sortent, dansent ou flirtent. Les excellentes notes que j'ai obtenues dans toutes les matières sont autant de clés pour ouvrir les portes de la réussite. Je suis motivée. Je veux y arriver. Pour moi. Pour mes parents qui m'ont poussée et dont je sais leur être redevable. Pour mes frères dont je veux reprendre le flambeau. Je suis une marathonienne dont les pieds ailés sont calés dans les starting-blocks. Je suis un cheval au galop sans mors aux dents.

Non, je suis Perrette et le Pot au lait.

Mes parents sont devenus les gardiens farouches du temple de l'orientation familiale. Au diable l'avis enthousiaste de mes professeurs. Au diable mes aspirations profondes ! Au diable mon Moi assoiffé de s'épanouir après tant d'années d'efforts ! Question de principe. C'est un duel entre le système scolaire et eux. Il ne peut y avoir qu'un vainqueur. Ce sera eux.

– Que veux-tu faire ?

– J'ai envie de poursuivre mes études.

– Il faut que tu obtiennes un diplôme rapidement.

– Pourquoi ?

– Tu veux être ingénieur, médecin ou professeur ? Humm. Qui nous dit que tu y arriveras ? Tu vas peut-être échouer comme tes

frères. Nous avons vu ce que cela a donné. Tu te retrouveras sans rien. Tu devrais faire un BTS en informatique.

De l'informatique ? Pourquoi de l'informatique ? Vaguement inquiète à l'écoute des propos de mes parents, je tente de me faire entendre.

– Papa, Maman, je n'ai pas envie de faire de l'informatique.

Je n'ai jamais émis l'idée de travailler dans ce domaine. Je ne m'intéresse même pas au minitel que nous hébergeons depuis peu à la maison. J'aime les langues, le français. Je voudrais enseigner, voyager. J'ai des capacités en raisonnement, en mathématiques. Je suis travailleuse. Je le sais et ils le savent.

Qui parle de choix ? La décision est prise.

Pauvre mortelle, baisse la tête et entends notre sentence. Les dieux ont parlé.

– Tu feras un BTS en informatique. Tu auras un diplôme rapidement. L'informatique est un métier d'avenir. Tu trouveras facilement du travail. D'accord ?

Non, pas d'accord. Je proteste de manière véhémente. Je suis un insecte qui se débat dans un verre d'eau. M'entendent-ils ?

– S'il vous plaît, pas de BTS en informatique. Je ne veux pas programmer sur des ordinateurs toute ma vie.

– Qu'est-ce que tu en sais ?

– Je me connais. Laissez-moi continuer mes études. Laissez-moi y arriver. Je vous promets de travailler encore plus.

– Fais ce que l'on te dit. Sans discuter.

– Mais c'est de moi dont on parle ! De mon avenir !

– Tu oses nous répondre ? De toute façon, les études, c'est trop cher.

À qui serviront les économies dont ils nous avaient promis l'usage en cas d'études longues ? Pourquoi est-ce un problème financier alors que ce n'en était pas un pour mes frères ?

– Ne sois pas ingrate ni égoïste. Pense à nous.

Sacrilège ! Blasphème ! De quel droit puis-je m'opposer aux commandements qui ont guidé mon éducation depuis mon plus jeune âge ?

Tu respecteras tes parents. Ils ne veulent plus jouer aux courses avec toi : trop risqué.

Tu ne ruineras pas tes parents avec des ambitions démesurées.

Tu te tairas et tu te soumettras.

Non.

J'argumente, je pleure. De rage, de frustration, de désespoir. Je suis une chenille qui ne deviendra jamais papillon. La raison ne suffit plus à me faire entendre. Les parents sont devenus sourds, autistes.

Je m'interroge. Peut-être faut-il me montrer plus patiente à leur égard ? Le temps joue en ma défaveur. Je suis en terminale, il n'y aura pas de seconde chance. Plus docile alors ? Mais comment faire ? La crainte de voir sombrer mes parents dans la folie et le chagrin a castré en moi toute velléité de rébellion. Il ne me reste qu'une alternative : travailler. Travailler encore plus dur pour leur prouver que je peux réussir. C'est normal, sur leur chemin de croix, ils sont tombés. Ils ont douté. Il leur faut des garanties.

J'accentue mes efforts. Tendue douloureusement comme la corde d'un arc dont je serais la flèche. Notre appartement trop petit n'absorbe pas les rancœurs, ni les remarques acerbes de mes parents. Les études deviennent souffrance, les sous-entendus laminent mon assurance déjà mise à mal.

– Tu n'y arriveras pas.

J'étouffe. Tente de travailler à la bibliothèque, au lycée. Leur regard me suit, suspicieux.

– Où étais-tu encore ?

Je me sens impuissante à leur démontrer que je n'ai commis aucun crime si ce n'est celui de vouloir m'en sortir.

Tu deviendras indésirable.

– Ne rajoute pas à notre malheur. Nous avons enduré suffisamment de choses comme cela.

Tout plutôt que de survivre sans leur amour. Tout plutôt que de faire souffrir les miens.

Tu aimeras tes parents. Tu te résigneras.

Je capitule. Quelle importance après tout ? Pourquoi se battre ?

Dans l'indifférence générale, je passerai mon baccalauréat du premier coup. Avec mention. Devant mes camarades et mes professeurs incrédules, je plaiderai une orientation que je n'ai pas choisie.

Faussement comblée.

Pour protéger mes parents. On ne s'attaque pas à la famille.

Pour me convaincre de la justesse de cette orientation que j'exècre au plus profond de moi.

– Un BTS en informatique ? Mais c'est génial ! Je pourrai obtenir un diplôme rapidement et puis… l'informatique est un métier d'avenir.

Quelle suite à ces commandements ?

Avec beaucoup, beaucoup de volonté, tu pourras espérer gagner le Nouveau Monde mais il faudra ramer longtemps. Très longtemps. Et il faudra être sage, très sage, si tu veux mériter la barque que tu devras emprunter pour t'y rendre.

Ma hargne à me sortir de cette orientation forcée me donne des ailes. Deux ans de labeur pour arriver major de promotion avec l'espoir fou de poursuivre mes études dans une école de province. Je vais pouvoir reprendre le cours des choses. Je deviendrai ingénieur. J'effacerai ce sentiment de frustration que je ressens si souvent. Je ne serai plus ce pilote amer à qui l'on demande de conduire une 2 CV et qui se voit dépasser sur le circuit par des concurrents en bolide.

Papa et Maman n'envisagent pas une seconde que je les quitte. Ils signent mon arrêt sans même prêter attention à mon Moi qui supplie.

– Il est hors de question que tu partes. Ton père et moi nous sommes sacrifiés pour acheter un appartement à Paris. Nous aurions

pu déménager depuis longtemps mais nous sommes restés pour vous garder, tes frères et toi. Tu fais ce que tu veux mais tu restes ici avec nous. D'ailleurs, une fille toute seule, loin des parents, on sait ce que ça devient. Une fille foutue, une traînée.

Je ne réclame même plus ma liberté. À quoi bon ? Je connais mes parents. Il serait dangereux de braver la colère des dieux. Comme Ulysse, j'entreprendrai alors un long voyage dont je tracerai prudemment chaque escale. Année après année. Je travaillerai d'arrache-pied. En serrant les dents. En étouffant mes envies pour ne pas froisser la sensibilité parentale. Pour leur survie, je préserverai cette image d'étudiante sérieuse et sage, vivant encore sous leur toit. Je ne sortirai pas, je ne fréquenterai personne.

Malgré les vents contraires, je ramerai jusqu'à atteindre la terre ferme. Loin des rives du Nouveau Monde. Ma barque accostera enfin. Je débarquerai dans la vie professionnelle. Je me ferai reconnaître par les spécialistes comme une experte dans un domaine qui ne me passionne pas mais que j'ai fait mien par dépit.

Je suis devenue docteur en informatique.

Ingrate, aurais-tu oublié le dernier commandement ?

Ah oui.

Tu honoreras tes parents pour leur choix qui conditionnera le reste de ta vie. Même si chaque jour qui s'écoule, tu regretteras de n'avoir pas su te faire entendre.

La chute

Je me suis traînée au cabinet du docteur Doucet aujourd'hui. Je n'ai pas envie d'y aller. La honte, la peur, la colère. Promis, cet après-midi, je saurai rester maîtresse de mes émotions et de mes mots. Cette décision me paraît d'autant plus facile à tenir que le docteur Doucet semble avoir changé d'attitude. Plus lointaine, plus distraite. Elle range son bureau, pianote sur le clavier de son ordinateur, m'encourage doucement du regard quand mes mots trébuchent, hésitent, s'égarent. J'ai l'impression qu'elle ne me juge pas. Son attitude m'incite à presser ma mémoire pour en extraire des anecdotes presque dérisoires.

Le docteur Doucet se détourne de l'écran qu'elle scrutait depuis quelques minutes. Elle tourne son fauteuil dans ma direction. Ses premiers mots s'égrènent comme une berceuse. Petit à petit, ses phrases forment une histoire que j'écoute d'une oreille de plus en plus attentive. Elle évoque la vie d'une de ses amies d'enfance. Sa voix est neutre. S'adresse-t-elle encore à moi ? Elle décrit le calvaire de son amie après tant d'années, tant de silence, tant de souffrance. Elle avait fait l'objet d'un viol alors qu'elle n'était qu'une enfant.

Un inceste.

Les yeux du docteur ne m'ont pas lâchée pendant son récit. Je sens la terre vaciller sous mes pieds. Je regarde ses lèvres qui murmurent, ses yeux qui me fixent. Je suis devenue subitement sourde mais j'entends. Je suis aveugle mais je vois ses mains qui se tendent vers moi, apaisantes. Je suis muette mais le tremblement incontrôlable de mes lèvres parle pour moi.

– Vous avez subi vous aussi des attouchements, n'est-ce pas ?

Ce n'est pas une question. C'est une affirmation.

À ce moment, je sens que je ne serai portée par aucun parachute. Si je parle, l'impact sera mortel. Si j'en réchappe, les séquelles seront définitives pour moi comme pour mes proches. Pendant un temps infini, je la dévisage, hagarde. Je contemple ma vie brisée derrière moi. J'entrevois le vide devant moi.

Elle sait.

Je saute.

Mes larmes jaillissent, signe avant-coureur de ma réponse.

– Oui.

Ma réponse est un chuchotement inaudible plus fracassant dans son cabinet qu'une clameur.

– Par votre frère ?

Pas mes frères, non.

– Par votre père ?

Sa voix est douce mais ferme. Ses yeux m'ont coincée et ne me quittent plus. Je suis un hamster pris au piège. Une main salvatrice s'est tendue pour m'attraper au fond de la cage où je me suis recroquevillée et je sais que je ne pourrai lui échapper. C'est impossible.

J'acquiesce doucement, mon regard fuyant le sien. Des vagues de rage, d'impuissance, de honte lèchent mon cœur. Des tremblements parcourent mon corps puis se transforment rapidement en spasmes violents qui me secouent des pieds à la tête. J'ai juste le temps de m'apercevoir que ces vagues sont les prémices d'un tsunami d'une violence inégalée. Les flots furieux, retenus depuis plus de quarante-cinq ans me submergent, sans que je puisse me mettre à l'abri d'une quelconque excuse. Ma muraille cède d'un coup malgré tous mes efforts pour endiguer le raz de marée qui jaillit de ma bouche ouverte.

Un hurlement.

De terreur. De souffrance atroce. D'agonie. Je ne suis plus moi. La bête s'est réveillée.

Mon père

J'ai trois ans. Peut-être deux. Peut-être quatre. Je ne sais pas. Cela a toujours existé. Nous venons d'emménager à Molsheim en Alsace dans une maison entourée d'un petit terrain sur lequel mes parents élèvent avec la même attention poules, lapins, canards, et cultivent arbres fruitiers et légumes. Mon père nous surveille de loin, bricole sur la voiture ou dans le jardin. Souvent, il me laisse arroser le potager avec lui. Il n'y a que moi qui bénéficie de ce privilège et j'en savoure chaque instant : la pluie fine que je déverse doucement de mon petit arrosoir jaune sur les jeunes plants, l'odeur de la terre mouillée mêlée à celle des tomates, la vue d'une courgette dissimulée derrière une large feuille. Quelquefois, je trottine docilement derrière mon père jusqu'au garage où il range pelle, bêche et râteau.

Jusqu'à cette minuscule pièce perdue dans la pénombre de la cave.

Je sens l'odeur du ciment frais. J'entends au loin le bruit de l'eau dans les canalisations, les mouvements presque imperceptibles de la vie d'en haut : ma mère qui fait la cuisine, mes frères qui chahutent. Mon regard parcourt les murs gris, mes vêtements posés à terre. J'ai peur du noir, du silence, des yeux aux pupilles dilatées de mon père. Pourvu que Papa ne me morde pas comme les autres fois. Parce que ça me fait mal. Surtout là, entre mes jambes nues.

J'ai six ans. Nous avons déménagé en Afrique, à Dakar. Je sais nager comme mes frères qui ont bénéficié également de l'attention de mon père. Non, pas tout à fait comme eux. Pendant ces leçons que maman contemple de la plage sous le parasol, les doigts de mon père explorent mon corps sous l'eau et font glisser mon petit maillot. Papa a pris maintenant l'habitude de me toucher, là, entre mes jambes ou sur ma poitrine plate quand je m'assois sur ses genoux, quand je joue, quand je suis seule. Les petites robes légères cousues par Maman se prêtent facilement à son jeu. Est-ce une impression ? Ses attouchements me semblent plus fréquents, différents. À moins que ce ne soit ma conscience qui s'éveille et ma mémoire qui enregistre sans faille toutes ces scènes.

J'ai neuf ans. Nous avons emménagé en Allemagne. Dans notre appartement, l'ambiance est studieuse. De ma petite chambre à coucher où je joue à la poupée, j'entends mes frères qui travaillent et discutent dans la salle d'études. À notre arrivée à Berlin, mon père a tenu à ce que j'ai une chambre pour moi. C'est normal. Je suis la seule fille. J'ai besoin d'intimité.

Accolée à celle de mes parents, ma chambre est monastique mais c'est mon domaine. Elle se compose d'un lit, d'une armoire, d'un bureau. J'y dors, j'y joue, j'y travaille, j'y lis. Ma mère est à l'autre bout de l'appartement, dans la cuisine. Elle y travaille, elle y cuisine. Elle ferme toujours les portes de son antre qu'elle emplit du bruit de la hotte, du tintamarre de la vaisselle qu'elle lave, de la radio. Mon père joue de la guitare. Et puis le bruit de la guitare s'arrête.

Des pas. Les siens. Il vient me chercher pour m'inviter à le rejoindre. Parce que je n'ai personne avec qui jouer. Parce que la table de son bureau m'attire avec ses stylos brillants. J'espère que nous allons pouvoir parler ensemble, rire, se chahuter. Tacitement, je lui promets allégeance en échange de sa protection contre l'inaccessibilité maternelle.

– Tu aimes Papa ?

Ma réponse fuse. Oui, bien sûr. Ses yeux changent d'expression pendant que ses doigts rampent le long de mes jambes.

– Tu dis à Papa si je te fais mal.

Assise sur ses genoux, je babille, je griffonne sur ses carnets, nous jouons au morpion, au petit carré. Je n'envisage même pas que ce que font ses mains là, sous le bureau, est inconvenant. C'est mon père et il est si gentil.

– Papa, est-ce que les autres papas font la même chose à leur petite fille ?

Mon père se racle la gorge. C'est son habitude quand il s'apprête à se lancer dans une grande explication. Dans ses bras, j'attends, confiante de sa sagesse, et continue de crayonner.

– Oui, bien sûr. Mais il ne faut pas le dire. C'est un secret entre Papa et toi.

La réponse ne me chagrine pas. Il me paraît normal que tous les papas du monde caressent ainsi leurs petites filles. Le voisin lui-même en Alsace m'accueillait à la porte d'entrée de sa maison avec un rituel identique. Une caresse sur mon bas-ventre accompagnée d'un petit rire rauque derrière sa moustache rase. Je n'en avais pas parlé à la maison. À quoi cela aurait servi ? Mon père faisait bien la même chose.

– Papa, est-ce que je peux parler de ce que tu me fais au curé ?

Autre raclement de gorge.

– Non, ma chérie, même pas à tes copines, ni à Maman, ni au curé. À personne. Non, ce n'est pas mal. Ça ne se dit pas, c'est tout. Tu as d'autres questions ? Tu peux tout me demander.

Non, pas d'autres questions. J'ai trouvé un camarade de jeu, des bras pour me serrer quand je suis triste, une sorte d'oracle à qui m'adresser quand des questions me taraudent. Même les plus intimes.

J'ai dix ans. Victoire, je me suis fait une grande amie à l'école. Catherine est une jolie blonde au rire facile et aux yeux bleus de poupée. Nous nous retrouvons avec joie dans la cour de récréation et rentrons ensemble de l'école en faisant voler mes nattes noires et les siennes blondes au-dessus de nos cartables. L'autre jour, pleine de mystère, Catherine m'a confié un secret.

– Tu ne le diras pas, n'est-ce pas ? C'est notre secret à toutes les deux parce que tu es ma meilleure copine.

J'ai hoché la tête gravement et vite, touchée de sa marque de confiance, lui ai susurré à mon tour quelques mots dans le creux de l'oreille. Depuis, nous nous regardons en chiens de faïence : une broutille nous a séparées et, amères, nous ne nous parlons plus.

Ce matin, je me réveille affolée : que lui ai-je confié ? Je me revois me pencher vers elle et lui dire... Mais quoi ? Impossible de m'en souvenir. Le doute s'installe. Un coup au cœur. Et si, dans le feu de l'action, je lui avais dévoilé les gestes de mon père à mon égard ? Tour à tour, je m'interroge, me raisonne, me flagelle, me rassure.

« Lui ai-je dit que Papa et moi... Non, je n'ai pas pu parler. Je n'ai quand même pas pu lui dire... ? »

Je n'arrive même pas à formuler toutes les scènes que ma mémoire rejoue.

« Si, tu as pu. Catherine, c'était ta chère copine. Rappelle-toi. Comment lui as-tu dit déjà ? »

Déchirée entre la thèse du « oui, j'ai parlé » et celle du « non, je n'ai pas trahi mon père », je sombre peu à peu dans une sorte de démence douloureuse. Un jour, je me mets à pleurer pour un rien, affolée à l'idée des conséquences de mon éventuel aveu. Le lendemain, je ris de soulagement, convaincue de m'être tue sur l'indicible. Le combat est atroce pour mon mental d'enfant qui ne doit pas trahir son clan. Comment soulager ma conscience ? À qui demander de l'aide ?

Je n'ai personne.

Je ne peux pas chercher du réconfort auprès de Maman ou de mes frères : ils ne sont même pas au courant des agissements de mon père. Je ne peux pas demander à Catherine de me rappeler mes confidences passées : elle n'est plus ma copine. Je ne peux pas me fier à ma maîtresse, ni parler au curé, ni aux amis de mes parents et encore moins à ma proche famille si lointaine. D'ailleurs, mes parents m'ont toujours répété qu'il ne fallait pas se fier aux autres, aux étrangers. Je respecterai scrupuleusement leur règle d'or :

– Les enfants, ne dites jamais ce qui se passe à la maison.

Mes hésitations deviennent cauchemars puis visions apocalyptiques. La douleur que je ressens a finalement raison de ma réticence à me confier. Je me tourne vers le seul être capable de me comprendre et de m'absoudre même si je crains sa réaction.

Mon père.

Un soir, assise sur ses genoux dans l'ambiance feutrée de sa chambre, je me hasarde à aborder le sujet.

– Papa.

– Mmmh ?

– Papa, je crois que j'ai fait une bêtise.

– Ah bon ?

– Je crois que j'ai raconté à Catherine ce que tu me faisais.

Perplexe, mon père me dévisage.

– Enfin, tu sais, tes caresses, tout quoi...

Un froncement de sourcils de sa part. Éperdue, je me corrige précipitamment.

– Enfin, ne t'inquiète pas, je n'en suis pas sûre.

Triturant frénétiquement l'un des stylos brillants qu'il a disposés sur son bureau, je me tais. Mon père sourit d'un air encourageant, m'enjoignant à poursuivre.

– Mais si je le lui avais dit, ce serait grave ?

– Pourquoi lui as-tu parlé de ça ?

Piteusement, je bredouille.

– Ben, on échangeait des secrets, parce que c'est ma copine. Alors, tu vois...

– Tu lui en as parlé ou pas ? Que lui as-tu dit ?

– Je ne sais pas. Je ne sais plus.

– Il ne faut pas raconter aux autres ce qui se passe entre nous, Laurence. D'accord ?

Une caresse. Pour lui, la conversation est terminée. Pour moi, sa réaction ne fait qu'augmenter mes remords. Il est si gentil. Qu'ai-je fait ? Qu'ai-je dit ? Comment ai-je pu le décevoir ? Le sentiment de trahison à son égard est si fort que rapidement, je reviens le voir. Peut-être n'ai-je pas été assez explicite ? Peut-être qu'inconsciemment ou consciemment j'ai amoindri mes propos. Il faut m'en assurer.

– Papa, tu crois que j'ai parlé ?

– De quoi, ma chérie ?

– Ben, tu sais bien. Avec Catherine.

– Je ne sais pas, Laurence. Tu ne te rappelles plus ?

– Je ne crois pas avoir parlé. Mais si je l'avais fait, hein ? Tu crois que c'est grave ?

Jour après jour, semaine après semaine, mois après mois, je tourne en rond, l'interroge dans l'espoir qu'il m'absolve. Finalement, de guerre lasse, Papa trouve la juste phrase pour me rassurer.

– Ne t'inquiète pas. Tu n'as certainement pas parlé.

Voilà ! C'est fini ! Sa réponse m'ouvre la porte de l'asile où je m'étais enfermée. Soulagé, mon cerveau se remet à fonctionner et m'amène à conclure définitivement.

Non, je n'ai pas parlé.

D'ailleurs en quels termes aurais-je pu exprimer les gestes de mon père, alors qu'à moi-même je ne sais même pas me les raconter ? Suis-je bête ! Confiante, je m'en remets à sa magnanimité. Encore une fois, je peux faire confiance à mon père pour me délivrer de toute douleur. Il me connaît si bien.

J'ai dix ans et demi. Je ne sais pas comment l'on fait des bébés. Mes livres de bibliothèque rose ou verte ne parlent pas de ces choses. Un jour, pourtant, le monde vacille. Par ennui, j'emprunte à mon grand frère Bruno le roman d'Alex Haley, Racines, et m'arrête stupéfaite à la scène du viol de Kizzy, la fille de Kunta Kinte. L'acte est cru, bestial, *violent et aboutit à la grossesse de l'esclave. Mon monde s'écroule. Je ne comprends plus et vais chercher conseil auprès de mon père, mon livre à la main.*

– Papa, c'est comme ça qu'on fait les bébés ? Comme dans le livre ?

Mon père acquiesce, avec un sourire de chat qui a mangé une souris.

– Papa, pourquoi tu me fais la même chose ? Tu veux avoir des enfants avec moi ?

– Non, non ma chérie. Ça n'a rien à voir. C'est parce que Papa t'aime qu'il fait ça et Papa fait très attention.

Les explications qu'il me donne sont précises.

Je digère l'information. Une prise de conscience m'étreint subitement.

– Tu fais ça même avec Maman ?

Je n'en reviens pas.

– Oui, oui. Tous les adultes le font. Mais si tu veux voir comment ça se passe, Papa et Maman peuvent te montrer comment on fait.

– Non, non, non.

J'imaginais que ses gestes n'avaient été créés que pour moi. Que Maman, elle aussi, en ait bénéficié et continue d'en bénéficier, m'assomme. Tous les adultes d'ailleurs. Mais pas les enfants. Ce que je fais est mal, alors ? Ma langue n'arrive pas à se délier et lui dire d'arrêter. Est-ce par peur qu'il me rejette, qu'il me haïsse, qu'il m'enlève son affection ? Je me résigne à mon sort. C'est mon père. Il ne peut penser ni agir mal. C'est impossible. Je dois me reposer sur son jugement. Et puis cela fait tellement longtemps que je me suis soumise à ses attouchements qui font désormais partie intégrante de ma vie. Ses mains ont apprivoisé mon corps.

J'ai onze ans. Mon père travaille en trois-huit. Les nuits où il ne revient pas, Maman m'incite à dormir avec elle dans le grand lit conjugal. C'est une faveur que je savoure avec bonheur. Elle n'est pas accordée aux garçons. Non, rien qu'à moi. Maman m'a choisie. Moi, la petite dernière. Je me glisse le soir dans les draps, consciente du privilège dont je bénéficie : Maman va me câliner. Maman sera plus proche. Pour une nuit, Maman sera ma complice. À travers mon sommeil, je l'entends me rejoindre et s'apprêter pour la nuit. Je sens l'odeur de la crème hydratante dont elle s'enduit les mains avant de s'allonger lourdement à mes côtés. C'est un rituel maintenant. Elle me retourne, saisit mes mains pour les enduire également de crème puis s'endort. Ses ronflements me bercent. Je sais qu'elle est là.

Au petit matin, elle m'abandonne pour accueillir mon père rentré du travail et lui préparer son petit déjeuner. La porte de la chambre s'entrebâille. Mon père rentre et se glisse dans le lit. Tout doucement, insidieusement, il me caresse. J'ai tellement sommeil. J'aimerais tellement dormir. Je tente désespérément de m'accrocher au radeau de mes rêves.

– Non, Papa.

J'ai envie de lui dire d'arrêter. Il est si tôt. Je ne bouge pas et me cramponne à mon oreiller, à mon drap. Je voudrais que pour une fois il arrête, stoppé par mon Moi silencieux qui s'insurge. Mais doucement, inexorablement, ses doigts explorent sous les draps. Je ne les repousse pas. C'est peine perdue. Il est inimaginable de m'opposer au rituel de ses retours matinaux. C'est mon père. Dans la pénombre, ses mains cherchent, fouillent. Ma bouche est close comme mes yeux que je garde obstinément fermés. Tout se fait en silence.

– Tu aimes Papa ?

Je suis réveillée. Je ne rêve pas. Je ne pourrai plus dormir.

Mon père s'essuie avec le mouchoir glissé sous son oreiller et s'endort, serein. Je me lèverai plus tard et ferai comme si de rien n'était.

Je suis une bonne fille.

J'ai douze ans. Ce matin en allant aux toilettes, j'ai aperçu une petite tache marron qui maculait ma culotte. Je viens de prendre mon petit déjeuner. Quelle maladroite ! J'ai certainement dû laisser tomber du lait au chocolat sur mon pantalon. Je m'essuie, change mon sous-vêtement souillé. Le soir, la tache est réapparue. Un vertige. Que m'arrive-t-il ? Ce ne peut pas être les règles. Il y aurait du sang. Le doute m'assaille. Vingt fois dans la journée je vérifierai sa présence. À qui me confier ? À Papa ? Papa est si savant. Mais Papa travaille. À Maman alors. Je prie intérieurement pour qu'elle me rassure. En rentrant de l'école, je vais aller la voir dans sa chambre.

– Maman, c'est quoi ça ?

– Ah, tu as tes règles.

Pendant que je digère l'information, Maman est allée ouvrir son armoire et est revenue avec un gros rouleau de papier toilette à la main et deux épingles à nourrice.

– Voilà. Quand tu auras tes règles, tu prendras ces papiers-toilette-là qui sont tout doux. C'est fait pour. Tu les enrouleras comme ça, au moins vingt fois, et tu les fixeras à ta culotte avec des épingles à nourrice. Ça fait comme un matelas. Ensuite tu enrouleras à nouveau du papier toilette et cette fois, tu le coinceras là entre les lèvres (un silence étonné de ma part), oui c'est comme ça que ça s'appelle.

Maman a écarté mon sexe et me fourre le papier qui dépasse de mon intimité.

Éperdue, j'ai l'impression de basculer dans un monde sale, bestial, ajoutant mon inconfort à ma disgrâce, mon angoisse et ma honte. J'écoute Maman qui continue de me parler tout en me montrant les gestes qui devront se répéter tous les mois. Ça y est, c'est fini. J'ai remonté ma culotte, mon pantalon. C'est inconfortable, ça me gratte. Je repars écœurée, mon gros rouleau de papier-toilette rose coincée sous mon bras.

– Au fait, Laurence, si un jour tu vois un gros caillot de sang, tu m'appelles pour que je vérifie si tout va bien.

Vérifier quoi ? Je ne comprends pas mais ne poserai pas de questions. Maman sait ce qu'elle fait.

Le soir, Maman a prévenu Papa. Ça y est, je suis pubère. Avec un petit sourire complice, Papa tient maintenant à jour un petit calendrier où il note scrupuleusement les dates de mes règles. Il est si prévenant. Mais chut, c'est encore un secret entre lui et moi.

– Pourquoi tu fais ça, Papa ?

Je ne connaîtrai que bien plus tard la méthode Ogino ou comment ne pas être enceinte sans préservatif ni pilule. Il connaît tellement de choses, mon père. Et avec ce calendrier, il me connaît vraiment bien.

J'ai treize ans. Mon père prend l'habitude de venir me retrouver dans la salle de bains. Depuis quelque temps, Maman m'a incitée à demander à mon père de m'aider. Elle, elle n'a pas le temps. Elle fait la cuisine, la vaisselle. Elle lit. J'ai de longs cheveux qui font des nœuds à force d'être lavés avec du savon à la place du shampoing jugé trop cher. Je lui abandonne ma chevelure à laver, mes bras, mon torse, mes cuisses. Je sais que mon père va me rincer longuement. Il va ensuite laisser couler de l'eau dans la baignoire. Il faut faire croire que derrière la porte fermée, tout est normal.

Le regard de mon père, petit à petit, change pendant que mon esprit se prépare. Je suis devenue de bois. Je voudrais bien que mon père arrête de m'embrasser avec sa langue. Je me sens sale. Mon père se penche. Je lui suis reconnaissante d'avoir arrêté de me mordre le bas-ventre. Quelques minutes encore et ce sera fini. Papa se réajustera d'un air satisfait, me congratulera d'un « Tu es une bonne petite fille », je m'habillerai, je regagnerai ma chambre pour faire mon cartable et puis je mettrai la table. Demain, il y a école.

Mon père s'agite.

Tout d'un coup, mon corps que je crois connaître ressent une décharge.

– Qu'est-ce qui m'arrive, Papa ?

– Ça, c'est que tu me suces de l'intérieur.

Déroutée, je ne reconnais plus ce corps qui me trahit. Les sens affûtés, les narines dilatées, mon père jubile. Ses mêmes gestes perpétrés depuis mon enfance ont produit l'étincelle qu'il guettait depuis si longtemps. Enfin, le feu a pris. Impuissante, j'assiste au premier embrasement de mon corps inerte. Là, sur le rebord de la baignoire. Là, avec celui qui m'a engendrée. Sous les yeux de mon prédateur désormais rassuré sur son habileté d'adulte à me faire jouir, moi, sa chose, son enfant, sa marionnette.

Pauvre poupée de chiffon, que pleures-tu ? La perte d'une virginité que tu n'as jamais connue ? La fin d'une candeur dont tu ne peux pas te targuer ? L'implosion de cet orgasme qui signe la mort de ton innocence ? Ne joue pas la vierge effarouchée. Tu n'es qu'une pute. Tu baises ton père. Tu suces ton père. Pire, tu le suces de l'intérieur.

Luxure du corps et de mon âme. Agonie de ma dignité. Piétinement de mon être, au plus profond de mes entrailles.

Mon corps se conduira désormais comme un mendiant asservi qui voudra son quota de plaisir. Atrocité du paradoxe, mon âme est morte ce soir-là, étouffée par la honte. Personne n'est venu à son secours.

J'ai quatorze ans. Depuis plusieurs mois, Maman est en proie à des douleurs terribles qui la clouent au lit. Non, elle ne veut pas aller chez le médecin. Ses histoires de femme n'intéressent qu'elle. Elle s'en dévoile à mon père qui lui apporte les repas dans la chambre. Il la console d'une voix douce, la caresse d'un geste apaisant au plus fort de ses crises. Mais une fois la porte close sur son sommeil, le regard de mon père change quand il se pose sur moi. « Et tu baiseras ton père, pendant que ta mère souffrira le martyre. » Je suis damnée à jamais.

J'ai quatorze ans et demi. Nous avons déménagé. Nous habitons maintenant la région parisienne, au septième étage d'un immeuble gigantesque. Notre appartement est minuscule mais mes parents en sont fiers : habiter si près de Paris est un aboutissement pour eux. Il vaut bien tous les sacrifices. Y compris celui de nous isoler encore plus : sortir, faire du vélo, taper dans un ballon deviennent des activités inaccessibles. Les rues sales qui entourent le bâtiment sont incompatibles avec les maigres loisirs dont nous bénéficiions à Berlin. Le parc le plus proche est à trois quarts d'heure à pied. Les parents ne me laissent aucune possibilité d'emprunter le métro pour me rendre à Paris : les mots « plaisir » ou « sorties entre amis » n'existent pas. Mes frères et moi partageons la même chambre. Chaque matin, la porte ouverte du placard me sert de paravent pour me protéger de leurs regards pendant que je me défais de mon pyjama et m'habille.

Nous croisons rarement les autres habitants de la résidence. Régulièrement, nous nous rendons au sous-sol de l'immeuble pour vérifier l'intégrité de notre cave, qui a été plusieurs fois forcée. Aujourd'hui, mon père doit y descendre. Son regard me choisit pour se joindre à lui. L'ascenseur termine sa longue descente et nous déverse dans le sous-sol. Il n'y a personne. Mon père se retourne vers moi. Son regard change d'expression pendant qu'il introduit la clé dans la porte de notre cave, desservie par un long couloir bétonné. Mal à l'aise, je reste à l'extérieur.

– Entre.

Mon père referme la porte derrière nous. Sa respiration se fait haletante. L'odeur de son après-rasage envahit la pièce sombre et me donne envie de vomir. La lueur de l'ampoule accrochée au plafond projette nos ombres sur les murs. La minuterie s'arrête. J'ai peur. Je veux partir. Je chuchote.

– Papa, s'il te plaît, non.

Mon père me dévisage. Ma main le repousse, mais si faiblement. J'ai peur de sa réaction. Il n'a pourtant jamais été violent. Ou si peu.

– Ce n'est pas grave.

Ce soir, il s'enfermera dans la salle de douche avec moi. Même si dorénavant mes cheveux sont courts et ne nécessitent plus de longs soins. Les habitudes ne changent pas.

J'ai dix-sept ans. Serge s'est suicidé. Dans notre famille désintégrée, c'est le chaos. Je ne savais pas que la souffrance pouvait atteindre ce paroxysme. Chaque matin, je me lève et survis en espérant des jours meilleurs. Je survis parce que mes parents désemparés ont besoin de toute mon affection, de ma présence à leurs côtés. Je les ai vus pleurer en silence et mon monde si sûr s'est écroulé. Aujourd'hui Maman est partie au cimetière avec mes frères. Dès la porte fermée, mon père est venu mendier du réconfort auprès de mon corps qui ne lui refuse plus rien. Je ne peux pas m'opposer à ses yeux tristes. Il me faut le consoler. Au prix de ma culpabilité grandissante. Même si je dois m'oublier. Même si j'ai si peur d'aller en enfer. Même si je suis persuadée que, de là où il est, mon frère Serge voit tout.

J'ai vingt ans. J'ai intégré un magistère d'informatique appliqué depuis septembre, en plein Paris. C'est une formation lourde en trois ans dédiée à la recherche. Ma motivation est forte : si je m'accroche, je pourrai décrocher en parallèle une licence, une maîtrise et peut-être un DEA, la voie royale pour le doctorat. Notre classe est constituée d'une vingtaine d'étudiants passionnés. Leurs yeux brillent quand ils parlent des matières enseignées. Pas moi. Tous disposent d'un micro-ordinateur à domicile qui leur permet d'approfondir les connaissances journalières. Pas moi. Je travaille dur, très dur, mais peine à émerger la tête de l'eau. Je pourrais certainement m'en sortir si, comme eux, je possédais mon propre matériel. Cela m'aiderait, j'en suis convaincue. J'aborde le sujet avec mes parents mais ne me fais pas d'illusions. Un ordinateur coûte cher. Pourquoi en bénéficierais-je ?

Ce soir, je suis seule ou presque. Maman et Bruno sont partis faire une course. La porte de l'appartement à peine fermée, mon père surgit dans la salle d'études où je travaille, la tête penchée sur mes cahiers et livres épars. Peut-être qu'il ne se passera rien ? Peut-être veut-il simplement m'encourager dans mon travail ? Je me leurre. Mon air appliqué ne sera pas un rempart pour l'empêcher de s'appro-

cher de ma chaise et commencer à me caresser doucement. Son sourire est confiant. Il sait que je ne lui échapperai pas. Mon espoir fond. Je n'aurai jamais de répit. Je lui appartiens. Il ne me vient même pas à l'idée de m'opposer. Allons, ce n'est qu'un moment à passer. Comme un orage qui éclate et qui s'apaisera malgré tout.

Je vois s'approcher l'instant où je ne serai plus épargnée. Je peux craindre sa venue parce que je n'ai pas d'abri où me protéger. Lorsque la pluie arrivera, je devrai faire le dos rond. Surtout ne pas me crisper, cela ne servirait à rien. Non, j'attendrai et je me répéterai que tout a une fin. Je choisirai d'attendre en silence, dans le minuscule refuge que mon mental a construit. Attendre que les éclairs, le tonnerre et la grêle s'arrêtent. Car cela s'arrête toujours. Je penserai à mille choses agréables qui me feront accepter le froid et l'inconfort. Détachée, je regarderai ce qui se passe. Je forcerai mon corps à aimer les gouttes froides qui transperceront mon abri et martèleront ma peau nue. Rien ne pourra m'atteindre alors, parce qu'une fois mon esprit habitué à endurer le pire, les choses les plus cruelles me paraîtront insignifiantes.

Mon père se rajuste. Me sourit.

– C'était bien, hein ?

Que dois-je répondre ? Oui, tu as été performant et j'ai apprécié ? Mon silence le satisfait.

– Au fait, j'ai réfléchi à ce que tu nous as dit à Maman et moi. Tu mérites qu'on t'achète un ordinateur. Je le choisirai moi-même dès la semaine prochaine. Tu es contente ?

– Oui, Papa. Merci, Papa.

Je me sens mal. Pute ! Tu n'es qu'une pute. Alors, c'est ça le prix de la passe ? Un micro-ordinateur ?

J'ai vingt-quatre ans. Depuis quelques mois, je me sens irrémédiablement attirée par Frédéric. Nous partageons les mêmes goûts, les mêmes fous rires. Nous faisons du tennis, du judo, courons ensemble. Mon cœur bat à tout rompre quand je l'aperçois. Quand il entre dans la pièce où je me trouve, je devine sa présence avant même de le voir. Hier, nous avons convenu de courir autour du stade pour nous entraîner au cross organisé par le club de judo. Je ne sais pas courir longtemps. Le souffle me manque. Je regarde devant moi ses grandes jambes qui semblent porter son corps athlétique sans effort apparent. Je n'arriverai pas à le suivre. Je vais m'arrêter. M'a-t-il entendue ? Il se retourne, fait marche arrière et me tend la main, à laquelle je m'agrippe sans réfléchir. Rassurante, sa main m'enveloppe de sa chaleur et ne me lâche plus. Nous continuons à courir ainsi sans nous dessouder, regardant défiler les arbres autour de nous dans le froid automnal. Nos sourires échangés éclairent mon cœur en fête. Une évidence. C'est lui, l'amour de ma vie. Mon corps l'appelle. Mon âme vient à la rencontre de la sienne et s'en infuse tout entière. Je l'aime. Son amitié ne me suffira pas.

J'ai vingt-quatre ans et demi. Je suis souffrance. Mon corps est une poubelle, ma tête une décharge. Je me sens sale, profondément et irrémédiablement corrompue. Comment avouer à Frédéric que je ne suis pas celle qu'il croit ? Nous avons parlé mariage. Je ne peux pas le laisser s'engager avec une telle ignorance. Je me décide finalement à lui parler. Si peu. Il faut qu'il m'accepte telle que je suis, avec des aspects de ma personnalité que je veux ni ne peux lui dévoiler. Ses yeux bleus brillent d'un amour plein de certitude. Il m'aime telle que je suis et m'aimera toujours. Le passé m'appartient. Je viens de trouver un refuge fait d'amour et de compréhension. En lui, je pourrai enfin me reposer en toute confiance.

Ce soir, quand ma mère s'est absentée, mon père a ouvert la porte de la salle de douche dans laquelle j'étais en train de me laver. Le sexe en érection, le regard avide. J'étais nue. L'amour délivre de toutes les chaînes. Je l'ai regardé. C'était fini.

– Non, Papa. Je ne veux pas. J'aime Frédéric.

Est-ce le ton de ma voix ? L'assurance dans mes yeux ? Papa a senti qu'une page se tournait. Il m'a regardée, dérouté, et est parti.

Incrédule, j'ai savouré ma première victoire. Ce ne sera pas la dernière. Non, mon père, tu ne me toucheras plus jamais. La page s'est définitivement tournée sur tes désirs et sur mes terreurs. Je continuerai de me taire pour ne pas trahir notre secret mais je ne t'appartiens plus.

Je suis une traître

J'ai parlé. J'ai vomi des bribes de mon passé avec une telle violence que je me demande comment j'arrive encore à respirer. Le soulagement d'avoir libéré ma conscience fait maintenant place à des sentiments extrêmes, contrastés, atrocement douloureux. J'ai osé parler. J'ai osé franchir le seuil de l'indicible que j'enfouissais derrière de gigantesques murailles depuis plus de quarante ans. Des murailles si hautes qu'elles me protégeaient de la réalité. Des murailles faites de silences et de peur.

Des ondes de choc me traversent le corps. Je suis prise de tremblements terribles qui me secouent, pendant que, hagarde, je contemple le médecin et sa pitié. Je claque des dents. De froid, de peur. Je me sens vide, en même temps que grandit en moi l'horreur d'un profond sentiment de culpabilité. La graine germe avec une rapidité surprenante. Ce n'est plus un germe, c'est une pousse, une branche, un tronc, un séquoia centenaire, bicentenaire, fermement ancré et que je sais ne pas pouvoir déraciner.

J'ai parlé. Ma terreur est sans nom. Mon père m'avait pourtant toujours dit de me taire. Ce silence devait persister même après sa mort. Il me l'avait fait jurer, avec un air de douce connivence : « Tu ne diras rien, ma chérie, même si Papa meurt. Jamais. »

J'ai trahi sa confiance. Par je ne sais quel moyen, mon père va s'en rendre compte. Il me connaît si bien, au plus profond de mon âme et de mon corps. Je lui ai longtemps appartenu, ma tête, mon corps, mon esprit. Le châtiment sera terrible. Il me désavouera. Il me rejettera. Il me reniera. Je vois également ma mère s'associer à sa haine froide. Son regard, ses mots me mépriseront d'avoir violé le silence de notre clan. Elle niera parce qu'un secret de famille ne se dévoile pas. « On ne montre pas sa culotte sale aux gens de dehors. »

Mon esprit affolé joue déjà les scènes suivantes du scénario de ma traîtrise. Choqué par mes aveux, le médecin se plaint à la justice. La police, méprisante, vient chercher mes parents à leur domicile. J'imagine la scène et halète d'horreur, les yeux fous, le nez dégoulinant d'une morve qui trempe sans fin les kleenex crispés dans ma main. « Jetez-les, ne gardez pas ces mouchoirs pleins de chagrin », me répète doucement le médecin. Mais je ne l'entends pas. Terrorisé, mon mental échafaude déjà un autre scénario puis un autre, puis encore un autre. Il n'y aura pas de *happy end*. Je n'en réchapperai pas.

Les mots continuent de se déverser de ma bouche, comme pour me convaincre que ce que je dis est vrai et influencer la pitié du médecin et son jugement. N'est-ce pas plutôt le mien ? Ne voudrais-je pas plutôt atténuer le poids de ma trahison ? Mon mal-être est si intense que je me vois tomber dans son cabinet, anéantie par tant de souffrance. Je ne me relèverai pas. Je n'en aurai plus la force. J'ai ouvert la porte de l'enfer et contemple le long parcours que j'ai vécu et accepté de vivre pendant si longtemps.

Je reviens à la maison, secouée par des spasmes. En chemin, la sonnerie du portable retentit. Frédéric m'appelle pour savoir comment s'est passée la séance chez le médecin. Une petite phrase, juste une, et je serai libérée. Comment lui dire ? Les mots restent accrochés à ma gorge serrée. Il ne sait pas que le loup a déjà mangé le petit chaperon rouge et que la grand-mère a participé au festin. Le tremblement de ma voix trahit mon désarroi. Ses paroles se font encore plus douces, se veulent rassurantes. Je sens son désir de me ramener sur ses terres, de me protéger de tout mal, de m'affranchir de toute peur. Je reste sourde. Je ne veux pas entendre sa voix qui me supplie de lui faire confiance : « Tu peux tout me dire. Je suis là ».

Je me suis effondrée sur le lit le soir, prétextant une grande fatigue. Je veux éviter de me retrouver en tête à tête avec Frédéric. Je ne saurai pas évoquer à nouveau les banalités que j'ai relatées, faussement sereine, à mon retour de chez le médecin. Ma fuite dans le sommeil est courte. Je me réveille dans l'obscurité, happée par un tourbillon de sentiments aliénants.

Mon cerveau fatigué est devenu la scène d'un ballet fou. Les questions deviennent certitudes, les certitudes des questions. De toutes parts, elles fusent, se contredisent, me jugent. C'en est trop pour mon corps qui finit par se lever du lit et espère ainsi bercer mon âme en peine. J'ai mal. J'ai tellement mal. Je ne pensais pas que le mental pouvait souffrir au point d'aliéner le corps. La douleur s'agrippe à mon cœur, mes entrailles et me plie en deux. Dans l'espoir de la dissoudre, mes jambes me portent hors du lit pour une ronde dans la chambre silencieuse. Je voudrais faire taire cette ritournelle lancinante : « Tu es coupable. Tu as trahi tes parents. Ils te rejetteront. » Torture absolue, il m'est impossible d'expulser l'indicible que je hurle sans voix dans les ténèbres.

Mon regard croise la fenêtre, les volets fermés. Tout mon être aspire à l'oubli, au néant. Un temps infime s'écoule pendant que, du plus profond de mes entrailles, germe le désir d'ouvrir les croisées, d'enjamber le cadre en bois et de sauter dans la nuit. Qu'est-ce qui m'en empêche ? Un pas, deux pas, vas-y. Non ! Comme la chèvre de Monsieur Seguin, j'ai lutté toute la nuit contre le loup qui voulait me manger. Au petit matin, trop lâche pour aboutir à un geste qui m'aurait sauvée de la folie, je me suis finalement assoupie.

Première séance chez le psychiatre

Le docteur Doucet m'a pris directement rendez-vous chez le psychiatre de la SNCF. Elle le connaît bien. Certes, il faut que le courant passe entre nous : le choix d'un psy est complexe et doit s'adapter au besoin du patient pour le mettre à l'aise. Mais elle a confiance en lui. Il a fait ses preuves. Au pire, si le contact n'est pas bon, elle m'en conseillera un autre. Je ne dois surtout pas m'inquiéter.

J'ai rendez-vous avec lui lundi. Elle l'a averti de mon histoire. L'entrée en matière me sera ainsi facilitée. Je lui en suis reconnaissante mais je pense intérieurement que c'est la sagesse qui l'a fait agir de la sorte. Peut-être craint-elle de me voir manquer à nouveau de maîtrise.

Ce jour-là, je me rends au cabinet du docteur Vaillant avec des pieds de plomb. Je ne sais pas à quoi m'attendre. Cet univers psychomédical m'est complètement étranger. Psychologue, psychiatre, psychanalyste, psychothérapeute ? Quelle différence pour la novice que je suis ? Je n'y vois qu'une jungle terrifiante où les fous sont les rois et où l'on n'en sort que pour mieux se « shooter » à coups d'antidépresseurs. Je m'imagine offrir en pâture les sinuosités de ma vie allongée à côté d'un psychanalyste hochant gravement la tête, la mine inspirée. Mais moi, je ne bois pas, je ne me drogue pas. Je suis forte. J'ai juste besoin que l'on me rassure alors que j'ai mis un pas en enfer et que je ne sais comment se terminera mon odyssée.

Je ne m'attendais pas à ce que le cabinet du docteur Vaillant soit situé juste en face de celui du docteur Doucet. Les deux praticiens se partagent la même secrétaire médicale qui m'indique la salle d'attente, la même que celle du docteur Doucet. Cela peut paraître pratique : un étroit couloir de deux pas à traverser sous les néons éblouissants et l'on passe du traitement de l'angine et des verrues aux pieds à celui des dépressions et des problèmes métaphysiques. Elle m'y laisse, avec un sourire compatissant et des yeux tristes. Elle sait ce qu'y m'arrive ? Le docteur Doucet l'a-t-elle aussi prévenue ?

Cette entrée en matière m'anéantit. Je me sens mise à nue. Les patients du docteur Doucet m'y verront entrer et en sortir. Ils subodoreront que j'ai de graves problèmes. Je passerai pour la cadre supérieure dépressive de la région et ils supposeront un mal-être professionnel. Je serai celle que les syndicats auront usée, celle qui paraît forte derrière son bureau mais qui pleure derrière ses lunettes. Qui sait, je ferai peut-être la une de la gazette interne : « Une cadre de haut niveau mord son thérapeute dans une crise d'hystérie. Les organisations syndicales parlent d'une pression trop lourde liée à la charge de travail ».

Les agents riront, me mépriseront. Je deviendrai la cible de tous mes collègues. Mes supérieurs me désavoueront et il ne me restera plus qu'à me terrer à la maison et à raser les murs de la gare, la tête basse. Je ris jaune intérieurement. La fiction pourrait rejoindre la réalité. Je ne m'étais jamais laissé submerger par mes émotions devant un étranger avec un tel niveau de souffrance.

Mon corps fatigué par ces dernières nuits d'insomnie se tasse un peu plus sur ma chaise. J'enroule mon écharpe autour de mon cou et me drape dans mes vêtements noirs. J'ai froid. J'essaie de donner le change auprès des rares patients assis épars dans la salle d'attente en feuilletant négligemment un magazine que je ne lis pas. Un instant plus tard, je me lève et recherche une place où je serai plus à l'abri des regards. Il n'y en a pas. Même la colonne d'aération qui s'érige entre deux sièges ne suffit pas à cacher ma honte. Je me rassieds, abattue.

La porte s'ouvre enfin. « Madame Finet ? » C'est un homme brun, massif, les cheveux en bataille et l'air bienveillant. Je pénètre dans son antre dont le décor froid, impersonnel semble vouloir me tenir à distance. Les salutations se passent vite. Sur son bureau vide, il déplie un carnet, s'arme d'un stylo et attend que je parle la première. Le silence est long. Ce vide m'inquiète. Il me faut le combler. Mes premiers mots sont hésitants. Je le jauge d'un regard éperdu après m'être lancée. Sa non-réaction me paraît bienveillante. J'amorce le récit de mon passé d'une voix neutre. Après tout, il est au courant. Un psy, c'est un peu comme un prêtre : je peux tout lui dire et il sauvera mon esprit des affres de la douleur. Ma voix commence à trembler en même temps que mon cœur se débat dans ma gorge, comme pour rythmer à l'unisson des paroles qui commencent à déferler en même temps que mes larmes.

Non, je ne pleurerai pas. J'ai dépassé ce stade. Il me faut paraître digne. Je suis malheureuse mais je resterai digne. Tout d'un coup, je hoquette pendant que j'introduis mes personnages dans ce décor irréel : mon père, ma mère, mes frères... Mes longs reniflements n'arrivent plus à arrêter la morve qui commence à goutter de plus en plus vite de mon nez. Et soudain, tout sort, dépassant le barrage fragile de mon intention de me maîtriser.

Avec violence, je vomis ma douleur, ma terreur, ma traîtrise, ma culpabilité. Je me retiens de hurler, le visage congestionné tendu par l'effort pour me maîtriser. Mes mains cherchent en vain dans la poche de mon parka que j'ai gardé sur moi des mouchoirs pour essuyer mon nez mais surtout pour me donner une contenance, pendant que je répète en boucle « Ça va passer, ça va passer. » Je ne retrouve que des restes de kleenex déchiquetés pas plus grands que des timbres. J'en sors un au hasard avec l'intention d'arrêter le flot de larmes ou celui de mes paroles décousues.

Une main pousse devant moi une boîte pleine de mouchoirs en papier, sur laquelle je me précipite, reconnaissante. Je vais enfin pouvoir respirer. Je lève les yeux vers celui qui va me délivrer. Mon sauveur a griffonné quelques mots sur son calepin et me regarde calmement. Comment peut-il rester serein alors qu'il a devant lui un cas de foire, une loque qu'il faudrait interner, un amas d'immondices qui aurait dû être balayé depuis longtemps ? Mon esprit à bout interprète subtilement son calme comme du mépris.

« Pensez-vous que mes parents soient normaux ? » Ma question formulée d'une voix tremblante attend une réponse rassurante qui me permettrait de démontrer à mon esprit qu'il a tort. « Et vous que pensez-vous ? » Il m'a retourné la question. S'il me répond de la sorte, c'est que je suis coupable. Je baisse la tête. Oui, mes parents sont normaux. « Ils ne m'ont pas tant frappée que ça. Et puis ils étaient gentils avec moi. »

Pendant que j'oscille entre l'incertitude et la culpabilité, une petite voix intérieure me murmure ce que je crois être des faits indéniables. Tous les parents sont amenés à corriger leurs enfants. Mes parents m'aiment d'un amour infini. Ils m'ont toujours protégée. Mon père en particulier. Sa complicité, sa douceur, son sourire sont là pour me le prouver.

Nous avons érigé autour de notre cellule familiale une muraille faite de tendresse, pour mieux nous défendre contre un monde extérieur qui ne comprend rien à notre mode de vie. Toute cellule familiale agit de la sorte. Nous avons nos codes de conduite et l'absolue certitude que notre famille vit quelque chose de fort, d'unique, de passionné. Je revois les visages doux et souriants de mes parents. Nous avons vécu des moments durs, des instants joyeux. Nous avons traversé nombre de tempêtes ensemble.

Jusqu'à présent, je leur avais été fidèle, moi la gentille fille douce et soumise, vivant dans la crainte de les décevoir. Qu'est-ce qui m'autorisait à les bafouer de la sorte ? En parlant, je brisais ce silence qui cimentait les murs de notre forteresse. J'étais ignoble.

Et puis tout aussitôt, une autre voix intérieure me susurre sournoisement : « Mais en admettant que c'était mal, tu étais consentante à de telles horreurs. Qui aurait accepté toute cette bestialité ? Tu es donc coupable autant qu'eux, si ce n'est plus, parce que tu as lu, tu as fait des études, tu es intelligente. La preuve, tu n'as rien dit à Frédo depuis plus de vingt ans. C'est que tu savais que c'était mal. »

Comme s'il avait entendu ces dernières phrases, le psychiatre me demande doucement : « Et votre mari ? Était-il au courant ? » C'en est trop. Je suis un volcan dont l'éruption a commencé. Je bredouille un « non » dans un gargouillis de larmes et de salive. Mes lunettes ne sont pas un rempart contre son regard. Est-ce du dégoût que je devine ? Une troisième voix me scande inlassablement : « Tu as trompé ton mari pendant toutes ces années. »

Je n'en peux plus. Il faut que je sorte de ce corps et de cet esprit, de cette pièce. Mon tortionnaire a dû entendre mon souhait intérieur. Il consulte sa montre et commence à sortir une feuille de soins pour me prescrire des antidépresseurs. Je m'insurge. Jamais. Je m'en sortirai seule, comme je l'ai toujours fait. Je ne veux pas m'abrutir avec des anxiolytiques qui ne feront que souligner ma faiblesse et m'envelopperont dans un état de somnolence dont je ne sortirai que pour mieux souffrir. Devant mon refus, il soupire et secoue la tête d'un air navré. Il me redonne rendez-vous dans une semaine. Je sors de son cabinet et consulte à mon tour ma montre au poignet. Quoi ? La consultation n'aura duré que vingt minutes ?

Hébétée, je m'en retourne quand je me heurte au docteur Doucet qui m'avait attendue derrière la porte. « Alors, il est bien, hein ? » J'acquiesce mais le cœur n'y est pas. Mes trois voix intérieures m'accompagnent sur le chemin du retour en faisant la java. Elles ont gagné la partie. Ce soir, je le sais, je ne dormirai pas.

La victoire du docteur Vaillant

J'ai arrêté mes séances de rééducation chez la kiné. Je n'en ai plus la force ni la motivation. Mes journées se déroulent identiques à elles-mêmes, rythmées par des allers et retours chez le médecin et le psychiatre. Chacune de mes visites se solde par des cauchemars, des crises de pleurs ininterrompues. Je me noie, étouffée par des sentiments divergents. Frédéric et les enfants se meuvent à mes côtés et assistent, impuissants, à mon naufrage. Telle une marionnette, je m'agite pour leur donner le change. Je me dédouble. Mes gestes sont guidés par une routine bien apprise, mes sourires se sont figés et mes lèvres grimaçantes s'entrouvrent machinalement : « Mettez la table, les enfants. As-tu fait tes devoirs ? Ne pleure pas. Laisse, chéri, je ferai les courses ». Une fois leurs ombres passées par la porte d'entrée, je rôde dans la maison déserte et me débats dans un enfer. Est-ce le jour ? La nuit ? Il me semble qu'une grisaille sans fin m'entoure.

Chaque lundi soir, à l'heure où les bureaux du cabinet médical se vident, je viens revivre la même épreuve et quémander l'absolution. Je ne sais plus marcher sans baisser la tête ni raser les murs. À peine la porte du cabinet ouverte, je rampe jusqu'à la chaise qui fait face au docteur. Que dois-je dire qu'il ne sait déjà ? Quelle clé lui donner pour qu'il m'aide à ôter ce fardeau qui broie mon cœur et mon cerveau ?

Un silence à mon arrivée. Ses yeux me suivent. Vite, donner le change. Grimacer un sourire pour retenir les larmes qui jaillissent sans qu'aucune parole n'ait été échangée. Il faut lui faire croire que je maîtrise la situation. À défaut, ses conclusions pourraient m'être fatales. Il pourrait demander que mon arrêt soit à nouveau prolongé. Ce serait contraire à mes plans : je me suis donné comme objectif de guérir vite et de retrouver une vie normale. D'ailleurs, tout va aller de mieux en mieux, j'en suis convaincue : j'ai parlé. J'irai mieux. Il ne me restera qu'à parachever les détails qui finaliseront ma guérison avant mon retour au travail ! Je sens déjà l'inquiétude de mes collègues percer au téléphone, quand ils demandent de mes nouvelles.

– Dis, quand reviens-tu ?

– Pas tout de suite. C'est mon genou. Il est faible.

Mais je ne vais pas pouvoir continuer de prétendre que mon genou m'empêche de travailler alors que je marche désormais sans béquilles et presque sans boiter.

– Tu vas bien, à part ça ?

– Oui si ce n'est que je n'arrive toujours pas à manger.

Corinne, ma proche collaboratrice, s'interroge. Elle me connaît bien. C'est une Flamande au cœur bien trempé, au parlé franc. Ses questions se précisent. Elle subodore une dépression. Une anorexie. Tel un animal capable de sentir l'odeur de la peur, a-t-elle percé à jour ma faiblesse ? Que lui répondre ? Que je me sens coupable de m'être fait violer et battre pendant aussi longtemps ? Que je me sens traître d'avoir parlé ? Qu'il me vient de plus en plus souvent des envies suicidaires ?

Je renifle très vite, essuie mon nez d'un revers de ma manche, souris au psychiatre qui m'observe, calé dans son fauteuil.

– Ça va aller, ça va aller.

Il dégaine son stylo, prêt une nouvelle fois à me prescrire des antidépresseurs.

– Il existe des médicaments qui peuvent vous soulager.

– Non, merci.

– Vous avez besoin d'être aidée. Cela ne peut pas vous faire de mal.

– Non, j'y arriverai seule.

– C'est très douloureux ce que vous traversez. Soyez raisonnable.

Farouchement, je rejette son offre. Il lève les deux mains en signe d'apaisement. Je sais qu'il y reviendra mais je me promets de ne pas succomber à l'attrait de somnifères. Je connais leur effet. Ils anesthésieront ma souffrance. Je m'endormirai comme une masse. Je me réveillerai hébétée après un sommeil agité. Je ressentirai brusquement une douleur bestiale, sans savoir pourquoi. Les souvenirs m'assailliront. La douleur ressurgira et je me jetterai avide sur le minuscule marchand de rêves enveloppé de son manteau argenté.

Il faut que je regagne ma dignité. Mais seule.

Non, pas seule, avec la force de mon mental.

Un silence.

Lui, derrière le bureau, continue de m'observer. Patient. Je croise ses yeux tristes. C'est comme un jeu. Qui va parler le premier ? Moi. J'émets un grognement vague et jette dans le calme de la pièce un ramassis de souvenirs épars que je lui offre en pâture. Allez-y ! Fouillez dans ces ordures. Vous y trouverez certainement des choses encore valables.

Il ouvre la bouche. Il va parler. Il va me consoler. Il va me sauver de cette douleur, de ce chagrin, de cette honte. Il va trouver la phrase qui va me rendre l'appétit, me laver l'esprit, dissoudre mes craintes.

– Vous vous habillez toujours pareil ?

Interloquée, j'ai regardé mes vêtements. C'est vrai qu'ils sont devenus pour moi un uniforme. J'enfile un jean trop large. Mon pull trop grand et terne enveloppe mes maigres formes. Je ne sors plus sans ce manteau noir dans lequel je flotte et qui me noie dans le paysage. Sa remarque me confond. Suis-je si pitoyable ? Mais comment puis-je m'habiller autrement et porter des vêtements comme un flambeau avec ce que j'ai dans ma tête ? J'acquiesce vaguement et continue de racler ma mémoire de lambeaux de souvenirs tout aussi abjects les uns que les autres. Mais ce que je lui offre ne lui suffit pas. Il ne semble que faire des humiliations que j'ai subies.

– Vous me parlez de maltraitance physique pour vous cacher de la honte de l'inceste. Parce que ce qui vous est arrivé est trop horrible.

Son jugement sonne juste. Je l'entends comme un châtiment impitoyable. J'ai commis l'irréparable en couchant avec mon père. Il n'est pas besoin d'essayer de demander l'absolution de ce crime en lui offrant des détritus de second ordre qui ne cacheront pas la gravité de ma faute.

– Avez-vous des problèmes sexuels avec votre mari ?

Les mots sonnent bizarrement dans sa bouche. Je n'ai jamais abordé ce sujet. Pas même avec ma gynécologue. Mais je sais. Il doit se demander comment je peux vivre ma sexualité sereinement avec tout ce passé sordide. Je revois le sourire complice de Frédéric, nos moments câlins et pleins de douceur. Non, rien de ce côté.

– Depuis la dernière fois que nous nous sommes vus, avez-vous parlé à votre mari de ce qui vous est arrivé ?

Sa question a décelé la faille dans mon barrage. Son regard intransigeant posé sur moi en quête d'une réponse est un marteau-piqueur qui agrandit le trou de mes angoisses.

– Non.

Mon aveu chuchoté m'anéantit. C'est le coup de grâce. Le barrage cède. Je sanglote en pensant à toute l'horreur que je dois déballer sur mon intimité et qui me fait penser à un viol. Je suffoque.

– Aidez-moi, aidez-moi, s'il vous plaît. Je n'en peux plus. Il faut que ça s'arrête.

Il me dévisage longuement. Tout doucement, un sourire se dessine sur son visage pensif. Comme une illumination.

– Oui, je peux vous aider.

Une onde de bonheur me parcourt. J'ai été entendue. J'écarquille mes yeux de surprise, heureuse comme un enfant à qui l'on promet un jouet. Mais bien sûr ! C'est un médecin. Il a la solution toute prête à portée de ses mains. D'ailleurs, rassurant, il ouvre le tiroir de son bureau, en sort une feuille. Il va m'inscrire une formule magique, me donner un mode d'emploi. J'ai toujours été une bonne élève. En mon for intérieur, je me promets de suivre toutes ses directives. Il y va de mon bien-être et de ma guérison. Mon soulagement est intense.

– Vous prendrez deux pilules à partir d'aujourd'hui. Ne vous inquiétez pas, il n'y aura pas d'accoutumance. Cela vous aidera à retrouver le calme.

N'y a-t-il donc pas de solution à mon cauchemar ?

– Remangerai-je ?

– Laissez le temps agir. Tout est lié, vous verrez.

Je n'ai plus la force de me battre seule. Les mains tendues vers l'ordonnance qu'il paraphe, je capitule.

– Enfin, vous vous montrez raisonnable.

Un long soupir satisfait s'exhale de son corps massif. Une poignée de main. Son regard m'accompagne jusqu'à la porte.

L'aveu

J'ai rêvé cette nuit que mon père voulait abuser de Juliette.

J'ouvre les yeux, hagarde.

Notre petite dernière vient tout juste d'avoir quatre ans. Quand elle nous sourit, une petite fossette se creuse sur sa joue droite, comme pour dire : « Embrasse-moi là ». Le matin, au creux de son lit, elle m'enserre de ses petits bras et m'attire vers son corps encore ensommeillé. Elle répond à mes bisous qui pleuvent sur son front et sur ses joues par des « Maman, je t'aime », doux comme des battements d'ailes de papillon.

Le désespoir me submerge.

Non, de la rage.

Qu'il ose la toucher et je le tue de mes propres mains. Non, je le déchire.

Salopard. Ordure.

Je me suis réveillée. En pleurs.

Frédéric, inquiet, me serre tout contre lui, m'embrasse.

Je l'entends m'encourager, m'exhorter à m'accrocher. Il ne comprend pas ce qui m'arrive.

– Qu'est-ce qui ne va pas ?

Je me dérobe en fermant mes paupières sur mes larmes. Éviter son regard clair : ma honte et ma culpabilité sont trop fortes. Toute cette horreur qui me submerge dans la journée et qui hante également mon sommeil. Combien de fois ai-je subi en rêve les assauts de mon père ? Combien de fois ai-je hurlé de peur et combien de fois ai-je capitulé ? Combien de fois me suis-je réveillée en sursaut, assaillie par mes terreurs nocturnes ?

– As-tu bien dormi ma chérie ? As-tu rêvé de moi ?

– Non, pas de toi, Frédéric, pas de toi.

Ô mon chéri, si tu savais.

Mes rêves ne peuvent t'être racontés. Ils sont le reflet de ce que j'endure depuis mon enfance. Ils se rappellent à moi quand ma conscience baisse sa garde. Ils condamnent mon silence volontaire, cristallisent mes angoisses et ma honte.

– Parle-moi, Laurence, s'il te plaît.

Sa supplique fait écho à d'autres voix qui m'incitaient, petite écolière, à surpasser mes peurs. J'avais neuf ans. Tous les vendredis après-midi, jour de natation, j'étais habitée par une hantise : celle de devoir sauter dans le bassin de la piscine du haut du plus haut plongeoir. Arrivée au bout du tremplin, je me voyais m'élancer dans le vide. Je ressentais les battements affolés de mon cœur avant l'impulsion, la sensation de l'air glissant le long de mon corps, puis celle de l'eau froide me submergeant. Quand je rouvrais mes yeux, il y avait toujours cette étendue bleue à mes pieds. Je n'avais pas sauté. J'étais toujours sur le plongeoir, tétanisée, malgré les exhortations de mes condisciples qui guettaient ma chute d'en bas.

– Vas-y, Laurence, saute.

– Vas-y, Laurence, parle.

Je ne peux pas et pourtant il n'est pas de jour où je ne nous mets en scène. Frédéric m'écoute, abasourdi. Son regard est tour à tour froid, dégoûté, horrifié. Il me répudie. Je l'aurai mérité : je suis déjà en enfer. Mais je sais dorénavant qu'il y a plus grave. Le docteur Vaillant m'a mise en garde durant nos courtes séances.

– Ce que vous avez vécu est horrible. Et vous n'avez rien dit à votre mari après toutes ces années ? Soyez extrêmement prudente. Votre mari pourrait être pris de folie.

Depuis, mon esprit torturé a plus d'une fois imaginé l'ultime rencontre entre Frédéric et mes parents. Des scenarii apocalyptiques ont envahi mon mental terrorisé. Dans tous les cas, il n'y aura pas de *happy end.*

Non.

Il faut que je continue de me taire. Que je remonte la pente toute seule, en silence, comme je l'ai toujours fait. Il le faut, même si je dois mourir à petit feu. Je suis emmurée vivante. Comme l'architecte du pharaon condamné à mourir dans la pyramide de notre légende personnelle. Durant vingt ans, j'en ai scellé les briques avec le même ciment qui scelle mes lèvres : celui de la peur que tout s'écroule, peur de nous perdre tous.

J'ouvre la bouche pour respirer, comme un poisson sorti de l'eau et qui étouffe.

Les mains de Frédéric m'enserrent, apaisantes. Un chuchotement.

– Lolo, Lolo. Je t'aime.

L'amour guérit de tout.

– Qu'est-ce qui se passe ?

Il faut que je parle.

– C'est ce rêve.

– Raconte-moi.

La scène est encore là, gravée dans ma mémoire. Les mains de mon père se tendaient vers le petit corps tout chaud de Juliette, prêtes à ramper et à conquérir ce terrain vierge. Elle ne lui échapperait pas.

Il faut que je lave mon cerveau de ces immondices. Il me faut effacer la possibilité que mon père puisse s'en prendre à la chair de ma chair. Même en rêve.

Ma bouche s'entrouvre, déverse des lambeaux de ma nuit.

Un dernier spasme. Ça y est. J'ai fini. Un peu comme quand mon estomac se vide et que je reste pantelante au-dessus de la cuvette des toilettes.

Frédéric a resserré son étreinte.

Un silence.

– C'est ce qui t'est arrivé aussi, n'est-ce pas ?

Je l'entends me murmurer son amour contre mon oreille. Je sens son âme s'infuser en moi. Il serait capable de tout pour me garder vivante et heureuse. Il serait capable de me chercher en enfer, s'il le fallait. J'en prends subitement conscience. Je ne peux pas lui mentir. Ma tête acquiesce lentement et se réfugie sous son menton, contre sa poitrine. Mon cœur s'est arrêté. Il attend le couperet inexorable qui va trancher notre amour, sa confiance, ma vie.

J'ai senti ses bras puissants se refermer sur moi encore plus fort. Il a penché sa tête sur la mienne et tout doucement m'a embrassé le front, les cheveux, les yeux. Sa chaleur rayonne et m'enveloppe. J'entends à nouveau mon cœur battre à l'unisson du sien.

– Je t'aime tellement, tu le sais. Et je t'aimerai toujours.

Il m'a gardée serrée tout contre lui et mon corps confiant a soupiré d'aise, comme après un long voyage. Nous avons parlé longtemps blottis dans les bras l'un de l'autre. Des soupçons, il en avait depuis longtemps mais ne savait pas comment s'y prendre pour forcer mes confidences. Peut-on forcer une fleur à éclore si elle ne le veut pas ? Peut-on forcer une langue à se délier si elle n'est pas prête ?

Aujourd'hui, le fruit était mûr. Après plus de quarante ans, il était tombé de l'arbre. Bouffé par les vers et la pourriture. Durant les heures qui ont suivi, j'ai vidé mon cœur. J'ai raclé le fond avec rage. Je ne veux plus rien cacher.

Le réveillon

Jingle bells, jingle bells. C'est aujourd'hui le 31 décembre. Ce soir, ça va être la fête. Ma conscience enfin libérée depuis hier, je débute cette année un jour en avance. Une nouvelle vie s'amorce, sereine, sans secret, sans poids, pleine d'amour. Nous avons décidé de fêter le passage à l'année 2013 en famille, rien qu'entre nous six.

Je suis à nouveau confiante. Je suis sûre de me sortir de cette passe difficile, maintenant que mon fardeau s'est allégé. J'entrevois des lendemains nouveaux, joyeux, sereins. Tout cela est de l'histoire ancienne. Je vais vivre comme jamais je ne l'ai fait. Je vais remanger, c'est sûr. Mon corps n'a plus de raison de se crisper. Mon estomac est vide de toute rancœur. J'ai vomi la bile. Certes, il reste encore des bribes que je délivre par à-coups au gré de mes souvenirs. Mais je suis guérie. Fin de l'histoire. Ils vécurent heureux et eurent beaucoup d'enfants, si ce n'est que les miens sont déjà là, pleins d'espoir et de joie de vivre.

Nous nous pressons pour faire les courses du réveillon. J'espère secrètement que mon estomac libéré du poids du secret va enfin pouvoir s'ouvrir et me permettre de festoyer normalement. Nous avons fait une razzia chez Picard pour les amuse-bouches, à Monoprix et à Carrefour : crabes, langoustes, bulots, tout pour éclairer nos yeux et raviver notre joie en prévision du festin de ce soir. Avant de nous préparer à la fête, il nous faut juste passer au centre de radiologie. Le docteur Doucet m'a envoyée consulter le docteur Havez, un gastroentérologue. Mes vomissements ne se sont pas calmés. Mon appétit n'est toujours pas revenu.

Le docteur Havez est un homme bedonnant, paisible, rassurant. Il m'a auscultée minutieusement, a palpé une grosseur un peu dure au niveau de l'estomac et m'a demandé de faire un scanner abdominal. *A priori* pas d'inquiétude. Le docteur Havez ne s'est pas prononcé mais j'ai confiance. Ils me diagnostiqueront certainement une inflammation de l'œsophage. Frédéric et moi nous rendons presque gaiement chez Climal pour cet examen de routine. Les vacances sont là. Nous devisons doucement dans la salle d'attente en attendant que l'on vienne me chercher. Enfin, c'est mon tour. Après m'être dévêtue, je m'allonge sur la grande table devant la gueule ouverte du scanner. *Jingle bellls, jingle bells.* Mon cœur carillonne. La formalité terminée, nous allons pouvoir passer aux choses sérieuses, au repos du guerrier en famille. On tape à la porte de mon vestiaire. C'est le radiologue.

– Alors, docteur ?

Je ne ressens pas d'inquiétude, juste un peu de curiosité.

– Nous avons découvert de multiples lésions dans votre corps. La paroi de l'estomac est très épaissie, le rein gauche ne fonctionne plus, du liquide a été découvert au niveau du péritoine. Des ganglions sont présents en nombre au niveau de l'aisselle et de votre sein.

J'ai reçu un obus. Les lèvres du radiologue articulent des sons que je ne capte plus. Je suis sourde. Je lui ai demandé de répéter, abasourdie. Il y a une erreur. C'est le scanner du patient précédent. Cela ne peut être moi. Je demande à ce que Frédéric me rejoigne. Mon air hébété le fait se lever d'un bond. Il me rejoint auprès du radiologue qui répète pour la troisième fois le bilan.

– Qu'est-ce que cela veut dire ?

Une infime paire de secondes, nous avons douté. Peut-être que je suis née comme cela. Il ne faut pas paniquer. Le radiologue s'est fait grave, a dégluti lentement.

– Cela peut être inflammatoire ou tumoral. Je suis désolé. Je ne peux rien dire de plus. Il faut poursuivre les examens.

Tumoral. Tumeur.

Non, cela n'est pas possible.

En même temps, une voix me susurre : « Tu as parlé. Tu l'as cherché. Tu vas payer. »

Non, pas le cancer. Pas si près du but. Pas le cancer, dont on ne guérit pas ou si peu. Pas de crâne rasé. Pas ce monstre, dont on chuchote le nom avec des regards affolés. Pas moi. Pas nous. Pas maintenant. Mon Dieu, ayez pitié de moi. Mon Dieu, entendez ma prière, je vous en supplie.

Frédéric s'est figé. Son regard est dur. Il me dévisage, comme un lion à qui l'on veut voler sa proie.

– Ça ne peut pas être ça. On va se battre.

Je cligne les yeux derrière mes lunettes embuées. Je ne peux plus parler. Je ne veux que me terrer derrière ma peur, m'enfouir, fuir ces patients qui repartent, heureux, fêter la nouvelle année. Frédéric appelle le docteur Havez. C'est un appel au secours. Il nous faut une réponse, là, maintenant, tout de suite. Il faut qu'il nous rassure, qu'il console nos cœurs épouvantés.

Le docteur Havez nous a rappelés. Pas d'inquiétude à avoir. Je dois continuer de prendre mon traitement. Nous nous reverrons au retour des vacances de Noël. Bon réveillon.

Nous revenons à la maison, effondrés. Les enfants nous attendent pour une soirée que nous leur avions promis joyeuse. Les canapés occupent sereinement le réfrigérateur, adossés aux crustacés. Les petits fours nous aguichent, les salés, les sucrés, les salés-sucrés. Nous sortons sans un mot les mets que nous disposons sur la table basse du salon. Les enfants tournent autour de nous, inquiets de nos silences, de mes yeux rouges, de mes grimaces en forme de sourire.

– Les enfants, les résultats du scanner n'ont pas été bons. C'est pour cela que Maman et moi n'avons pas le moral. Mais cela ne va pas nous empêcher de fêter la nouvelle année. Allez, que la fête commence.

Mes larmes coulent sans bruit. Vite, je souris pour rassurer les petits dont les yeux inquiets sont rivés à mon visage de clown triste. Au diable ! Je vais prouver à tous ces médecins qu'ils se sont trompés et que je n'ai rien. Si j'arrive à manger, j'aurai raison et ils auront eu tort. Je n'ai pas de cancer. Peyrat, le gastroentérologue de La Louvière, avait l'explication. C'est du stress. D'ailleurs, le scanner a été mal fait. Ils ne m'ont même pas injecté le produit. Je déverse un flot de paroles sur Frédéric que j'essaie de convaincre sans relâche. Je veux que son sourire m'éclaire, que nous trouvions ensemble l'argument choc qui prouvera que, oui, les médecins peuvent se tromper. Je ne supporte pas de voir la tristesse et la peur se lire sur son visage. Non, pas lui. Pas maintenant.

Je m'attable, entourée des miens. Nous jouons tous la comédie de celui qui paraîtra le plus joyeux. À ce jeu-là, je suis très forte. Mes années d'expérience m'ont appris à simuler la joie et la sérénité. Je m'agite, je hausse le ton, je ris fort pour me donner du courage et déjouer le sort. Les enfants semblent se satisfaire de mon attitude. Je pousse mes doigts vers un canapé aux rondeurs appétissantes, et l'enfourne, l'œil faussement gourmand.

Un haut-le-cœur.

J'ai certainement attaqué trop vite et trop fort. Je vais continuer avec ce petit que je vais couper en deux. Il faut que je mange plus lentement, par petites bouchées, que je boive un peu pour le faire passer. Il est certainement trop sec, trop lourd. Je m'exhorte, comme un chef pousse son armée à la guerre. Allez, les entrailles, s'il vous plaît, montrez-moi que ce n'est rien.

J'ai capitulé au bout de trois petits fours et d'une cuillerée de glace dont la saveur douceâtre m'écœure. Ce soir-là, nous nous couchons en même temps que les enfants bien avant les douze coups de minuit. Au loin, les premiers feux d'artifice éclatent, annonçant la nouvelle année et l'espoir de jours meilleurs. Dans la maison enfin endormie, Frédéric et moi nous serrons, terrorisés, n'osant formuler tout haut ce que nous pensons tout bas. Que nous réserve l'avenir ? Comment serai-je dans un an ? D'ailleurs, serai-je encore ? Nous garderons longtemps nos yeux ouverts dans le noir après nous être doucement embrassés, la prière au bout des lèvres et au plus profond de nos cœurs.

Docteur Havez

Aujourd'hui, c'est vendredi, jour du rendez-vous chez le docteur Havez. En passant par le couloir du cabinet médical, nous croisons justement le docteur Doucet, affairé mais qui s'arrête immédiatement à notre vue.

– Bonne année, docteur. Nous avons rendez-vous avec le docteur Havez au sujet des résultats du scanner.

Je lui décris rapidement les conclusions. Je ne m'appesantis pas sur le diagnostic et lui tends directement le scanner. En ouvrant l'enveloppe, son front s'est plissé. Elle s'est retournée brusquement comme pour retourner à son bureau. Nous la dérangeons certainement. Non, elle nous demande de la suivre. Elle veut examiner le dossier calmement. Elle observe Frédéric du coin de l'œil pendant que nous nous asseyons.

– Je lui ai parlé, docteur. Enfin, c'est fini.

Elle me sourit derrière ses lunettes mais ses yeux restent soucieux.

– Il y a un problème ?

C'est là qu'elle nous explique calmement que tous les scénarii sont à envisager, y compris le cancer. Notre sourire disparaît à vue d'œil.

– Ce n'est pas bon signe qu'ils aient trouvé du liquide au niveau du péritoine.

Elle ne veut pas s'étendre mais nous propose de la voir après ma consultation chez le gastroentérologue. Justement, sa secrétaire frappe à la porte pour nous inviter dans le deuxième cabinet où nous attend, derrière son bureau, le docteur Havez. Nous nous asseyons, anxieux, en face de lui, Frédéric à ma gauche. C'est son côté. Le côté qu'il prend quand nous marchons, quand nous courons, quand nous dormons aussi. Le côté de mon cœur. Je le regarde, le rassure intérieurement. Le docteur Doucet n'est pas un spécialiste. Le docteur Havez, oui. En plus il n'avait pas l'air affolé au téléphone. Il va apaiser nos craintes. Pester contre le cabinet de radiologie qui n'a pas bien fait son travail, qui fait peur aux gens pour rien, surtout un jour de réveillon.

Le docteur Havez relit avec application le dossier. Il s'arrête enfin. Nos yeux sont suspendus à ses lèvres. À son regard. Pourquoi ce silence ? Pourquoi ne nous sourit-il pas ? Il me demande de me lever pour m'ausculter à nouveau. La boule à l'estomac est toujours là. Même quand je creuse le ventre, pour essayer de la faire disparaître. Tant pis. Au point où j'en suis, autant lui montrer la petite grosseur de la taille d'un œuf de caille qui a poussé au-dessus de ma clavicule gauche. Je rabats mon pull sur mes côtes. Nous nous rasseyons.

Le docteur Havez se racle la gorge. Les mots coulent de sa bouche que je contemple en silence. Une bouche pincée dans un visage débonnaire. Quelquefois, j'entraperçois ses dents. Au hasard, mes oreilles captent des sons : « inite » ou « ignite » et puis aussi « gastrique ». C'est certainement comme « méningite ». Il me semble qu'il a prononcé également « vraisemblablement le cancer ».

Allons, les médecins exagèrent tout le temps.

– Docteur, ça, c'est le scénario catastrophe. Mais il y a bien une autre option ? Le radiologue nous a parlé d'inflammation.

– Malheureusement, il ne s'agit pas d'une inflammation. Le cancer de l'estomac dont vous semblez souffrir est une forme rare de la maladie qui affecte l'ensemble de la paroi de l'organe. À la différence des états tumoraux classiques, il n'y a pas de grosseur visible mais un épaississement diffus. C'est ce qui explique cette grosseur abdominale qui n'a pas pu être décelée lors de la fibroscopie puisque pratiquée à l'intérieur du conduit. C'est ce qui explique également vos vomissements et vos nausées. La protubérance que vous venez de montrer à votre clavicule constitue un signe de l'évolution de la maladie.

Bizarre, cette impression : je n'ai pas le sentiment qu'il parle de moi. Merci, cher docteur Vaillant. Merci pour vos petites pilules bleues qui anesthésient si bien la réalité et m'emplissent de sérénité. D'ailleurs, vous me l'avez garanti : si je continue de prendre consciencieusement mes dragées du bonheur, je continuerai de bénéficier de cet engourdissement des sentiments qui me va si bien. Et il n'y aura pas de réveil douloureux.

Je me tourne vers Frédéric, tassé sur sa chaise. Je ne lui connais pas ce visage défait. Pourquoi ne dit-il rien ? Pourquoi ce visage d'enfant perdu ? Mon regard se veut confiant. Ne t'inquiète pas. Je vais gérer cette situation de crise. Je penche mon buste pour mieux entendre les explications du docteur Havez. Concentrée comme un capitaine dont le bateau coule et qui reste à la barre au milieu des hurlements d'effroi. Non, plutôt appliquée comme une élève sage assise au premier rang de la classe.

Le spécialiste parle maintenant de mon anatomie, aborde des solutions plausibles à mon souci de santé. Tiens, il parle d'ablation. Je prends un air intéressé.

– On peut très bien vivre sans estomac.

Je m'interroge. Un corps mutilé, sans estomac. Comment est-ce possible ? Comment mange-t-on alors ? Je hausse les sourcils, légèrement surprise, puis réalise subitement l'incongruité de la situation. C'est de moi dont il parle, de MON corps mutilé, sans MON estomac.

Réagis, hurle, pleure. Même pas envie. Même pas peur. Le cancer ? Pff ! Pas d'estomac ? Pff ! Pff ! Merci encore, cher docteur Vaillant. Je réalise que votre traitement fait effet à tous les niveaux. Même pas besoin de me remettre en question. Grâce à vous et votre insistance à diluer ma souffrance dans les antidépresseurs, j'éprouve une sorte de paix intérieure : pas d'idées noires ; pas d'ombre de culpabilité ; pas de douleur atroce en pensant à mon passé ou en me projetant dans le futur.

Comme c'est agréable. Pourquoi le monde entier ne se shoote-t-il pas ? Pourquoi se refuser la possibilité d'étendre mon sourire béat à l'échelle planétaire ? Pourquoi nos dirigeants n'y pensent-ils pas davantage ? Qu'on les objective sur le Bonheur intérieur brut de leur pays plutôt que sur leur PIB. Je divague. Ce n'est pas le lieu ni l'heure de comprendre ce que vivre veut dire ni s'il est possible d'être heureux dans cette vie faite de souffrances. Écoute plutôt la voix de ta petite pilule bleue : dormez, bonnes gens, je veille sur vous.

Le spécialiste a fini son cours magistral. Il nous demande de prendre rendez-vous au CHR. Il est désolé, mais... Il ne faut surtout pas s'inquiéter. Au revoir, madame. Tenez-moi au courant.

Nous sommes sortis de son cabinet pour nous rendre au bureau d'en face, chez le docteur Doucet qui nous y attend.

– Ça y est, docteur Doucet, nous venons de voir le docteur Havez. Il parle de cancer mais je ne suis pas sûre d'avoir tout compris, d'autant que, docteur, vous nous aviez parlé d'inflammation possible. Pouvez-vous nous éclairer ?

Le docteur Doucet s'est rendu sur le champ chez le docteur Havez pour se faire expliquer le scénario. Quand elle revient, sa mine est grave. Lentement, le docteur Doucet nous décode le scanner. Doucement mais sûrement, le poison distille son caractère mortel. Même si les résultats ne sont pas définitifs, il faut que nous envisagions le pire. Même si le docteur Doucet n'est pas cancérologue, elle semble confirmer l'interprétation de son confrère : j'ai le cancer.

Nous voyons le docteur Doucet se démener. Elle connaît bien le CHR. Je serai entre de bonnes mains. Un coup de fil à droite, un deuxième à gauche. C'est bon, nous avons rendez-vous avec la perle du CHR en matière de chirurgie digestive : le professeur Zuber. C'est bien de ma vie dont elle s'entretient et qu'elle essaie de soustraire à la grande faucheuse ?

Surtout ne pas laisser percer le doute, ni la panique m'envahir. Ne pas écouter mon mental, ce jeteur de sort. Une main se tend pour m'étreindre le bras et pour pousser vers moi la boîte de mouchoirs en papier. Pourquoi ? Tiens, je pleure ?

Je me tourne vers Frédéric.

– Ne t'inquiète pas pour moi, Frédéric. Je n'ai pas peur de mourir.

C'est normal. J'ai parlé, je suis coupable de trahison, il faut que je paie.

– Ce qui est un peu dur pour moi à accepter, c'est la souffrance que vont ressentir ceux que j'aime. Ceux qui restent. Moi, je n'ai pas de regrets : j'ai bien vécu.

Le docteur Doucet secoue la tête, comme navrée. Frédéric me contemple incrédule. Qu'ai-je dit qui les choque à ce point ? Quoi, que je ne voulais plus vivre ? Mais c'est la vérité. Je ne peux pas leur mentir et leur cacher ce que je ressens : après tout ce que j'ai pu souffrir, c'est ce qui pouvait m'arriver de mieux. On achève bien les chevaux !

Il faut que nous prévenions les parents de Frédéric. Nous les avons informés que j'allais rencontrer le gastroentérologue pour discuter des résultats du scanner. Abattu, Frédéric a composé leur numéro dès la sortie de chez le médecin.

– Allô, Papi, les résultats ne sont pas bons. *A priori,* Laurence aurait le cancer.

Vite, les rassurer. Leur promettre que tout ira bien. Leur montrer que je suis forte et que je tiens le coup. Je souris à Frédéric, lui chuchote de me passer le combiné. J'ai pris ma voix de chef. Une voix décidée, de ces femmes qui ne se laissent pas abattre. De ces femmes qui savent ce qu'elles font et où elles vont. J'ai tenu ce rôle pendant tellement longtemps. Et avec le sourire.

– Allô, Papi, Nini. C'est Laurence. Oui, il s'agit bien d'un cancer. Le docteur a parlé d'ablation de l'estomac et je dois voir dans le courant de la semaine prochaine un chirurgien. Non, il ne faut pas s'inquiéter. Non, je ne sais pas s'il y aura de la chimiothérapie. Ne vous inquiétez pas. Ça va aller.

J'ai répété une dizaine de fois « ça va aller », à la méthode Coué. Même pas peur. Si, un peu plus maintenant. Les petites pilules bleues n'arrivent plus à faire refluer les vagues de désespoir qui me submergent. Je me suis enfermée dans la chambre à notre retour pour consulter le dieu Google.

« mal de ventre + vomissements + douleurs + Rechercher »

Non, ça c'est ce que j'ai recherché sur les sites depuis longtemps. Ça y est, je me souviens du terme utilisé par le gastroentérologue : linite gastrite.

« linite gastrique + Rechercher ».

Mes doigts courent sur le clavier de l'ordinateur. Mes yeux voltigent d'un forum à l'autre. Ce n'est pas possible. J'ai dû me tromper. Il ne peut pas s'agir de ça. Les symptômes décrits sont pourtant les miens : ganglions, épaississement de la paroi de l'estomac, vomissements, maux de ventre. Autant me tirer une balle dans la tête pour abréger mes souffrances. Hagarde, je suis descendue à la cuisine pour le repas du soir. Au regard fuyant de Frédéric, je devine que lui non plus n'a pas résisté à la tentation de consulter l'oracle. Dieu, préserve-le de la souffrance que je ressens à défaut de me préserver moi-même.

– Tu as regardé Internet ?

– Non, non. Et toi ?

– Heu, moi non plus. D'ailleurs, ce ne sont que des bêtises. Ça n'a rien à voir avec ton cas.

Nous sommes deux enfants à qui l'on vient d'expliquer que le Père Noël n'existe pas. Ni la cloche de Pâques. Et encore moins la petite souris. Il n'y aura pas de chocolat de consolation, ni de bras rassurants pour bercer notre peine. Assis dans le canapé, Frédéric passe désormais de longues heures à contempler le jardin. Attirée comme un papillon par le soleil, je me penche vers son buste immobile, pour réchauffer mon âme en peine.

Mon amour.

Un sursaut, un coup au cœur en surprenant ses yeux rouges qu'il abrite maladroitement derrière ses mains.

– Ne m'abandonne pas, Lolo. S'il te plaît. Sans toi, je ne suis rien.

Sans bruit, le père de mes enfants pleure. Presque honteux. Lui que rien ne semblait ébranler. Lui dont les sanglots sortent étranglés, comme pour se frayer un chemin au travers de la jungle des *a priori* : mon fils, tu n'afficheras pas tes faiblesses. Nos enfants ont surpris nos larmes et sont repartis sur la pointe des pieds. Il faut que nous leur parlions, leur dire qu'ils ne sont pas à l'origine de notre désespoir. Leur expliquer que je suis atteinte d'une maladie grave, que je vais mourir.

Mais pas maintenant.

– Viens.

Je tends ma main vers Frédéric, l'incite à me suivre dans notre chambre, notre forteresse, notre refuge. Nous enlacer comme si nous étions seuls au monde. Bercer nos cœurs en peine. Infuser nos âmes dans la chaleur de nos corps nus sous la couette. L'amour guérit de tout.

Vous êtes guérie

Nos pensées les plus noires se sont évanouies durant ces derniers jours. Elles ont tenté de ressurgir quelquefois et de nous planter leur poignard dans le cœur. Mais elles ont été vite absorbées par le train-train quotidien et les vacances de Noël. Nous avons décidé de continuer à vivre et de profiter des quelques jours qui nous séparent de la visite médicale. Nous surfons sur le Nouvel An passé en famille, les matinées à paresser un peu plus longtemps au lit. Nous tablons sur cette nouvelle année qui commence et qui doit se révéler pleine de promesses et de bonheur. D'ailleurs, n'en déplaise à Nostradamus et aux Mayas, la fin du monde ne s'est pas produite le 21 décembre. C'est bien une preuve que tout n'est pas noir !

Nous sommes allés à Nausicaa avec les enfants, leur montrer les poissons multicolores, les requins, les méduses. Leurs yeux émerveillés ont suivi l'évolution de cette vie sous-marine et leur ont fait oublier pendant quelques heures nos regards tristes. Alléchés par l'odeur chaude et grasse des friteuses, nous avons acheté des Americain-frites que nous sommes allés déguster sur la jetée, enjoués par ce séjour à la mer du Nord dans le froid et le vent. Repas de prince dégusté par les enfants, rejeté inévitablement par mon estomac. Les deux-trois frites avalées de bon cœur, à coup de ketchup, n'ont pas fini leur trajet et sont allées directement nourrir les pigeons du parc à proximité de Nausicaa. Leur dodelinement docte se transforme en course effrénée devant mes restes, comme des accros de shopping un jour de soldes.

Main dans la main, nous parcourons les allées dans la pénombre en contemplant nos enfants, nos chefs-d'œuvre, qui courent d'un aquarium à l'autre en poussant des cris d'extase. Nous nous nourrissons de leurs sourires, de leurs questions ingénues, de leurs mimiques. Les raies chatouillent leurs doigts. Leurs yeux voltigent et ne savent que retenir de cette orgie de couleurs et de danses exotiques. Devant leur joie de vivre à fleur de peau, il ne nous est pas possible de croire que tout va s'arrêter. Dieu, je n'ai pas suffisamment pris le temps de savourer ce que tu offres. Ne me le retire pas si vite. S'il te plaît. J'ai tant de choses encore à vivre et tant d'amour à donner.

Le silence des aquariums est propice aux hypothèses que j'échafaude à toute vitesse, en prenant Frédéric à témoin.

C'est la faute au scanner qui a été mal fait. Quels incapables, ces aides-soignants qui n'ont même pas réussi à me piquer. Le radiologue s'est trompé. D'ailleurs, n'est-ce pas qu'il a parlé aussi d'inflammation ? Pourquoi s'inquiéter ? Pourquoi ne voir qu'une option ? La mammographie et la biopsie en septembre n'avaient rien donné. La fibroscopie non plus. Il m'arrive de manger quelquefois. Bon, ce n'est pas énorme, mais c'est le stress, la dépression. J'accepte de bon cœur les diagnostics des docteurs Salin et Peyrat. C'est la conséquence de quarante-quatre ans de silence et de mauvais traitements. Le bouchon a sauté. Tout reviendra dans le meilleur des mondes. Mes arguments tournent en boucle et arrivent presque à démonter la logique de ces derniers jours. Nous sommes sur le point d'y croire. Allez, encore un petit effort.

– D'ailleurs, rappelle-toi des propos du docteur il y a un mois, juste après que j'ai passé la mammographie. Elle m'a dit que je n'avais pas le cancer. Elle est calée dans le domaine, tu sais, et en plus elle est dotée d'un sixième sens.

Frédéric hoche la tête. Je poursuis sur ma lancée, exaltée, sûre de moi.

– Elle m'a dit : « On n'attrape pas le cancer comme ça. Moi, je le sens, quand un malade est atteint. C'est comme cela. Et vous, vous n'avez rien. » Tu vois, tout va bien.

Je ris d'aise. Entre deux nausées.

La méthode Coué semble aboutir. À la rentrée des vacances de Noël, j'ai repris le chemin du cabinet du docteur Vaillant. Avec confiance. Je vais lui raconter les péripéties de ces derniers jours. Je vais pouvoir lui dire que j'ai parlé à Frédéric. C'est une victoire. La porte du cabinet du docteur Vaillant s'ouvre. Vite, j'efface ces pensées abjectes qui me submergent. Ou plutôt non. Je vais les lui exposer.

– Bonjour, docteur.

– Bonjour, madame Finet.

Toujours le même silence qui suit. Toujours le même jeu. Qui parlera le premier ?

Moi.

J'ai un atout aujourd'hui.

– Docteur, ça y est, j'ai parlé à mon mari.

Les mots sortent facilement, aidés par une vague de bien-être qui m'envahit au souvenir de ce moment de délivrance. Je ne pleure pas. C'est une victoire. Sourire de satisfaction du praticien.

– Je vous sens bien.

Ses yeux rient.

– Vous êtes guérie !

Non ? Déjà ? Je le regarde ébahie.

– Guérie ?

– Oui, vous avez parlé. Vous êtes guérie.

Son visage débonnaire m'observe. Son regard mystérieux semble vouloir absorber mes doutes. Après tout, il est médecin. Je ne le suis pas. Il doit savoir de quoi il retourne. On dit que la parole est libératrice. Mais tout ce que j'ai dans ma tête alors ? Qu'est-ce que j'en fais ? Où pourrai-je vider les poubelles de mon esprit ? Il n'y a rien de recyclable. À moins que, pouf ! tout ce qui hante mon esprit ne se dissipe par magie.

Le docteur Vaillant sent mon inquiétude. Pour une fois, il me rassure. J'ai vécu des événements extrêmement lourds. Il faut laisser le temps au temps. Le cancer ? Il ne l'aborde pas. Pour l'instant, il n'y a pas de certitudes que je sois atteinte de la maladie. Je sors de son cabinet, sereine. Un coup de fil à Frédéric, qui attend mes sorties de chez le psychiatre avec impatience.

– Tu es guérie ? Ah bon ?

Je sens son scepticisme mais ma bonne humeur est contagieuse. Après tout, pourquoi rechigner quand il nous est annoncé une bonne nouvelle ? Bon, il me faudra juste persuader le docteur Doucet que je pourrai bientôt reprendre le chemin du travail. Elle n'avait pas l'air totalement convaincue la dernière fois que je lui avais demandé la date de reprise. Mais elle pensait que j'étais dépressive. Il ne fallait pas que je reprenne mon poste dans un état de fragilité psychologique aussi extrême. Ça risquait d'être long. Oui, mais là, il n'y a plus de dépression. Le docteur Vaillant me l'a affirmé : je suis en bonne voie.

Va, tu es guérie.

Lève-toi et marche.

Il n'y aura bientôt plus de vomissements. Je n'aurai bientôt plus de problèmes.

Professeur Zuber

Le rendez-vous pris chez le professeur Zuber est pour ce matin. C'est la première fois que nous nous rendons en consultation au CHR. Frédéric me tient fermement par la main. Il s'est juré de m'accompagner à tous les rendez-vous, du scanner à la consultation chez les spécialistes, en passant par la case mammographie, scintigraphie, radiologie, analyse pipi... Il a également tiré une croix sur tout ce qui est alcool, sous toutes ses formes. Tant que je ne serai pas guérie, il ne consommera plus de vin, ni de liqueurs.

Adieu les quelques coupes de champagne prises dans l'année, le bon vin qui accompagne les repas festifs entre amis, la bière désaltérante après le sport dont la mousse amère rafraîchit la gorge avant même que celle-ci l'ait absorbée. Adieu également les civets de lapin, les babas au rhum, les fondues savoyardes. Sa volonté n'a d'égale que sa rage de me voir bien portante.

A-t-il senti mon angoisse ? Craint-il que je ne me sauve en courant avant même de pénétrer dans l'immense bâtiment rouge brique à l'architecture soviétique qui nous avale de ses grandes portes automatiques ? Sa main ne me lâche pas et me tire, hésitante, vers la bâtisse. Des patients papotent ou téléphonent debout à l'entrée du temple de la santé. Certains avec d'énormes pansements, d'autres accrochés à des perfusions se ballottant au bout d'une perche. Les uns exhalent la fumée de leurs cigarettes en longues volutes grises dans le froid hivernal. Les autres regardent d'un air morne le va-et-vient incessant des gens qui gravissent lentement l'escalier pour pénétrer dans l'antre et semblent ressortir en courant, soulagés de n'être pas condamnés à rester. Il n'y a pas de sourires, juste de la peur palpable, malodorante.

Nous mettons quelque temps à trouver le service de chirurgie digestive parmi tous les étages où se pressent médecins affairés, entourés d'une cohorte de jeunes internes, infirmières pressées, fauteuils roulants, hommes et femmes, vieux, jeunes, enfants déambulant. C'est une fourmilière. C'est la cour des miracles à tous les paliers : des familles inquiètes, des patients diminués, amorphes, en pleurs. Je hais cette odeur de propre, d'éther. Je hais cette lumière crue descendant des néons qui nous éblouit comme pour raviver notre peur.

À l'accueil, je décline mon identité, mes coordonnées. Donner mon nom de jeune fille est une souffrance. Je voudrais nier les miens qui ne m'accompagnent pas, qui ne m'ont jamais accompagnée et qui ignorent ce que j'endure. L'hôtesse d'accueil nous pose question sur question. Suis-je là pour une maladie de longue durée ? Je ne sais pas. Vous comprenez, c'est peut-être pour un cancer mais l'on n'en est pas sûr. Vais-je être prise en charge à 100 % par la Sécurité sociale ? Je ne sais pas. Vous comprenez, c'est peut-être pour un cancer... Frédéric a pris le relais et répond à ma place. Plein d'une assurance feinte, car nous n'en menons pas large tous les deux. Main dans la main, nous nous asseyons dans la salle d'attente, remplie de chuchotements des patients et des couples qui se serrent comme des oiseaux transis sur une branche.

L'attente est longue.

Chaque fois que nous voyons un homme en blouse blanche, nous nous regardons pleins d'espoir et de crainte. C'est lui ? Non, trop blond. Lui alors ? Non, il porte un balai et une serpillière. Nous ne connaissons que son nom à consonance méditerranéenne. Nous nous imaginons un homme d'âge mûr, un peu boulot, en tout cas sûr de lui. De la salle d'attente, nous naviguons vers le couloir où se situe son bureau. Le professeur Zuber a un peu de retard. Nous déplacer dans le couloir va peut-être le faire venir plus vite. Nous nous sommes assis sur deux chaises orphelines, face à son bureau. Un pas décidé nous fait nous tourner une fois de plus la tête vers la gauche. C'est lui ?

Un homme très sélect, sportif, légèrement hâlé, passe. Sa blouse blanche est ouverte sur une chemise mode et un jean. Ce qui me frappe le plus, ce sont ses chaussures, noires, au bout pointu violet. Il fait moderne, bien dans sa peau. Il mâchouille d'un air décontracté un chewing-gum, comme un cow-boy sa chique de tabac. Un bon point pour lui, un autre pour nous : son apparente tranquillité de ponte nous rassure. Je suis entre de bonnes mains. Il est accompagné d'une infirmière qui trottine derrière lui et lui porte des dossiers dont le mien. Il se tourne quelquefois vers elle pour donner ses commentaires sur tel ou tel cas.

– Bonjour. Excusez mon retard. Je ne pensais pas être retenu aussi longtemps. Mais veuillez entrer !

Je m'attendais à un cabinet de ministre. Il n'en est rien. La pièce est petite. Un rideau blanc sépare le cabinet de travail de la pièce d'examen, minuscule. Nous nous rasseyons. Lui feuillette mon dossier, les yeux froncés. Nous le contemplons, éperdus. C'est lui, le dieu de la chirurgie ? Quelle classe !

– Merci de nous recevoir pour ce rendez-vous pris en urgence. Vous nous avez été recommandé par le professeur Havez.

Zuber hausse un sourcil puis tapote négligemment le badge agrafé à sa blouse.

– Non, pas « professeur » Havez. « Docteur » Havez. Moi, je suis professeur.

Nous restons bouche bée devant ce cours magistral. Nous n'avions pas prêté attention à la fonction de l'un ni de l'autre. Pour nous, ils détenaient tous les deux le secret de la guérison. J'ai l'impression d'assister à la première rencontre entre Tarzan et Jane. Moi Tarzan, toi Jane. Moi professeur, lui docteur.

J'ai décidé de tout lui dire. Le docteur Doucet l'a, lui aussi, déjà prévenu par écrit : « enfance torturée ». En lui dévoilant mon âme, j'espère ainsi mettre toutes les chances de mon côté. À la fin de mon monologue que j'ai abordé d'un air détaché, je n'ai pu m'empêcher de pleurer. Sa voix s'est adoucie et c'est calmement qu'il a proposé de m'ausculter et m'a enjointe à me dévêtir légèrement dans la salle d'à côté. Il a tâté l'estomac en fronçant les sourcils, il a vu la grosseur du ganglion sous la clavicule gauche. Les questions qu'il me pose sont précises, formulées sur un ton bienveillant, chaleureux.

– Alors, professeur, c'est grave ?

Son discours est clair, pédagogique. Je devrai effectuer un certain nombre d'examens avant qu'il ne puisse établir un diagnostic : scintigraphie, biopsie du ganglion, re-scanner, avec injection cette fois, fibroscopie. Dans les diverses hypothèses qu'il nous expose, il n'exclut ni ne retient la linite gastrique. Il nous incite surtout à ne pas consulter Internet sur le sujet, bourré de sottises à faire peur.

– Docteur, ou plutôt professeur, c'est déjà fait.

Nous avons, Frédéric et moi, un petit ricanement coupable, comme deux adolescents pris en flagrant délit de masturbation. Nous lui résumons les explications récupérées des différents sites consultés. En bref, les pronostics de survie sont quasiment inexistants. Il y a plusieurs formes de cancer de l'estomac, mais celle-ci est la pire. Elle s'attaque à des jeunes femmes souvent d'origine asiatique.

Le professeur nous regarde, l'air mécontent.

– Tut-tut. Même s'il s'agit d'une linite, et même si cette maladie est rare, il peut y avoir des chances de s'en sortir... sous réserve de faire l'ablation de l'estomac. [Silence.] Il est vrai que, dans le cas où l'ablation ne peut se faire parce que le stade est trop avancé, les chances de guérison se réduisent sévèrement. Il faut alors envisager une chimiothérapie qui ne pourra être que palliative. Dans ce cas, il n'y a pas de chances de guérison. Juste un prolongement de l'espérance de vie.

Mais son ton se veut rassurant. Je n'en suis pas là. Il faut arrêter de broyer du noir, manger des crèmes sucrées hypercaloriques pour regrossir et prendre des forces. Et, pourquoi pas, des compléments alimentaires. L'infirmière à ses côtés hoche régulièrement la tête à ses propos et nous sourit tour à tour, rassurante.

Je lui ai demandé par curiosité pourquoi l'on m'avait aiguillée vers lui. Après tout, il est chirurgien. Il a toussoté d'un air condescendant. Chirurgien, oui, mais aussi professeur en gastroentérologie. Nous ne pouvions mieux tomber. Les docteurs Havez et Doucet, à côté, me font l'effet de Twingo poussives. Lui, c'est la Rolls-Royce du CHR, le grand luxe.

Nous sortons de là, presque euphoriques. Nous sommes entre de bonnes mains. Que de peurs pour si peu de chose ! Après les examens, ils vont s'apercevoir que le premier scanner n'est pas bon, que tout n'est dû qu'à un syndrome dépressif. Nous téléphonons, joyeux, à Papi et Nini, pour partager la bonne nouvelle.

Scintigraphie

Le professeur Zuber a balisé le parcours que je devrai suivre avant le verdict final. La première étape à franchir est la scintigraphie.

– C'est un examen à la pointe de la technologie. On ne le propose pas à tout le monde. Il permet d'obtenir une image complète de tout le corps et nous donnera des indications précieuses sur vos symptômes.

L'examen ne se fera pas au CHR de Lille mais en proche banlieue lilloise, à Roubaix. Dans le hall d'entrée presque désert, nous attendons patiemment notre tour, balayant d'un œil curieux la grande salle froide et silencieuse. Ça y est, c'est à nous. Pendant que Frédéric procède à l'enregistrement de mon dossier, mon regard s'est arrêté sur une petite affiche apposée sur le côté du guichet. Un coup de coude à Frédéric.

– Hé, regarde ce qui est écrit.

Frédéric ouvre de grands yeux : « Il est recommandé aux patients ayant subi une scintigraphie de ne pas fréquenter de jeunes enfants sur une durée de douze heures ». Nous nous regardons, stupéfaits. C'est quoi cet examen ?

– Tu crois que cela me concerne ?

L'agent administratif a surpris notre conversation.

– Vous avez des enfants ?

– Oui, de quatre, six, neuf et douze ans.

– Eh bien, vous ne devrez pas entrer en contact avec eux pendant le laps de temps qui est indiqué. On va vous injecter un produit radioactif. Ça n'a pas d'incidence sur les adultes mais il est préférable d'éviter de vous approcher de vos petits.

Je calcule rapidement. Je suis censée passer à 11 h 00. Cela veut dire que je ne pourrai voir les enfants que ce soir ? Mais qui ira les chercher à l'école ? Qui leur donnera le bain, le dîner ? Que vais-je faire durant cette période ? Nous n'avons pas été prévenus sinon nous aurions demandé à Yvette ou aux parents de Frédéric de nous aider. Frédéric me rassure.

– Ne t'inquiète pas. Je serai là. Je m'occupe de tout. Toi, tu n'auras qu'à profiter de ton après-midi pour faire un petit tour et te faire plaisir.

Nous avons pris place dans les fauteuils de la salle d'accueil. Il faut attendre. Encore attendre. Il me semble que notre vie s'est figée dans une succession de scènes où nous jouons les attentistes volontaires. Stop. On ne bouge plus. Celui qui bouge va dans le poulailler. Le premier qui arrive sans s'être lassé de toutes ces longues pauses touchera le pactole : un verdict, de préférence pas trop sévère.

– Madame Finet ? Vous pouvez me suivre, s'il vous plaît ? C'est par là.

Un regard éperdu à Frédéric et je m'engouffre derrière la grande porte battante, aux côtés d'un jeune infirmier qui me fait parcourir de longs couloirs avant de me conduire dans une petite salle.

– On va vous poser un cathéter. Et puis on vous injectera le produit.

– Je préfère vous prévenir. J'ai de petites veines.

Un sourire légèrement condescendant.

– Tous les patients nous disent ça et puis ça se passe toujours très bien. Et puis, de toute façon, vous ne partirez pas sans que l'on ait procédé à l'intervention. Le produit coûte trop cher. À raison de 500 euros le petit flacon, vous comprenez ce que je veux dire, on ne vous loupera pas.

Un clin d'œil complice. Résignée, je retrousse ma manche. Après tout, les professionnels, ce sont eux. Il se penche vers moi, tapote le creux de mon bras droit, pique avec son aiguille, pendant que je ferme les yeux. Aïe.

– Je vous ai fait mal ?

– Non, non, ce n'est rien.

– Je vais essayer un peu plus haut.

Aïe.

– Vous avez vraiment de petites veines. À l'autre bras, c'est pareil ?

– Heu, oui.

– Je vais quand même voir.

Petit martèlement de ma chair qui frissonne d'appréhension plus que de froid.

– J'en vois une, là. Elle roule un peu sous mes doigts mais je devrais y arriver. Attention, je pique. Ah, raté. Je vais tenter plus haut.

Aïe. Aïe. Le jeune infirmier me regarde puis scrute, décontenancé, la seringue qu'il vient de retirer : une fois encore, il a manqué son but. Mon assurance fond à vue d'œil. Le sourire crispé, j'inspire et expire à grand bruit pour tenter de chasser l'onde de panique qui m'envahit.

– Je vais appeler mon collègue.

Il ouvre la porte.

– Oh, Marcel, tu peux venir, s'il te plaît ?

Marcel arrive, goguenard.

– T'as un souci ?

– Ouais, je n'arrive pas à piquer Madame. Tu peux essayer, s'il te plaît ?

Marcel retrousse ses manches, s'empare de mon bras gauche d'un air conquérant puis pique. Aïe, raté. Marcel grogne imperceptiblement, ausculte mes poignets, pique le poignet droit, rate, passe au poignet gauche qui ne lui porte toujours pas chance. Marcel a perdu de sa superbe. Il masse mes avant-bras à la recherche de veines salvatrices. Rien. Pendant qu'il essuie d'un air machinal la goutte de sueur qui perle sur son front, il contemple pensivement mes jambes.

– On vous a déjà piqué au pied ? Et à la cheville ? Vous permettez que je regarde ? C'est un peu plus douloureux mais les veines sont souvent plus grosses.

– Faites, faites.

La situation est tellement risible que j'en oublie de pleurer.

– Ah ben voilà, il y a de belles veines là. Ça va marcher.

Effectivement, Marcel réussit triomphalement à planter l'aiguille dans ma cheville. Il exhale un soupir de soulagement alors même que son collègue passe la tête par la porte entrebâillée.

– Alors ? Tu as réussi ?

– Ouais, ouais, mais tu avais raison. C'était pas évident.

Mon cathéter collé à ma cheville, j'attends de longues minutes avant qu'on ne vienne me chercher pour me faire passer la scintigraphie. C'est mon tour. On m'appelle pour passer dans la machine imposante que j'entraperçois dans une grande pièce sombre. Juste le temps de voir revenir une dame inconsciente, assise dans un fauteuil roulant poussé hâtivement. Je déglutis. On ne m'avait pas prévenue que j'allais être sous anesthésie générale.

– Euh, vous allez m'endormir ?

– Non, non. La dame que vous voyez ne voulait pas qu'on la pique. Trop émotive. On a dû lui donner un calmant. C'est allé tout de suite mieux.

Un sourire comme une menace. Docilement, je m'installe sur la table puis passe et repasse dans la boîte noire oblongue qui me scanne. J'en ressors, me rhabille, rejoins Frédéric qui me guette depuis tout à l'heure.

Un long baiser et nous nous séparons. Comment vais-je bien pouvoir occuper mon temps jusqu'à ce soir ? J'ai une idée. Direction le centre commercial V2 à Villeneuve-d'Ascq. Je projette de m'offrir un déjeuner copieux au self-service. Ensuite, je flemmarderai à table en lisant un bon bouquin et puis je me baladerai dans la galerie commerciale jusqu'à sa fermeture. J'ai tout mon temps. Il faut que j'en profite.

Le self est bondé. C'est la pause du midi qui amène sa vague de travailleurs et d'étudiants affamés. J'ai choisi un steak, l'ai agrémenté de frites chaudes et grasses et d'un peu de légumes pour me donner bonne conscience. J'ai happé au passage un gâteau au chocolat, dont le fondant apparent excite déjà mes papilles. Je vais faire bombance, d'autant que je suis à jeun depuis hier soir. Mon plateau à la main, je godille jusqu'à une place que j'ai repérée, à côté de deux étudiantes qui papotent bruyamment. Depuis quand ne suis-je pas allée manger au restaurant ? J'ai coupé un morceau de steak. Sa couleur rosée et son odeur de grillé sont un plaisir pour mes sens. Perchée sur mon tabouret, je trempe mes frites dans le ketchup, les porte à ma bouche, les mâche. Quel délice !

Un petit effort et les voilà avalées. Je mange ! Enfin presque. Une douleur atroce me déchire subitement l'œsophage. Qu'ai-je avalé de travers ? Un raclement discret de ma gorge pour effacer mon malaise. Ce n'est pas suffisant. Je suffoque. Je n'ai pas eu le temps de me lever. Mes doigts écartés n'arrivent pas à retenir ce qui s'échappe spasmodiquement de ma bouche. Le jet atterrit sur mon plateau à peine entamé, éclabousse mon corsage et dégouline sur mes genoux que j'ai resserrés par réflexe.

Un silence.

Les deux étudiantes se sont arrêtées de parler et me dévisagent, écœurées. Vite, je récupère la serviette en papier miraculeusement indemne et tente maladroitement de m'essuyer. La douleur est toujours là. Je m'esquive en courant vers les toilettes, creuse mon ventre pour essayer de faire sortir ce trop-plein qui m'asphyxie. Je regagne ma place.

Je suis seule. Les deux étudiantes ont précipitamment délaissé leur plateau dont je contemple les vestiges d'un œil morne. Je n'ai plus faim. Il faut que je me lève et que je marche. Ma douleur est restée tapie au creux de mon estomac. Ne plus y penser. Ne pas avaler d'eau sous peine d'une nouvelle hécatombe. Il me reste cinq heures avant de rejoindre les miens. Je les passerai dans la galerie commerciale, détachée de l'agitation et de la frénésie de tous ces gens en bonne santé qui achètent, mangent et rient.

À l'heure traditionnelle du coucher des enfants, je regagne enfin la maison. Il est 21 h 00. C'est le moment où, chaque soir, je m'attarde dans les chambres, prête l'oreille aux dernières confidences, chatouille les pieds qui dépassent volontairement des couettes, ramasse et plie les vêtements épars. Les paupières s'alourdissent, les corps se tendent pour un dernier câlin, les peluches se blottissent dans les bras des petites qui les ont longuement choisies.

– Toi, tu as dormi hier avec moi. Donc cette nuit, tu restes avec tes amis dans le tiroir. Toi, je t'aime bien même si tu as un œil qui ne tient plus trop. Toi, tu es tout petit donc je t'ai laissé toute la place du coussin pour pas que tu tombes.

Je souris à l'évocation de ces instants si doux. C'est un moment magique et il me tarde de m'y abandonner. Frédéric m'a prévenue que les enfants ont veillé plus tard, dans l'attente de mon retour.

– Les enfants, c'est Maman. Je suis rentrée.

Un silence tout à coup, figeant les multiples sons que j'ai surpris à mon arrivée : le bruit des couverts, la voix fluette de Juliette, celle plus grave de Frédéric, les cris et les rires. Bizarre ! Pas de hurlements habituels « Maman est là ! » ni de cavalcades effrénées pour être le premier à être embrassé.

– Ouh ouh, les enfants ! C'est Maman. Vous avez pris votre dessert ? Rangez la table. Allez vous laver les dents. Je viens vous coucher.

Le manteau à peine enlevé, je me précipite dans la cuisine comme une poule pressée de rassembler ses poussins autour d'elle. Stupeur réciproque. Les yeux ronds comme des soucoupes, Mathilde et Alexis me lorgnent du fond du salon, le dos plaqué contre la baie vitrée. Les deux petites ont émergé lentement de derrière le fauteuil où elles se cachaient et m'observent avec méfiance à travers leurs petits doigts écartés. Un alien s'invitant à leur table ferait le même effet. Élodie se hasarde :

– Papa nous a dit qu'il fallait pas s'approcher de toi parce que t'es radioactive. T'es pas toute verte ?

– Euh non, ma chérie.

– On va pas avoir un œil de plus ?

J'ai réprimé un rire.

– Non, non, mais c'est vrai qu'il faut faire attention. Le médecin a prévenu qu'il ne fallait pas que j'aie de contact prolongé avec les jeunes enfants. On ne sait jamais.

L'air inquiet, les enfants se regardent. En bon chef du clan, Mathilde a pris les choses en main.

– Bon, Maman, on va se coucher. Tu peux t'éloigner pour que l'on passe, s'il te plaît ? Non, encore un peu plus. Ne t'inquiète pas. Je m'occupe des petits. Bonne nuit, Maman.

J'ai reculé d'un bon pas. Les enfants se sont précipités dans l'escalier après avoir couru de côté pour m'éviter, comme des crabes sur le sable vers la mer salvatrice. Leur odeur m'inonde : celle du shampoing, de la crème hydratante de Juliette, du dentifrice au goût de fruits. Pas le temps de les happer au passage. Ils ont filé.

– Au revoir, Maman, on t'aime tu sais. Demain, quand tu seras de nouveau normale, on te fera plein de bisous.

Aujourd'hui c'est mon anniversaire

Aujourd'hui c'est mon anniversaire. Je vais fêter mes quarante-cinq ans. Nous nous en faisons une fête le matin en nous réveillant. Au diable les soucis. La soirée sera gaie. Nous nous le devons pour nous et pour les enfants. Les bonnes résolutions vacillent lorsque je me traîne hors du lit vers la cuisine. Il faut que je mange. Mes os saillent des vêtements devenus trop grands pour moi en quelques semaines. Je fais chauffer mon café matinal puis recherche dans le placard à provisions un flacon de complément alimentaire préconisé par le pharmacien qui me croit anorexique.

Am stram gram. Ce matin, ce sera chocolat. Le bataillon formé par les autres parfums, vanille, fraise, fruits des bois me fait miroiter leurs saveurs douceâtres et écœurantes mais si avantageusement caloriques. Je suppute. Si j'arrive à avaler deux flacons au cours de la journée, je serai à plus de mille calories dans mon « Trivial Kilo Pursuit ». Je me mets à rêver. J'arriverai peut-être à maintenir mon poids. Et je ne vomirai plus. Et j'irai mieux. Et nous aurons eu raison d'espérer et de relativiser les diagnostics pessimistes. Mon esprit s'envole. Comme Perrette et son pot au lait, je me vois manger veau, vache, cochon, couvée.

Depuis quelques jours, nous avons décidé de varier nos habitudes de repas pour faciliter le simple acte de m'alimenter. Manger dans le silence pour ne pas stresser. Manger devant la télé pour ne pas y penser. Manger ce que j'ai cuisiné. Manger ce que je n'ai pas cuisiné. Manger liquide. Manger solide. Manger sucré et pas acide.

Mon univers est rythmé matin, midi et soir par ce mot. Il me paraît si précieux cet acte de mâcher, de savourer, de déglutir. Mon ventre torturé ne l'accepte plus. Même s'il a faim. Les enfants suivent le va-et-vient de mes cuillères dans un silence craintif. L'espoir dans leurs yeux grandit au nombre des bouchées que j'avale et s'effondre immanquablement lorsque, d'un bond, je me lève de table pour aller vomir dans les toilettes, si j'ai la chance d'y parvenir. Sinon, ce sera à même la table ou le sol.

Ding ! Le micro-ondes m'annonce le début du petit déjeuner. Une première nausée remonte et me précipite à l'évier de la cuisine. La tête me tourne. Un vertige, puis un deuxième. Je m'assieds sur le canapé. Les meubles continuent de tanguer. L'a-t-il deviné ? Frédo, inquiet, m'appelle à ce moment. À l'écoute de ma voix pâteuse, sa décision est prise. Nous partons aux urgences.

L'attente est longue. Nous passons de service en service, d'infirmière en infirmière, d'interne en interne. Chacun d'eux me tripote longuement, l'un le sein, l'autre l'estomac. Une furieuse envie de rire et de pleurer me prend chaque fois. Le dernier interne que nous voyons aux alentours de 19 h 00 nous rassure d'emblée en m'examinant une nouvelle fois. Non, il ne faut pas conclure si rapidement à un cancer et encore moins à une linite gastrique. Son exposé est clair. Sa voix se veut confiante. Nous commençons à sourire et même à plaisanter.

– J'examine votre dernier scanner. Je passe un coup de fil au professeur Zuber et je vous tiens au courant de la suite.

Une question me turlupine. Parler du cancer pendant toute la journée a attisé ma curiosité.

– Ça se passe comment une chimiothérapie ?

L'infirmière restée à mes côtés se transforme avec complaisance en pédagogue.

– Eh bien, on installe un pac sur le patient. C'est une petite boule que l'on pose sur une artère lors d'une intervention chirurgicale mineure et qui permet d'administrer la chimiothérapie sans avoir à piquer les veines.

J'écoute la suite de son exposé d'une oreille distraite. Ce dispositif ne sera pas pour moi. Je suis soulagée pour tous ces malades qui n'auront pas à subir la torture des veines malmenées.

– Madame Finet ?

L'interne est réapparu dans l'embrasure de la porte. Son pas me paraît lourd. Je tique subitement.

– Vous subissez bien une endoscopie lundi ?

– Euh oui.

– Nous en profiterons pour vous poser un « pac ».

Son intervention me fait l'effet d'un couperet. Frédéric le regarde, interloqué.

– Pourquoi ?

– Madame est trop faible. Nous pensons la mettre sous nutrition artificielle.

– Il n'y a pas que ça. L'infirmière vient de nous expliquer l'intérêt du pac lors de l'administration de chimiothérapie. Docteur, vous avez d'autres idées ?

L'interne se racle longuement la gorge. Son regard est fuyant. Il cherche ses mots puis nous regarde tour à tour. Sa voix se fait plus grave, plus douce. Ses yeux sont remplis d'une pitié qu'un instant je juge immonde.

– Je viens d'examiner le scanner et de parler avec le professeur Zuber au téléphone. Au vu des clichés et de vos symptômes, les chances que ce soit tumoral sont de 9 sur 10. Je suis désolé.

La nouvelle nous fait l'effet d'une gifle. Mes yeux clignotent. Mon souffle se fait plus court.

– Mais le scanner a été fait sans injection. Vous savez, ma femme quelquefois mange. C'est une dépression. Un de ses ganglions a disparu. Or, vous nous aviez dit que c'était peu probable dans le cas d'un cancer.

J'entends Frédéric se débattre, comme un poisson hors de l'eau. J'aimerais avoir sa force, son énergie mais, moi, je suis l'autre poisson, celui qui est sorti depuis longtemps de la mare et dont les branchies ne palpitent que par saccades de plus en plus faibles. Je ne pleure même plus. Je n'ai plus de larmes, juste un filet d'air pour respirer doucement. Le poisson se meurt.

J'entends l'interne lui expliquer patiemment que, avec ou sans injection, le verdict est là ; que dans tous les cas, même si c'est une maladie orpheline, le traitement sera long ; qu'il peut y avoir de l'espoir ; que la chimiothérapie a beaucoup évolué ces dernières années. Je n'écoute plus. C'est un cauchemar. Je ne veux plus de ces explications qui me broient le cœur et m'enfoncent toujours plus bas dans le sordide. Quand cela s'arrêtera-t-il ?

Nous sortons des urgences, hébétés, munis de papiers pour la pose du pac et la nutrition artificielle, des résultats du bilan sanguin qui étonnamment sont bons, de la perspective d'un lundi où l'endoscopie sera suivie de la pose du pac. Dans la voiture, nous appelons Papi et Nini, restés à la maison pour garder les petits. Il est 21 h 00. Nous restons brefs au téléphone. Nous aurons tout le temps de nous épancher à notre retour. Mais nous sentons leur atterrement lorsque Frédéric leur résume la situation. Ils nous informent que mes parents ont appelé, affolés de ne pas parvenir à nous joindre.

C'est vrai, c'est mon anniversaire aujourd'hui. Je l'avais oublié. Papa et Maman ne manquent jamais de me téléphoner pour me le souhaiter. C'est devenu une habitude que d'évoquer des anecdotes vieilles de plusieurs décennies. Ils vont me rappeler le temps qui passe. Je répondrai à leurs plaisanteries avec une gaîté forcée et puis nous raccrocherons, chacun de notre côté, avec l'intime conviction d'avoir fait notre devoir...

Dans la forteresse familiale, il n'est pas concevable d'oublier l'anniversaire ou la fête de quiconque. Ce serait une déclaration de guerre. Noël, Nouvel An, fête des pères ou fête des mères doivent être souhaités même si le cœur n'y est pas. Pas de cadeaux ni de fête : il n'y a pas lieu de festoyer alors que le passé est si noir et que mes frères et moi sommes vieux depuis notre plus tendre enfance.

L'idée de devoir me prêter une nouvelle fois à ce rôle me paraît impossible. Je ne me sens pas de taille à les affronter. Pas ce soir.

Et puis si.

Justement, ce soir.

Ma décision est prise.

Au premier dring, Maman décroche.

– Bon anniversaire, chérie. Où étais-tu ? Qu'est-ce qui se passe ? Nous étions inquiets. Tu nous caches quelque chose ?

Sa voix est tendre, inquiète. Ils se sont fait du souci pour moi. La culpabilité me tord le ventre. Non, je ne peux pas tout leur dire. Mais ce fardeau qui me broie le cœur est si lourd. Il faut que je parle. Je jette un coup d'œil de côté à Frédéric qui serre les dents en conduisant, le visage dur, crispé, et je m'élance, comme on se jette dans le vide en pleine nuit.

Pour lui qui me porte à bout de bras avec l'énergie du désespoir. Pour arrêter toute cette comédie. Pour respirer. Pour grandir. Pour moi qui ne vois plus l'avenir. Pour les petits que je ne verrai pas grandir. Je pense enfin à mes parents, au bout du fil, qui ont joué avec moi pendant si longtemps et m'ont transformée en une poupée soumise et sale.

J'ai brusquement conscience que le secours de mon âme et de mon corps malade ne viendra que si je deviens intègre avec moi-même. Le prix est cher à payer mais il le faut.

– Maman, je reviens du CHR, des urgences. Cela ne va pas bien.

Chacun de mes mots est choisi avec soin. Je dépeins la zone grise du tableau noir encre que nous vivons depuis quelques jours. Je ne veux pas leur faire de mal. Je veux les préserver encore quelque temps tout en les informant doucement que la machine bien huilée de ma vie sans problème s'est arrêtée. Sans en détailler les raisons, je parle de ma dépression qui a entraîné mon manque d'appétit. Maman absorbe mes paroles, les noie dans des conseils futiles, quelquefois risibles. Il faut manger, arrêter de faire un régime.

Son manque d'écoute exaspère ma sensibilité à fleur de peau. Je voudrais qu'elle compatisse, qu'elle berce ma peine et me rassure. Pour l'amener à entendre ma peur, j'avance peu à peu mes mots et mes maux. Je lui raconte mon angoisse, ma volonté de disparaître. Maman ne réagit toujours pas. Sa voix se fait larmoyante. Elle va avoir quatre-vingts ans. Elle aussi va bientôt mourir de ses soixante-quinze ans de rhumatismes, d'essoufflement, de douleurs dans la poitrine, de maux de ventre, de chagrin. Son absence d'empathie me fait surenchérir sur mes souffrances à moi. Je m'en veux d'entrer dans son jeu. J'ai l'impression d'être une pute que l'on paie pour se dévêtir et qui n'enlève ses dessous qu'à coup de billets de banque.

De rage, je déverse ce qu'ils nous ont annoncé au CHR, la linite gastrique, le peu de chance de guérison. Maman ne m'entend toujours pas, perdue dans ses propres problèmes. M'a-t-elle oubliée dans le flot de paroles qu'elle déverse en continu dans le combiné ? Je veux croire de toutes mes forces qu'elle masque ses émotions. Je n'attends qu'une seule phrase de réconfort qui me rassurera sur son amour. Je la redoute en même temps, car je ne sais comment j'y répondrais et ma culpabilité s'en trouverait décuplée.

Rien.

Je crie, le souffle court, étranglée par l'émotion, la peur, le désespoir.

– J'ai le cancer de l'estomac, Maman !

Ça y est. Je suis nue. Je continue d'agiter mes pensées sur cet air macabre et obscène. Il sera bientôt temps d'écarter les cuisses. Un silence à l'autre bout du fil qui me fait l'effet d'un baume. La musique triste de mon cœur s'est arrêtée ; Maman réagit enfin et me demande si je veux qu'ils viennent.

J'ai hésité un quart de seconde, qui a fait tout de suite comprendre à Maman qu'ils étaient indésirables. Je ne peux pas mentir. J'avance mon besoin de prendre du recul, comme un animal blessé qui se terre en léchant ses blessures. Je ne veux pas me montrer agressive ni les blesser. Encore une fois, je ne veux pas les décevoir. Une bonne fille a toujours besoin de ses parents et ne doit rien leur cacher. Encore moins les ignorer comme de simples manants. Le château familial est là pour accueillir le serf, en temps de paix comme en temps de guerre. Il est inconcevable que je rejette leur aide ni que je me plaigne au seigneur de la vallée voisine. Maman bondit :

– Pourquoi tu ne veux pas de nous ? Tu es fâchée ? Tu nous en veux ?

La voix devient agressive. Le ton est monté de plusieurs octaves, la menace n'est pas loin. Où est la femme faible et âgée qui quelques minutes auparavant se lamentait ?

– On a toujours tout fait pour toi. C'est comme cela que tu nous remercies ?

Ses paroles, mille fois rabâchées, me blessent, m'assomment alors que je suis déjà à genoux, les mains ouvertes, meurtrie et suppliante. Mes espoirs fondent. Maman ! Ma culpabilité me dévore. Fille ingrate ! Tu laisseras tes parents crever de tristesse parce qu'ils sont vieux, sans défense ! Ils ont besoin de toi, même blessée, même morte. Que leur donner de plus ? Je n'ai plus rien à offrir. Même mes larmes ont été refusées.

Silence.

Une force que je ne me connais pas me relève. Non, je n'ouvrirai pas mes cuisses. Plus jamais. La voix tremblante, je balbutie pour la première fois de ma vie ma colère, en trébuchant sur les mots qui me délivrent d'un carcan porté depuis si longtemps. Une lueur, si faible mais enfin perceptible m'attend à la fin du tunnel.

– Papa, Maman. Vous m'avez fait du mal. Ne venez pas. Je vous rappellerai quand j'irai mieux.

J'entends Maman s'offusquer. Les raclements de gorge de Papa présent à ses côtés mais silencieux me le font imaginer à l'affût, prêt à bondir mais pas assez courageux. Je raccroche, à bout de force. Le ver est enfin dans leur pomme. Je me renverse sur le siège de la voiture, épuisée mais étrangement soulagée, à la limite de l'euphorie. Je me laisse bercer par le ronronnement du moteur de la voiture. Mes parents s'éloignent à la lumière des phares que Frédéric vient d'allumer.

Ma mère

J'ai bientôt dix ans. Dans quelques semaines, je quitterai définitivement les années à un seul chiffre. Le passage à la dizaine me terrorise. Certains s'en font une fête. Pas moi. À l'âge où d'autres continuent de jouer, je suis une vieille dans un corps de petite fille. Je sais que mon statut me permet encore de bénéficier des faveurs accordées aux petits, en particulier la protection bienveillante des adultes. Je ne veux pas que mon corps révèle que je ne suis plus cette fillette innocente aux membres maigres.

Je suis prise de tocs : me laver les mains chaque fois que je touche un objet ; me relever vingt fois dans la nuit pour vérifier que je n'ai pas envie de faire pipi ; redescendre du lit pour contrôler que la porte d'entrée de l'appartement est bien fermée ; ajuster mes pantoufles pour qu'elles restent bien droites avec des chuchotements que je psalmodie à l'infini : « Tchic tchic tchic. Un, deux, trois, quatre, cinq, six, sept, huit, neuf, dix ».

Je ne veux pas grandir.

J'ai peur que toutes les transformations physiques que Maman m'annonce m'éloignent de mes frères, eux les garçons. Je veux continuer d'être la grande bringue asexuée aux longues nattes noires qu'ils taquinent. Je sais pertinemment qu'à partir du moment où mon apparence changera, leur regard me condamnera comme étrangère à leur clan. J'ai peur de voir ma poitrine plate se gonfler. J'ai peur d'avoir ces règles dont maman me parle à voix basse comme d'une chose terrible et sale. J'ai peur de m'empâter comme ces adolescentes que je connais et dont je lorgne furtivement les attributs féminins naissants. J'ai peur de ressembler à Maman. Avec un petit sourire méchant, elle me serine que je serai déformée et grosse comme elle quand je serai grande et que c'est le sort de toute femme : je ne pourrai pas lutter contre les ravages du temps ni contre ma condition de femme et son lot de calamités.

Ces pensées me submergent et ont finalement raison de ma joie de vivre. Je pleure sans arrêt. Dans mon lit. À table. Au petit déjeuner. Au dîner. Sans raison. Je suis une fontaine ambulante. Mes pleurs exaspèrent ma mère dont les regards excédés me terrorisent. Jusqu'à quand tolérera-t-elle cette situation ?

– Laurence, viens ici.

C'est Maman qui m'appelle de la pièce où elle a l'habitude de se tenir pour raccommoder. Mon cœur se crispe. Qu'ai-je fait ? J'accours et fixe éperdument Maman qui m'attend, assise devant sa machine à coudre.

– Qu'est-ce qui t'arrive ? Pourquoi pleures-tu tout le temps ?

Je ne m'attendais pas à cette question. Je suis coincée. Que lui dire d'acceptable ? Rien. Mieux vaut nier.

– Non, je ne pleure pas tout le temps.

Son regard dur fouille le mien sans complaisance. Je ne sortirai pas épargnée de cet interrogatoire.

– Tu vas me répondre ? Alors ?

J'écarquille les yeux, cherchant désespérément une réponse plausible au-dessus de sa tête. Ma langue ne sait plus se mouvoir dans son habitacle de coton. Péniblement, je déglutis. Rien n'y fait. Je n'arriverai pas à calmer cette peur besticle qui m'envahit.

– Quoi ! Tu pleures encore ?

Mes larmes ont dévalé mes joues, mêlées à de la morve que je renifle par à-coups.

– Ta maîtresse de CP avait raison. Tu pleures pour un oui ou pour un non. Tu ne sais faire que ça.

Son mépris accentue mon mal-être. Suis-je si gourde à ses yeux ?

– Alors ? J'attends. Pourquoi ?

Un flottement. Mon silence face à ses questions arrose les graines de son impatience qui croît à vue d'œil. Maman, je voudrais tant que tu me prennes dans tes bras et que tu me rassures après toutes ces semaines de torture. Maman, que je voudrais douce et compréhensive mais qui ne l'est pas. Maman, dont les bras ne câlinent presque jamais mais qui sont si prompts à frapper. Maman, dont la froideur n'invite pas aux confidences ni à la complicité. Maman, dont les mots sont aussi blessants à mon âme que des coups sur mon corps nu.

Vite, il faut que je trouve une explication plausible. Mon Dieu, aidez-moi ! Difficilement, mon cerveau s'active. Lui mentir ? Ce n'est pas possible, elle le devinerait. Lui parler ? Mais comment m'exprimer ? J'ai appris à lui dire « Maman, j'ai faim, j'ai mal, je peux aller jouer ? Maman j'ai eu de bonnes notes ». Mais comment lui avouer « Maman, je ne veux pas grandir et être comme toi ». Allons, il faut que j'essaie.

Debout, les bras ballants, je m'aventure. La gorge serrée, entre deux sanglots réprimés, je bégaie :

– Je... Je... Je ne veux pas avoir deux chiffres.

– Quoi, deux chiffres ?

La voix de Maman est montée dans les aigus. Suis-je en train de me moquer d'elle ? Maman déteste ne pas comprendre. Maman n'aime pas qu'on lui tienne tête. Ses yeux durs me fouillent. J'y déchiffre la menace d'une fin douloureuse pour mon corps tremblant. Vite, vite, il faut que j'en dise plus. Éperdue, j'en oublie les belles phrases que mon cerveau avait élaborées dans la précipitation. Pas le temps. Regarde, Laurence, Maman s'énerve. Laborieusement, je lui souffle :

– Maman, c'est à cause de mon anniversaire. Je vais avoir dix ans.

– Et alors ? Tu pleures parce que ça va être ton anniversaire ?

Derrière l'incrédulité de Maman perce une impatience peu propice à un quelconque épanchement. Je n'arriverai pas à m'ex-

pliquer. Tant pis, je vais lui dire un truc, même si je vais lui paraître sotte. Juste un petit truc, comme on jette un morceau de viande à une bête féroce pour calmer sa faim. Tout plutôt que de la voir s'énerver et me mettre en pièces. Dans un chuchotement inaudible, je lui glisse :

– Ben, dix ans, c'est deux chiffres.

Médusée, Maman me dévisage : suis-je devenue folle ? Suis-je si bête ? Soudain, un grand éclat de rire secoue son corps menu. Je la sens soulagée. Elle a réussi à me faire parler. L'honneur est sauf. L'air condescendant, elle m'assène comme une consolation :

– Mais c'est bien, deux chiffres.

Piteusement, j'acquiesce tandis que je laisse échapper librement mes larmes.

De soulagement. J'ai échappé de peu à une de ses manifestations habituelles de violence.

D'humiliation. À ses yeux, je suis une petite fille qui pleure pour des niaiseries.

De douleur. Je reste définitivement enfermée dans ma souffrance. Il me faudra me débrouiller seule.

Pendant des années, Maman rira de cette scène. Avec commisération, elle imitera ma voix fluette : « Je ne veux pas avoir deux chiffres ». Pendant des années, je l'écouterai en souriant lâchement, sacrifiant à chaque fois la fillette apeurée que j'étais et qui voulait tellement être rassurée.

J'ai dix ans et demi. Je me suis réveillée ce matin, avec une minuscule bosse sur ma poitrine, du côté gauche. Je ne comprends pas son origine. Suis-je malade ? Ai-je une tumeur ? Pendant toute la journée, je m'interroge, terrorisée. Je la tâte, la malmène, relève mon T-shirt pour la contempler et espérer qu'elle disparaisse comme elle est apparue.

Non, elle est toujours là.

Le soir, je me résous à consulter Maman. Je dois certainement être malade. Maman cuisine, la tête plongée sous la hotte, au-dessus de cocottes fumantes.

– Maman, j'ai une boule, là. C'est quoi ?

Un regard rapide sur ma poitrine que j'ai découverte.

– Ah, ça ? C'est rien. Tu as un sein qui pousse.

Non, pas ça ! Je ne veux pas grandir ! Le monde s'écroule pendant que Maman retourne à ses casseroles. Je ne veux pas être femme. Pas de règles. Pas de seins. Pas de formes. Pas de signes distinctifs. Je dois rester androgyne et me camoufler derrière des pulls trop grands, des couleurs ternes. Je mets les pantalons, les lunettes, les chaussures, les parkas de mes frères. Pendant des jours, des semaines, des mois, je marche recroquevillée pour cacher ce petit bout de féminité qui s'exprime de plus en plus. Mon attitude n'est pas suffisante pour cacher mon corps qui se transforme malgré moi. Le regard soutenu de mes frères est un calvaire. L'œil de mon père s'aiguise. Ses caresses se font autres.

Maman ne supporte d'ailleurs pas de voir mon corps se transformer. Elle m'accoutre de ses vieux vêtements. Elle commande par correspondance des habits dans les rayons pour femmes mûres. Le port de mes premiers soutiens-gorge est une torture, d'autant que Maman m'affuble de sous-vêtements inappropriés : soutiens-gorge de femmes adultes, à dentelles, aux couleurs pastel, qui me font me dévêtir avec honte dans les vestiaires sous le regard médusé de mes comparses à la poitrine encore plate. Il n'y a pas de vêtement suffisamment grand, suffisamment immonde pour cacher mon corps d'amante, de séductrice involontaire.

J'ai onze ans, peut-être douze. Ce matin, Maman nous a surpris dans une position équivoque dans la chambre où Papa m'avait rejointe comme d'habitude après sa nuit de travail. Mon père s'est jeté de côté avec un petit rire atrocement gêné. Maman s'est précipitée et a rejeté les draps qui nous recouvraient. J'ai ressenti son incrédulité, sa colère froide. J'étais pétrifiée. Le monde s'arrêtait. Mon père est malin. Nous étions vêtus. Elle est partie de la chambre, sans un mot. Mon cœur s'est arrêté. J'ai envie de disparaître. De ne plus exister.

J'ai tellement honte. Je suis coupable. J'ai peur. À son départ, mon père m'ordonne, chuchotant très vite à mon oreille, comme un gamin pris en flagrant délit :

– Si Maman te demande ce qu'on faisait, tu diras qu'on faisait du judo.

Ses paroles me verrouillent encore plus derrière les barreaux des cages de la prison qu'il a construite depuis mon enfance. Je ne sortirai pas de ce trou où il m'enfonce chaque jour davantage de ses doigts, de son regard sale, de son sexe. Son sourire est doux mais ses mots me transpercent. Il se retourne ensuite de son côté du lit, paisible, et cherche le sommeil. Les yeux grands ouverts dans la pénombre, j'attends ma mise à mort qui ne tardera pas. Aidez-moi ! J'ai tellement peur de ce qui va arriver. Je suis seule. Tout est confus dans ma tête. Le mal, le bien. Mon père. Ma mère. Mon Moi infime, coincé entre leurs deux forteresses à qui mon enfant intérieur a prêté allégeance de par ma naissance.

Maman est revenue quelques minutes plus tard et s'est glissée contre mon père, en m'enjoignant de rejoindre ma chambre. Ils chuchotent ensemble pendant que, tremblante, terrorisée, je me glisse dans les draps de mon lit qui ne me fait même pas l'effet d'un refuge. Le cœur battant la chamade. Ma mère me rejoint un peu plus tard.

Elle s'allonge à côté de moi.

En silence.

Je suis pétrifiée.

– Qu'est-ce que vous faisiez, Papa et toi tout à l'heure ?

– Rien, on faisait du judo.

– Tu es sûre ?

– Oui, oui.

Ma mère m'a regardée.

Ma mère sait. J'en suis sûre. Que dois-je dire ?

Je suis une mauvaise fille. Je vole le mari de Maman. Mais à qui dois-je obéir ? Sur qui puis-je me reposer ? Je me sens écartelée. Je ne peux pas dire non à mon père. C'est mon père et ces gestes ont toujours été. Comme la pluie. Comme le vent. Comme le soleil. Je ne peux pas raconter à ma mère. Me croirait-elle ? Que ferait-elle ? Comment exprimer l'indicible ?

– Maman, Papa me touche depuis toujours et je ne veux pas.

Que veut dire « toucher » ? Pourquoi cette rébellion maintenant alors que cela a toujours existé ?

– Maman, Papa me viole.

Mais s'il y a viol, c'est qu'il y a violence. Est-ce le cas ? Et dans le passé, était-ce le cas ?

– Maman, oui, je couche avec Papa et ce n'est pas la première fois.

Ma terreur face à sa réaction est inimaginable. Comment s'exprimerait sa violence ? Mon père avait nié. Il continuerait de nier. Ma mère ne me défendrait pas contre lui. Elle me considérerait coupable. Comme toutes les fois où elle nous appelait pour nous fouetter, mes frères et moi. Le châtiment serait à la hauteur de l'offense perpétrée. Quelles limites dans sa fureur ? Ma terreur est à son paroxysme. Je suis une mouche qui voit la main s'abattre sur elle, parce qu'elle est indésirable, parce qu'elle pollue, parce qu'elle est sale. Je n'ai personne vers qui me tourner, à qui demander de m'aider à y voir clair. Être loyale à l'un signifie forcément être déloyale à l'autre, et réciproquement. Je n'ai pas de porte de sortie. Quel que soit mon choix, je sais que je serai bannie, méprisée par mes dieux.

– Maman, je suis une pute et je vole ton mari.

Mes pensées se brouillent. Notre vie volerait en éclats et je ne peux ou plutôt ne veux même pas imaginer ce que notre famille devien-

drait. Notre clan doit rester irréprochable, inébranlable. Au prix de mon désespoir, de ma peur et de ma culpabilité.

Je regarde ma mère. On dit que les yeux sont le reflet de l'âme. Mes yeux doivent certainement parler pour moi. Ma mère me scrute de ses yeux noirs qui n'expriment plus rien.

Si, un soupçon d'empathie ? De l'incrédulité ? De la curiosité ? De la haine ?

Elle s'est relevée et est partie sans un mot.

Les jours, les semaines et les mois suivants, j'ai continué de dormir dans leur grand lit le soir comme si de rien n'était. Je tremblais en y allant. J'étais marquée du sceau de l'infamie. Je tremblais quand mon père me rejoignait. Mon père qui, petit à petit, se remettait à me toucher. Sans crainte. Sans remords. En toute impunité. Comme si rien ne s'était passé. Ma mère ne disait rien. Je savais qu'elle savait. Elle savait que je savais qu'elle savait. Ses regards étaient lourds, ses paroles pleines de sous-entendus.

J'ai seize ans. Ma mère cuisine, porte fermée. Il ne faut pas que les odeurs de cuisson envahissent les pièces de notre appartement. De la salle de bains que je vais rejoindre, j'entends le bruit des casseroles, entre celui de la hotte et celui de la radio qui aboie les informations. Mes frères travaillent dans la pièce d'à côté, en silence. La porte de la cuisine s'ouvre. Maman m'appelle.

– Tu devrais passer moins de temps avec Papa dans la salle de bains. Michel se pose des questions.

Maman me dévisage avec un petit sourire complice. Je rougis, avale ma salive. Elle est au courant. Pour moi, il n'y a pas l'ombre d'un doute. J'en suis presque soulagée. Pourtant dans ses yeux noirs, il n'y a pas de condamnation. Ses lèvres ont juste formulé une mise en garde. Je suis une souris que le chat a découverte en train de manger une croquette. Non, c'est pire. Il y a deux chats maintenant qui m'observent. Peut-être plus. Je ne réalisais pas que mes frères pouvaient être au courant. Suis-je moi aussi autiste ? Je ne sais pas quel sentiment est le plus horrible. Accepter que ma mère soit au courant et ne fasse rien ? Ou me rendre compte que tout le monde sait et me condamne en silence ?

J'ai dix-neuf ans. Mes anciennes copines ont grandi. Certaines sortent, vivent en couple, découvrent l'amour. Le regard dur et méprisant, Maman les juge.

– Toutes des traînées. Une fille doit rester vierge jusqu'à son mariage.

Son regard se pose fièrement sur moi. Le regard d'une matrone qui a élevé sa fille dans l'honneur et dans la chasteté. Chaque terme est une aiguille plantée dans mon cœur qui s'effrite de honte. À ses côtés, mon père se tait, hochant la tête en une approbation muette. Je ne comprends plus. Mon esprit se fissure. Alors Maman ne sait rien ? Si c'est le cas, il ne faut pas que je la déçoive. Je dois préserver son ignorance, faire que notre trio continue de vivre dans une bonne humeur feinte. Accepter les assauts de mon père, rassurer ma mère, servir de ciment à leur couple. En mon for intérieur, l'espoir fou que je sois encore vierge grandit. Mon corps est peut-être resté intègre ? Mon père à qui je pose la question me rassure.

– Papa, suis-je encore vierge ?

– Tu te rappelles avoir déjà saigné ? Non ? Alors, tu es vierge. Par contre, ma chérie, ne raconte jamais rien à ton mari plus tard, même si Papa meurt.

J'ai vingt-trois ans. Les instants où je suis seule avec mon père se raréfient. Je fais mon possible pour l'éviter, supplie ma mère de m'emmener quand elle fait des courses, déploie des trésors d'ingéniosité pour éviter les moments à deux. Est-ce une impression ? Il me semble que maman s'évertue à nous rapprocher et provoquer ces moments que j'exècre. Comment trouverai-je la force de repousser ses avances ?

J'ai vingt-six ans. Dans six mois, je vais me marier. Nos fiançailles ont été fêtées sans pompes entre les parents de Frédéric, les miens et nous. Mes parents n'ont pas supporté que je refuse de les fêter en Alsace, dans la maison inhabitée, au vu et au su des voisins que nous fréquentons si peu. Mes parents se sont montrés charmants avec ceux de Frédéric mais, depuis, ils se murent dans une attitude hostile transformant chaque jour en un chemin de croix.

Maman me houspille. Mon bonheur semble l'excéder. Je redouble d'efforts pour la contenter et acheter quelques heures de paix et de bonheur avec Frédéric. Pour gagner ces moments d'intimité, il me faut consacrer davantage de temps au ménage, aux courses, à la cuisine mais aussi à leur maison en Alsace. Depuis trois ans, mes parents ont délogé les locataires de cette maison située à cinq heures de train de Paris. Les parents y viennent régulièrement passer quelques jours par an. Pour donner un semblant de vie à cette demeure, je tonds la pelouse et cueille les fruits mûrs dans le jardin laissé à l'abandon. J'ai appris à faire des confitures et à mettre cerises, mirabelles et prunes en pots, que je stocke dans la cave avec ceux des années précédentes.

Mes efforts pour leur montrer ma soumission sont vains. Rien ne semble m'absoudre à leurs yeux.

– Comment ? Tu sors encore avec Frédéric ? Ah ! C'est pour visiter des appartements ? Alors, où allez-vous habiter après le mariage ? Non, pas dans le studio de Frédéric. Il faut que vous achetiez. Non, pas de location. Vous devez être pro-pri-é-tai-res. Comment ? Vous voulez habiter à Puteaux ? Mais c'est loin, ça ? Pourquoi ? Vous voulez nous fuir ? Tu as honte de nous ? Il y a un immeuble juste à côté du nôtre. Va voir.

Je me tais et serre les dents. Les directives sont claires. Rien ne sera fait pour me faciliter les choses. Vindicatifs, les parents me harcèlent. L'œil mauvais, Papa ne me protège plus des assauts de Maman et se réfugie dans un silence glacial. J'ai choisi mon camp. Il ne m'aidera pas. Maman continue.

– Mais tu ne penses qu'à t'amuser… Où en sont les préparatifs de ton mariage ? Où en est le repas ? Les faire-part ? Quoi, un photographe ? Mais pour quoi faire ? Tu écoutes trop Frédéric ou ses parents. On n'existe plus pour toi depuis quelque temps.

J'essaie de me rassurer. Il ne faut pas que je leur en tienne rigueur. Mes parents sont nerveux mais redeviendront rapidement charmants. Il faut simplement que je les rassure par mon efficacité et mon allégeance en organisant le mariage dans les conditions qui sont les leurs.

Pas de cérémonie onéreuse et promesse de dettes pour les familles.

Pas de grande fête nocturne.

Pas de buffet, qui contraindrait les personnes âgées à se lever pour se servir.

– Et ta robe de mariée ?

Maman ne m'accompagnera pas pour l'essayer. Je lui ai fait part de mon choix qui s'est porté sur un petit ensemble blanc tout simple, un peu comme celui que ma mère portait à son propre mariage. De la sobriété surtout. Un jour pourtant, je ne peux m'empêcher de franchir le seuil d'un magasin de mariage sur les instances de Frédéric qui m'accompagne. Il y a des crinolines, des robes à dentelles, des fourreaux dans lesquels je me glisse en caressant les tissus soyeux. Il y a des robes ivoire, des colorées, des audacieuses. Ainsi habillée, je virevolte devant les yeux éblouis de Frédéric.

– Tu es si belle.

Je désire tellement le rendre fier le jour de la cérémonie. Après tout, je pourrais peut-être trouver un modèle qui me transforme le temps d'une journée en la reine de la fête, sans pour autant tomber dans l'excès ? Je m'en ouvre à Maman qui approuve aussitôt.

– Mais oui, tu as raison. Après tout, on ne se marie qu'une seule fois. Choisis une robe blanche surtout, car tu es vierge, n'est-ce pas Laurence ?

Le regard dur de Maman éteint en moi toute joie.

– Oui, Maman, je suis vierge.

– Je vais t'accompagner. Ce n'est pas avec Frédéric que tu dois l'acheter. Ça porte malheur et, après tout, je suis ta mère. Bon, j'ai une surprise pour toi. Papa et moi avons décidé de te la payer.

– Merci, Maman.

Mon cœur bondit de joie. Ça y est, elle et Papa ont accepté l'idée que je me marie. Sa réaction me comble d'une joie puérile. Je trépigne comme une petite fille à qui l'on a promis d'acheter son joujou préféré. Complices, nous passerons un après-midi à flâner dans les magasins et je lui ferai voir les modèles qui m'ont plu. Il en est un en particulier qui a retenu mon attention. Je le lui montrerai.

Mais Maman fait immédiatement la moue devant la vitrine de la boutique où je la conduis. Est-ce trop cher ? Trop pompeux ? Trop guindé ? Inquiète, j'attends son verdict.

– Allons chez Tati.

– Heu, Maman... Je peux entrer et essayer ? J'aimerais te faire voir ce que j'ai essayé avec Frédéric.

Malheureuse ! Qu'ai-je dit ? Le visage de Maman se ferme instantanément.

– Ce n'est pas Frédéric qui décide. Nous allons chez Tati. Il y a aussi de belles choses.

Si je veux la gagner à ma cause, il ne faut surtout pas que je m'oppose à sa décision. Après tout, ce n'est qu'un magasin et il sera bien temps de lui montrer la robe que je souhaite.

Tati nous happera un court après-midi juste avant la fermeture du soir. Dans l'ambiance surchauffée soulignant les relents de sueur, j'enfilerai les modèles qu'elle m'apportera et défilerai lentement devant ses yeux critiques.

– Et celle-là ?

Maman me désigne une robe blanche toute en dentelles.

– Elle est jolie, hein ? Essaie-la.

Comment lui répondre sans la décevoir ? J'acquiesce, gagnée par la lassitude. Elle est un peu grande mais émerge de toutes celles que j'ai déjà essayées. Je sors de la cabine d'essayage et me contemple dans le miroir, pendant que Maman prend à témoin vendeuses et clientes.

– Elle est belle, ma fille, hein ? Elle va se marier bientôt.

Je me suis mise sur la pointe des pieds pour simuler le port de talons. Ainsi drapée du tissu immaculé et vaporeux, je me trouve presque jolie, les joues rosies par la chaleur. C'est moi, cette jeune fille aux grands yeux étonnés qui dira oui à Frédéric dans un mois. Finalement, n'est-ce pas cela le principal : nous retrouver ensemble ? La robe n'est qu'accessoire. Pourquoi pas elle, plutôt qu'une autre ? Pourquoi tergiverser ? Maman a l'air tellement contente. Je connais son obstination. Elle ne me lâchera pas tant que je n'aurai pas donné mon approbation sur celle qu'elle aura choisie.

– Oui, elle est jolie.

– Tiens, je t'ai apporté un voile. C'est le signe de ta virginité. J'en ai pris un grand. Tu dois le garder tout au long de la cérémonie. Essaie-le pour voir.

Ses dernières paroles ont signé mon arrêt.

Ce sera celle-là.

En sortant du magasin, Maman est euphorique.

– On trouve vraiment de tout chez Tati. Tu as vu ? On a même trouvé les gants, le voile, les collants et les chaussures. Ça y est ! Tu es habillée des pieds à la tête. Mais tu ne dois jamais dire à personne où nous l'avons achetée. Même pas à Frédéric. Les gens ne comprendraient pas. C'est un secret entre nous. Tu es contente ?

Comment lui dire la vérité ? Que je ne m'imaginais pas cette ambiance presque sordide, que je hais la précipitation avec laquelle nous avons choisi l'habit de fête.

Ingrate, tais-toi. Tes parents se saignent pour te faire plaisir. Le reste n'est qu'orgueil mal placé.

– Oh oui, Maman. Merci beaucoup. C'est vraiment gentil.

9 juillet. C'est le matin de notre mariage à l'église. Hier, Frédéric et moi nous sommes unis à la mairie en toute simplicité. La cérémonie dans la petite chapelle que nous avons choisie ensemble aura lieu à 11 h 00. Je ne reviendrai pas à la maison ensuite, comme le suggère fortement maman.

– Tu reviens à la maison après la fête.

– Non, Maman, je pars avec Frédéric en voiture après le mariage.

– Tu nous fuis ?

– Non, Maman.

Je n'imaginais pas pouvoir quitter mes parents avec un tel soulagement. Ces derniers jours ont été si durs. Ce matin, j'ai apprêté la voiture que Papa a louée pour l'occasion. Des petits bouts de rubans sur les rétroviseurs et sur l'antenne. J'ai enfilé ma robe blanche pendant que Maman me coiffait.

– Tu es belle. Garde le voile sur tes yeux à l'entrée de l'église pour montrer que tu es vierge.

– Oui, Maman.

– Quant à ton diadème tu me le donneras à la fin de la cérémonie. Je l'offrirai à la Sainte Vierge en gage de ta virginité.

– Oui, Maman.

Papa, qui a entendu, s'interpose.

– Non, Louise, ça ne se fait pas.

Papa reparti, Maman continue.

– Dans la vie, les femmes doivent se soumettre au devoir conjugal. Même si elles ne le veulent pas. Ce n'est pas toujours facile mais tu devras le faire. Les hommes sont comme ça.

– Oui, Maman.

– Tu sais que ton père est très triste. Tu aurais dû l'accompagner la dernière fois qu'il est parti en Alsace. Vous avez plein de choses à vous dire.

J'ai gardé un silence prudent. Plus jamais je ne resterai seule avec mon père.

Début de la cérémonie. Nous sommes arrivés avec une bonne demi-heure de retard à mon mariage dans la voiture conduite par Papa. Devant la chapelle, il y a la famille, les amis et puis il y a Frédéric qui m'attend avec le sourire. La journée s'est passée si vite. Frédéric et moi nous sommes éclipsés en fin de soirée. Il fait nuit à présent sur l'autoroute qui nous conduit vers la Normandie où nous passerons le week-end. Dans trois jours, nous nous envolerons pour la Guadeloupe et, dans trois semaines, je m'installerai chez Frédéric, dans son studio. La voiture ronronne. Dans l'obscurité ambiante, j'en profite pour observer le profil de Frédéric pendant qu'une petite voix intérieure me murmure : c'est ton mari. Une légère appréhension. Nous n'avons jamais vécu ensemble. Se sentant observé, Frédéric détourne un court instant son regard de la route et cherche à tâtons ma main pour l'enserrer dans la sienne.

– Je t'aime.

Mon cœur fond. Mes soucis s'envolent. À l'annulaire, mon alliance brille doucement, promesse d'une nouvelle vie. Le passé n'existe plus. Ou plutôt, même s'il existe, je n'en parlerai jamais. Je ne trahirai pas les miens, quoi qu'ils aient pu faire. Je leur ai promis.

Prise de conscience

21 h 00. Enfin revenus du service d'urgences du CHR, de ces longues heures d'attente dans une ambiance de désespoir, de ces patients gémissants qui attendent leur tour. La clé à peine introduite dans la porte d'entrée, les parents de Frédéric, venus garder les enfants pendant notre absence, se précipitent à notre rencontre. Le regard est inquiet mais plein d'affection. Notre retour à tous les deux les rassure. Leur sourire me réchauffe. Ils sont là. Solides, prévenants, présents. Nous leur relatons les faits. Les petits sont couchés. Mathilde, elle, est restée. L'inquiétude peut se voir sur son visage juvénile. Nous lui avons tout raconté depuis le début. Nous n'avions pas la force de lui mentir. Ses grands yeux s'écarquillent. Nous la rassurons en parlant à mi-mot du diagnostic de l'interne. Nous tergiversons. La rationalité de Papi nous fait du bien.

– Finalement, à bien y réfléchir, il n'y a rien de nouveau : l'interne s'est contenté de lire le scanner et de reformuler des conclusions que nous connaissons déjà. Il faut que nous prenions notre mal en patience et que nous attendions.

Attendre les vrais résultats. Un point positif : je serai perfusée. Plus d'inquiétude à avoir sur la chute de mon poids, ma faiblesse, mes vomissements. Ragaillardie, je claironne :

– J'ai faim. Je mangerai bien une petite soupe.

Nini se presse. Le potage est réchauffé aussitôt. Une gorgée du bouillon agrémenté de quelques pâtes. Je mange ! Une deuxième avalée dans un silence religieux. Les yeux de mes beaux-parents, de

Mathilde et de Frédéric suivent le va-et-vient de la cuillère à ma bouche. Les conversations se sont arrêtées. Au bout de cinq cuillères, je m'arrête, rassasiée mais victorieuse. J'y suis arrivée. C'est un miracle ! Certes, les anti-vomitifs administrés à l'hôpital y sont pour quelque chose. Bien plus puissants que ceux vendus en pharmacie, ils sont d'une efficacité redoutable. Mais j'attribue ce progrès au sentiment de soulagement que je ressens depuis la conversation avec mes parents. Un poids énorme m'est enlevé de l'estomac. Est-ce cela qui facilite également ma digestion ? Comme s'il lisait dans mon regard, Papi m'interpelle :

– Au fait, Lolo, tes parents ont appelé pour te souhaiter un joyeux anniversaire. Ils étaient très inquiets. Les as-tu eus dans la journée ? Tu devrais les rappeler.

– C'est fait, Papi. Ne vous inquiétez pas. Nous les avons eus tout à l'heure dans la voiture avant d'arriver ici. Nous les avons tenus au courant des résultats de la journée.

Frédéric et moi échangeons un coup d'œil de connivence. Nous avons encore en tête la conversation téléphonique engagée dans la voiture. Bizarre ! Je n'éprouve aucun remords au souvenir de ce que j'ai pu dire ou laissé entendre. Je ressens davantage de culpabilité à l'égard de mes beaux-parents. Papi et Nini doivent trouver étrange le fait que je n'échange pas davantage avec mes parents sur l'avancement du diagnostic. Mon attitude doit leur sembler incompréhensible. Après tout, j'ai un cancer. La situation nécessite une explication que je m'efforce de rendre plausible.

– Papi, je préfère ne pas donner trop de détails à mes parents tant que le diagnostic n'est pas confirmé. Avec le passé dramatique que vous connaissez, je ne veux pas les inquiéter outre mesure. Après tout, il n'y a rien de définitif.

– Tu as raison.

– S'il vous plaît, s'ils vous appellent, ne leur donnez pas de détails. Ils ne comprendraient pas mon silence et estimeraient que je leur cache des choses à eux, mes parents, et pas à vous.

Nini, compatissante, opine. Oui, mes parents ont souffert. Oui, il faut les épargner.

– On comprend, Lolo. On fera comme tu voudras.

Je soupire, soulagée. S'ils savaient. Mais je ne suis pas prête à m'épancher : la honte m'étouffe. Rassurés, Papi et Nini sont repartis chez eux. Jusque tard dans la nuit, je rejouerai avec Frédéric ma joute oratoire, convaincue d'avoir fait le bon choix. Il fallait que je parle. Un doute s'installe progressivement. Finalement, mes propos sont restés relativement évasifs. Mes parents ont-ils su détecter le mal réel qui me ronge ?

Visite du père Dahant

L'obscurité précoce des dernières soirées de février mine notre moral déjà au plus bas. Comme si cela ne suffisait pas, une petite pluie froide s'est abattue sur la région depuis plusieurs jours. Cette morosité ambiante nous invite à nous recroqueviller autour des enfants que nous voulons protéger de la peur, des silences embarrassés, des conversations faussement détachées.

Mais nous ne pouvons pas continuer de garder indéfiniment les petits auprès de nous, même s'ils réclament encore plus qu'avant des instants en famille. Leur bonne humeur naturelle ne doit pas s'arrêter sous prétexte que notre gaîté se fait plus rare. Nous devons à nouveau faire résonner nos rires. C'est au prix de cette éducation par l'exemple que nous pourrons leur apprendre l'optimisme et la rage de vivre. Pour tout cela, il nous faut nous ressourcer. Un week-end à deux en amoureux nous paraît le bon compromis.

Anne-Lise et Paul-André sont venus tout à l'heure chercher Élodie et Juliette. Affectés par la nouvelle, ils nous entourent d'une gentillesse émouvante, chaleureuse, immense. Ils ne savent que faire pour adoucir notre fardeau et nous ont plusieurs fois proposé de garder les petites, ce que nous avons finalement accepté. Mano et Camille sont sur le point de partir en embarquant Mathilde pour un long week-end shopping. Il ne reste plus qu'Alexis, qui sera confié à Delphine.

Ding dong ! Frédéric et moi nous regardons perplexes. Nous n'attendons personne, si ce n'est Delphine qui est censée récupérer

Alexis un peu plus tard. Je me dirige vers la porte d'entrée et l'entrebâille prudemment. Mon coup d'œil furtif au judas ne m'a pas éclairée sur l'identité de l'invité.

Enfer et damnation ! Dans le clair-obscur de ce début de soirée se tient le curé de la paroisse, le père Dahant en personne. Sa soutane noire est balayée par les rafales de vents. Les verres de ses petites lunettes rondes sont maculés par les gouttelettes de pluie mais laissent entrevoir son regard qu'un sourire grave éclaire. Je réprime un mouvement de surprise pendant qu'Alexis, accouru au pas de course dans l'espoir de voir Delphine, se terre derrière moi. Mon corps aminci forme un rempart bien maigre pour mon fils, tout aussi tétanisé que moi par cette apparition.

Pendant que je m'efface humblement sur son passage, mon esprit fatigué recherche désespérément un motif à sa visite. Aiguisé durant cette épreuve comme pour faire rempart au désespoir, mon sens de l'autodérision tente une nouvelle fois de faire diversion. Le père Dahant a dû entendre mon âme en peine et accourt à la vitesse de ses grandes jambes, perché sur le vélo que je lui connais pour parcourir les rues de la Madeleine. Ça y est. C'est un signe. Je suis finie. S'il est là, c'est que les derniers sacrements ne sont pas loin.

– Bonsoir, madame Finet. Puis-je entrer quelques instants ? J'ai appris la triste nouvelle.

Mon étonnement doit se voir. Personne n'est au courant de notre situation. Le père Dahant se racle la gorge, gêné par mon silence rompu par le frottement de ses mains l'une contre l'autre. De froid ? De satisfaction de me voir bien portante ou de celle d'arriver à temps ?

– Votre petit garçon m'a parlé de vous.

Un hoquet derrière moi me fait me retourner. J'entrevois le visage effaré d'Alexis. Un éclair s'allume dans mes yeux. J'essaie de me montrer furibonde mais peine à garder mon sérieux. J'ai demandé aux enfants de ne pas parler de mes symptômes avant que les examens finaux n'aient confirmé le pronostic. Je ne veux pas occuper avant l'heure le rôle principal dans une tragédie qui finira mal alors que je ne suis sujette qu'à une vulgaire inflammation, ou pire, à une déprime passagère qui accentuerait ma culpabilité et mon sentiment de vouloir attirer l'attention. Les enfants me l'ont promis et seule la famille et les amis très proches sont au courant de ce qui se passe.

– Alexis ?

Je veux connaître le fin mot de l'histoire. C'est un signe. S'il a parlé malgré mes recommandations, c'est que son mal-être est profond. Pendant qu'alarmée je m'interroge sur la pertinence de son suivi par un spécialiste de l'enfance, Alexis me tire par le bras pour une conversation qu'il souhaite privée. Tout en jetant des regards inquiets au père Dahant, il m'explique à voix basse que, non, il n'a pas parlé.

Ou si peu.

Juste en classe de catéchisme devant les élèves réunis, soit environ une vingtaine. La catéchiste leur a demandé d'exprimer une prière pour que celle-ci soit reprise en chœur par les enfants. Dieu entend plus fort la prière des démunis et des petits. Alexis a longuement réfléchi. Il a demandé ensuite à ce que l'on prie pour sa maman. Elle était très gravement malade du cancer. Il avait l'espoir ou plutôt la certitude absolue que vingt prières d'enfant réunis seraient plus efficaces que la sienne et celle de ses sœurs. Sa demande avait été relayée par la catéchiste auprès du père Dahant.

Touché par son témoignage, le curé avait dû certainement en faire part à la pastorale de l'école Sainte-Geneviève. En bref, je ne devais pas être très loin de la réalité lorsque, intérieurement, j'aboutissais à la conclusion que l'école tout entière suivait avec attention notre saga. Le quartier est petit. Je comprenais mieux les regards compatissants de certaines mamans, à la sortie de l'école, qui me demandaient avec insistance comment j'allais.

Je réprime un fou rire irrésistible, pendant qu'Alexis me supplie du regard de ne pas le gronder. Comment pourrais-je ? Sa confiance absolue en Dieu portée par son amour résonne au plus profond de mon âme. Je le prends dans mes bras et le serre fort, enfouissant mon visage dans le creux de son cou, submergée par l'émotion.

– Dis Maman, tu ne m'en veux pas, hein ?

– Non, mon chéri, au contraire. Tu as eu raison.

Le père Dahant a assisté à la scène sans mot dire. Il a compris que le réconfort qu'il était venu m'apporter a pris une autre forme, plus forte que les paroles qu'il avait soigneusement préparées : savoir savourer le bonheur d'être en vie, profiter de l'instant présent.

Intervention chirurgicale

Aujourd'hui est un jour important. C'est la fin d'une longue série d'examens. C'est aussi le jour de l'endoscopie et de la pose du pac. Un tuyau muni d'une petite caméra sera introduit par ma bouche dans l'œsophage. De l'air sera insufflé pour que mon estomac se gonfle comme un ballon de baudruche. Le gastroentérologue prélèvera des fragments de la paroi stomacale et profitera de l'anesthésie générale pour installer le pac.

– Et si l'échantillon n'est pas suffisamment représentatif ?

– On recommencera. Ce sera plus long mais on trouvera ce que vous avez.

Suis-je en train de rejouer la même scène qu'il y a trois mois ? Le chariot m'emmène vers la salle d'opération où s'activent déjà les infirmières. Couchée sur le billard, je promène mon bras sous le mince drap qui me recouvre, tâte mon ventre. Zut, je ressens toujours la même boule dure à la place de l'estomac. Je me rassure. Mais non, elle est plus grosse et plus dure parce que je suis stressée. Ce n'est pas signe que c'est le cancer. Oui, mais ce matin, j'ai encore vomi et il y avait du sang.

Mais non.

Mais si.

L'anesthésiste interrompt mes tergiversations.

– Madame, vous allez compter avec moi.

– 1,2...

– Madame, madame, réveillez-vous.

Quoi ? Déjà fini ? Ce n'est pas possible. De toute la force de mes paupières soudées, j'entrouvre mes yeux. Le premier visage que j'aperçois est celui de Frédéric, debout à mes côtés. Je lui souris. Sa main recherche mes doigts qu'il enserre. Sa chaleur est si rassurante. Les mains peuvent-elles se parler entre elles ?

Bonjour, main de ma femme. C'est moi, main de ton mari. Je t'aime et je t'aimerai toujours. Repose-toi.

Bonjour, main de mon mari. Je suis contente de te revoir. Tu m'as manqué. Je t'aime moi aussi. N'aie pas peur. Je vais bien.

Mes yeux se referment. Une brusque prise de conscience. Ils m'ont posé le pac. Lentement, mes yeux se rouvrent, se frayent un chemin sous le drap et contemplent le haut de ma poitrine barrée de pansements. Le pac est là. Dois-je m'en réjouir ?

La porte de la chambre s'ouvre sur la blouse blanche du professeur Zuber. L'air si sérieux et si grave. J'ai le temps de m'apercevoir qu'il ne mâchouille pas de chewing-gum. Dommage. Cela m'aurait rassurée. Mes yeux mi-clos l'interrogent. Sa question s'adresse à Frédéric.

– Ça va ?

– Elle est fatiguée.

Je hoche la tête.

– Qu'elle se repose. Nous avons procédé comme prévu à l'intervention mais de manière partielle. Nous n'avons pas pu insuffler de l'air du fait de la réduction de l'œsophage et de tout le conduit stomacal.

Je ne saisis pas ses propos. C'est certainement à cause de l'anesthésie. Je vais lui poser la question. Mais ma bouche sèche ne laisse passer aucun son. Je me sens si lasse. Je n'ai pas la force de réfléchir ni de m'exprimer.

– Le pac a été apposé. Elle pourra commencer la nutrition artificielle dès demain.

Mes yeux se ferment de plus en plus. Dormir. Je veux dormir. J'essaierai de comprendre ensuite. J'entends vaguement le chirurgien et Frédéric se diriger vers la porte. Ils sortent dans le couloir. Ils ne veulent certainement pas me déranger.

Professeur Zuber en aparté : Il y a peu de chances que votre épouse s'en sorte. Du peu que nous ayons vu lors de l'intervention, le diagnostic semble se confirmer vers un cancer avancé de l'estomac. Une linite gastrique. Nous lui donnons moins de six mois.

Papi : Frédéric m'a téléphoné tout de suite après ton opération pour me donner de tes nouvelles. Il avait du mal à parler. Il pleurait. J'aurai tout donné pour être à sa place et porter son chagrin.

Il me semble me réveiller d'un sommeil sans rêves. Frédéric est toujours à mes côtés, rassurant, avec un je-ne-sais-quoi de triste. Il doit être inquiet. Il faut que je le rassure. Sourire. Ça va aller. Nous guettons l'ordonnance de l'infirmière qui nous indique les soins pour soigner la cicatrice du pac. Ça y est. Nous sommes partis. Enfin, je vais pouvoir me reposer à la maison. Pas manger. Je n'ai pas faim. Non, juste me reposer dans le canapé et contempler le jardin.

La fin de soirée se profile. Les enfants, revenus de l'école, marchent sur la pointe des pieds. Frédéric est songeur.

Ding Dong. Ding Dong.

– Bonjour, bonjour. Nous sommes la société Médical Plus. Nous venons vous livrer le matériel.

Le matériel ? Quel matériel ? La porte s'ouvre amplement laissant place à un infirmier dont la voiture est garée juste en face de notre maison. Comme une fourmi lourdement chargée, il ploie sous le poids de cartons qu'il déverse petit à petit dans notre couloir.

– Ah ! J'oubliais.

Il revient nous livrer le dernier paquet. Filiforme, c'est un grand trépied métallique.

– Voilà, c'est tout ce dont vous avez besoin pour démarrer la nutrition artificielle.

Un à un, Frédéric monte les cartons, les empile. Rapidement, ils envahissent la minuscule pièce accolée à notre chambre et qui nous sert de salle de sport. Désormais, elle deviendra l'antichambre du CHR.

Ding Dong. Ding Dong.

Nous n'attendons personne ce soir. Qui cela peut-il être cette fois ?

– Bonjour, je m'appelle Marion. Je suis l'infirmière en charge de l'alimentation artificielle. La société Médical Plus m'a contactée à votre sujet.

Marion est jeune et belle. Ses grands yeux lumineux pétillent dans son visage mutin. Tout en elle respire la bonne santé et la bonne humeur. Sa voix douce, son rire cristallin, sa façon de se vêtir : un petit quelque chose de classe et de branché qui entoure sa montre, ses boucles d'oreilles, son écharpe.

– Madame Finet, je vais procéder au branchement dès ce soir.

– Branchement ? Quel branchement ?

– Mais l'alimentation artificielle ! On ne vous a pas prévenue ? On doit commencer dès aujourd'hui.

Je suis assommée. Quoi, c'est aujourd'hui ? Je monte pesamment les escaliers qui me conduisent à notre chambre. Frédéric conduit Marion dans la petite chambre où sont entassés pêle-mêle cartons et trépied. Il me rejoint, suivi de Marion, qui a déjà ouvert les paquets.

– Je vais vous perfuser dès ce soir. Allongez-vous. Je vais d'abord nettoyer la cicatrice du pac.

Je me couche au travers de notre grand lit, la vois revenir les mains chargées, me crispe en sentant ses doigts décoller tout doucement les pansements de ma poitrine.

Le stress. La peur. La terreur. Je ne veux pas.

– Voilà, c'est fini. Regardez. Vous voyez, ce n'est rien.

Mon regard qui s'était posé sur les rideaux blancs de la fenêtre se hasarde à se poser sur ma poitrine. Rien ? Il y a tout de même cette protubérance ronde comme une grosse bille de deux centimètres qui ressort de mon torse, au-dessus de mon sein. Je la trouve énorme, horrible. Il y a cette cicatrice qui la barre et me sourit hideusement de tous ses points de suture. Qu'ont-ils fait ?

– Elle… Elle… Elle va rester toujours comme cela ? Aussi visible ?

Marion me regarde pensivement, en nettoyant la cicatrice.

– Oui. Chez certains, l'excroissance peut être moins visible du fait de leur morphologie. Vous êtes mince. Elle se voit plus. Mais vous verrez, vous allez vous habituer.

Un silence. Il faut que je digère la nouvelle.

Marquée à tout jamais. Comme un tatouage en 3D indélébile : rien ne sera plus pareil. Comme une prostituée à qui l'on appose la fleur de lys : pute. Comme une bête que l'on marque au fer rouge. Cancer, je t'appartiens. Vite, il faut chasser cette idée. Le pac, c'est pour la nutrition artificielle. Parce que je suis faible. Parce que je ne mange plus. Ça n'a rien à voir avec le cancer.

– Vous avez parlé de perfusion tout à l'heure. Comment cela va-t-il se passer ?

– Ils ne vous ont rien dit au CHR ?

– Non.

Frédéric et moi nous regardons étonnés. Ils auraient dû ? Marion tique.

– Ce n'est rien. Je vais vous expliquer. Je vais vous piquer avec cette drôle d'agrafe, que vous voyez. Là, au milieu du pac.

Pour illustrer ses propos, Marion me présente les sachets successifs qui renferment les objets qu'elle manipulera.

– Ça n'est pas très douloureux mais il ne faut pas bouger pendant l'intervention. Je ne vous piquerai qu'une fois tous les cinq jours. Vous pourrez atténuer la douleur en apposant un patch une demi-heure avant la piqûre. Le petit pic restera planté dans votre poitrine durant cette courte semaine. J'y raccorderai ce tuyau, le cathéter, qui sera fermé par un robinet.

Mon cerveau semble ne pas vouloir enregistrer le flot d'explications. Je retiens qu'elle va me piquer, que ça peut faire mal. Je regarde le tuyau en plastique de vingt centimètres de long qui pendouillera désormais, accroché au haut de mon sein, avec cette petite valve bleue au bout.

Je déglutis.

– Tous les jours, je brancherai le tuyau à la poche de nutrition artificielle, que je suspendrai au trépied.

Elle va chercher le trépied, le monte avec Frédéric et l'installe à côté de mon lit.

– On le met là ?

Je me rappelle avoir vu des patients se promener au CHR accroché à cette perche chromée aussi grande que moi. Au CHR, mais pas dans notre maison. Pas dans notre chambre. C'est pour les malades. Pas pour moi.

– Je programmerai la pompe que vous voyez ici et qui se chargera de diffuser le produit. Le branchement devrait durer huit heures environ. Il vaut mieux le faire de nuit, ne pensez-vous pas ? Cela vous permettra d'être libre en journée.

J'acquiesce vaguement. J'ai le choix entre rester accrochée toute la journée à cette grande perche ou ne l'avoir que la nuit. Que choisis-tu, Laurence ? Cuisiner, aller chercher les enfants, faire les courses en tirant ta perfusion : « Bonjour, madame. Non, ce n'est rien, c'est juste une perfusion » ? Ou être accrochée toute la nuit à ce trépied ambulant. « Bonne nuit, mon chéri. Ce soir, ça te dirait un petit câlin ? Je pourrai te faire un numéro de lap dance, si tu veux. En plus, avec le pac, c'est comme si j'avais un troisième téton. À défaut d'avoir de gros seins... C'est sexy, non ? »

Marion s'interroge à voix haute.

– Si je le branche, mettons, à 17 heures, à raison d'un débit de 100 milligrammes par minute, alors il faudrait sept heures. Non, je me trompe. Je recommence. Il faudrait commencer le branchement plus tard.

Éberlués, Frédéric et moi l'écoutons raisonner debout devant la pompe sur les touches de laquelle elle pianote pour nous rassurer sur son fonctionnement. C'est comme ces problèmes de maths que j'ai toujours détestés où, connaissant le débit d'un robinet d'eau, il faut calculer l'heure à laquelle la baignoire sera remplie. Oui, mais la baignoire, c'est moi. Je ne me vois pas me balader avec ce trépied dans notre maison, descendre les escaliers, faire la cuisine, m'occuper des enfants ainsi. C'est ubuesque. Je rêve. Non, je cauchemarde.

J'ai arrêté de suivre les explications de Marion. Je fixe le pac qui sèche, goguenard, à l'air libre. Elle va me piquer, là, en plein milieu. Ça va faire mal. Elle va planter une aiguille, qui va rester accrochée pendant de longues heures au tuyau de la perfusion. Affolée, je cligne des yeux.

Une larme.

Vite, je l'essuie. Marion s'est tue et me regarde. Ploc ! Une autre larme, que je n'ai pas vue venir, s'écrase sur le coussin sur lequel je m'étais appuyée. Bientôt, mes yeux débordent. C'en est trop. L'opération, le pac, la perfusion, l'infirmière, la vision de journées différentes qui vont confirmer la fin d'une période d'insouciance. Je n'en peux plus de cette succession d'événements qui me plongent, impuissante, dans un univers effrayant. Celui de la maladie. Celui du « rien ne sera plus comme avant ». Celui de « ton corps ne t'appartient plus ». Un haut-le-cœur. Un deuxième. Il faut que ce trop-plein sorte. Juste le temps de me lever d'un bond. Mon cœur déborde. Non, mon estomac. Pas le temps d'atteindre la cuvette des toilettes pour vomir à mon aise. Juste le lavabo de notre chambre. Là, tout près. Juste le temps de viser le trou du lavabo. Un haut-le-cœur, puis un autre, puis un autre. Je pleure. Je veux que ça s'arrête. Cette comédie incessante que je joue doit finir : tout va bien se passer.

Non, tout ne se passe pas bien.

Je ne maîtrise plus rien. Ni ce corps, ni l'intrusion de ceux censés me soigner et qui viennent jusque dans notre foyer, jusque dans ma chambre, jusque dans mon lit. C'est le viol de mon intimité. Laissez-moi tranquille. Il faut que je me calme. Au prix d'efforts terribles, je ravale mes larmes. Mon estomac proteste, se tord. Il veut faire sortir cette bête furieuse qui ravage mes entrailles. J'y arriverai. Tais-toi. Reste où tu es. J'essuie ma bouche amère, tourne d'un coup sec le robinet d'eau pour chasser les restes de mon estomac malmené. Je me rassois. Ça va passer. J'essaie de sourire, tente l'humour à travers mes yeux brouillés de larmes.

– C'est l'émotion.

Marion a décodé ma terreur derrière le rire feint. Elle est le commandant de mon bateau qui menace de chavirer. Elle le mènera à bon port.

– Je ne vous pique pas aujourd'hui. Vous n'êtes pas prête. Rien ne presse. On n'est pas à une journée près.

Décidée, elle replace un pansement propre sur ma cicatrice comme un baume sur ma peur.

– Mais le professeur a dit que...

– C'est trop tôt. Nous prendrons notre temps. Il faut que vous acceptiez ce qui va se passer. D'ailleurs, je ne pense pas qu'il soit normal de vous perfuser aujourd'hui.

Je respire. C'est une mini-victoire pour moi.

« Je ne peux rien pour vous »

Frédéric et moi avons rendez-vous ce matin avec le professeur Zuber. Qui sait, peut-être aurons-nous les résultats de l'endoscopie ? Quinze jours se sont écoulés depuis l'opération.

Nous sommes des habitués maintenant de sa salle d'attente, du couloir sombre où nous nous retrouvons face à la porte fermée de son cabinet. Nous continuons de vivre avec l'espoir que ce n'est pas le cancer qui me ronge. Le professeur Zuber est resté évasif à notre dernière rencontre. Nous nous perdons en conjectures sans fin, que nous essayons de ramener vers une *happy end*. Si c'était si grave, le corps médical aurait déjà réagi ! Je serais déjà opérée ! Pas de nouvelles, bonnes nouvelles.

L'attente se prolonge : le professeur Zuber n'a pas fini sa tournée matinale auprès de ses patients. Il nous rejoindra dès que possible. Main dans la main, nous guettons son pas martial : comment sera-t-il habillé aujourd'hui ? Arborera-t-il les mêmes chaussures noires à pointe violette ? Il n'en faut pas plus pour que nous soulagions nos nerfs tendus et rejouions des scènes qui ont marqué nos dernières semaines. Le fou rire nous prend pendant que nous tapotons de l'index un badge imaginaire accroché à notre torse bombé et que nous répétons d'un air grave :

– Tut-tut. Professeur, pas docteur.

Comment pouvons-nous plaisanter dans des moments aussi difficiles ? Mais nous avons toujours fonctionné ainsi : en riant, principalement de nous et de toutes ces situations que nous offre la vie et qui prêtent à sourire.

Life is a joke.

Tiens, justement, voilà le chirurgien accompagné de la même infirmière. Ses mâchoires carrées mâchonnent toujours nonchalamment un chewing-gum et lui confèrent un air de virile assurance. Ses yeux aiguisés nous repèrent.

– Entrez, entrez.

Surtout ne pas regarder ses chaussures. Même si nous remarquons qu'elles sont différentes. Toujours classe, mais différentes. Un sourire fait trembler simultanément mes lèvres et celles de Frédéric. Surtout ne pas rire.

Vite, nous prenons place dans son cabinet. Pourquoi, face à lui, avons-nous cette impression de n'être que des enfants ? Pourquoi ce ton humble, ce regard éperdu, ce cœur qui bat la chamade ? Notre impatience est manifeste mais ne semble pas l'émouvoir. Il s'empare de mon dossier, enrichi des derniers comptes rendus, les consulte un à un en silence.

– Alors, docteur ?

Un sourcil se lève. Frédéric et moi échangeons un rapide coup d'œil. Surtout ne pas rire.

– Euh, je veux dire, professeur.

Le spécialiste se renverse sur sa chaise, nous contemple puis égrène lentement ses propos. La scintigraphie n'a pas mis en évidence de symptômes spécifiques. Le dernier scanner a confirmé les conclusions du premier, laissant planer la même incertitude. Il est trop tôt pour connaître les résultats de l'endoscopie. Il ne veut surtout pas brusquer l'analyse de biologistes compétents en la matière : il faut du temps, être patient, attendre encore.

Un sentiment de découragement m'envahit. Je n'en peux plus d'attendre. J'en ai assez de ne pas savoir pourquoi je dépéris. Assez de me demander si je suis atteinte du cancer et si je vais mourir bientôt. Assez de pleurer de peur et de voir les miens trembler. Assez d'alterner ces périodes de fol espoir et celles de désespoir le plus profond. Parce que je ne mange plus ; parce que je ne comprends pas ces vomissements qui s'accentuent et ces douleurs qui me terrassent ; parce que je ne maîtrise plus mon corps.

Qui pourrait me rassurer ? Me dire qu'il n'y a rien, que tout rentrera bientôt dans l'ordre ? Mon regard scrute intensément le chirurgien. Entend-il ma voix intérieure ?

– Hmm, hmm. Excusez-moi de vous déranger, monsieur le professeur. J'ai un petit souci. Depuis quelque temps mon corps ne répond plus très bien. J'ai pourtant respecté scrupuleusement les dates de révision. Oui, oui, vous pouvez vous servir. Soulevez le capot. Tenez, je vous laisse même mon corps pour procéder aux examens complémentaires.

Et puis je rajouterais, sereine :

– À quelle échéance estimez-vous que mon corps puisse re-fonctionner ? Vous ne savez pas encore ? Tant pis, j'attendrai. Prenez votre temps.

J'ai souvenir d'une phrase entendue il y a longtemps : « Nos corps sont des voitures qui nous permettent de voyager dans la vie. Prenons-en soin ». Un coup au cœur en pensant à la situation identique que nous avions connue pendant nos dernières vacances en Italie.

Nous avions passé une première semaine idyllique au bord de la piscine de notre villa. Insouciants. Pour débuter notre marathon culturel, nous avions décidé de nous rendre au lac de Garde, situé à plus de deux heures de notre hébergement.

La journée avait été magnifique. Nous nous étions adonnés à de longues pauses gourmandes dans les villages que nous traversions et avions lézardé sur les plages au pied des montagnes. Le soir venu, quand nous avions voulu reprendre le chemin du retour, l'Espace n'avait pas voulu redémarrer. Après un dernier toussotement, la voiture s'était couchée sur le bas de la route malgré les suppliques de Frédéric pour le faire démarrer.

Face à l'inquiétude de nos enfants, Frédéric et moi affichions une bonne humeur que nous étions loin de ressentir.

– Maman, qu'est-ce qu'on mange ce soir ? J'ai faim, j'ai froid, j'ai envie de faire pipi.

– C'est l'aventure, les enfants, c'est l'aventure.

Nous avions attendu l'arrivée du garagiste local sur le bas-côté de la route. Arrivé à la tombée de la nuit, le dépanneur nous avait fait comprendre l'ampleur du désastre.

– Pas bon. Moteur cassé. *Finito. Capito, si* ?

L'Espace avait été conduit le surlendemain à un grand garage de Vérone, un peu comme un hôpital ultra-moderne pour cas désespéré. Notre confiance était revenue. « Titine » était entre de bonnes mains. À quoi le percevions-nous ? À leur jargon technique ? À leurs blouses blanches penchées sur le capot largement ouvert de notre monospace ? À leur mine dédaigneuse quand nous bredouillions un « *when* ? » pour espérer connaître les échéances de la réparation ?

– Ils disent que c'est la courroie de distribution qui a claqué.

– Ah bon ? Je croyais que c'était le moteur. Tu leur fais confiance ?

– Je n'en sais rien, mais ils ont l'air de s'y connaître.

Il ne fallait pas nous inquiéter. Ils trouveraient les moyens de guérir notre voiture moribonde. Jusqu'au dernier jour de notre voyage, nous avions espéré un retour triomphal en France à bord de notre véhicule. Nous avions finalement dû abandonner l'Espace et nos espérances aux mains des spécialistes. Notre retour de vacances s'était fait sans fanfare et sans notre voiture restée en Italie entre les mains des experts. Pas de *happy-end* ? Si, l'Espace avait été réparé quelques semaines plus tard ; le moteur n'était pas cassé. Moyennant une facture salée et un aller-retour pour aller chercher la voiture, tout s'était bien fini.

Mon espoir grandit à la hauteur de l'excitation qui m'envahit. D'un bond, je me lève de ma chaise, sous le regard étonné du professeur Zuber. Suis-je la même ? Qu'en est-il de ce sentiment de désespoir qui me faisait me rencogner, éperdue, sur ma chaise il y a quelques minutes ? Les mains posées sur le dossier, je plante mes yeux dans les siens, légèrement inquiets.

– Asseyez-vous.

– Non, ça va, je suis très bien comme cela. Et la biopsie du ganglion ? Qu'a-t-elle donné ?

Sa réponse est vague. Il laisse entendre que les résultats ne sont pas probants. Cela veut dire quoi ? Qu'ils n'ont rien vu et qu'ils continuent de poursuivre leurs analyses ? Ou qu'ils attendent une confirmation de résultats catastrophiques avant de me l'annoncer ? Une lueur d'espoir jaillit et me fait arpenter maintenant le bureau. D'où me vient cette brusque énergie ?

Frédéric me sourit. Son regard me porte. Je suis invincible. Je poursuis sur ma lancée. Chaque soir, j'observais mon torse nu devant le miroir et guettais les changements. C'est comme cela que j'avais découvert, un matin, que mon bras gauche avait doublé de volume à tel point que tout mouvement était douloureux. De la même façon, j'avais noté stupéfaite l'apparition d'un enchevêtrement de veines bleues striant mon sein gauche comme le réseau des lignes d'un métro. Or depuis quelques jours, j'avais assisté à la diminution du ganglion surplombant ma clavicule. Non, je ne rêvais pas ! Il était bel et bien en train de partir. Je retire brusquement mon pull et montre au professeur Zuber la surface presque plane de ma peau auparavant boursouflée. Mon geste est théâtral. Je savoure à l'avance ma victoire, d'autant que c'est lui qui a procédé à la biopsie du ganglion, il y a quelques semaines.

– Vous savez, je mange davantage. Hier, j'ai réussi à avaler la moitié de mon œuf sans vomir. Si ma grosseur s'efface et si les autres symptômes disparaissent alors je n'ai pas le cancer.

Je m'arrête, avec un sourire triomphant, applaudissant intérieurement ma démonstration. J'avoue, j'ai été convaincante. Je le regarde, condescendante. On dirait que les rôles sont échangés. C'est moi la spécialiste. C'est lui le patient. Le professeur se penche sur mon buste dénudé. Un silence suivi d'un toussotement. Ça y est. Il va reconnaître l'erreur médicale. Je me rengorge.

– Madame Finet, je ne voudrais pas vous décevoir. Mais au vu de l'endoscopie, il y a de fortes chances que vous ayez le cancer. Nos analyses semblent s'acheminer vers cette hypothèse.

Il se trompe ! Il ne m'a pas écoutée. Faut-il que je recommence ?

– Je vais vous aiguiller vers un gastroentérologue. Il s'agit du docteur Chapuy. Je lui ai déjà exposé votre cas.

Interloquée, je le dévisage.

– Vous ne vous occupez plus de moi ? Pourtant vous êtes bien vous aussi gastroentérologue ?

– Oui, mais moi je suis avant tout chirurgien. Et dans votre cas, je ne peux rien pour vous.

Je déglutis. Mon cerveau fait un retour arrière et se rappelle les différentes hypothèses qu'il avait si brillamment exposées à notre premier rendez-vous. Je ne les ai pas oubliées. S'il n'y a pas ablation de l'estomac, alors les chances de guérison sont minimes. Non, il ne va pas m'abandonner. Il a certainement dû se froisser de mon attitude conquérante. Si lui, professeur renommé, ne peut plus rien pour moi, ce n'est pas un simple médecin qui saura me guérir. Je veux en avoir le cœur net. D'une voix de petite fille affolée, je lui demande :

– Vous ne pouvez plus ou vous ne voulez plus vous occuper de moi ?

Son sourire se fait rassurant. Non, il est possible qu'il s'occupe de moi plus tard, bien plus tard. Son regard se fait vague. Bien sûr, il faudra entamer une chimiothérapie. Avez-vous d'autres questions ? Non, le rendez-vous est donc terminé. Ah si, j'oubliais, une brusque prise de conscience, négligeable au vu de la situation mais qui a son importance tout de même pour nous. Pouvait-il m'établir une ordonnance pour les médicaments prescrits ? Il y a des anti-douleurs, des anti-vomitifs, des antidépresseurs. Mais pas n'importe lesquels. Des traitements que l'on ne trouve pas facilement à la pharmacie de notre quartier. Des particularités qui font froncer les sourcils de nos pharmaciens et leur font dire que seul l'hôpital peut nous en fournir.

Le professeur Zuber s'énerve. Pour qui le prend-on ? Il se tourne vers son infirmière.

– Ce n'est pas à moi de tout gérer, quand même.

L'infirmière se confond en excuses. Oui, professeur, je m'en charge tout de suite. Est-ce elle qui va établir l'ordonnance ? Éberlués, nous ne comprenons plus. Qui est médecin ? Avons-nous failli dans le protocole médical ? Y a-t-il une étiquette à respecter dans un univers fait de castes invisibles : le professeur diagnostique, le médecin soigne, l'infirmière écrit. La blouse blanche du professeur est déjà repartie, nous laissant désemparés face à l'infirmière qui continue de s'excuser et bafouille, rouge de confusion.

Dernier entretien avec les parents

Une émission traitant de l'inceste passe à la télévision. Avide, je regarde le témoignage de ces rescapées sorties de leur mutisme. Il y a des petites filles désespérées enfermées dans des corps de vieilles et des guerrières amères vieillies avant l'âge, des victimes effondrées dissimulant leur désespoir derrière des lunettes noires et des femmes au visage découvert réclamant justice. Leurs sentiments font écho à ceux qui tourmentent mon cœur : honte, révolte, culpabilité, terreur, désespoir. Je ressens un choc : la parole libère.

Diling. Diling.

Je sursaute, surprise par le hululement de notre téléphone.

Lancinante, la sonnerie chantante est devenue une menace, plongeant tous mes sens aux aguets. Assis à mes côtés, Frédéric me dévisage. Dans ses yeux, la même interrogation. Sont-ce mes parents qui m'appellent ? À cette évocation, mon estomac se tord, des spasmes me précipitent aux toilettes. Frédéric décroche.

– Allô ?

C'est Papi et Nini qui viennent aux nouvelles. Je m'essuie la bouche, savoure ce moment de répit tout en réalisant qu'il est normal que mes parents n'appellent pas : c'est à moi de le faire. Papa et Maman ne me contacteront pas après l'affront que je leur ai fait subir : j'ai raccroché sans qu'ils aient pu exprimer leur rancœur. Pour me racheter, je devrais les assurer de mon allégeance. Humblement parce que ma liberté d'exilée volontaire depuis mon mariage a un prix. Il faudra aussi que je leur demande pardon. Je sais que la paix ne se gagne qu'au prix de leur victoire. Mais pardon de quoi ? De m'être montrée si peu conciliante lors de notre dernier entretien téléphonique ? D'avoir le cancer et de souffrir ? Pardon de ne plus pouvoir taire ces années de violences et d'humiliation ? Ou plutôt pardon de ne pas crever en silence ?

Mes parents étaient venus me voir un mois après l'opération de mon genou, désorientés par le mal-être que j'exprimais au téléphone : « Je ne mange plus. Je ne me sens pas bien. C'est peut-être une dépression ». Mon corps amaigri ne les avait pas inquiétés.

– Tu maigris ? Essaie de manger plus.

J'avais acquiescé faiblement parce qu'abonder dans leur sens était plus facile que de m'opposer à eux. Que leur dire de plus ? Leur courte visite achevée, ils s'étaient tournés vers moi.

– C'est bon, nous sommes rassurés. Ton pied va mieux.

J'avais rectifié intérieurement « non, pas mon pied, mon genou ». Le détail était certainement sans importance pour eux. Une dernière fois, ils avaient jeté un regard à travers les grilles de mes yeux tristes : avais-je parlé ? Avais-je trahi notre secret ? Non, j'étais toujours la même, diluant ma douleur et mes inquiétudes dans un flot de banalités qui les rassurait. Ils étaient repartis paisibles.

Une nausée me reprend au souvenir de cette omertà qui verrouille mon esprit. Jusqu'à quand devrai-je continuer de me taire et de les vénérer ? Jusqu'à quand aurai-je à supporter l'indifférence de mon père sans lui demander justice pour avoir sali mon corps d'enfant et corrompu mon âme d'adulte ? Jusqu'à quand faudra-t-il que je craigne la colère sourde de ma mère dont les yeux me condamnent en silence depuis ma naissance ?

Le lendemain matin, dans un sursaut d'énergie et de désespoir, je me décide à les appeler.

Dring.

– Allô ?

Maman a décroché aussitôt.

– Maman, c'est moi.

– Laurence ! Ça va ? Qu'est-ce qui se passe ? Si tu savais comme nous avons eu peur. J'ai tellement pleuré.

Sa voix tremblante d'appréhension est comme une caresse. Maman ! Tu m'aimes donc ? Maman, je ne veux pas te faire de mal.

– Maman, j'ai le cancer. Les médecins supposaient que c'était un cancer de l'estomac mais *a priori* il s'est généralisé.

Un raclement de gorge. Mon père qui a écouté en silence m'interroge.

– C'est si grave que ça ?

Maman renchérit.

– Mais tu ne serais pas comme ça !

Comment aurais-je dû être alors ? Je ne peux pas être plus mal que je ne le suis actuellement. Ils m'ont vue, ils savent que mon état s'est dégradé. Maman veut-elle se rassurer ? Mon esprit capitule. Quand comprendront-ils enfin que mes souffrances ne sont pas feintes ? Tout mon être aspire à ce qu'ils trouvent les mots justes qui sauront bercer ma douleur et ma peur : « Nous sommes là. Nous te demandons pardon pour tout le mal que nous t'avons occasionné. Nous ne réalisions pas le degré de souffrance que tu pouvais ressentir. Mais nous allons repartir sur de bonnes bases. Ne t'inquiète pas. Nous allons t'aider et nous serons toujours là pour t'entourer et t'aimer. »

D'un ton détaché, je retrace brièvement l'état des lieux catastrophique du scanner, les symptômes, le diagnostic non encore confirmé mais déjà acté par la pose de mon pac, la nutrition artificielle envisagée. Je n'ose racler le fond de mon cauchemar, là où croupit la lie de ma vie. Mon âme s'en charge.

Souviens-toi.

Ton corps d'enfant violé.

Ton corps d'enfant battu.

Ces coups sur ta peau de petite fille avec cette brutalité et cette rage froide.

Ton âme d'adulte corrompue.

La peur, la terreur, le désespoir.

Le silence et la soumission.

Leur indifférence.

Il me semble que je vais vomir. Mes yeux se crispent d'appréhension. Il faut que je leur dise qu'il y a plus grave que mes maux physiques actuels. Avant même que je puisse retenir les premiers mots, une petite voix s'est aventurée au-delà des frontières de mes lèvres. Terrorisée, je réalise qu'elle est en train de braver mes dieux.

– Papa, Maman, vous m'avez fait souffrir.

Elle n'est qu'un souffle bredouillé faiblement.

– Comment ? Qu'est-ce que tu dis ?

– Toutes ces années où je n'ai rien dit mais où j'ai souffert en silence, par votre faute. Je n'en peux plus.

– Hein ? Qu'est-ce que tu racontes ? On ne t'a jamais fait de mal ! C'est parce que l'on n'est pas venus te voir après ton opération que tu nous dis ça ? C'est Frédéric encore qui t'a mis cette idée en tête ?

Frédéric ? Mais que vient faire Frédéric dans mon histoire ? Pourquoi n'entendent-ils pas ce que je dis ? Pourquoi n'assument-ils pas ?

– Non, ce n'est pas Frédéric. C'est moi seule qui souffre. Vous m'avez fait souffrir.

Mes yeux se brouillent. Mes parents ne comprennent peut-être pas mais je sais que le ver est dans la pomme. Tout au fond de leur conscience, ils ont dû se rendre compte que j'avais craqué et que je ne pouvais plus me taire. J'entends Maman pleurer à gros sanglots. Il me semble qu'elle s'est éloignée du combiné. C'est le moment. Il faut que je parle à Papa. Seule à seul. Pour préserver Maman, au cas où elle ne serait pas au courant. Ne pas lui donner de détails. Il me connaît au plus profond de mon être et de mon corps. Salopard.

– Papa, tu es là ?

Il faut que j'aille jusqu'au bout.

– Oui, je suis là.

– Papa, il faut que je te dise. Toutes ces années où tu as cru que j'acceptais sans rien dire. Mais tu te trompais, Papa, ce n'était pas de l'acceptation. C'était de la souffrance, Papa, de la souffrance.

– Je ne comprends pas ce que tu veux dire, Laurence.

Qu'espérais-je ? Qu'il allait avouer ses viols ?

Ordure, tu nieras jusqu'au bout, jusqu'à ma mort qui soulagera ta conscience.

Je n'ai plus rien à dire. Les grandes phrases ressassées dans ma tête depuis des jours se sont évanouies et n'ont laissé place qu'à ce sentiment de douleur atroce, dont je les sais responsables. Je raccroche.

Ça y est, c'est fini ?

Petit à petit, le doute s'immisce. Je suis restée tellement vague. Ont-ils compris mon message ?

L'après-midi passe, ramenant les enfants et Frédéric à la maison.

Dring ! Dring !

Épuisée, je me suis allongée sur le canapé du salon.

– Allô.

Frédéric décroche.

Ce sont mes parents.

Furieux. Je n'entends pas leur conversation mais j'entends Frédéric qui progressivement s'énerve.

La porte s'ouvre sur sa haute silhouette.

– Non, je ne vous passerai pas Laurence.

– ...

– Oui, c'est grave.

Un silence.

– Louise, passez-moi Émile.

– Allô, Émile ? C'est vous ?

– ...

– J'ai quelque chose à vous dire.

Ils n'ont donc pas compris ?

Non, ne dis rien Frédéric, laisse tomber. C'est à moi de parler, à moi de me délivrer. Frédéric n'entendra pas ma petite voix intérieure qui se défend.

– Alors, tu aimes Papa ?

La voix de Frédéric a imité celle de mon père. Elle résonne dans ma mémoire et se fait l'écho des approches paternelles. J'étais sa proie qu'il appâtait avant de la mettre en pièces. Il y a si longtemps. J'étais petite. Je voulais tellement jouer. Je voulais tellement lui faire plaisir. J'étais prête à tous les sacrifices pour gagner un compagnon de jeu, un protecteur.

Interloqué, Papa s'offusque.

– Mais qu'est-ce que tu racontes, Frédéric ? Je ne comprends rien.

Frédéric crie maintenant, de toute sa rage contenue depuis des semaines, non des années. L'attitude de calme défensive qu'il a adoptée face à mes parents en réaction à leurs piques mesquines a disparu. Il y a de la frustration face à toutes ces années où il a joué le rôle du gendre conciliant. Il y a de l'impuissance face à ce qui nous arrive. Il y a de la terreur face à la maladie. Il y a surtout un profond sentiment de justice face à l'injustice.

– Ne faites pas le niais, Émile. Je sais tout. Laurence m'a tout raconté. Laissez-la tranquille.

Frédéric raccroche, tremblant de rage.

– Alors ? Ils ont compris ?

– Ta mère voulait te parler. Tu sais ce qu'elle m'a dit ? « C'est si grave, ce qu'elle a Laurence ? Parce que si ce n'est pas grave, on voudrait lui parler. Nous aussi, on a plein de choses à lui dire. »

Il n'y avait pas de compassion dans la voix maternelle.

Seulement de l'agressivité.

J'ai parlé.

Mon père ne me défendra pas, trop occupé à se protéger.

J'ai parlé.

Ma mère ne m'entendra pas, trop soulagée de pouvoir enfin vomir sa colère retenue depuis tant d'années.

J'ai hurlé ma souffrance.

Ils ne me le pardonneront pas.

Ils ressasseront notre conversation et s'en repaîtront comme des hyènes pendant des jours, des mois, des années. Ils commenceront aussi à attendre. Attendre que je les appelle, comme je l'ai toujours fait. Humblement, pour demander pardon.

Appelle, Laurence, et nous te sauterons dessus. Appelle et nous te déchiquetterons de nos mots aussi tranchants que la faux. Appelle et nous nous déchaînerons sans pitié. Ingrate, tu nous as trahis. Tu n'auras pas notre bénédiction, ni notre compassion.

Crève.

Mme Boivin

Les rencontres avec le docteur Vaillant me laissent un goût d'inachevé. Qu'est devenu le triomphal « Vous êtes guérie » d'il y a quelques semaines ? Dorénavant, le praticien m'accueille avec l'intérêt d'un scientifique aux premières loges d'une expérience difficile : « Vous prenez bien votre traitement ? C'est bien. Il faut attendre. Ça va agir ». Frédéric perçoit ma perte de motivation. Ses encouragements redoublent.

– Lolo, continue. Cela te fait du bien.

Assise sur le canapé, j'écoute distraitement mon mari qui tente de me convaincre. Le téléphone à l'oreille, je me suis accordé une pause, installée confortablement dans le canapé qui fait face au jardin. Un bourdonnement soudain. Une mouche vient se poser sur la baie vitrée de notre salon. Attirée par le soleil, la mouche parcourt la fenêtre dans l'espoir de trouver une issue vers l'extérieur. La paroi vitrée est large. La porte n'est pas ouverte. L'insecte pourra explorer indéfiniment chaque centimètre carré de cet univers de verre, à la recherche de liberté. Son bourdonnement m'agace. Je me lève, ouvre la porte et, de ma main pliée en forme de cornet, tente de la guider vers la sortie. Vas-y, envole-toi. Ma tentative la fait fuir. Un dernier bourdonnement affolé et elle s'envole dans les profondeurs du salon.

– Tu ne peux pas tout résoudre en si peu de temps. Tu reviens de loin.

La remarque de Frédéric me désole. J'aimerais mener cette bataille comme un projet. Il me faudrait des indicateurs, des échéances, des points de rencontre où mon Moi adulte me fustigerait : « Tu n'as pas avancé assez depuis la semaine dernière. L'indicateur pleurs n'a pas régressé. L'indicateur vomissements est toujours dans le rouge. À ce rythme-là, nous n'atteindrons jamais notre but. » Galvanisée, je saurais sur quels points travailler. Je mettrais les bouchées doubles pour atteindre mon objectif.

Je réalise soudain que ma cible est multiple. Que dois-je tenter de réussir ? Sortir de ma dépression ? Retravailler ? Remanger ? Retrouver une joie de vivre ?

– Je n'y arriverai jamais. Je ne sais plus quoi faire et puis j'ai l'impression de ne plus avancer avec Vaillant, le psychiatre. C'est désespérant.

– Change de psy alors. Va voir celui de Sandra. Elle avait l'air tellement enthousiaste du résultat de ses rencontres avec Madame... Madame comment déjà ?

– Madame Boivin.

– Voilà, c'est ça Boivin. Pourquoi restes-tu chez Vaillant ?

Il y a cet esprit de loyauté qui m'incite à rester.

– Je ne veux pas lui faire de la peine, tu comprends ? Il m'a aidée, quand même. Et s'il le prenait mal ?

Frédéric rit doucement.

– Pourquoi voudrais-tu qu'il le prenne mal ? C'est toi qui décides. C'est ta santé après tout.

Poc ! La mouche est revenue d'elle-même se poser sur la vitre. Quelques secondes de bourdonnement furieux puis, comme aspirée par l'air extérieur, elle s'engouffre par la fenêtre béante. Vers d'autres horizons. Je souris. C'est dit. Je changerai de psychothérapeute. J'irai voir Mme Boivin.

J'ai laissé un message sur son répondeur comme une bouteille qu'on lance à la mer. J'ai essayé d'être concise sans tomber dans le mélodramatique. Un ricanement amer au moment où je raccroche le combiné. Strike ! À moi toutes les quilles : maltraitance physique, maltraitance psychologique, chantage affectif, inceste, cancer généralisé, dépression sévère, parents toxiques, famille détruite... Mais bon, je n'ai pas tous les vices : je ne me drogue pas, je ne bois pas et je ne fume pas.

Mme Boivin m'a rappelée dans la foulée. Son ton est professionnel. Sec, mais professionnel.

– Bonjour. J'ai eu votre message. Quand seriez-vous disponible ?

Tout de suite, ai-je envie de répondre. Maintenant que les choses sont amorcées, j'ai envie d'aller vite. Le rendez-vous est fixé au lundi suivant. Sa maison coquette m'attend, tapie au fond d'une allée ombragée. Je sonne. Des pas. On m'ouvre. Yeux perçants derrière les lunettes. Une cinquantaine d'années. Voix vive un peu métallique.

– Bonjour, madame Finet, entrez. Je vous attendais.

L'accueil et le contexte sont à l'opposé de ceux que je connais avec le cabinet du docteur Vaillant. Mme Boivin me conduit jusqu'à son salon. L'intérieur est cosy, bourgeois. Je remarque les coussins multicolores disposés çà et là sur les sofas qui occupent la pièce. La fenêtre laisse entrevoir une balançoire dans le jardin. Un sourire engageant. Mme Boivin me précède et m'invite à m'asseoir sur un canapé disposé perpendiculairement à son divan.

– Voilà, nous allons faire connaissance.

Pas de silence intimidant. Pas de jeu à celui qui causera le premier. Une impression de deviser tranquillement avec une amie qui m'aurait invitée à passer une après-midi ensemble. Son bras s'est posé nonchalamment sur le dossier de son fauteuil pendant qu'elle m'observe, bienveillante. Il ne manque que le café et les petits fours. La conversation commence doucement sur le cancer. Quand commencera la chimiothérapie ? Comment se passe la nutrition artificielle ? Son intérêt est réel. Confiante, je m'avance puis glisse petit à petit vers l'autre monde.

Celui de la maladie de l'âme. Celui que j'apprends à apprivoiser. Celui qu'il me faut sortir au grand jour après tant d'années de silence. Celui que j'invite tout doucement à se dévoiler : « Viens, approche. N'aie pas peur. Dis-nous ce qui ne va pas, ce qui te fait si mal. » J'ai raconté pour une énième fois mon histoire. Par petites phrases neutres. Sans pleurs. Je relève la tête. Ses yeux sont remplis de compassion.

– Vous avez vécu l'enfer !

Ses paroles me sont un baume au cœur. Il me semble avoir trouvé une oreille compréhensive.

– Suis-je coupable ?

– Coupable de quoi ?

Les mots se déversent de ma bouche. Je suis habitée par des pensées terribles qui me possèdent et ne me lâchent plus. Tous les jours, elles me traînent sur le banc des accusés d'un tribunal à huis clos. Personne d'autre n'assiste au procès même si je partage la progression de mon raisonnement avec Frédéric. Une fois la porte de mon esprit fermé, je suis seule contre tous.

Le procureur, c'est moi, sévère, incorruptible, inaliénable. Pas de pardon pour les traîtres. Mes parents sont les témoins invisibles, les victimes souriant tristement dans leur malheur, avec une pointe de bonté dans leur regard et beaucoup d'incompréhension. Maman est rouge et torture un mouchoir en répétant, les larmes dans les yeux et dans la gorge : « On a toujours tout fait pour eux. On ne mérite pas ça. C'est trop dur. » Papa est digne. Il se racle la gorge et essaie de consoler Maman. Il ne me regarde pas.

L'accusée, c'est aussi moi. Je suis en face d'eux, moi la gamine fautive et je n'ose pas non plus les regarder. Ma honte est énorme. Je voudrais disparaître. Ils ont raison. J'ai ajouté à leur vie déjà difficile une dose inimaginable de peines et de souffrances. J'ai porté le coup final. Je suis coupable et les chefs d'accusation sont multiples.

Je suis accusée d'avoir baisé mon père. Coupable d'avoir trompé ma mère. Coupable d'avoir trahi mes parents en dévoilant nos secrets. Coupable de m'être lassée de leur dire qu'ils étaient ingénieux et forts, que j'admirais leur style de vie, qu'ils continuaient d'être mes dieux vivants. Coupable de n'avoir pas pu jouer plus longtemps la comédie et de n'avoir pas pu oublier le mal qu'ils m'avaient fait. Coupable parce qu'ils étaient malheureux et que mon devoir était de les porter toute ma vie. Coupable parce qu'un enfant doit respecter ses parents à n'importe quelles conditions. Coupable d'ingratitude alors qu'ils avaient toujours tout fait pour moi. Coupable de les laisser vieillir seuls, sans personne, sans soutien alors qu'ils en avaient tellement besoin. Coupable de les accuser de tous les vices.

Pour moi, la réquisition est implacable, la conclusion logique.

– Nous demandons la peine de mort. Par cancer généralisé. La sentence sera exécutée dans l'année.

Applaudissements. Fin du jugement. Sortie de la coupable en larmes.

– La parole est à la défense.

– Votre honneur, je m'oppose. Heu, il y a... des circonstances atténuantes. Enfin, si peu.

Quoi ? C'est elle, ma défense, cette petite voix qui tente faiblement de plaider en ma faveur ? Elle, qui se fait si rare ? Qui s'excuse tout simplement d'être là ? « Pardon d'avoir osé prendre la parole. Mais promis, je ne reviendrai que très rarement et, encore, si je suis accompagnée. » Qu'on l'achève, qu'on l'étouffe. Qu'on l'étrangle violemment !

Mes yeux fermés attendent le couperet.

– Vous n'êtes en aucun cas coupable. Ce sont vos parents qui auraient dû être internés. Vous êtes une victime. Vous m'entendez ? Une vic-ti-me.

Vibrante, une voix s'est subitement élevée. Pleine d'indignation. Pas issue de mon imagination fertile.

C'est celle de Mme Boivin. Elle résonne dans le salon silencieux.

Ferme. Irréfutable. Solide comme un roc.

Les mots sont scandés. Le regard m'intime de la croire. Un sentiment fugitif de sérénité me traverse comme une bouffée d'oxygène. Non, plutôt comme si j'avais trouvé une porte ouverte où m'engouffrer pour fuir le froid et la pluie. Mme Boivin regarde nonchalamment sa montre puis se lève.

– Voilà, nous allons arrêter là pour aujourd'hui.

Quoi ? Déjà ? C'est vrai. Trente minutes se sont écoulées.

– Si vous êtes d'accord, nous pourrons continuer de nous voir ainsi. La semaine prochaine, cela vous irait ?

J'ai gagné quelques minutes supplémentaires d'écoute active et de compassion qui me changent du mutisme de mon précédent psychiatre. Enfin, on m'entend. Enfin, j'ai trouvé un peu de chaleur et de compassion. Enfin, on va prendre soin de moi, de ce mal-être qui me torture.

Je reviendrai.

Avec elle, j'apprendrai ce qu'est le syndrome de Stockholm. J'identifierai cette dépendance psychique, fruit d'une éducation inculquée dès le berceau. Je poserai un nom sur la perversité narcissique de mes parents. Je connaîtrai la justice des hommes et le sort réservé à mes procréateurs, s'il n'y avait pas prescription. Si mon cœur avait crié vengeance.

Je prendrai à bras-le-corps le sujet de l'inceste. Par le biais de recherches bibliographiques, j'approfondirai ses effets destructeurs sur la petite fille acculée et impuissante que j'étais. Je lirai également les conseils de David Servan-Schreiber sur la lutte contre le cancer, les témoignages édifiants de rescapés comme Guy Corneau. J'apprendrai que l'âme peut être malade et inviter le corps à se faire entendre. Je m'initierai au monde de la méditation.

Et quand, tout doucement, les ailes de la clairvoyance se seront entrouvertes, je la quitterai, pour voguer vers d'autres horizons.

J'ai le cancer

La salle d'attente du docteur Chapuy concrétise l'antichambre de toutes nos angoisses. Serrés l'un contre l'autre comme deux oiseaux apeurés sur une même branche, nous guettons l'ouverture de la porte de son cabinet. Après le professeur Zuber, le docteur Chapuy est devenu notre seule interface avec l'hôpital. C'est lui qui recevra le résultat des derniers prélèvements et nous informera des conclusions de l'endoscopie pratiquée il y a deux semaines.

Puérilement, nous rêvons de le voir apparaître les bras grands ouverts. Il proclamerait avec emphase « Tout va bien » et nous congratulerait gravement. Il y aurait des effusions de joie à l'instar de ces séries américaines où le chirurgien annonce aux proches du patient : « Il est hors de danger ». La réalité est tout autre.

Grand et sec, le gastroentérologue dégage une infinie tristesse. À travers ses petites lunettes qu'il remonte d'un geste machinal, ses yeux las nous accueillent pendant que ses longues mains m'auscultent doucement. Son sourire professionnel n'efface pas l'expression résignée de son regard habitué à porter toutes les souffrances.

Nos entrevues sont annotées dans des comptes rendus que nous épluchons minutieusement. Peut-être y trouverons-nous l'information qui nous aiguillera vers le diagnostic final ? J'apprends que je souffre de multiples lésions corporelles dont une localisée principalement à l'estomac. Outre l'épaississement global de l'organe, je suis sujette à une dysphagie sévère accompagnée de vomissements répétitifs. Dysphagie ? Oui, mot savant pour dire que je ne mange presque plus. Je suis enfin affectée d'un syndrome dépressif grave. Les résultats des examens sont énumérés sans qu'une quelconque conclusion ne soit émise : premier scanner, biopsie, deuxième scanner, endoscopie, scintigraphie, pose du pac...

Aujourd'hui, pour la troisième semaine consécutive, nous avons à nouveau rendez-vous avec le docteur Chapuy. Au détour du couloir du même service de gastroentérologie, nous avons croisé le docteur Havez, rencontré il y a plus d'un mois.

– Bonjour, docteur, vous souvenez-vous de moi ?

– Oui, oui, bien sûr.

Dans son visage débonnaire, nous avons surpris un brusque affolement qui suffit à nous convaincre que oui, il m'a bien reconnue. Il a esquissé un léger signe de tête puis a semblé courir vers son cabinet comme habité par une vision d'épouvante. Suis-je donc un cas si désespéré ? Après tout, qui me dit que je ne suis pas une hypocondriaque psychosomatique qui simule des maux alors qu'il ne s'agit que d'une vulgaire dépression ? Peut-être ai-je réussi inconsciemment à faire naître dans mon corps des lésions pour que soient tues et pardonnées les horreurs que j'ai commises ? Pourquoi ai-je parlé ? Pourquoi n'ai-je pas parlé ? Pourquoi n'ai-je rien fait ? Pourquoi ai-je menti ? En un temps record, mes pensées ont déroulé un tapis rouge à ma culpabilité. Le visage en feu, je me tourne vers Frédéric.

– Tu sais, quelquefois, je me demande si je ne préférerais pas que l'on me diagnostique un cancer.

– Hein ?

Frédéric me dévisage, ahuri. Que m'arrive-t-il ? Nous venons de pleurer à chaudes larmes entre deux prières murmurées à voix basse. Dieu, fais que je n'ai pas le cancer. Dieu, il est impossible que cela se termine ainsi. Dieu, exauce-moi.

– Un cancer, au moins, c'est une vraie maladie qui nécessite un traitement fort, un arrêt de travail. Une dépression, c'est un signe de faiblesse. Je ne saurai pas expliquer que je suis arrêtée pour de l'anorexie boulimique.

– Arrête, Laurence. On s'en fout du regard des autres. Le principal est que tu sois vivante, tu ne crois pas ?

Longtemps, dans la salle d'attente du docteur Chapuy, nous avons discuté, Frédéric tentant de me convaincre de l'ineptie de mon raisonnement.

– Madame Finet, c'est à vous.

Dans le feu de la discussion, nous n'avons pas vu la porte du cabinet du docteur Chapuy s'ouvrir. Pas le temps non plus de décrypter son visage, ni son pas, ni sa manière d'ouvrir la porte. Il s'est retourné et nous a devancés pour contourner le bureau et s'asseoir lourdement sur son fauteuil.

– Alors, docteur, vous avez des nouvelles ?

Frédéric a posé la question plus par habitude que par conviction. Nous nous sommes résignés à entendre qu'il nous faut attendre. Pas le temps de nous asseoir sur les chaises qui lui font face, ni de nous dévêtir de nos manteaux, ni de poser nos sacs comme des fardeaux trop lourds. Le docteur Chapuy a relevé la tête du dossier qu'il consultait, triturant le capuchon d'un stylo qu'il couvre et découvre machinalement.

– Je n'ai malheureusement pas de bonnes nouvelles à vous annoncer.

Frédéric et moi sommes assis maintenant. J'étouffe un soupir. Le gastroentérologue va nous apprendre qu'ils n'ont rien trouvé à l'endoscopie et qu'il va falloir poursuivre les examens. Rester dans l'expectative est une fatigue intellectuelle sans nom. Il me vient à espérer que le verdict tombe, quel qu'il soit. Que l'on me dise que je vais être prise en charge, cancer ou pas. Que l'on me rassure. Que l'on fasse quelque chose de concret. Tout, plutôt que cette attente qui nous mine à petit feu.

Ses sourcils se haussent comme pour relever ses lunettes d'écolier sage.

– Nous avons reçu les résultats de l'endoscopie qui confirment malheureusement nos premières hypothèses. Des cellules en bague à chaton, caractéristiques de la linite gastrique, ont été trouvées dans les derniers prélèvements réalisés sur votre estomac.

Le gastroentérologue a marqué une pause. Il me semble entendre mon cœur battre dans la gorge. J'en ressens les palpitations affolées pendant l'infime seconde de répit qu'il m'accorde. Mes oreilles bourdonnent. Une dernière fois, un espoir fou me pousse à réagir, pendant que mes yeux et ma bouche le supplient.

– Je n'ai pas compris. Cela veut dire quoi ?

Est-ce ma voix qui a croassé la question d'une voix rauque ?

– Il s'agit bien d'un cancer.

Est-ce moi qui respire si vite ? Ma poitrine se soulève et s'abaisse mécaniquement. Il me semble que je halète. Ce n'est pas moi qui suis assise en face de lui. Ce n'est pas lui qui me parle.

Non.

Non, pas ça.

Non.

Je vacille. Qu'ai-je dit à Frédéric avant d'entrer dans le cabinet ? Que je préférais avoir le cancer ? Oui, mais c'étaient des paroles en l'air, ce n'était pas pour de vrai. Là, on joue pour de bon. On joue ma vie.

Je suffoque. J'avale ma salive, dévisage Frédéric assis à mes côtés qui ne réagit pas.

Éteint, assommé, livide.

Je ne veux pas mourir, non, pas maintenant.

– Je suis désolé.

– Ce n'est pas possible. Vous en êtes sûr ? Puis-je avoir le compte rendu, s'il vous plaît ?

Ma main se tend suppliante vers la feuille disposée sur son bureau. Mes yeux dévorent le texte dont la complexité me rebute. Mais qu'est-ce qui me répugne le plus ? Son vocabulaire technique ou l'appréhension d'y lire ma sentence de mort ? Mon regard vole d'un paragraphe à l'autre, remonte vers le titre, redescend jusqu'au paraphe final. Où est-il marqué que je vais mourir ? Mais non, il n'est marqué nulle part « cancer ». Ils essaient de m'effrayer. Il me ment. Il n'y a rien. Il va me guérir. Je vais vivre. Éperdue, je bredouille :

– Je ne vois pas le terme cancer, docteur. En êtes-vous sûr ?

– Le terme carcinome est utilisé fréquemment pour désigner le cancer.

Mes yeux parcourent à nouveau le compte rendu, essaient d'en déjouer les pièges, les expressions douceâtres à l'odeur d'éther. Ah oui, carcinome.

Jamais entendu parler.

Tout est là pour endormir la méfiance. Envelopper la souffrance dans un joli papier cadeau. Dissimuler la mort au plus profond de mots aux consonances mystérieuses en ensevelissant le réel. Il y a aussi une expression « cellules indépendantes en bague à chaton ». On a l'impression que c'est tout doux, que c'est soyeux et mutin. Mais non, ça aussi c'est traître. D'ailleurs, tout est traître dans ce papier que je rends au docteur qui m'observe de son regard triste derrière ses lunettes et qui répète presque mécaniquement :

– Je suis désolé.

On dit que, juste avant de mourir, on voit sa vie défiler devant ses yeux. Suis-je en train de mourir ? Amère, je rejoue en boucle les scènes de ces dernières semaines, réentends des bouts de phrases, les assemble comme un puzzle : « ce peut être inflammatoire ou tumoral », « il y a neuf chances sur dix pour que ce soit un cancer ». J'ai vainement essayé de changer le paysage final. Mais les morceaux mis bout à bout ont déjoué mes souhaits. Je vois les visages de mes enfants, celui de Frédéric tout proche. Je revois ses yeux remplis d'amour quand je lui ai avoué tout ce passé sordide. J'étais enfin libérée. Échouer si près du but ! La tête me tourne.

– Combien de temps me reste-t-il ?

Le docteur Chapuy cligne des yeux, abasourdi.

– Non, non, il ne faut pas le prendre comme cela. Nous allons attaquer la chimiothérapie.

– Combien ?

Qu'est-ce que j'essaie de marchander ? Je ne suis pas dans un bazar et je n'ai rien à lui offrir en échange des quelques mois que je lui mendie. Rien ne pourra me racheter une santé de fer. Rien ne pourra me rendre cette insouciance ou, à défaut, cette pseudo-insouciance que j'ai feinte pendant si longtemps et que je ne retrouverai plus. Frédéric secoue la tête. Pourquoi remuer le couteau dans la plaie ? Pourquoi cette volonté de me faire mal ?

– Non, Laurence, arrête.

– Non, je veux savoir. Combien de temps, docteur, vous pouvez me le dire ? Deux ans ? Un an ?

Un hochement faible de la tête en signe d'acquiescement. Un an !

– Je suis désolé. Mais il ne faut pas penser à cela, ce n'est pas le moment. Croyez-moi, nous allons tout faire pour vous soigner.

Son regard triste dément un discours que je ne sens même pas convaincant. Menteur ! Gentil mais menteur. Je repense à tous les entretiens d'embauche que j'ai menés. La posture du candidat m'informait de son état d'esprit. Je savais reconnaître les regards fuyants des dissimulateurs. Je repérais les mains et les jambes qui se croisaient comme pour clore la discussion. Je percevais le malaise derrière les tortillements du malheureux assis sur la chaise, face à mes questions les plus bénignes. Le docteur Chapuy ne tiendrait pas longtemps à ce jeu-là.

Un raclement de gorge interrompt mes réflexions.

– Je vais vous examiner.

Je m'installe sur la table. Il s'approche, m'ausculte longuement le ventre, palpe la boule dure de mon estomac, descend ses longues mains sur la zone intestinale.

– Et là ? Vous avez mal ?

– Non, là je n'ai pas mal.

Un temps de réflexion. Allez, Laurence, lance-toi au point où tu en es.

– Par contre, il y a cette grosseur-là, au sein gauche, qui m'intrigue. Elle n'était pas là auparavant.

J'enlève mon soutien-gorge, détourne les yeux vers Frédéric, qui fronce les sourcils. C'est vrai, je ne l'ai pas mis au courant de ce dernier symptôme. Je ne voulais pas l'inquiéter inutilement. J'avais tellement de choses à lui dire. Je ne voulais pas charger une barque déjà pleine et qui menaçait de couler. Et puis, qu'est-ce que je risque maintenant qu'ils m'ont confirmé que j'ai le cancer ? Je m'en fiche. Ça ne peut pas être pire que la linite gastrique. Je ricane intérieurement au souvenir d'une réplique entendue dans une comédie américaine.

– Ah bon ? Tu divorces ! Ouf, tu me rassures, j'ai cru que tu avais le cancer...

Le froncement de sourcils du docteur Chapuy lors de l'examen ne présage rien de bon.

– À la palpation, je sens effectivement deux grosseurs suspectes. Vous allez faire en urgence une mammographie, suivie d'une biopsie.

– Mais, docteur, je les ai faites il y a trois mois et il n'y avait rien.

– Ah bon ? Vous les referez quand même. Je pense que les choses ont évolué.

Je songe à mes enfants qui m'ont demandé :

– Maman, est-ce qu'il existe une maladie pire que le cancer ?

J'ai réfléchi et puis j'ai répondu très vite pour les rassurer, sans avoir de choses concrètes à leur avancer.

– Oui, oui.

Je saurai maintenant y répondre. On peut avoir un cancer, ou deux, ou plusieurs. Frédéric nous dévisage tour à tour puis contemple le médecin, décidé. Dans ses yeux clairs pointe de la détermination : « On va se battre contre cette saloperie qui te bouffe. On va l'avoir. On va sortir l'artillerie lourde mais je ne laisserai personne te faire du mal. Tu vas t'en sortir. » Ses yeux me parlent avant que sa bouche ne s'exprime :

– Quand pouvons-nous commencer la chimiothérapie ?

– Il faut attendre. Votre épouse est faible.

– Non, le plus rapidement sera le mieux.

– Alors, nous commencerons certainement dans deux semaines. Il faut que nous discutions de son cas lors d'une commission pluridisciplinaire pour savoir quel protocole sera le plus adapté. Je vous tiendrai au courant.

Il n'y a plus rien à ajouter. Le regard triste du docteur Chapuy nous a accompagnés jusqu'à la sortie de son cabinet et a accueilli le patient suivant, toujours sans sourire. Nous nous sommes assis sur un banc à côté du bar du CHR où vont et viennent malades, médecins et visiteurs. Dans cet antre du désespoir, nos yeux rouges et gonflés n'attirent pas l'attention.

Sensation d'impuissance et de désespoir.

Nous sommes deux enfants terrifiés que personne ne peut consoler.

– Je vais appeler les parents. Ils doivent attendre les résultats de la visite.

Il faut que nous partagions notre peine avec eux. Eux vers qui nous nous épanchons quand notre peine est immense et que nous ne savons plus la contenir. Eux qui nous accueillent et nous rassurent au plus fort de la tempête. Eux dont l'affection est palpable même au travers des ondes.

– Allô, Papi. On vient de sortir. C'est confirmé. Laurence a le cancer.

À travers mes larmes qui ont recommencé à couler, je vois Frédéric hocher la tête. Aux réponses fournies par Frédéric, je devine que le côté rationnel de Papi a pris le dessus. Il demande des détails sur la suite des événements, les conditions de la chimiothérapie, la façon pratique dont ils peuvent nous aider.

– On est toujours là, vous le savez. Et puis Lolo est forte. Elle va s'en sortir.

La voix de Nini s'est subitement immiscée dans la conversation. Nini si douce, si effacée, si prévenante. Nini dont je crains la réaction à l'idée de l'avenir sombre qui se profile pour nous et pour nos enfants.

Il n'en est rien.

– J'ai prié pour Laurence. Ne vous en faites pas. Tout va bien se passer.

Sa voix est ferme, sans l'ombre d'une hésitation.

Nini a imploré l'aide de Notre Dame du Saint-Cordon. Sa foi est pure. Une foi du charbonnier qui balaie d'un coup nos craintes. Il faut avoir confiance.

À notre retour de l'hôpital, nous avons réuni nos quatre petits et les avons mis au courant de la situation.

– Bon, les enfants, l'hôpital a bien confirmé que Maman a le cancer mais on va se battre. Elle va faire de la chimiothérapie.

Notre ton suffisamment convaincu a endormi leur vigilance. Entre « Maman a peut-être une grave maladie et peut mourir » et « Les docteurs ont confirmé que Maman a une grave maladie et peut mourir », ils semblent ne pas faire de différence. Ils ont constaté une amélioration de mon état depuis la mise en route de la nutrition artificielle : mes vomissements se sont calmés. Le passage journalier des infirmières à la maison a un côté apaisant qui les rassure : les docteurs s'occupent de Maman.

Dans les trois jours qui ont suivi, le docteur Chapuy a informé le docteur Mora des conclusions de notre entrevue. Notre nouveau médecin de famille n'a pas failli à son rôle d'amiral en chef et a pris immédiatement les choses en main : coup de fil au cabinet de radiologie pour une mammographie et biopsie d'urgence, rendez-vous musclé pour nous remonter le moral.

– Rien n'est perdu, la vie continue, le combat ne fait que commencer.

Lors de la mammographie et de la biopsie passées trois jours plus tard, j'ai surpris le regard désorienté de la radiologue à la vue des clichés qu'elle m'a commentés prudemment.

– Vous avez deux masses suspectes au niveau du sein gauche. Mais vous avez également six ganglions dans l'aisselle gauche et en satellite, en dessous de votre clavicule. Je communique les résultats à votre médecin traitant. Il faudra attendre les résultats de la biopsie. Il peut s'agir de tumeurs.

Bizarrement, nous n'avons plus de larmes pour pleurer. Il m'arrive de me répéter dans la journée : « J'ai le cancer », comme on se mord une joue après une anesthésie chez le dentiste pour savoir si cela fait mal, mais je n'éprouve rien.

Si, quelquefois.

Il y a ces trois petits mots qui surgissent dans ma tête et qui déchirent mon cœur : « Je vais mourir ».

Progressivement, nous recommençons à sortir comme des habitants de leurs abris après le bombardement d'une ville : stupéfaits que la vie continue sous toutes ses formes. Nous flânons main dans la main dans les magasins. Nous effectuons même de petites haltes gourmandes pour déjeuner même si le seul plaisir que j'aie est de mordiller béatement sans espoir que la bouchée ne passe. Il nous arrive de plaisanter, de rire, d'oublier l'épée de Damoclès suspendue au-dessus de ma tête. Qui pourrait penser qu'un condamné à mort à qui l'on annonce la sentence puisse continuer de vivre presque joyeusement ?

Nous avons trouvé une parade pour nous affranchir de toute tristesse. Au plus fort de la tempête, il nous faudra nous attacher comme Ulysse au mât de l'humour pour résister au chant des sirènes. Frédéric a déclenché le premier les hostilités. Nous avons pris l'habitude de nous asseoir sur le canapé du salon. Frédéric m'écoute m'épancher. Je le sens impuissant à tarir mes crises de désespoir. Aujourd'hui, j'ai parlé de mon père, de sa traîtrise lorsque j'étais petite et plus grande pour m'attirer dans son antre : le jeu. Je m'en veux et ma culpabilité n'a pas de limites. Je me suis tue, désespérée. Je n'arriverai pas à sortir de cette spirale de folie. Besoin que l'on me serre pour taire ma souffrance et sécher mes larmes.

– Veux-tu faire du judo avec moi ?

J'ai levé la tête, interloquée. Frédéric me regarde avec des yeux lubriques et m'interpelle d'une voix faussement perverse. Non, il n'osera pas rire de cette situation. Je réprime un hoquet. Frédéric continue de plus belle. Avec un chuintement du plus bel effet, il continue.

– Je suis ton père.

Le fou rire me prend. Je ne peux plus m'arrêter. Nous pourrons dorénavant aborder n'importe quel sujet sans que leur gravité ne me pèse. Mathilde accourt à l'écoute de nos rires qui n'ont pas résonné de la sorte depuis si longtemps.

– Qu'est-ce qui vous faire rire ?

– Rien, c'est ton père. Il a trouvé le moyen de rigoler d'un sujet qui n'était pas marrant du tout. Trop fort.

Mathilde opine de la tête.

– Papa a raison. J'ai une idée. On va inventer un jeu. Le premier qui pleure parce qu'une situation se prête à le faire a perdu.

Frédéric est conquis. J'hésite puis me rallie à leur cause. Au point où nous en sommes, autant opter pour le côté plaisant. Les hostilités sont lancées. C'est à qui surprendra l'autre dans ses mauvais jours. L'amour guérit de tout ? Oui, mais l'humour aussi.

Cancer et argent

J'ai une hantise. Je ne veux pas laisser les miens dans la misère. Si je dois mourir, que ce tsunami soit limité aux berges de leurs vies. La reconstruction sera plus facile. J'ai appelé le service social de la SNCF.

– Bonjour madame, que puis-je faire pour vous ?

– Voilà, je suis atteinte d'un cancer généralisé. Les médecins m'ont condamnée. Comment financièrement puis-je anticiper mon départ ?

Nous avons des prêts sur vingt ans. Le seul salaire de Frédéric ne supportera pas notre train de vie actuel. Il y a les vacances auxquelles nous avons habitué les enfants, la maison avec le grand jardin, les plaisirs que nous leur offrons facilement.

– Maman, dis, je peux avoir ça ?

Le « ça », quand ils sont petits, ce sont les friandises, les joujoux, les tours de manège. Frédéric et moi travaillons dur, occupons des postes élevés et avons un salaire en conséquence. Nous leur avons appris à ne pas être matérialistes mais nous avons les moyens de voir leurs yeux briller de plaisir. Pourquoi les priver de ces petits extras ? Nous leur avons appris le goût des voyages, des sorties sportives et culturelles.

– Tu les gâtes trop, Laurence.

Je baisse la tête, mais comment pouvoir ignorer leurs désirs alors que les miens ont été pendant si longtemps passés sous silence ? Mes années de privations m'ont appris la valeur du plaisir et du faire plaisir. Longtemps, j'ai cru mes parents sans le sou. Il me fallait épargner comme eux, me priver avec le sourire. Être indigent et fier. L'effort de guerre, c'est même en temps de paix. Il n'y avait que les nantis ou les cigales qui pouvaient profiter de la vie. Nous, on était des fourmis et il n'était pas question de chanter. La vie était dure.

Les petits s'interrogent :

– C'était comment Pâques et Noël, Maman, quand t'étais petite ?

Chez nous, on ne fêtait pas Noël. Trop cher de recevoir. On ne donnait pas d'étrennes et on ne recevait pas non plus. Trop cher de fêter la nouvelle année. Ah si ! Une plaque de chocolat que je regardais avec de grands yeux, bien heureuse que le père Noël ne m'ait pas oubliée. Que répondre à mes amis : « Tu as eu quoi pour Noël ? » Inventer pour travestir la réalité et rêver sur leurs cadeaux à eux en se disant qu'il y en a qui ont de la chance. Un lapin de Pâques offert un jour par ma marraine et qui pendant cinq ans est resté dans mon placard. Trop peur de le voir disparaître. Au bout du quinquennat, sous son papier coloré brillant, le chocolat au lait avait blanchi mais il avait rempli sa mission : me donner du rêve.

– Tu jouais avec quoi, quand t'avais notre âge ?

L'imagination est une bonne chose. Elle pare les bouts de bois de toutes les vertus. Plus de jouets passée la barre fatidique des six ans.

– Mais à sept ans les enfants ont encore besoin de jouer !

Non, à sept ans, c'est l'âge de raison : les jouets prennent de la place et puis ils coûtent cher.

– Tu recevais quoi à tes anniversaires ?

Je réfléchis, repense aux matins joyeux où je me levais en me répétant « C'est mon anniversaire ». J'égrène les cadeaux au fil des années : des croissants pour mes quatorze ans, un pyjama pour mes quinze ans, une moto pour mes vingt-deux ans...

– Wouah !

Enfin une moto en plastique de 20 cm qui s'allume en tournant sur place et qui fait pin pon, pin pon.

– Mais tes copines et ta famille, elles t'offraient quoi à tes anniversaires ?

On n'invitait pas aux anniversaires. Trop cher de faire venir des copains. On ne se rendait pas non plus aux anniversaires des autres. Trop cher d'offrir aux copains. Pas de grands-parents ni d'oncles ni de tantes pour adoucir les moments joyeux. C'est normal, on était pauvres aussi en relations amicales et familiales.

– Et l'école ? Moi j'adore à la rentrée les cahiers neufs, les trousses remplies.

Peu de crayons de couleurs et peu de feutres, peu de papier et peu de scotch ou de colle. Trop chers. Ou plutôt si : une unique boîte qui fera la maternelle jusqu'à la terminale pour toute la fratrie. Heureusement, il y a les copains pour dépanner. « T'as du bleu ? Du rouge ? Des feuilles ? De la colle ? » Il reste encore des pages sur les cahiers de l'année dernière ? Super, on pourra les récupérer.

– Tu faisais quoi en dehors de l'école ?

Je restais à travailler à la maison, je faisais les courses pour Maman en déambulant à travers les rayons avec mon caddie et comparais les prix : les petits ruisseaux font les grandes rivières. Je lisais les livres empruntés à la bibliothèque. Mais je ne sortais pas. Trop tentant d'acheter. Pas d'activités extrascolaires, pas de musique, ni de sport. Trop cher et puis, les conduites, c'est contraignant. Trop cher l'essence pour les conduites, les cotisations, les à-côtés : tutus, chaussons... Pas de sorties, ni de musées, ni de concerts. Pas de classes de neige ou de découverte, même si je serai toujours la seule de la classe à ne pas partir. Des croissants une fois l'an, une pizza pour six tous les dix ans, jamais de restaurant. Trop cher.

– Mais vous achetiez comment vos vêtements ?

Dans les catalogues de vente par correspondance. Pas de vêtements à la mode, trop chers, mais des habits et chaussures que l'on se passe des trois grands frères à l'unique petite sœur : des tissus ternes, rompus à tous les maux. Des habits passe-partout, des lunettes passe-partout, des couleurs passe-partout, une jeunesse passe-partout. Surtout rien qui puisse coûter et nous différencier.

– Vous habitiez dans des huttes ?

Non, dans des appartements et nous avions même une maison de vacances dans le Sud. Sans électricité, sans eau chaude, sans lit, sans coussins pour dormir. Trop cher. Sans téléphone, sans voiture pour se déplacer.

– Mais vous faisiez quoi pendant les vacances ?

Rien. Le principe des vacances, c'est bien de ne rien faire, non ?

– Tu es née au Moyen Âge ?

– Non, pourquoi vous dites ça ?

– Parce qu'elle était bien triste ta vie et dénuée de tout.

Docteur Mora

Après avoir longtemps hésité, nous avons changé de médecin de famille. Le docteur Salin est notre médecin de famille depuis plus de douze ans. Mais l'admiration que nous lui avons vouée jusqu'à présent a été sérieusement écornée. Depuis son diagnostic de dépression, trois mois se sont écoulés sans qu'il ne vienne aux nouvelles. Un long chemin de croix où le médecin de famille ne m'a été d'aucun secours avant qu'il ne réapparaisse par le biais d'une courte missive reçue il y a quelques jours : « Madame, je reçois à l'instant les résultats de votre dernier scanner. Merci de me recontacter pour procéder à des examens complémentaires ». Nous avons décidé de tirer une croix sur les douze ans de suivi par le docteur Salin. La confiance n'est plus là, remplacée par la rancœur et l'amertume. Trois mois. Nous avons perdu trois mois. Je ne peux pas me permettre de perdre davantage de temps.

Le docteur Mora, notre nouveau médecin, est à quelques pâtés de maison de chez nous. De la trempe des médecins de campagne, il veille sur ses patients comme un berger sur ses moutons. Il peut appeler cinq fois dans la journée ou passer en coup de vent à la maison pour s'assurer que tout va bien, téléphoner à 21 h 00 pour compléter une information donnée lors d'une visite. Sec et nerveux, il manie le verbe comme on manie un scalpel, harcèle le laboratoire jusqu'à la réception des résultats d'analyses médicales, porte à bout de bras chacun de ses malades. Il ne laissera pas le découragement nous envahir.

Aujourd'hui encore moins que les autres jours. Il nous a prévenus par téléphone qu'il disposait des résultats de la mammographie et qu'il nous fallait le rejoindre d'urgence à son cabinet. Pas d'entrée en matière chafouine. Des paroles lapidaires. Un regard fort et direct, prêt à soutenir la moindre défaillance.

– Madame Finet, vous deviez vous en douter un peu, les derniers résultats confirment l'existence d'un deuxième cancer. Cette fois-ci au sein.

J'ai baissé la tête comme un taureau dans l'arène qui attend le coup fatal du toréador.

Je m'attendais à cette annonce. La radiologue m'avait laissé peu d'espoir. Son diagnostic au moment de l'échographie était sans appel.

– Vous ne trouvez pas que cela fait beaucoup ?

J'ironisais à défaut de pleurer.

– Rien n'est perdu, madame Finet. On va se battre. Il y a des patients à qui l'on prédisait un taux de survie nul et qui sont toujours là. J'ai soigné une malade dans ce cas. Je l'ai surnommée la miraculée de Saint-Vincent. Vous, vous serez la miraculée de La Madeleine. Il faut y croire. C'est comme un bateau dont vous êtes le capitaine. Il y a une tempête et vous devez le mener à bon port. Il y a des voies d'eau partout. La situation est grave mais vous pouvez y arriver. Gardez espoir.

Et de rajouter :

– Le docteur Chapuy va certainement nous faire part de la suite des traitements. *A priori* de la chimiothérapie. Par contre, vous devrez rencontrer très vite le service de génétique au CHR. Il y a de fortes présomptions pour que le cancer soit héréditaire.

Le docteur Mora décroche son téléphone.

– Le CHR ? Docteur Mora à l'appareil. Il me faudrait un rendez-vous pour une de mes patientes chez le docteur Lacour. Oui, en génétique. Dans trois jours, c'est très bien. Lundi 14 h 30. D'accord. Je voudrais également prendre rendez-vous pour elle chez le docteur Chapuy. Non, bien avant. C'est extrêmement urgent. Jeudi prochain ?

Il m'interroge du regard. Je hoche la tête.

– Ok, c'est noté. Merci.

Sa réactivité a ramené progressivement de l'espoir dans nos cœurs. Nous ne sommes plus seuls face à cette administration hospitalière qui nous écrase avec son jargon technique, ses spécialistes, ses conclusions péremptoires. Comme des citadins perdus en pleine jungle amazonienne, nous progressons derrière notre guide qui nous taille le chemin à grands coups de machette. Pas de propos inutiles. Des actes. Il se tourne vers Frédéric, l'œil aiguisé comme un faucon prêt à fondre sur sa proie.

– Vous, je veux vous voir seul à seul.

– Mais...

Ni Frédéric ni moi n'avons le temps de réagir. Le praticien a déjà dégainé son agenda qu'il scrute attentivement et remplit de sa fine écriture en pattes de mouche.

– Sans votre femme. Demain soir, dans mon cabinet.

On dirait une mise en demeure. Longuement, il parlera à Frédéric. Si je suis le capitaine du bateau, il veut que Frédéric en soit le premier matelot pour mener à bien notre odyssée. Toutes les chances doivent être mises de notre côté. Tel un amiral, il passera en revue sa troupe et fera la chasse aux idées noires.

Cette semaine, nous nous sommes rendus chez le docteur Lacour. Le généticien est une petite brune sympathique, aux cheveux tirés en arrière et au visage lisse dénué de tout maquillage.

– Les deux cancers dont vous souffrez peuvent être héréditaires. Vous n'avez pas d'antécédents connus ?

Je secoue la tête.

– Nous allons vous soumettre à un examen génétique. Si les résultats sont positifs, il faudra prendre les mesures adaptées à l'égard de vos enfants.

Frédéric et moi poussons un soupir de soulagement. Même si la linite gastrique est mortelle, il y aura moyen de protéger nos petits. C'est bien. Il vaut mieux couper le mal à la racine.

– Quelles sont les possibilités dont vous disposez pour prévenir nos enfants d'un cancer ?

Un regard plein de pitié.

– Si le cancer de l'estomac dont vous souffrez est héréditaire, il faudra procéder à une ablation de l'estomac sur chacun d'eux. C'est la seule alternative connue à ce jour. Mais ne vous inquiétez pas à l'avance, on n'en est pas encore là.

Le docteur Lacour continue doucement :

– Nous procéderons ultérieurement à des examens liés à l'hérédité de votre cancer du sein. Si les résultats sont positifs, là encore vos enfants devront faire l'objet d'un traitement particulier. Il faudra prévoir peut-être plus tard une mastectomie pour vos filles.

Elle hoche la tête d'un air entendu. Je m'imagine dire à nos enfants : « Mes enfants, Maman a un super cadeau à vous léguer... » Pas d'estomac, pas de chocolat. Pas de sein, peau de lapin. Saleté de pieuvre qui peut s'attaquer à tout. Même à la chair de ma chair.

Ils se sont trompés

Nous avons à nouveau rendez-vous chez le docteur Chapuy avant le déclenchement de la première chimiothérapie. Nous ne l'avons pas revu depuis la dernière annonce qu'il nous a faite. La linite gastrique plane comme une ombre sur le pronostic vital et nous savons que je souffre également d'un cancer du sein qui pourrait être héréditaire. Dans la même salle d'attente qui nous a vus pleurer il y a quelques jours, assise à côté de Frédéric, je ferme les yeux et formule une prière muette.

Pitié, mon Dieu, épargnez-moi. Sainte Vierge Marie, je vous en supplie, entendez ma voix.

J'ai rouvert les yeux. Mon regard se porte sur Frédéric, qui prie lui aussi. Ses paupières se lèvent sur son regard clair. Un sourire.

– Allez, aie confiance.

– J'ai du mal. Chaque fois que nous venons au CHR, c'est pour prier et pour pleurer.

Un silence.

– N'as-tu pas remarqué ? Chaque fois que le docteur Chapuy ouvre la porte, il a le regard incroyablement triste. C'est démoralisant. Tu me diras, son boulot ne doit pas être très gai.

Un ricanement.

L'humour revient au galop. L'air sinistre, Frédéric se lève, drapé dans une blouse imaginaire. Il penche la tête d'un côté puis me tend la main pour une poignée de main de circonstance.

– Bonjour, madame Finet. J'ai une mauvaise nouvelle à vous annoncer.

Le ton est baissé de deux octaves. Un employé des pompes funèbres serait plus joyeux. Le rire nous prend.

– Allez, garde confiance. Tiens, faisons une prière ensemble et demandons à ce que le docteur Chapuy ouvre la porte en souriant.

– Ça ne marchera pas ton truc.

– Si, si. Allez, répète après moi.

J'ânonne péniblement.

On dirait deux apprentis chamanes en train d'essayer de faire venir la pluie. La porte s'ouvre sur la silhouette haut perchée du docteur Chapuy.

Miracle.

Il sourit ! Je rêve !

Éberluée, je rentre dans son cabinet, suivie de Frédéric qui me fait un clin d'œil.

– Tu vois ! Qu'est-ce que je te disais ? Ça a marché.

Nous nous asseyons.

– Madame Finet, j'ai enfin une bonne nouvelle à vous annoncer.

Mon cœur bat à tout rompre. Ils se sont trompés. Le professeur Zuber accepte de m'enlever l'estomac. Ils ont trouvé un remède miracle. Nous sommes filmés par la caméra cachée et Marcel Béliveau va sortir de sous son bureau.

– Le cancer du sein dont vous souffrez est *a priori* le cancer primitif.

Ah oui ? La belle affaire. Mon espoir retombe comme un soufflé.

– Donc, cela veut dire que ce n'est pas le cancer de l'estomac qui est primitif. Nous avons trouvé les mêmes cellules en bagues à châton lors de la biopsie du sein. Une deuxième bonne nouvelle. Le cancer est hormono-dépendant.

– Ah !

Je prends un air intéressé mais mon cerveau n'enregistre toujours pas. Où veut-il en venir ? Il a l'air heureux pour moi. C'est que ce doit être bien. Mais pourquoi ?

– Je vous avoue ne pas tout comprendre, docteur.

Frédéric a pris le relais. Éberluée, je me tourne vers lui. Il veut comprendre alors que pour moi ce n'est qu'une suite de mots techniques sans incidence sur mon état. J'ai l'impression d'assister à un match de ping-pong. Je suis la balle de mes yeux mais le match ne me concerne pas.

– Hormono-dépendant, cela veut dire que ce sont les hormones de votre épouse qui génèrent le cancer.

– D'accord mais est-ce que cela change le protocole de chimiothérapie qui est envisagé ?

Frédéric s'impatiente. Je reconnais en lui la même façon de raisonner. Au-delà des mots, il lui faut des résultats, une progression, quelque chose de tangible qui montre que l'on avance et que la bête recule.

– Je ne pense pas. Nous devrions normalement partir sur du 5FU, et ce, à raison d'une cure tous les quinze jours. Vous commencerez la chimiothérapie la semaine prochaine.

– Quelle sera la durée du traitement ?

– Cela pourra prendre du temps. Il faudra voir.

– Vous continuerez de vous occuper de moi ?

– Ah non. Le sein, ce n'est pas moi. Moi, je ne m'occupe que de l'estomac. Je vais établir le compte rendu de notre entretien et le transmettrai au spécialiste adéquat.

Il se frotte les mains.

Pas moi.

Je m'inquiète. Je l'aimais bien, moi, le docteur Chapuy, malgré ses airs tristes. Il avait quelque chose de rassurant, de professionnel. La chaîne des spécialistes s'est allongée d'un maillon. On dirait une passe de rugby dont je serais le ballon. Qui prendra la suite maintenant ? Qui s'occupera de moi ?

Nous sortons du bâtiment du CHR. Si imposant. Rempli de spécialistes en tout genre. Moi, c'est la gorge, moi les reins, moi le sein, moi l'estomac. Les malades ne sont pas des êtres humains intégraux mais des bouts que l'on assemble ou que l'on désassemble comme des Lego. Qui s'occupe de gérer le tout ? Dieu ? Frédéric et moi ironisons. Nous imaginons les spécialistes en blouse blanche en train de tirer à la courte paille, pour savoir qui devra traiter mon cas.

– Plouf, plouf. Une poule sur un mur. Qui picotait du pain dur...

J'ai la solution : elle s'appelle docteur Mora, notre nouveau généraliste. J'ai rendez-vous avec lui demain. Je lui demanderai qui va s'occuper de moi maintenant.

En allant vers le parking, Frédéric compose le numéro de téléphone du docteur Doucet et me donne précipitamment le portable. Nous avons pris l'habitude de l'appeler pour la tenir au courant de l'avancée des examens. La dernière fois que nous l'avons contactée, c'était juste après le rendez-vous chez le professeur Zuber. Elle m'avait rassurée, confiante et forte comme à nos premiers entretiens.

– Non, vous n'allez pas mourir. Vos mains sont brillantes. On vous enlèvera l'estomac. Mais la belle affaire ! On vit très bien sans estomac. Bon, on mange moins. Non, je rectifie : on mange différemment mais on s'habitue. La chimiothérapie ? Ne vous inquiétez pas. Toutes ces séries américaines où l'on montre des malades en proie aux affres des effets secondaires... Mais la chimiothérapie a changé depuis et s'est améliorée. On perd ses cheveux ? Mais après ils repoussent. Et, paraît-il, encore plus beaux.

Il semble toutefois que son optimisme a fondu comme neige au soleil. Sa sérénité n'est plus de mise.

– Bonjour, docteur Doucet, c'est Laurence.

– Allô, ma chérie, quelles sont les nouvelles ?

Le docteur Doucet a progressivement glissé vers le tutoiement affectueux.

– Ils confirment la présence d'un deuxième cancer au sein et s'interrogent sur l'hérédité de la maladie.

Silence.

– Allô, docteur, vous êtes là ?

– Oui, oui, ma chérie. Je t'écoute.

– La bonne nouvelle, selon eux, c'est qu'il est primitif et hormono-dépendant. Je ne comprends pas pourquoi.

– Ah oui ? Tu sais, je ne suis pas une spécialiste. Mais vous êtes entre de bonnes mains. Continuez de me donner de vos nouvelles. Je pense souvent à vous. Bisous, ma chérie.

– Au revoir, docteur. Je vous passe mon mari.

À contrecœur, Frédéric se saisit du mobile. Il rechigne dorénavant à lui parler, miné par le verbiage du généraliste qui semble avoir deux discours : celui qu'elle profère sans pudeur avec lui et celui prévenant qu'elle tient avec moi. Lequel croire ?

– Bonjour, docteur.

Au fil de la conversation, il me semble voir le visage de Frédéric blanchir progressivement. Sa prise de congé est à la limite de la politesse.

– Ça va ?

– Mmm.

Une ombre sur son visage.

– Ne t'inquiète pas. Tu peux tout me raconter.

Plus de secret entre nous. À deux, nous sommes plus forts.

– Tu sais ce qu'elle m'a dit ?

– Non.

– Qu'elle ne croit pas aux miracles.

– Nooon !

– Et tu sais ce qu'elle m'a dit aussi ?

– Non ?

– Qu'il eut été préférable que tu aies une tumeur au cerveau. Tu ne souffrirais pas et tu partirais plus vite.

Je préfère en rire mais, au fond de moi, j'ai perdu une alliée : la branche sur laquelle je m'étais posée avec confiance ne me portera plus.

Résolu, Frédéric se tourne vers moi.

– Laurence, on va arrêter de se faire peur. Papi a raison. S'il y en a bien une qui peut s'en sortir, c'est toi. Tu sais te battre. Tu l'as toujours su.

– Mais que dois-je faire ? Je ne peux pas me répéter à chaque fois « Je suis la plus forte, je suis la plus forte. Méchant cancer, je vais avoir ta peau ».

– Sois toi-même, seulement. Ton naturel est d'être une battante. Tout le monde te le dit. Je vais t'aider. On va y arriver.

À partir de ce jour-là, Frédéric écumera Internet à la recherche de pistes d'action, commandera des livres dont il recueillera les références, emplira son carnet d'adresses de spécialistes qui sauront m'aider. Même s'il a une confiance inébranlable dans la médecine traditionnelle, il est intimement persuadé que la médecine traditionnelle ne fera pas tout.

Il y a ces témoignages sur le cancer. J'apprendrai à m'appuyer sur ceux de David Servan-Schreiber, ceux de Guy Corneau. Et puis il y a tous ceux qui se sont penchés sur la maltraitance quelle qu'elle soit : Alice Miller, Blanche Landry. Au plus profond de moi, je sens que les deux sujets sont liés. Il y a trop de culpabilité qui me dévore, trop de colère, trop de mal-être. Je suis un peu comme un chef de guerre face à un ennemi puissant et meurtrier. Tant que mon armée sera rongée par sa propre guerre intestine, elle ne pourra pas combattre efficacement. Si je ne traite pas les affres de mon passé, je ne serai pas en mesure de lutter correctement contre la maladie.

Par quel bout commencer ? Quel chantier déminer en premier ? Frédéric, à qui je me livre, est catégorique.

– Tu as toujours tout fait en parallèle. Tu réussiras à gérer les deux chantiers.

Philippe, le frère de Frédéric, est persuadé que rien n'est joué.

– Lolo, imagine que tu concours au championnat du monde de natation. Ta rivale est une nageuse est-allemande expérimentée. Vous êtes toutes les deux sur le plot de départ. Le coup de feu va être donné. Qui va gagner, d'après toi ?

– Ben, l'autre.

– Ça m'en a tout l'air. Et pourtant tu te trompes. La nageuse est-allemande est partie avant toi. C'est une véritable machine. Et puis cinq mètres avant l'arrivée, elle s'effondre, paralysée par une crampe. Qui va gagner ?

– Ben, moi.

– Ça s'appelle l'impermanence. Tu ne peux pas prévoir ce qui va t'arriver. Tout est possible. Les médecins peuvent t'avoir condamnée et tu peux survivre. Tu peux vomir maintenant et remanger normalement dans deux mois grâce à la chimio.

Je regarde la perfusion à laquelle je suis accrochée et qui s'égoutte lentement à mes côtés. Je contemple mes membres décharnés. Je revois le visage triste du docteur Chapuy quand j'ai évoqué mon espérance de vie si courte. Aidés par les calmants, mes yeux ont envie de se fermer, mes nausées se sont arrêtées... Mais pour combien de temps ? Comment a-t-il dit déjà, Philippe ? L'impermanence ? Je suis celle qui gagnera contre la nageuse de l'Est. Je m'en sortirai.

Couleurs

Il est 17 h 00. L'infirmière vient de sonner à la porte d'entrée. Comme chaque soir depuis plusieurs semaines, son arrivée à la maison ponctue la fin de la journée. Aujourd'hui, c'est Marion. Demain, ce sera Laetitia. Les deux jeunes femmes sont aussi différentes qu'efficaces. Maman de trois enfants, Laetitia gère son entreprise d'une main de maître. Laetitia rit, virevolte pour me montrer ses nouveaux habits ou se lamente de ses kilos pris à la naissance de la petite dernière. Elle est au four et au moulin et manie l'humour comme une arme.

– J'espère que vous avez le moral parce que sinon, vous sentirez ma pointure 39 au bas de vos reins.

Marion, elle, incarne à merveille Becky, l'accro du shopping, l'héroïne des romans de Sophie Kinsella. Rien ne semble trop excessif pour elle : vêtements, bijoux, sacs, babioles. Il me semble que tout son être brille de mille couleurs à l'image de son caractère enjoué.

– Vous avez mangé aujourd'hui, madame Finet ?

– Une moitié d'œuf et un quart de tranche de jambon.

– Vous avez bu ?

– Un demi-verre d'eau.

– Et vous avez vomi combien de fois ? Vous l'avez inscrit sur le cahier ? Ne bougez pas. Je vais le consulter.

Nos quatre enfants envahissent notre chambre et suivent le branchement de la nutrition artificielle comme on assiste au départ d'un cosmonaute pour son périple spatial. Marion feuillette le carnet sur lequel je suis censée consigner tous mes maux quotidiens et les fluctuations de mon poids.

– Quinze fois. Le poids reste stable à 45 kg.

Tout en préparant minutieusement le branchement, Marion devise gaiement. Les yeux rieurs dans son visage poupin, l'écharpe colorée savamment entourée autour de son cou, Marion a un petit côté espiègle et mutin. Ses boucles d'oreilles cliquettent gaiement de part et d'autre de sa chevelure auburn. Ne serait-ce la présence de la pompe à mes côtés, on pourrait penser à une soirée Tupperware entre copines. Surprenant mon regard sur ses vêtements qui dénotent un goût certain, elle esquisse un petit sourire contrit, puis, encouragée par mon regard insistant, se lance dans une description détaillée de ses achats. Après quelques tapotis sur la pompe, Marion reprend son air professionnel, tout en me lançant un coup d'œil complice au-dessus du masque qu'elle a glissé sur son visage.

– Alors, madame Finet, vous mangez quoi ce soir ? Les enfants, venez voir ce que j'ai apporté à votre maman.

Avec des regards envieux, les enfants ont tout d'abord cru que les énormes poches blanches qui se balançaient mollement à la pompe renfermaient des mets savoureux. Depuis ils ont compris le principe et rivalisent d'imagination pour transformer le démarrage de la perfusion en un instant de plaisir.

– Maman, quelle chance tu as ! Du steak-frites ! Nous, ce soir on a eu du riz au thon avec des œufs durs. C'est Mathilde qui a cuisiné.

Assis à mes côtés, Frédéric supervise.

– Les devoirs sont faits ?

– Oui, Mathilde nous a aidés à les finir. Tu nous rejoins après, Papa ? Mathilde nous a promis des cookies pour le dessert.

– Oui, oui. Je reste un peu avec Maman et je descends.

Je jette un coup d'œil reconnaissant à notre aînée de douze ans qui rougit de plaisir puis rassemble les petits autour d'elle.

– Bon, on laisse Maman tranquille maintenant et on descend finir le repas.

– Bonne nuit, Maman, à demain.

Les bisous mouillés pleuvent sur mon front. Collés aux serviettes et bavoirs, les grains de riz et miettes de thon également. Les enfants sont redescendus comme une volée de moineaux. Frédéric s'installe à mes côtés. Marion s'affaire. Programmation de la pompe ; injection de l'anti-inflammatoire, de l'anti-nauséeux, de l'anti-vomitif.

– J'introduis maintenant l'antidépressif.

Je sais que dès que ce donneur de rêves me sera injecté, je vais m'effondrer d'un sommeil lourd. Je n'aurai plus le courage de monter coucher les petites dans leur chambre au deuxième étage, ni la force de serrer les miens dans mes bras. Ça y est. Mes paupières se ferment. Je m'effondre.

Je me réveille subitement. Quelle heure est-il ? Le radio-réveil projette ses chiffres luminescents sur le plafond de notre chambre plongée dans l'obscurité : 3 h 00 du matin. À mes côtés, Frédéric respire doucement. Que m'arrive-t-il ? Juste une envie pressante qui va transformer ce besoin naturel en une expédition digne des plus grands explorateurs. Je me redresse tout doucement. Ma tête tourne. Je me sens si faible. Je me lève. Ne pas allumer la lumière et essayer de me débrouiller toute seule. Mes mains tendues en avant, je tâtonne dans l'obscurité. Bong ! Je viens de heurter la porte de la salle de bain avec fracas, manquant de renverser le trépied à roulettes que je tire derrière moi, comme un chien récalcitrant. Gling, gling ! Frédéric se redresse d'un bond.

– Ça va, Lolo ?

– Ça va, ça va, ne t'inquiète pas. Je vais juste faire pipi.

La rallonge qu'a installée Frédéric pour me donner plus de liberté la nuit a fait des nœuds. Mes doigts suivent le cordon électrique qui retient la perche de perfusion accrochée à mon cathéter et essaient de les défaire dans le noir. Au bout de plusieurs essais infructueux, j'abandonne. Tant pis. J'espère que la longueur du cordon sera suffisante pour me suivre jusqu'aux toilettes. Ouf, tout juste. Je reviens, me glisse doucement aux côtés de Frédéric pendant que la perfusion à mon chevet émet faiblement ses pulsations.

Bip ! Bip ! Bip !

Je n'ai plus sommeil. De mes yeux grands ouverts dans le noir, je parcours notre chambre. Sur la cheminée brille doucement la statue de la Sainte Vierge que nous a donnée Julia, notre femme de ménage. Un frisson tout d'un coup. Je ramène la couverture sur mon torse. Mes ongles crissent sur le tissu de la couette. Le courant de mes idées change. Tout à l'heure dans les toilettes, j'ai admiré mes ongles. Depuis quelques jours, il me vient une envie subite de les vernir. La langue tirée par l'effort, j'essaie les bleus électriques, les fushia, les rouges. Je teste les rythmes : un ongle bleu, un ongle rose, un ongle bleu, un ongle rose. Je teste les couleurs uniformes : aujourd'hui tous les ongles seront orangés, demain, ils se vêtiront de vert. Contempler cet arc-en-ciel à portée de mes mains ravit mes sens et mon âme. Je me souviens subitement de ce que j'avais répondu aux enfants il y a quelques mois, alors que nous débattions de tout et de rien.

– Maman, comment peut-on savoir que Dieu existe ? On ne le voit pas.

– Les enfants, les couleurs existent. Elles sont tout autour de nous et s'invitent dans notre quotidien à tel point que nous trouvons cela naturel et que nous oublions quelquefois leur magie. Mais imaginez que le monde entier soit aveugle et que vous soyez les seuls à percevoir les couleurs. Comment expliqueriez-vous à un aveugle que les couleurs existent ?

Les enfants avaient ouvert de grands yeux, incapables d'exprimer l'indicible. J'avais conclu simplement.

– Eh bien, la foi, c'est pareil. Il y a des voyants et il y a des aveugles. Dieu est partout, et pourtant nous ne le voyons pas. Il nous est demandé simplement de croire sans voir.

Les enfants avaient battu les mains de plaisir et moi d'avoir pu leur faire comprendre la puissance de la vie. Une illumination en repensant à ces instants. Dieu est en train de me faire un clin d'œil. Je ne Le vois pas mais cette envie de colorer mes doigts, c'est comme pour me dire : « Je suis toujours là à tes côtés. Garde confiance. »

Mes lèvres remuent. De mon âme a jailli le credo et ma foi en un renouveau.

Patrick

Frédéric est convaincu que nous devons élargir le cercle de nos pratiques médicales. Mon corps et mon esprit souffrent. Qui a dit que la chimiothérapie agissait sur les cellules malades comme ces insecticides pour décimer les pucerons qui envahissent le rosier mais qu'il ne fallait négliger aucune thérapie pour venir à bout du mal, aussi profond soit-il ?

Un ami lui a parlé de Patrick, un praticien qui allie la médecine traditionnelle chinoise à la psychothérapie. La démarche est un peu particulière. J'entends Frédéric introduire dans son discours des sigles dont les consonances me sont inconnues : EFT, Ho'oponopono. Il me glisse également des expressions qui font référence à des domaines nouveaux : enseignement et pratique de la méditation, guérison spirituelle, aide.

Que signifient-elles pour mon esprit cartésien qui ne croit qu'en la rigueur de la médecine traditionnelle ? Médecine chinoise ? Je vois acupuncture, placebo pour petits bobos, grigris agités pour le folklore, promesses de jours meilleurs à coups de chèque, en attendant le coup final de la Faucheuse. Mon esprit va même jusqu'à évoquer le mot secte.

Méditation, spiritualité. Ces aspects n'ont pour moi aucune raison d'interférer sur les maux dont souffre mon corps. Nous sommes catholiques. Croyants. Peut-être pas aussi pratiquants que nous le voudrions. Les raisons de notre défection dominicale sont multiples : les enfants demandent du temps et de l'énergie, nous n'avons que le week-end pour nous reposer, une certaine inertie nous pousse à nous satisfaire de notre croyance sans que soient arrosées régulièrement les graines de notre foi. Mais ne pas aller à la messe ne signifie pas que nous allons renier notre religion et nous adonner à l'adoration du veau d'or. J'ai envie de refuser. Frédéric sent ma méfiance.

– Allons chez Patrick, s'il te plaît. Ne serait-ce qu'une fois. S'il ne te convient pas, tu pourras arrêter quand tu veux.

Frédéric y met tellement d'espoir. Difficile de le lui refuser, d'autant qu'il se propose de m'accompagner. Nous serons deux à émettre un jugement sur une pratique dont nous ne savons rien. La maison de Patrick est située dans un quartier populaire de Lille. À la différence de celle de Mme Boivin, sa demeure est petite. Je me terre derrière Frédéric qui sonne, déterminé. Ça y est, la porte s'ouvre. C'est un homme habillé modestement qui nous accueille. Des lunettes qui encadrent un regard bienveillant, un sourire timide, un chandail posé sur un simple jean. Nous nous asseyons dans son cabinet, une pièce encombrée d'objets hétéroclites. La fenêtre donne sur la rue, qui elle-même est bordée par une école. Une senteur, reconnaissable parmi tant d'autres : celle de l'encens.

Je sais que Frédéric a brièvement exposé mon cas au téléphone. Il s'apprête à parler à ma place pour devancer mes larmes et taire ma défiance. Bizarrement, je m'interpose.

– Non, Frédéric, laisse, je peux le faire.

Après tout, je suis rompue à ce genre d'exercice maintenant. J'essaie de rester stoïque mais mes mots se vomissent : le passé, la maltraitance, le cancer, le pronostic vital. Frédéric, à mes côtés, m'encourage du regard. Patrick m'écoute attentivement. Je m'arrête. J'ai hoqueté la fin de la phrase et ai enlevé mes lunettes embuées par les larmes. Un court silence interrompu abruptement par Patrick.

– Laurence, est-ce que tu veux vivre ?

Mon incrédulité doit se lire sur mon visage. Quelle question saugrenue ! Un coup d'œil furtif à Frédéric. Où est le piège ? J'ai l'impression d'être un élève interrogé par son professeur et qui recherche désespérément de l'aide auprès de ses congénères. Frédéric prend son souffle pour répondre à ma place. Peine perdue. Patrick a balayé ses efforts d'un revers de la main.

– Non, Frédéric, ce n'est pas à toi que j'ai posé la question mais à Laurence.

J'ai le net sentiment qu'il me faut répondre oui. Après tout, c'est dans les convenances. Un malade vient pour se faire soigner, un mourant pour échapper au sort fatal. J'ai bredouillé piteusement en lorgnant de côté Frédéric pour qu'il m'appuie.

– Heu, oui.

– En es-tu sûre ?

Il a laissé sa question en suspens pendant que les mots se déversent de ma bouche comme une leçon bien apprise.

– Je dois vivre parce que je ne peux pas laisser les miens dans l'affliction, parce que nos enfants ont besoin de moi et qu'ils sont trop jeunes pour vivre sans leur mère, parce que Frédéric aurait de la peine et qu'il ne mérite pas de souffrir.

– Tut-tut ! Tu ne réponds pas à ma question. Écoute-moi bien, je ne vais pas gaspiller mon temps ni mon énergie à essayer de sauver ta vie si tu ne le veux pas. Je pourrais m'asseoir à côté de toi et pleurer toutes les larmes de mon corps parce qu'il est vrai que ce que tu as vécu est triste et que tu as énormément souffert. Tes parents mériteraient la prison pour ce qu'ils t'ont fait subir.

– Je ne veux pas les attaquer. Juste me sentir mieux dans ma tête.

– Mais si tu ne veux plus vivre, je ne pourrai rien faire pour te sauver. Je rencontre tellement de gens qui se complaisent dans leur malheur, s'écoutent parler mais ne veulent surtout pas s'en sortir. Avec eux, j'ai l'impression d'être un marchand de frites. Tu comprends, je n'ai pas de temps à perdre. Je te demande donc de bien réfléchir à ma question. Est-ce que tu veux vivre ?

Patrick me semble, en face de moi, un juge incorruptible. Je décèle confusément chez le praticien une nature forte derrière la voix douce. Patrick sait ce qu'il veut et je ne pourrai pas m'en sortir avec une pirouette. J'hésite. Il serait si simple de me laisser glisser dans une douce fatalité et m'attrister sur mon propre sort : une jeune maman meurt d'un cancer en laissant quatre orphelins. Elle avait souffert toute sa vie. Paix à son âme. Ce serait tellement simple. Plus besoin de me battre contre moi-même. Fermer les yeux et puis m'enfuir. Mais je ne peux pas. Quelque chose me retient encore. Oh presque rien, si ce n'est cette petite voix intérieure qui s'insurge contre mon envie d'arrêter de me battre pour vivre. Est-ce moi qui ai hoché faiblement la tête et ai chuchoté un « oui » presque imperceptible ? Patrick penche son buste vers le mien et pose sa main en cornet autour du pavillon de son oreille.

– Excuse-moi, mais je n'ai rien entendu. Alors, veux-tu vivre, Laurence ?

J'ai répété plus fort ma réponse, ma voix résonnant étrangement dans la pièce plongée dans le silence.

– Oui, Patrick.

– J'aime mieux ça. Alors, je vais t'aider parce que tu me l'as demandé. Ce sera notre contrat à tous les deux.

Quelle aide va-t-il me proposer ? Une défiance soudaine. C'est peut-être un faiseur de rêves, un gourou inconnu en mal de clientèle. Auprès de quels dieux va-t-il me demander de m'incliner ? Mon corps est malade mais pas ma faculté de raisonnement ni ma foi inébranlable dont rien ne doit me détourner.

– Juste une question, Patrick. Heu, comment dire ? Tu es de quelle religion ? Parce que tu comprends, je suis catholique et je ne voudrais pas... heu... changer de... heu.

L'œil de Patrick pétille. Il me semble voir une lueur moqueuse dans son regard. Il tire sur le fin lacet accroché à son cou. Une croix en bois y est suspendue.

– Je suis chrétien et même diacre, si cela peut te rassurer. J'officie tous les dimanches. Par contre, mon obédience ne concerne que moi et j'apporte mon aide à mes patients indépendamment de leur confession. Je soigne des musulmans, des juifs, des athées. Pour certains je parle de Dieu, pour d'autres de conscience pure ou de Vie.

Un sentiment de confiance m'envahit soudain. J'ai foi en lui.

Semaine après semaine, je me rends chez Patrick. Folle de rage. De colère. De tristesse. De fatigue. De désespoir. De peur.

– De quoi as-tu peur, Laurence ?

Je réfléchis longuement. La question n'est pas facile. Il me semble que ma vie entière est tissée dans la crainte.

– J'ai peur de tout, Patrick. Je ne sais même pas par quoi commencer.

– J'ai tout mon temps. Allez, je t'écoute.

– J'ai... J'ai peur de mal faire. Peur de ne pas savoir qui je suis. Peur de mes parents. Peur de la mort. Peur de la vie. Peur d'être coupable. Peur d'être maudite. Peur de ne pas guérir. Peur de décevoir. Peur de ne pas être aimée.

Je jette un regard par en dessous à Patrick et puis continue ma litanie, l'air de rien.

– Et puis, j'ai même des peurs irrationnelles. J'ai peur, par exemple, d'aller en enfer.

Patrick détricote avec moi ce réseau de fils tressés qui m'emprisonne depuis toujours. J'ai appris à apprécier mes séances avec cet ancien professeur de mathématiques reconverti. Patrick a lu beaucoup et s'est intéressé à nombre de religions. Il a enseigné longtemps le yoga, donne des cours de médecine chinoise, a étudié le bouddhisme et se réfère à la Bible pour en tirer la substantifique moelle. Il se dégage de ses paroles une foi à toute épreuve. Non, plus que de la foi. Quelque chose de beaucoup plus fort et plus puissant, tiré d'années de réflexions et de recherches spirituelles. Ses discours me paraissent ténébreux ? Qu'à cela ne tienne. Patrick a un véritable talent de conteur qu'il distille avec générosité. Il me semble être un enfant à qui on lit une histoire et qui en veut une autre.

– Peur de mal faire ? Hmm hmm. Laurence, tu es comme un automobiliste qui doit traverser tout Lille. Tu ne veux démarrer que si tu es persuadée que tous les feux de ton parcours sont au vert. Penses-tu que cela soit possible ?

Je ris de plaisir. La comparaison est bonne.

– Peur de ne pas savoir qui tu es ? Mais tu ne peux pas te perdre. J'ai une autre histoire à te raconter. Un jeune lion perd ses parents et est élevé par un groupe de chèvres. Il est tellement bien conditionné qu'il broute de l'herbe, gambade à travers champs et s'exprime comme ses comparses : il bêle. Un jour, un lion, un vrai, surgit de nulle part et attaque le troupeau. Les brebis s'enfuient en bêlant. Le lion adopté veut en faire de même. L'attaquant, intrigué de sa conduite, se positionne devant lui et rugit : « Mais que fais-tu ? Pourquoi ne m'accompagnes-tu pas dans ma chasse ? » Le lion apeuré le regarde et lui donne la seule réponse qu'il a apprise depuis sa vie avec les chèvres : « Bêê ». L'attaquant part d'un éclat de rire et l'invite à le suivre jusqu'à la mare la plus proche. « Tiens, regarde mon reflet et regarde le tien. Vois-tu une différence ? Tu n'es pas une chèvre malgré ce que l'on a pu te dire. Tu seras toujours lion malgré tes bêlements. » Tu es ce lion, Laurence. Les tiens ont essayé de nier ta personnalité mais ton enfant intérieur, lui, ne s'y trompe pas. Il reste tapi et n'attend qu'une opportunité pour sortir au grand jour.

Lors d'une autre séance, Patrick m'aide à me rappeler mon enfant intérieur.

– Laurence, te rappelles-tu cette petite fille sur le « patchwork » que tu as réalisé ? Cette petite fille, tu ne l'as pas choisie par hasard. C'est ton enfant intérieur qui se révèle. Que ressent-elle ?

Je murmure presque malgré moi.

– De la peur.

– De la peur ? DE LA PEUR ? Quel euphémisme ! Tu peux employer le mot terreur, Laurence. Une terreur qui pétrifie et empêche de parler. Cette petite fille ne sait pas quoi faire pour échapper à l'enfer dans lequel elle est tombée. Elle a désespérément besoin que ses parents l'aiment même si, tout au fond d'elle, elle sent que ce n'est pas le cas.

Je m'insurge. Presque indignée, je toise Patrick. Comment peut-il mettre en doute cette loi générale qui s'applique à tous, y compris à moi ?

– Non, ce n'est pas vrai. Ses parents l'aiment ! Il est impossible que des parents n'aiment pas leur enfant.

– En es-tu si sûre ?

Assez Patrick, je ne veux plus t'écouter. D'ailleurs, je vais boucher mes oreilles pour qu'elles ne t'entendent plus, fermer mes yeux pour qu'ils ne pleurent plus.

– La petite fille savait tout cela mais elle ne pouvait pas l'accepter. Un enfant a besoin d'amour pour vivre. Alors, avec toute son intelligence, elle s'est accrochée à la vie. Elle a même accepté l'inacceptable parce que c'était sa seule chance de s'en sortir. Un peu comme ce gosse qui a vécu dans un camp de concentration et travesti la réalité pour nier l'enfer dans lequel il se trouve.

Une envie subite que cette enfant meure. Non, plutôt qu'elle n'ait jamais existé.

La petite fille savait ce qu'elle faisait. Elle n'avait aucune excuse.

Pourquoi la petite fille n'a-t-elle pas demandé que tout s'arrête ? Des images se ruent dans mon esprit. Toutes ces fois où l'autre s'est emparé de son corps sans qu'elle ne puisse dire un mot. Non, elle a préféré se taire. Vivre dans le déshonneur plutôt que mourir sur le champ de bataille. Pas comme ses frères. Eux, au moins, ils sont morts en martyrs. Si la petite fille a échappé au peloton d'exécution, c'est parce qu'elle a collaboré avec l'ennemi. Pas de pardon pour les traîtres. Qu'on la rase. Pas la peine. La chimio fera son œuvre. Et qu'elle crève ensuite. Une boule dans la gorge. J'ouvre la bouche mais rien n'en sort. Patrick me regarde et ses yeux se remplissent d'une étrange pitié. Ses lèvres bougent.

– Je vais t'aider. En fait, tu es en colère contre toi. C'est pour cela que le cancer t'arrange. Il va pouvoir achever le boulot proprement parce que tu ne veux plus vivre, n'est-ce pas, Laurence ?

Je secoue la tête.

– Non, ce n'est pas vrai !

Mon cri a jailli de mon âme. Impossible de retenir les suivants qui soudain se bousculent. Étouffer cette rage qui me dévore. Est-ce moi soudain qui hurle à m'exploser la gorge, le buste plié pour contenir cette chose qui veut anéantir mon pauvre navire ?

Souffrance bestiale.

Je lève la tête, happe l'air comme un poisson que l'on sort de l'eau. Il faut que l'on m'aide, je vais me noyer. J'appuie mes mains sur mes yeux pour ne plus rien voir. Je serre mes dents pour empêcher les mots de sortir. Mais la bête maintenant veut sortir par tous les pores de ma peau.

Je hurle.

Au loin, j'entends la voix de Patrick.

– Regarde-moi, Laurence.

Injonctions brèves comme le faisceau d'un phare sur une mer déchaînée.

– Laurence, Laurence. Reste avec moi.

Sentiment de terreur et de solitude jailli du plus profond de mes tripes.

Je hurle.

La pièce sentait l'humidité. Il faisait si sombre. Son petit cœur battait la chamade. Presque trop fort. On aurait pu l'entendre. Mais il ne fallait pas crier même si cela faisait mal. Il ne fallait pas appeler parce que c'était mal et que personne ne serait venu à son secours. Il fallait se taire et puis attendre que cela passe.

Je hurle.

Bâillonner cette enfant et la déposséder de ses moindres désirs. L'asservir aux désirs des autres, elle qui a tellement peur qu'on ne l'aime plus et se réjouit d'être utilisée : il faut continuer de plaire parce que plaire veut dire être aimé. Les années se sont écoulées. L'enfant-jouet est devenue une femme-objet.

Je hurle.

Toutes ces années à sourire et à essayer d'effacer ce sentiment de culpabilité. Bébé coupable dès la naissance, enfant coupable, adolescente coupable, adulte coupable. Que dois-je faire pour me faire pardonner ?

Sentiment d'injustice.

Pourquoi ces châtiments sur mon pauvre corps dévasté ? N'ai-je pas suffisamment souffert durant toutes ces années ? Je hurle mais mon cri n'arrive pas à épuiser ce condensé de souffrances.

Mes sanglots s'apaisent enfin dans le silence de la pièce. Plus de cris d'enfants dans la rue. Au loin, le bruit de la circulation reprend. Tout près, sous la fenêtre, un pigeon roucoule.

– Tu dois apprendre à aimer et protéger la petite Laurence. Elle a besoin de toi.

Je suis rentrée à la maison et me suis effondrée dans notre salon. Vidée. Nauséeuse. Désabusée. Dans quelques minutes, les enfants vont rentrer de l'école, emplir la maison de rires et de cris. Mes petits bouddhas qui accueillent la vie avec tellement de bonheur. Il y aura les cahiers à sortir des cartables, les chaussures et manteaux à ranger, le goûter à préparer, les mots doux pour les petits maux. Un moment de découragement en pensant à tout ce qu'il me reste à faire : la cuisine, les devoirs, le linge, le dîner... Comment tenir jusqu'à ce soir ? Je me ressaisis.

Lâcher prise.

Simplement vivre et accueillir l'instant présent.

Mon regard s'attarde sur les premières fleurs qui pointent dans le jardin et annoncent le renouveau. Ma main caresse le cuir soyeux du fauteuil dans lequel je me suis installée. Frédéric et moi l'avons acheté il y a quelques mois pour que j'apprenne à me poser. Je ferme les yeux. Pas de bruit dans la maison endormie. Mes oreilles s'ouvrent : une voiture démarre ; les oiseaux pépient dans le jardin ; un chat vient de courir sur le toit de la cuisine et le bruit de ses pas continue de résonner longtemps au-dessus de ma tête. La sonnette de notre maison retentit subitement, me faisant sursauter. Qui peut venir à cette heure-ci ? La lumière du jour s'engouffre dans le corridor sombre par l'entrebâillement de la porte d'entrée.

– Madame Finet ? Un paquet pour vous.

Le messager disparaît pour ressurgir derrière un énorme bouquet. Sur la coque transparente est accrochée une enveloppe. J'ai déchiré le papier et ai délivré la carte de sa chrysalide : « Tu nous manques, Lolo. Tiens le coup. On est là. » Mes anciens collègues ont tous signé. Il y a Joanne la forte, Christian le faux sérieux, Philippe le vrai sérieux, Corinne la Flamande, Catherine la douce, Vincent, Pierre, Béatrice... J'ai délicatement extrait les fleurs et les ai disposées dans le vase sur la table du salon. Des orchidées, mes fleurs préférées. Il paraît que l'orchidée est une plante qui s'épanouit dans la souffrance. Je caresse du regard les pétales délicats. Que me disait déjà Patrick ?

– Il est vain de se battre contre l'obscurité mais appelle la lumière, elle chassera la nuit.

Petit enfant intérieur, je sais que tu es là, terré depuis toutes ces années.

Donne-moi la main. Plus jamais tu ne seras seul.

Première chimio

Aujourd'hui est à marquer d'une pierre blanche. La première cure de chimiothérapie va démarrer. Fermement décidé à assister à tous mes rendez-vous médicaux, Frédéric m'accompagne. Nous avons décidé d'y aller en voiture. D'un commun accord, nous avons privilégié ce moyen de transport au métro ou au tramway, malgré les difficultés de circulation prévisibles en ce début de matinée. Ni l'un ni l'autre ne savons dans quel état je serai ce soir et la prudence nous a poussés à choisir la solution de facilité.

Pestant haut et fort contre les embouteillages, Frédéric conduit, l'œil rivé à la montre. Il ne faudrait pas que nous arrivions en retard. Calée au fond de mon siège, je serre contre ma poitrine le sac qui contient mes affaires pour la journée : mon dossier médical, un livre, quelques babioles pour me rassurer. Hier soir, j'ai expliqué aux enfants le traitement que j'allais subir à l'hôpital.

– Les enfants, venez tous. J'ai quelque chose à vous dire.

Petit serrement au cœur en les appelant ainsi et en entendant leurs cris joyeux. Je me suis rappelée que cette phrase annonçait toujours une bonne nouvelle : l'attente d'une petite sœur ou d'un petit frère, un voyage à l'étranger, une sortie surprise. Là, il n'y a rien à fêter. Juste une information qui nous ancre un peu plus dans la réalité du cancer.

J'ai ouvert l'ordinateur. Pour me rassurer. Pour me guider dans ce qui allait être un grand cours d'anatomie et de médecine appliquée. Sur le grand tableau blanc de la cuisine, j'ai d'abord esquissé un bonhomme au sourire hilare. C'est moi. J'ai ensuite dessiné des cellules cancéreuses. Caricatures personnifiées au regard méchant et aux longs tentacules.

J'ai décrit le mal qu'elles provoquaient dans mon corps, mon estomac, mon sein. J'ai parlé de la propagation des métastases. J'ai dénudé ma poitrine pour leur révéler les ganglions aux aisselles, l'œuf de caille positionné sur ma clavicule. Ils étaient tous les quatre à m'écouter religieusement. Je ne sais pas s'ils comprenaient tout ce que je leur déversais, utilisant des métaphores pour amener à leur compréhension d'enfants l'horreur de la situation. De ses grands yeux noirs, Juliette regardait régulièrement mon genou, comme si elle essayait d'établir le lien entre mon opération et mon état actuel. Je continuais de parler, couvrant leur silence par des flots de paroles et des sourires rassurants.

Je leur réexpliquais ce que j'avais, ce qu'était le cancer. C'était grave. Les médecins étaient pessimistes. Je ne me sentais pas le courage de leur mentir ni de leur promettre une vie meilleure. J'étais intimement persuadée que le parler vrai était la meilleure solution pour nous tous. Je n'aurais pas voulu qu'ils interprètent nos crises d'angoisse comme un mal-être à leur égard. Nous leur devions au moins cette vérité.

J'aurais pu parler de la chimiothérapie comme d'un nettoyant puissant pour le corps qui enlèverait d'un coup de baguette magique toute tache. Je me suis ravisée. Je n'étais pas en train de tourner un spot de publicité pour une marque de lessive. La réalité était plus dure. Il fallait que j'affine ma description avec des mots justes. M'appuyant sur les articles et les photos recherchés sur Internet, j'ai commencé à décrire le traitement en détail. J'ai conclu ensuite que la chimiothérapie allait s'attaquer aux cellules malades comme à celles qui étaient saines. C'était une bombe atomique lâchée dans mon corps pour décimer le mal. Comme dans toute guerre, il y aurait des victimes innocentes : des cellules saines allaient mourir. La partie la plus dure était de leur avouer que je ne savais même pas si la bombe en question serait suffisamment efficace pour anéantir la maladie. J'ai cherché les mots les plus appropriés. Mon ton se faisait optimiste pour habiller un futur qui me faisait peur et que je ne maîtrisais pas.

– Donc, Maman sera très très fatiguée. Il y aura des moments où elle n'aura pas le moral, où elle aura peut-être envie de vomir. Il ne faudra pas vous inquiéter.

Les enfants ont hoché la tête. Ils étaient habitués à mes vomissements. Le fait que je continue d'être la proie de nausées ne les inquiétait pas outre mesure. Après tout, mes malaises seraient la continuité de ceux qu'ils connaissaient depuis plusieurs mois.

J'attaquai ensuite la partie la plus délicate de la chimiothérapie. J'étais partie dans le jeu de la vérité. Il fallait que j'aille jusqu'au bout. Ne sachant pas si la cure allait me faire perdre les cheveux, je m'étais préparée au pire et voulais également les préparer à cette éventualité. Je décidais de tourner la chose à la légère.

– Le positif, si Maman n'a pas de cheveux, c'est qu'elle pourra choisir la façon dont elle peut se coiffer. En turban ou avec d'autres cheveux. C'est génial, je vais enfin pouvoir les porter longs, bouclés, roux. Regardez, qu'est-ce que vous en dites ?

J'avais sorti pour l'occasion des perruques, vestiges de fêtes mémorables : l'une blonde platine, l'autre noire bouclée. Je les essayais tour à tour, essayant de masquer ma propre appréhension par des poses de star. J'avais mis très fort la musique de Rihanna et virevoltais devant leurs yeux médusés. Les petits riaient nerveusement. Mathilde, habilement, entretenait la plaisanterie. Par-dessus la tête d'Alexis, Élodie et Juliette, mes yeux la remerciaient silencieusement de son aide.

– Alors tu n'auras plus de cheveux pour toute ta vie ?

Cet aspect des choses les traumatisait plus que tout.

– Non, non. Juste le temps des traitements parce que les cheveux sont aussi des cellules. Après, Maman aura des cheveux encore plus beaux que maintenant. Le docteur me l'a garanti.

Ils ont soupiré de soulagement et moi avec eux : le plus dur avait été dit ; je pouvais me féliciter. Comme une comédienne après le spectacle, j'ai enlevé ma perruque que j'ai reposée d'un geste las sur la table. Un reniflement m'a fait tressaillir. Les yeux d'Alexis étaient noyés de larmes et son visage essayait désespérément de garder une contenance.

– Je ne veux pas que tu perdes tes cheveux. Je veux que tu restes comme maintenant.

Je crois qu'il réalisait enfin à travers ma future apparence ce qui était en train de m'arriver. Vite, mes bras se sont refermés sur son chagrin comme pour le préserver d'autres impacts. Ses cheveux étaient si doux dans mes doigts, pendant que je lui chuchotais à l'oreille : « Ne t'inquiète pas ». Tout doucement, j'ai réexpliqué qu'il me fallait faire la chimiothérapie pour tenter de guérir. Peut-être que je ne perdrais pas mes cheveux. Je n'en étais pas sûre. Mais le principal était de mettre toutes les chances de mon côté pour arriver à m'en sortir.

Un flottement, pendant que lui et moi regardions le manège de ses doigts qu'il dépliait silencieusement pour chasser les larmes qui continuaient de perler et de tomber une à une sur sa main.

Floc ! Floc ! Floc !

Mon Dieu, que c'est dur. Aide-moi ! Je ne veux pas leur faire de mal. Je ne veux pas les perdre, mes poussins à peine sortis de leur petite enfance. Mes petits loulous que j'avais bercés, câlinés, embrassés. Mes bébés qui attendaient de moi un miracle, parce que j'avais toujours été là pour les rassurer. Je voyais leur regard me supplier. Quel que soit le prix à payer, ils voulaient que je redevienne comme avant. Que je mange, que je boive, que je rie. Que mes bras redeviennent robustes et puissent à nouveau les porter.

Une énergie venue de loin, très loin, m'a fait réagir. Le passé m'avait appris que le mal pouvait engendrer le pire.

Je refusais que mes petits soldats tombent comme des dominos. Je les ai regardés gravement, en leur demandant de me jurer de tenir bon, quoi qu'il arrive. Mon ton autoritaire leur a fait du bien.

– Les enfants, c'est comme quand nous sommes tombés en panne, en pleine nuit, au lac de Garde. Nous avons tous eu peur et nous nous sentions faibles. Nous nous en sommes sortis. Eh bien là, c'est pareil. Il faut tenir. La dépanneuse va arriver.

J'ai continué de les haranguer, comme un général le ferait avec ses troupes avant la bataille. Quoi qu'il arrive, nous devions nous serrer les coudes. Si l'un d'entre nous flanchait, il fallait que les autres dominos restent bien droits pour éviter de tomber ou d'entraîner les autres dans leur chute. Je voulais être sûre d'avoir été suivie dans mon raisonnement. Je me suis interrompue et, prudemment, je leur ai demandé de me reformuler ce qu'ils avaient compris. J'étais la maîtresse d'école, anxieuse de savoir si les élèves avaient tous bien appréhendé la leçon du jour, avant l'arrivée de l'inspecteur.

– Alors, les enfants, vous avez bien compris ? Qu'est-ce qu'elle a Maman ?

Mathilde ne disait rien. Alexis scrutait un point sur le tableau, le regard vague. Les petites se sont regardées. Un raclement de la gorge. Très sûre d'elle, Élodie a pris la parole.

– Maman est très malade. Elle a le « concert ». On ne sait pas si elle va guérir. Il faut prier beaucoup. Et il ne faut pas faire les dominos si ça ne va pas.

Le terme « concert » a fait rire les plus grands. Leur gloussement a titillé les petites. Très rapidement, le fou rire a été général. Frédéric et moi nous sommes regardés, soulagés. Nos guerriers sont prêts.

Pendant que je ressasse la veillée d'hier, Frédéric et moi sommes arrivés au CHR. Nous parcourons les couloirs vides et atterrissons enfin au service d'oncologie de jour. Un silence feutré règne dans le service. Les portes ouvertes de certaines chambres nous laissent découvrir des patients assis dans leur lit. Certains lisent. D'autres regardent la télévision. D'autres encore s'entretiennent tranquillement avec leurs proches. Pas de pyjamas rayés sur des membres décharnés. Pas de larmes ni de crises de désespoir apparent. Mon cœur soupire d'aise. Les cancéreux sont des gens comme tout le monde, alors ?

L'infirmière nous accueille gentiment et nous indique ma chambre. Cette dernière est composée d'un lit vide, recouvert de draps blancs. Tout est calme. Trop calme. Je regarde par la fenêtre le bâtiment d'en face, les voitures qui circulent en bas, les piétons qui pressent le pas sous la pluie battante. C'est drôle. La vie continue. Il n'y a que moi qui semble avoir remarqué que le temps s'est arrêté.

Je m'assieds, faussement gaie, essayant de rassurer Frédéric par mon attitude désinvolte. J'étends mes jambes et me drape dans mon écharpe rose fuschia. À mes oreilles tintent joyeusement de longues breloques argentées. Mes ongles brillent de tout l'éclat métallique du vernis passé minutieusement hier, comme une arme astiquée par un soldat avant la montée au front. Hier, j'ai longuement choisi ma tenue, m'apprêtant comme un jour de rentrée. Je ne succomberai pas à la tentation d'endosser le statut de malade. Je porterai haut les couleurs, ou plutôt ce sont elles qui me porteront au-dessus de la grisaille et de la morosité.

Frédéric et moi devisons calmement. Nous sommes quelquefois interrompus par le ballet des infirmières qui viennent me prendre la tension, la température, me poser mille et une questions sur mon état physique général.

L'oncologue apparaît enfin, assisté d'internes.

Des lunettes rondes encadrent ses yeux intelligents. Je remarque tout de suite la barbichette noire qui lui donne des faux airs d'Aramis. La poignée de main est cordiale même si nous restons sur nos gardes. Le docteur Delmas prendra une heure pour m'expliquer le protocole choisi par ses collègues et lui lors de la dernière réunion interdomaine provoquée vendredi et dont j'ai fait l'objet. Mon cas est difficile. Le docteur Delmas ne nous le cache pas mais nous promet qu'il sera toujours à nos côtés pour la bataille. Ses propos se veulent rassurants mais réalistes. Il ne veut pas être un marchand de soupe, qui va vendre sa potion et faire disparaître les vilaines bouboules.

Il nous décrit le protocole comme une arme dure, destinée à remédier au mal qui me ronge, en particulier à l'estomac. La chimiothérapie commencera au CHR et se continuera à la maison dans les trois jours suivants, sous forme de cachets. La panique m'envahit.

– Docteur, je ne sais plus rien avaler. Même pas un verre d'eau.

Le docteur hésite. Le cas n'était pas prévu. Après réflexion, il décide de continuer la perfusion de chimiothérapie à la maison. Je serai branchée à une bonbonne pendant trois jours, qui continuera de diffuser lentement son poison providentiel dans mes veines.

– Docteur, comment faire ? Je ne mange plus et suis perfusée tous les soirs en alimentation artificielle.

Le docteur fronce les sourcils et se gratte la barbichette. Qu'à cela ne tienne ! Il me parle de branchements doubles possibles. On dirait un plombier, à qui j'aurais exposé la fuite de mon lavabo. Docteur Delmas a réponse à tout. Nous hochons la tête gravement. L'espoir renaît. Nos visages confiants semblent être la clef qui manquait au docteur pour ouvrir la boîte de Pandore et lancer le « go » de la chimio.

Le docteur disparaît, happé par d'autres cas. Son départ est aussitôt compensé par l'arrivée d'une infirmière, certainement aux aguets derrière la porte. Elle découvre mon pac, me pique et me branche à l'appareil de perfusion qui dorénavant m'est familier. Des poches en plastique remplies se balancent mollement. Pendant que le rinçage s'effectue, l'infirmière décline solennellement mon nom, ma date et lieu de naissance, qu'elle me demande de confirmer. Il ne s'agirait pas que je bénéficie du traitement d'un autre. Je retiens un rire nerveux, comme une adolescente à qui le pion va annoncer la colle. Elle continue ses branchements pendant que mes yeux parcourent la chambre vide. Quel packaging pour une chimiothérapie ? Une bonbonne rutilante, en acier, style bombe ? Je me retourne. Deux poches en plastique cachées par des papiers sont apparues. Le protocole a été lancé. Sans faste. En douceur.

Il est trop tard pour me dédire, m'écrier que je ne veux pas être astreinte à ce processus. Mais cette impression de ne pouvoir échapper à mon sort est revenue.

Frédéric et moi suivons du regard les gouttes qui descendent une à une dans la seringue reliée au tuyau en plastique, lui-même accroché à mon pac. Je ne ressens rien. Le goutte-à-goutte a continué toute la journée, interrompu par le va-et-vient des infirmières appelées par la sonnerie d'alarme quand une pochette de chimio se termine. Frédéric et moi nous entretenons doucement. Enfin, la dernière transfusion, le dernier rinçage. L'infirmière me débranche. Est-ce fini ? Non, l'infirmière accroche une petite bonbonne au tuyau relié à mon pac. La bonbonne transparente aux parois lisses est glissée dans une banane grise pas très sexy qui pendouille sur mon ventre. Souvenir de mon passage parmi eux. Ce sera ma chimio à domicile. Je la conserverai encore pendant deux jours et deux nuits.

Avant que nous partions, l'infirmière me donne quelques recommandations :

– Attention, la chimio risque de vous rendre plus sensible au froid. Votre nez peut piquer, vos doigts aussi. Protégez-vous.

Nous sortons précautionneusement du CHR. Tous mes sens sont en alerte. Au vu des conseils des infirmières, je m'attends au pire. Je m'emmitoufle dans mon écharpe, me camoufle sous mon bonnet, protège mes doigts dans mes gants en laine. Je me hasarde enfin à sortir derrière Frédéric, parti en éclaireur au dehors juger du temps. Dans l'obscurité naissante du soir qui tombe, je hume le froid et l'humidité sous son regard inquiet. Comment va réagir mon corps ?

Rien.

Je ne ressens rien de plus qu'un léger picotement au nez que j'associe au froid. À peine un frémissement dans une paupière. C'est tout.

C'est tout ? Est-ce cela la chimio ? Pourquoi dit-on que les effets secondaires sont si terribles ? Je me sens invincible. Je ris de mes peurs. Un sourire éclaire mon visage victorieux.

– Je ne sens rien. Ne t'inquiète pas.

Nous sommes rentrés à la maison en voiture. Toujours rien. Les enfants nous attendent, anxieux, avec Yvette, la nourrice. Non, je n'ai pas perdu mes cheveux. Oui, je suis toujours la même. L'infirmière passe me brancher le soir pour la perfusion nutritionnelle, comme d'habitude, avant ma douche vespérale. Il faut que je me lave. Il faut que la douche salvatrice récure ma peau de l'ambiance de mort qui prévaut au CHR. Il faut que j'extirpe l'odeur du service d'oncologie, que mes mauvaises idées s'écoulent dans le trou de la baignoire.

Le faux combat

Je navigue fiévreusement sur Internet, me procure livres et revues, dresse l'oreille à tous propos commençant par « can », se finissant par « er », contenant le mot « cancer ». Il y a tant d'avis donnés, d'ordres et de contre-ordres. Qui suivre comme guide, pour ne pas dire comme « gourou » ?

Il y a ceux qui ne sont pas touchés par la maladie mais qui sont remplis de bonnes intentions. Faut-il les écouter ?

Il y a ceux qui en souffrent. Nous sommes si nombreux dans la nasse du pêcheur à nous débattre d'un sort qui nous terrorise.

Il y a ceux qui en ont souffert et y ont survécu. Mais pour combien de temps ?

Et il y a ceux qui en ont souffert et en sont morts. Faut-il suivre leurs conseils ?

Leurs témoignages servent de sûtra à tous les ouvrages que Frédéric m'a déjà achetés et qui s'entassent sur notre table de chevet. Côte à côte dans le lit conjugal, Frédéric et moi passons désormais nos soirées à les lire. Notre objectif : établir un fil directeur à mon nouveau mode de vie.

Le travail est de longue haleine. Rédiger une thèse de recherche paraît un jeu d'enfant à côté de notre remise en question basée sur les conseils des uns, les contre-ordres des autres, les règles de bons sens et les non-sens. Nous devons mettre toutes les chances de mon côté, ne négliger aucune piste.

L'alimentation devient un casse-tête.

– Je devrais manger bio, tu ne crois pas ? C'est fou ce que nous pouvons manger comme cochonneries. Entre les OGM, les aliments transgéniques...

– Écoute ça : manger des oignons, du citron, du curcuma, des crucifères, c'est bon pour ce que tu as. Crucifères, c'est des choux ça ?

– Il faut éviter de manger sucré et de prendre du lait. Les cellules cancéreuses s'en nourrissent pour proliférer.

– Concocter une potion à base de...

Un matin, la liste d'aliments au format A4 pliée consciencieusement dans ma poche, j'ai poussé la porte d'un magasin bio. Moi, l'adepte des grandes surfaces commerciales. Moi, l'accro de la malbouffe. Moi, dont le cœur bat de plaisir chaque semaine à l'idée de remplir mon caddie de victuailles et de promesses de bon repas. J'éprouve une jouissance presque physique à déambuler dans les rayons des supermarchés, à découvrir le produit ou la remise du jour. Un peu d'excitation hebdomadaire pour combler ce manque, comme un enfant qui, le matin de Noël, se lève en découvrant les paquets au pied du sapin.

Le magasin bio est loin d'offrir le même contexte. Ambiance de ferme propre et préservée. Les carottes sont encore terreuses. Les pommes et poires arborent leur informité sans complexe.

– Bonjour, madame.

La caissière n'est pas débordée, les vendeurs sont clairsemés, la clientèle aussi. Est-ce à cela que ressemblaient les magasins de l'ex-URSS ? Il n'y a pas de quoi titiller mes narines de surconsommatrice habituée à l'opulence orgiaque des grandes enseignes commerciales.

Pas de rayons savamment disposés pour m'allécher et me dévier de la liste patiemment constituée à la maison. Pas de rayonnages remplis d'une infinité de marques pour un même produit. Pas d'articles inutiles. Pas de surenchère à voix haute lancée depuis les haut-parleurs :

– Aujourd'hui, promotion sur les langoustes. Deux achetées, la troisième gratuite.

Petit à petit, au rythme des rayons que je parcours d'un œil curieux, une sorte de fièvre me gagne. Un peu comme celle des soldats avant la montée aux tranchées. Je suis en train de mener mon premier combat. L'offensive est lancée. Je me battrai, je me le promets. Je ne me laisserai plus faire.

J'ai empilé mes achats dans le minuscule panier de poupée verdâtre que j'ai porté jusqu'à la caisse. Le temps tout de même de m'apercevoir qu'il n'offre rien de folichon ni de démesuré par rapport aux caddies surchargés que j'ai l'habitude de pousser péniblement dans les grandes enseignes commerciales.

– Vous réglez comment, madame ?

Moment de solitude en apercevant le total affiché. Il y a certainement une erreur. Petit calcul rapide en récupérant le ticket pour vérifier le montant des articles. Ou plutôt mon bon de survie pour une semaine. Il faut que je multiplie le total par six et par le nombre de semaines dans une année. C'est normal : mes nouvelles habitudes bio doivent également profiter aux miens. Je recommence plusieurs fois mes calculs et déglutis. Non, c'est bien ça, il n'y a pas d'erreur.

– Un problème, madame ?

– Non, non.

Je suis sortie du magasin en portant à bout de bras le cageot rempli à prix d'or.

Tant pis.

La santé n'a pas de prix.

Carole

Aujourd'hui débute ma deuxième cure de chimiothérapie. De longues heures à attendre que le traitement soit administré avant la sortie prévue en fin de journée. Je m'installe avec une gaîté forcée dans le lit et fourrage dans mon sac pour en étaler le contenu. Un regard machinal sur le lit vide à côté du mien. Toujours pas de colocataire avec qui papoter. Tant pis. Ou plutôt tant mieux. J'ai apporté des livres que je compte savourer dans le silence de ma chambre. Rien ne devrait interrompre ma solitude.

Toc toc toc.

Entrée timide d'une grande brune en jean et blouse blanche. L'allure est jeune même si j'aperçois quelques rides d'expression à la commissure des lèvres et des yeux.

– Madame Finet ? Bonjour, je suis madame Adely, la psychologue affectée au service oncologie du CHR.

Je soupire intérieurement. Quel est l'intérêt de m'entretenir avec elle ? Je suis suivie par le docteur Vaillant, par Mme Boivin et par Patrick. Hors de question que j'étale une fois de plus ma misère à une inconnue qui viendrait grossir le rang serré de ceux qui se penchent au chevet de mon âme malade. D'ailleurs, la psychothérapeute est dédiée à la gestion des malades du cancer. Moi, il n'y a pas que ce mal qui me ronge. Je dis très vite :

– Je n'ai pas de besoin particulier. Je n'ai pas de problème avec mon cancer que… que je vis plutôt bien d'ailleurs.

« Je vais bien. Tout va bien. » Il me semble entendre chantonner Dany Boon dans son premier spectacle. Tiens, j'ai trouvé la suite pour son refrain. « J'suis dans la m... mais j'vais bien. » La psychologue agite immédiatement sa main comme pour apaiser mon inquiétude et attester qu'elle ne veut pas m'imposer sa présence.

– Pas de souci. Sachez simplement que je suis là, si vous avez besoin de parler.

Vite, étirer un sourire de reconnaissance sur ma bouche comme un rideau qu'on pousserait sur une fenêtre pour cacher la misère. Ma maladie me paraît une sinécure face aux souffrances que mon esprit endure.

– Parents, si vous connaissiez l'intensité de ma douleur, m'accorderiez-vous votre pardon et m'accueilleriez-vous dans vos bras comme la fille prodigue ?

Mme Adely a déjà amorcé un repli vers la porte de ma chambre. J'hésite. Une petite voix me pousse à lui parler. Peut-être un reste de diplomatie héritée de ma carrière de commerciale : ne pas interrompre brutalement le dialogue, finir par des salamalecs, laisser espérer le vendeur, même si on ne lui achète rien.

– Heu, si. Peut-être aurais-je besoin de vous. Enfin, pas tout à fait moi. C'est mon mari. Il m'inquiète. Il a du mal à gérer la situation. Est-il possible qu'il vous voie ?

Sous la longue frange qui balaie ses lunettes, les grands yeux de mon interlocutrice ont croisé mon regard.

– Mais avec plaisir.

– Il revient tout à l'heure. Peut-il vous rencontrer à ce moment ?

– Mais naturellement.

Un sourire plein de chaleur. Avec quelque chose d'infiniment doux et de bienveillant. Une poignée de main comme pour sceller notre accord et la voilà partie. D'où me vient cette impression d'avoir trouvé des oreilles pour écouter et un cœur pour apaiser mes souffrances ? Qu'est-ce qui distingue cette psychologue d'un psychiatre comme le docteur Vaillant ou d'une psychothérapeute comme Mme Boivin ? Est-ce le soulagement d'avoir trouvé quelqu'un d'autorité qui s'engage à protéger les miens ?

Non, il y a autre chose. Un je-ne-sais-quoi de spontané que j'ai lu dans son regard. Ce n'est pas de l'intérêt professionnel et cela dépasse le stade de l'échange courtois. Ce n'est pas de la pitié et c'est plus que de l'empathie. C'est de la compassion.

Mme Adely devient rapidement Carole. Son œil pétille quand elle s'empare d'une chaise et s'installe à mes côtés, après s'être assurée de l'absence de colocataire.

– Bonjour, madame Finet. Bon... Comment ça va aujourd'hui ?

Par petites touches, je lui raconte la chimiothérapie, la fatigue, les effets secondaires. Un peu comme un combattant revenu du front dévoile ses blessures avec la fierté de celui qui y a survécu : la situation est difficile mais sous contrôle. Progressivement, Madame la Faucheuse s'invite dans nos conversations. Je réalise avec stupeur que la fin de ma vie ne sera pas comme une fin de vacances. Je ne quitterai pas mère la Terre comme on quitte une plage paradisiaque. Quand je partirai, je ne pourrai pas projeter de revenir plus tard, quand j'en aurai à nouveau les moyens. Sentiment étrange. Sentiment d'impuissance. Sentiment de tristesse. Je ne connais personne qui soit revenu de l'autre côté du miroir et qui puisse me rassurer. Personne à qui me fier. Personne pour me convaincre : « Tu vas vivre, je te le promets ». Personne pour savoir jusqu'à quand je vais vivre. Je relate la dernière conversation de Papi. Papi si fort, si rationnel. Papi qui remplace l'autorité paternelle. Papi m'a dit l'autre jour :

– Tu sais, Lolo, tu te souviens quand tu es partie aux urgences l'année dernière, le jour de ton anniversaire ?

– Oui, Papi.

– J'ai cru que tu ne reviendrais pas.

La confidence de Papi a terrassé ma confiance en toutes ses promesses. Lorsque Papi m'assurait : « Tu vas t'en sortir. J'en suis convaincu. Tu es une battante », c'était des mensonges alors ? Jamais plus je ne pourrai le croire.

Carole tempère mes propos.

– Votre beau-père peut lui aussi avoir peur. Il peut quelquefois douter. Après tout, il est humain. Ne soyez pas trop exigeante avec lui. Faites-lui part de vos doutes. Parlez-lui. Entre nous, vous avez de la chance. Vous êtes quand même bien entourée.

À Carole, je dévoile aussi l'autre histoire. Celle sans grand « h ». Celle qui me ravage et me fait désirer la mort pour arrêter cette souffrance.

– Carole, avez-vous un mouchoir ?

– Oui, oui, attendez.

Carole cherche précipitamment dans sa poche un paquet de kleenex.

– Tenez, vous avez droit à des jokers.

Le joker, c'est le droit de pleurer à gros sanglots pour ne pas sombrer dans la démence. Le droit de craquer et de hurler à la mort. Sans retenue. De déverser mon trop-plein de désespoir qui me bouffe jusqu'au ventre et que mon corps n'arrive pas à vomir. Mais ça ne passe pas. Ça ne passe plus. La machine est cassée. La poupée ne sourit plus. La guerrière est fatiguée.

Seigneur, je ne veux plus vivre mais je ne veux pas mourir.

Que suis-je devenue ? Une âme damnée ? Pourquoi faut-il que j'expie encore ? Quelle faute ai-je commise ?

Tant d'années à faire la pute. Tant de fois à ouvrir les cuisses. Tant de fois à supplier que ça ne se fasse pas. Tant de jours à serrer les dents. Tant de fois à fermer les yeux. Tant de tempêtes à traverser en priant que ça se passe. Tant de mal à dire non.

Tant d'années de honte.

Tant d'années à me taire. Tant d'images à effacer.

Oui, Seigneur, j'en ai assez de la vie que tu m'as offerte, mais ces mots hurlés de toute la force de mon âme torturée ne peuvent me libérer.

Tant de coups. Tant de mots blessants. Tant d'années à souffrir en silence. Tant de souvenirs douloureux. Tant de larmes. Tant de cris de souffrance retenus.

Tant de peur. Tant de tristesse. Tant d'impuissance. Tant d'angoisse de décevoir. Tant de crainte de ne pas être aimée.

Tant de rêves étouffés. Tant de frustration. Tant de résignation.

Tant de solitude.

Tant de colère à retenir. Tant de guerre dans mon cœur. Tant de prétextes à trouver pour dissimuler l'inexprimable.

Pourquoi moi ? Pourquoi eux ?

Tant d'innocence bafouée. Tant de vies sacrifiées. Tant de peine à survivre.

Tant de peine à savoir qui je suis.

Tant de peine à aimer la petite fille que j'étais.

Tant de peine à m'aimer.

Le chemin est long pour reconstituer le gigantesque puzzle noir et blanc, image de mon identité.

Je vais mieux

Je vais mieux.

Et je remange.

Hier soir, Frédéric m'a conduite chez un couple dont le mari est connu pour ses pouvoirs de guérison spirituelle. Lui et sa femme vivent dans une vieille ferme flamande perdue dans un petit village de campagne. Il pleuvait. Nous avons garé la voiture sur le bas-côté boueux de la route. Les essuie-glaces effectuaient leur ballet au rythme de la musique diffusée par l'auto-radio. Mes larmes avaient jailli soudain à l'écoute d'un morceau de Bob Marley qu'affectionnait tout particulièrement mon frère Serge. J'avais ouvert la portière de la voiture pour vomir mon trop-plein de chagrin, d'impuissance et de colère. Comme tous les jours. Avec ce petit goût âcre de sang dans la bouche qui devenait habituel.

Je ne retiens pas grand-chose de notre entrevue avec le vieux monsieur et sa femme. Ou plutôt, je ne veux pas en parler. Une sorte de pudeur me retient d'exprimer ce que mon esprit rationnel tend à repousser. La grande salle à manger où l'octogénaire nous accueille. Son attention lorsqu'il écoute ma voix bredouillant à travers les larmes mon histoire et celle de la maladie qui me terrasse. Sa main sur mon estomac et mon sein. Et ses lèvres qui murmurent une prière toute simple. Implorant Dieu d'intervenir et de me délivrer de tout mal.

Chaleur subite dans mon corps.

Le monsieur nous a raccompagnés à la porte de sa maison avec cette parole pleine de certitude qui nous comble d'une joie incrédule.

– Allez, vous êtes guérie maintenant.

Le soir, en revenant à la maison, devant Frédéric ébahi, j'ai remangé pour la première fois depuis de longs mois. Avec appétit. Avec envie. Avec reconnaissance. J'ai dévoré la moitié d'une pizza qu'il avait commandée pour sa propre faim, picoré des myrtilles et avalé un grand verre d'eau. Le scanner a confirmé les premières conclusions. Les tumeurs régressent. Je vais mieux. J'ai supplié l'équipe médicale pour que l'on me débranche, que l'on arrête la nutrition artificielle et les anti-tout : anti-inflammatoires, antivomitifs, antidépresseurs. J'ai été écoutée. Depuis, je dors sans perfusion et je mange sans vomir.

Je ne sais comment expliquer ce qui s'est passé. Est-ce lié aux premiers effets de la chimiothérapie qui s'attaquent aux cellules cancéreuses comme un pesticide éradique les pucerons d'un rosier ? Sont-ce les discussions libératrices avec Patrick et Carole qui m'exorcisent de mon passé ? Ou bien est-ce le pouvoir de ce vieux monsieur habitué à guérir et à prier pour que les gens ne souffrent plus ?

Peut-être un mélange subtil de toutes ces approches.

Je ne sais pas.

Mais, à tous ceux qui me pressent de questions en me voyant revivre de jour en jour, je réponds simplement :

– Grâce à Dieu, je vais mieux.

Dix-huitième chimio

Un lundi sur deux, je me fais perfuser à l'hôpital. Le débranchement s'effectue le mercredi.

Dorénavant, il y a les semaines avec et il y a les semaines sans.

Chimio, répit, chimio, répit, chimio, répit. Comment était ma vie avant ?

Il me semble que ce cycle a toujours existé. Le top départ ? C'est la sortie du CHR le lundi soir. Je suis une nageuse dont les périodes de respiration se font de plus en plus courtes. Le corps entier proteste contre l'intrusion de ce remède qui est censé me protéger mais fait des ravages. Le démarrage de la chimiothérapie se prête à un long inventaire, dès la sortie du bâtiment hospitalier.

– Les mains ?

– Présentes, mais nous piquons comme un jour de grand froid, malgré les gants en laine pour nous protéger.

– Les yeux ? Pourquoi vous vous fermez ? Vous avez besoin de voir pour guider le corps !

– On est d'accord, chef, mais nous nous fermons malgré tous nos efforts pour nous maintenir ouverts. C'est comme si un géant avait apposé ses deux pouces sur les orbites.

– Le nez ? Tu pétilles ?

– Non, je souffre. Je ne peux plus respirer sans avoir la sensation de boire du Coca avec mes narines ouvertes. Vite, remonte l'écharpe et mets les mains en cornet pour adoucir cette impression de froid.

– Les orteils ?

– Je suis la Petite Sirène d'Andersen à qui l'on a remplacé la queue par des pieds. Chaque pas est une souffrance.

– État général ?

– Bof ! Il vaut mieux se dépêcher et se réfugier à la maison.

Vite, masquer mon mal-être, mon mal de vivre, mon mal tout court. Marcher, me démener malgré la bonbonne pleine de chimio, que je balance dans la banane grisâtre rattachée à mon pac, lui-même greffé à ma poitrine.

Cette bonbonne qui me donne l'impression d'être une prisonnière portant son boulet greffé à son corps jusqu'à sa délivrance le mercredi.

Cette bonbonne que j'enveloppe soigneusement dans un sachet pour la préserver de la douche bienfaisante. Elle, qui dort dans mes bras tous les soirs, bien au chaud, calée entre le corps de Frédéric et le mien. Elle, que je dissimule sous de longs pulls, que je surveille comme la prunelle de mes yeux par peur du débranchement intempestif et de l'obstruction du pac. Elle, enfin, dont le contenu s'écoule tout doucement et soigne mon corps malade.

Vite, chercher les enfants à l'école et rassurer leur regard désemparé.

– Maman est fatiguée ce soir.

Doux euphémisme pour les bercer dans l'illusion que ce n'est rien, que je gère cet état de fatigue perpétuelle. Harassement omniprésent, morbide, bouffeur d'énergie. Impression de vide intense qui me fait m'écrouler dans tout ce qui m'offre des bras secourables : chaise, fauteuil, lit. Mon rêve : dormir et ne plus jamais me relever. La présence de Frédéric et des enfants à mes côtés me force à réagir. Ils sont là, Laurence. Ne leur fais pas peur avec des larmes de désespoir.

– Ne vous inquiétez pas. Maman est juste fatiguée, ça va aller.

Papi m'avait pourtant mise en garde avant le démarrage des traitements.

– Tu seras fatiguée, Lolo.

Un sourire condescendant en réponse.

– Je suis sportive, Papi. La fatigue, ça me connaît. Je saurai gérer.

– Tu risques d'avoir des nausées.

Un ricanement amer.

– Des nausées ? Cela fait quatre mois que je vomis sans m'arrêter. Je ne m'inquiète pas.

– Tu risques d'avoir des aphtes.

Je ne peux pas le contrer sur ce point. Les aphtes en nombre sont une torture. Non pas un ou deux au passage. Mais toute une colonie qui investit mon palais, mes joues, mes gencives. Je ne peux plus manger, à peine boire, plus parler.

Allez, Laurence, secoue-toi. Offre un sourire de conquérant à ceux qui t'entourent pour les rassurer. Même pas mal. Aïe, même sourire fait mal. J'actionne mes anciens réflexes. Il faut m'agiter. Surtout ne pas m'écouter. Entre deux nausées, je vais cuisiner.

D'abord me laver les mains.

J'oubliais.

Le froid.

Ma mémoire défaille mais ne doit surtout pas s'affranchir de ce commandement : du froid tu t'abstiendras car tout ton corps en souffrira.

C'est une torture pour mes doigts gourds. Il me faut réfléchir avant d'ouvrir le réfrigérateur et de m'emparer de ses occupants. Mes courses au rayon frais et surgelés des magasins s'entourent de précautions et me font happer prestement les produits avec mes mitaines. Même boire me fait l'effet de givrer ma gorge et mon œsophage.

– C'est normal. C'est jour de chimio. Allez, plus que deux jours avant d'être libérée.

Je compte les journées avant le débranchement avec ce qui me reste de doigts.

Le syndrome mains-pieds, je connais maintenant. Mes doigts qui, au fil des jours, s'engourdissent. Avec lesquels je ne sais plus refermer les agrafes de mon soutien-gorge, tenir un stylo pour écrire, signer un chèque, tapoter les touches sur mon téléphone. Dont soudain, certains se tétanisent, me laissant échapper quelques fous rires quand le majeur refuse de se plier, doigt d'honneur involontaire à tous ces symptômes qui sont devenus monnaie courante. Mes mains qui ne savent plus serrer celles des autres ni agripper le volant de la voiture.

Je ne maîtrise plus mon corps ni mon apparence physique.

Mon visage noircit, se parsème de taches grises comme la peau de mon corps. Mon visage se chiffonne de fatigue, se tétanise lui aussi et m'afflige de rictus involontaires.

– Tu souris ?

– Non. Ce sont mes joues qui se relèvent toutes seules.

– Maman, tu saignes encore du nez.

– Ne t'inquiète pas, mon chéri, c'est la chimio.

Mon visage que je retrouve gonflé à mon réveil comme celui d'un hamster. Je ne me reconnais plus dans ce physique d'emprunt.

– Tu as bonne mine ! Tu as grossi ? Ça va mieux ?

– Non, c'est la cortisone.

Du courage, cela n'est que physique. Tu as de la chance, ce protocole de chimiothérapie ne te fait pas perdre les cheveux. Dommage, tu les avais rasés juste avant pour prévenir ta déconvenue. Tu apprendras comme cela, pour le prochain protocole, qu'il peut exister des chimios qui ne font pas perdre les cheveux. Je m'agrippe aux maigres avantages que me confère mon nouveau statut. Il me faut positiver.

Voyons, voyons. En cherchant bien, on peut trouver.

Eurêka. Je ne souffre plus de poils à la repousse rapide. C'en est fini des séances d'épilation des aisselles, des jambes et du maillot.

Savoure. Plus de cycles menstruels. Adieu les règles à rallonge et impromptues, les déprimes passagères, l'inconfort temporaire.

Déguste. Plus d'appétit. Fini les régimes pour essayer de maigrir.

Comme pour ne pas m'affoler et apprivoiser ma peur, les symptômes de la chimiothérapie s'installent insidieusement, s'amplifient. Mon optimisme s'étiole. Petit à petit, le rire disparaît. Comme un petit enfant à ses premiers jours d'école maternelle, je m'arc-boute avant chaque séance de chimiothérapie.

– Non, veux pas y aller.

Rien qu'à l'idée de franchir le seuil je serai sujette à des maux de ventre et des nausées à répétition. Je deviendrai la proie de crises de désespoir violentes qui me feront douter de ma volonté de vivre. Mais je reste cette guerrière à l'affût de toutes les armes susceptibles de m'aider à m'en sortir. Il me faut tenir.

Scènes de vie au CHR

Les cures de chimiothérapie s'égrènent une à une, semaine après semaine, lundi après lundi.

À peine arrivée, je hume l'odeur si caractéristique du CHR qui me prend à la gorge, celle plus particulière du service d'oncologie. Est-ce la chimiothérapie qui dégage ses relents ? Est-ce le désespoir des patients qui s'exprime ? J'hésite à franchir le seuil du service mais Frédéric me tient fermement par la main, me tire, me pousse, m'encourage.

– C'est quoi cette petite larme qui coule ? Allons, allons, du courage.

Bonjour chaleureux des infirmières qui m'attendent dans une ambiance feutrée.

– Ça va, madame Finet ? Aujourd'hui, vous êtes chambre 43. Vous ne serez pas seule.

Je dépasse les portes entrouvertes des chambres où, tout à l'heure, je serai moi-même installée. Je flaire le mal-être, la douleur, le désespoir dans les yeux des malades qui suivent de leur lit mon arrivée. Les bustes se redressent. Certaines têtes se détournent de l'écran de télévision, absorbeur du temps, des douleurs et de l'ennui.

Clac ! Clac.

Les talons de mes hautes bottes qui gainent mes jambes martèlent le sol comme ceux d'un officier qui passe ses troupes en revue. Je vais à la guerre. Du haut de mes quinze chimios, je suis devenue une patiente expérimentée.

La veille au soir, j'ai préparé longuement mes armes : j'ai rempli le réfrigérateur, empilé les plats dans le congélateur, lancé les lessives. J'ai choisi mon treillis anti-morosité : pantalon rose, écharpe fuschia, pull bleu électrique. Il y a également les armes anti-froid : gants, écharpe, bonnet. Le syndrome mains-pieds, ça me connaît maintenant. Je ne fanfaronnerai pas d'un sonore « même pas mal » comme la première fois.

J'ai rempli également ma besace spéciale séjour-CHR : patch pour atténuer la douleur de la piqûre du pac, banane grise pour recevoir la bonbonne de chimio, médicaments anti-nausées, dossier médical. Il y a aussi toutes ces babioles dont je remplis mon sac, un peu comme un écolier qui complète son cartable de ce qui fera son bonheur dans la journée et lui permettra d'oublier la grisaille scolaire.

Je ne serai pas de celles qui regarderont la télévision d'un œil morne, en attendant que chimio se passe. Tant qu'à faire, ma chimio, je la veux active, joyeuse, utile.

– J'ai sept longues heures à attendre. Voyons, voyons, que pourrai-je bien faire ?

Un petit coup d'œil au panier de raccommodage. À moi, les pantalons aux genoux troués, les chemises sans bouton, les accrocs divers. Une rafle dans le bureau des enfants et dans le nôtre. À moi, les livres de classe à recouvrir, le budget familial à mettre à jour. Si j'avais été douée pour le tricot, j'aurais réalisé des kilomètres d'écharpes pour les soldats en proie au froid en Sibérie.

Et puis il y a l'indispensable : le téléphone doté de mes musiques préférées et mes oreillettes. Surtout occuper l'oreille. Pour m'agiter en rythme tout en occupant mes mains. Pour couvrir ce silence triste qui hurle la mort et le désespoir. Pour donner également l'impression à mes voisins-voisines de lit que je suis occupée.

– Madame n'est pas disponible pour une quelconque conversation.

Pas très gentil.

Oui, mais tellement utile.

C'est vrai, l'ambiance du service oncologie, c'est aussi cette contiguïté dans des cellules où les patients s'observent en chiens de faïence. Dès que la porte s'ouvre sur le nouvel arrivant, les regards se tournent, soupèsent le mal, essaient de deviner le drame qui se joue. L'interne ou l'oncologue passe. Le rideau est tiré entre les lits, nous épargnant la vue de l'examen mais pas la perception par nos oreilles aux aguets des chuchotements entre le patient et le soignant.

Qui sera le prochain sur la liste de mère Faucheuse ? Est-ce cette dame au regard triste dont la perruque a glissé de son crâne chauve ? Ou ce monsieur qui tousse à n'en plus finir ? Est-ce cette mamie habillée de rose fuschia qui pianote furieusement sur son portable ? Ou cette autre dame d'un certain âge entourée de toute sa famille ? J'apprends progressivement à me protéger de toutes les anecdotes racontées par les malades pour se décharger de leurs propres terreurs.

– Bonjour. Moi c'est un cancer du pancréas. Je n'ai pas envie de manger. J'ai envie de vomir. Mon mari m'a quittée. Je me sens seule.

– Quel âge a votre petite dernière ? Quatre ans ? C'est l'âge que j'avais quand j'ai perdu ma maman. Ça a été très dur.

– Au fait, vous savez ce qui m'est arrivé l'autre jour ? J'ai laissé tomber ma bonbonne de chimio dans l'escalier à la maison. Le produit a attaqué le bois. Impossible de le ravoir. Il m'a fallu poncer et décaper. Vous rendez-vous compte de ce qu'ils nous transfusent ?

– Non, moi je ne vous dis pas « à bientôt ». La dernière patiente à qui j'ai répondu, j'ai appris qu'elle était morte quinze jours après. On se reverra peut-être.

– Mes cheveux sont tombés à la fin de la première chimio. C'est dur, très dur. Et quand ça repousse, ce n'est plus pareil.

Ou encore cette dame au sourire las à qui je demande :

– J'attaque ma quinzième chimio aujourd'hui et vous ?

– Six.

Fière de mon parcours, je bombe le torse comme un ancien combattant se rengorgerait de ses campagnes devant un simple troufion.

– Ah, nous sommes pratiquement dans le même cas.

– Non, moi c'est onze ans de chimiothérapie. J'ai eu un cancer de l'utérus. On me l'a enlevé. Ensuite un cancer du côlon. On me l'a raccourci. Enfin de l'estomac. Maintenant, c'est les poumons.

– Aaaaah.

Il y a aussi ces échanges presque risibles sur nos symptômes respectifs.

– Dans le jeu des sept familles de symptômes liés à la chimio, je demande les pieds et les mains qui piquent.

– J'ai.

– Le nez.

– J'ai.

– Le moral en berne, la perte de mémoire, la fatigue, les nausées, les aphtes...

– J'ai, j'ai. J'ai tout. Monsieur l'oncologue, quand on a tout et même plus, qu'est-ce que l'on gagne, à part le droit de revenir pour un prochain tour ?

Certaines infirmières elles-mêmes savent déverser leur poubelle dans le salon bien rangé de mon esprit.

– Vous ne souriez pas beaucoup aujourd'hui ! Vous n'avez pas le moral ?

– J'ai appris que ma maman avait le cancer du sein. Heureusement, elle a des chances de s'en sortir. Elle ne va même pas faire de chimiothérapie. Le cancer ne s'est pas métastasé.

– Ah ?

En aparté : « Merci, bravo pour l'encouragement. Moi cela va faire ma quinzième cure de chimiothérapie pour un cancer du sein primitif métastatique à l'estomac, au rein, au péritoine et au poumon. » Une envie folle de ponctuer l'échange par un vibrant

« Tu ne t'en rappelais plus, connasse ? », mais que mon savoir-vivre transforme en : « Elle s'en sortira. Il faut y croire ».

Il y a cette dame rencontrée au détour d'un couloir. Une guerrière que rien ne semble arrêter.

– Cinq ans, madame, que je me bats. Ma mère est morte du cancer du côlon, ma tante du cancer de l'estomac, ma sœur du cancer du sein. Moi, je me surveille, je me soigne, je décortique mes analyses de sang avant même qu'elles ne parviennent chez le médecin. Je sais tout de cette putain de maladie. Elle ne m'aura pas. On m'a opérée. Je suis revenue. Mes cheveux sont tombés. Ils ont repoussé. Même pas mal : je me fais soigner par mon praticien en médecine chinoise, je vois régulièrement un homéopathe... Quand cette saloperie revient, je fais le siège de l'oncologue. Je veux ma chimiothérapie et je l'obtiens.

Elle me regarde, sûre d'elle.

– Et vous ?

– Cancer du sein généralisé.

Elle me dévisage. La guerrière devient meurtrière. Je n'ai pas vu le coup fatal venir.

– Comme ma sœur. Elle a attendu trop longtemps. Son sein a bruni, puis noirci comme une pomme pourrie. Quand on s'en est aperçu, il était trop tard. Elle est morte dans d'atroces souffrances.

Je déglutis. Mon cas est peut-être différent. Mes questions s'affinent. Il me faut une preuve qui atteste que je suis différente, que je ne vais pas mourir. Que nenni ! La guerrière accumule les anecdotes. Elle n'est pas payée pour me rassurer. Simplement pour se rassurer. Elle, elle y arrivera. Moi, je devrai me débrouiller.

Famille, amis et connaissances

J'apprends peu à peu à apprivoiser la peur et la maladie. J'arrive à piquer des fous rires, à faire des projets, à vivre normalement. Nous sortons, sommes invités, invitons, entraînés dans une sorte de mouvement brownien qui chasse nos idées les plus noires. Beaucoup s'y méprennent.

– Alors, Laurence, comment va ?

Une entrée en matière classique, mais que dois-je répondre dorénavant ? Un bref coup d'œil à mon interlocuteur pour sonder son humeur, sa capacité à parler vrai, son écoute. Voyons, voyons. Vais-je choisir un « Ça va » neutre, terne et sans saveur, qui aura le mérite de couper court à toute conversation profonde ? Ou un « Ça va, ça va » avec un petit sourire collé aux lèvres ? Suis-je prête à donner le top départ à des sujets sans risques, légers et passe-partout ?

Non, pas de faux-semblant aujourd'hui. Parce que mon humeur est au beau fixe. Parce que j'ai besoin de m'épancher.

– Ça pourrait aller mieux.

Mon interlocuteur tique. Ça n'est pas forcément la réponse qu'il attend. Le scénario se complique.

– Ah bon ! Qu'est-ce qu'il y a ?

La question est posée sur un ton légèrement compatissant. Mon interlocuteur s'attend à du banal. J'ai la grippe, je déménage, mon chien tousse. À la rigueur, j'ai une cystite, je démissionne, je divorce.

Mais sait-on jamais ! Je pourrais sortir de mon sac une anecdote bien croustillante.

– J'ai appris que j'avais le cancer.

Quel que soit le ton employé, c'est fou la réaction que ces trois petits mots peuvent provoquer. Flottement. Les yeux s'écarquillent. La bouche s'entrouvre. La gorge déglutit pendant que le cerveau de mon interlocuteur mouline à toute allure sur la meilleure attitude à adopter. Ne pas en faire trop, mais quand même, ça n'est pas banal une cancéreuse en sursis. Il me semble entendre sa petite voix intérieure qui s'inquiète et suppute les chances d'être épargné par une maladie qui fait peur. Ses yeux me parcourent des pieds à la tête. Non, il n'est marqué nulle part « vivante en sursis ». Oui, mes cheveux sont bien réels, toutes les chimiothérapies ne font pas tomber les cheveux. Non, à part ça, je n'ai pas changé. Un peu plus maigre, c'est tout.

Passée la première vague d'émotion, les questions pleuvent, un peu pour savoir. Beaucoup pour se rassurer.

– Ma pauvre, je ne sais pas quoi te dire. Comment l'as-tu appris ?

Vite, mon interlocuteur veut des explications qui puissent l'apaiser. Mais mon histoire ne rassure pas. Au contraire. Je ne me drogue pas. Je ne fume pas. Je ne bois pas. Je fais du sport. J'adore les fruits et les légumes et j'en mange au minimum cinq par jour. Je dors tôt et bien. Ma vie est saine, partagée entre des enfants et un mari aimant, un boulot stressant mais dans lequel je m'éclate. Faut-il poursuivre ? Non, mes parents, grands-parents et arrière grands-parents n'ont pas souffert du cancer, je peux le garantir ; d'ailleurs les études génétiques menées au CHR le prouvent. Je tais le reste de mon histoire. Je ne mélangerai pas les genres. Je n'étalerai pas plus ma misère, même si, tout au fond de moi, je sais que le cancer n'est que la partie visible de l'iceberg. Il est des naufrages plus fracassants mais moins assourdissants.

Les yeux de mon interlocuteur se plissent, la bouche se crispe. Il n'y a donc pas de lien de cause à effet. Cela veut-il dire que le cancer n'épargne personne ? La suite de la conversation dépend de la propension de mon interlocuteur à absorber l'adversité. Avec le temps, j'ai appris à cerner mes interlocuteurs et à adapter mon ton à leur attitude. « Couche-toi et sois malade, tu sauras qui te veut du bien et qui te veut du mal. » Dans mon pré se côtoient les styles les plus divers : les optimistes fidèles, les éplorés, les pessimistes, les fuyants, les crocodiles, les égoïstes.

Les optimistes fidèles se comptent sur les doigts de mes mains. Avec eux, je sais que je peux me lâcher sans fausse pudeur. Ils sont là et leur présence est indéfectible. Ce sont des capitaines de navire qui accourent pour secourir le *Titanic* qui sombre. Tout chez eux est encouragement, entraide, affection : leurs yeux parlent pour leur corps, leurs gestes pour leur cœur.

Sandra appelle même si je ne réponds pas, laisse des messages sur mon portable, force la porte quand je pleure, prête son épaule pour me laisser m'épancher. Elle ne m'abandonnera pas. Ni moi, ni les miens.

Les éplorés recherchent le réconfort dans mes bras amaigris. Leur tête se pose tout naturellement sur mon sein, juste en dessous de mon pac, relié à ma bonbonne de chimio encore à moitié pleine. Leurs larmes et leurs lamentations fendraient l'âme du pirate le plus endurci. Ils me supplient de les rassurer sur mon avenir. Eux se sentent incapables de le faire. Pour eux, je me transforme en Mère Courage. Hors de question que je joigne mes larmes aux leurs. Je sais qu'avec eux, je devrai ramer. Je devrai me montrer courageuse, enjouée, normale. Pour eux, je sortirai la kalachnikov de l'humour. Pour leur montrer que je ne suis pas encore morte. Quand ils me quittent, les yeux encore humides, je continue d'entendre leur voix se lamenter sur mon sort, sur celui de mon mari bientôt veuf et sur celui de nos enfants bientôt orphelins.

Les pessimistes me racontent le calvaire de proches qui, comme moi, ont été touchés par le cancer. Ils n'ont pas d'exemples heureux, juste des bouts d'histoires, pareils à des coups de pelle qu'ils m'assènent. C'est un piège. Je me fais prendre dans la trame de leurs histoires. Je m'en veux de leur poser toujours plus de questions sur les cas qu'ils évoquent. Moi aussi, j'ai tellement besoin que l'on me rassure sur le fait que mon sort sera différent de ceux qu'ils ont connus. Mais non, mais non. Les mêmes *bad ends* se renouvellent. Ma peur se réveille. Pendant que je me répète « Chaque cas est différent », ils me font miroiter les miettes de ma vie avec un « Laurence, profite pendant qu'il est encore temps ».

Les fuyants sont tétanisés par la peur. Ils évitent de croiser mon chemin. Avec eux, je réapprends que deux trottoirs bordent une route, que les escaliers sont un excellent palliatif à l'ascenseur, que le malheur est contagieux. Le sujet de la maladie est soigneusement évité. Les fuyants déploient des trésors d'imagination pour choisir les mots justes, sans risques ni connotations. Quand ils me quittent, satisfaits d'avoir survécu à notre rencontre, je sais, au ton soulagé de leur voix, que leur tonitruant « Je t'appelle un de ces quatre » ne se produira pas.

Les égoïstes oublient très vite que je suis malade. Je leur parle du cancer, ils me parlent de leurs varices. Je leur parle de chimiothérapie, ils me parlent des petits tracas de leur vie. Ce sont les premiers à vider leurs poubelles dans mon salon déjà plein, pour se débarrasser de tous ces petits riens dont ils se font une montagne.

Les crocodiles sont avides de sensations fortes. Faussement compatissants, ils se gavent de mon malheur. Ils n'aideront pas. Assis confortablement aux premières loges de mon naufrage, ils regardent mon corps couler à pic. Faut-il nous aider, les miens et moi ? La question ne se pose même pas. Le canot de leur vie tranquille pourrait être éclaboussé. Il serait inimaginable que cela se produise.

Changement de look

Je grimace à mon reflet que je redécouvre dans le miroir de notre chambre. Je ne suis plus qu'une pâle réplique de moi-même : au mieux une Rihanna en bout de course, usée par les années et les excès ; au pire une rescapée d'un camp de concentration. Mes yeux harassés s'entrouvrent à peine dans mon visage amaigri, noirci par les séances successives de chimio. Mes côtes saillent au-dessous de mes seins plats. L'emplacement du pac est reconnaissable à sa protubérance ronde et me donne toujours l'impression d'être dotée d'un troisième téton.

Bien vite cependant, j'arrive à me consoler de mon physique d'anorexique. Si je dois mourir demain, autant le faire avec panache. Soit ! Profitons de toutes ces petites choses de la vie qui flattent si bien notre ego ici-bas. Entre autres, j'ai découvert que mes 46 kilos me permettent de passer à la catégorie teenager. C'est le grand luxe. Je peux enfin me glisser dans des tenues taille 34 et moderniser mon look trop sage. Adieu les années de disette où je cachais mon corps. Adieu les costumes passe-partout qui me faisaient me fondre dans le paysage. Adieu le noir, le gris, le marron, les tons austères que la morale veut rendre seyants aux femmes casées.

Avec détermination, je me lance dans le renouvellement de l'ensemble de ma garde-robe. Bientôt, l'enthousiasme de mes proches à me voir changer m'aiguillonne et me pousse à devenir une véritable accro du shopping. Finie la grisaille ! Dorénavant, la couleur devient incontournable. Je la veux chatoyante, voyante, lumineuse, à l'identique de cette rage de vivre qui force son chemin à travers mes pensées les plus noires.

Du rose fuschia, du bleu pétant, de l'orange vif, en passant par le corail ou le rouge. Je ne savais pas que cette orgie de Smarties pouvait me faire autant de bien. Dans la rue, dans le métro, parmi la foule, mes yeux traquent sans répit les tenues vestimentaires les plus originales. Comme cette jeune fille au pantalon écarlate et aux jambes gainées dans de longues bottes noires ou cette femme d'un âge plus mûr qui pétille dans son manteau vert pomme et son écharpe turquoise. Les idées bourgeonnent, mon corps endormi se prépare à un printemps haut en couleur.

Je vernis et revernis mes ongles au gré de mes fantasmes. Aujourd'hui, ce sera du bleu métallique pailleté. Demain, de l'orangé nacré. Après-demain, pourquoi pas un mix des deux coloris. Mains et pieds se prêtent allègrement à mes talents d'artiste. Je suis Picasso, Kandinsky, Klee. Chaque jour, extrêmement concentrée, je m'absorbe dans cette tâche délicate et savoure le bonheur de peindre minutieusement l'ovale de mes bouts de doigts. Mes cheveux noirs échappent de justesse à cette métamorphose. N'arrivant pas à me décider entre le rose fluo et le rouge pétant, je m'en abstiens, reportant à plus tard une coloration plus excentrique. À la place, je me précipite vers les couvre-chefs et laisse libre cours à mon imagination. Je craque pour ce bibi rouge mais également pour cette casquette violine posée coquettement à la place de mon bonnet de lutin à grelot.

Mon traditionnel sac à dos noir est remplacé par un avantageux sac multicolore, sur lequel je suspends un petit hibou tout aussi coloré et surmonté de clochettes. Chacun de mes pas est accompagné dorénavant d'un son argentin, comme pour marquer ma marche en musique. Frédéric rit. Sa comparaison est moins poétique : je suis une chèvre dont le grelot retentit en cas de perdition.

Mes nouvelles lunettes font l'objet d'un choix minutieux. Je ne veux plus de verres à la Super Nanny, ni de fenêtres minuscules aux contours carrés. Je ne supporte plus que mon visage soit mangé par des glaces rondes, ovales, rectangulaires, aux montures grises ou noires. Je mets longtemps à dénicher la perle rare. Un beau jour, c'est le coup de foudre. Là, parmi toutes ses comparses étalées au creux de la vitrine, je la vois. Elle semble me dévisager de ses grands yeux étonnés aux contours bleu marine. Mon doigt se tend, confiant. Cette paire-là, c'est tout moi. Je l'étrenne, euphorique. Plus qu'un simple accessoire visuel, elle est le porte-drapeau de mon changement de regard sur le monde et sur moi-même.

J'arpente crânement les cabines d'essayage des magasins de mode, en affichant ma nouvelle taille de guêpe anorexique, version Naomi Campbell en moins pulpeuse, plus petite et plus fatiguée. Intriguée par mes nombreux passages au magasin, une vendeuse me guette un jour à la sortie de la boutique et me demande, intriguée, le secret de mon régime minceur. « Le cancer, madame, le cancer. Il n'y a rien de mieux. » Devant sa mine horrifiée, je me retire, hilare. Finalement, je peux rire de ma maladie. L'autodérision n'est-elle pas un excellent remède au mal-être ?

Comme par enchantement, mes couleurs inspirent. Mon nouveau look attire les regards. À l'unisson de ma féminité que j'assume enfin, ma démarche et mon regard s'affirment. Je découvre le plaisir de paraître jolie aux yeux de la gente masculine à qui je dois opposer mes quarante ans passés et mes quatre enfants pour contrer une galanterie trop gênante. Les regards s'illuminent. L'envie se dessine dans les yeux de la gente féminine que je côtoie. Ma bonne humeur est contagieuse. C'est un bonheur de suivre sa propagation au travers des coloris chatoyants dont se parent dorénavant mes connaissances à mon contact.

Du haut de ses douze ans, mon aînée Mathilde m'observe avec attention. Elle ne comprend pas que je puisse peser le même poids qu'elle. Elle interprète ma minceur excessive comme un idéal, oubliant dans un même temps les ravages occasionnés par la maladie sur mon corps affaibli. Elle examine d'un œil critique ses rondeurs enfantines, compare ses formes naissantes aux miennes décadentes. En discutant avec elle, je touche du doigt les dégâts occasionnés par la dictature des Barbie. Il me faut déployer des trésors d'ingéniosité pour lui démontrer que, non, ce n'est pas normal ni beau que je sois squelettique. L'argument final sera de me dévêtir entièrement et de lui montrer face à la glace que mon corps nu est tout sauf glamour.

Mais les tenues courtes et colorées que je porte narguent très vite sa garde-robe de préadolescente sage. C'est Noël tous les jours quand je rentre de shopping. Avec frénésie, elle se jette sur mes nouveaux achats et m'implore de les lui prêter. Conseils vestimentaires, habits, chaussures, boucles d'oreille, tout est prétexte à s'échanger nos tenues. Un signal d'alarme clignote le jour où elle me surprend en tunique courte et talons hauts à m'admirer devant le miroir de notre chambre. « Promets-moi, Maman, de ne pas venir me chercher au collège habillée ainsi ! » Je réalise que la situation dérive : nous devons garder chacune notre place et notre personnalité sous peine de nous perdre. Mathilde en tant que pré-ado et moi en tant que Maman.

Nous passons un accord solennel. Nous devons retrouver nos places et nos couleurs. Mathilde continuera de voir la vie en bleu, en vert et en turquoise. Je me découvrirai un goût immodéré pour le rose. Pas de vêtements ni de chaussures échangeables, sauf situation exceptionnelle. C'est à ce prix que nous trouvons un *modus vivendi* enfin gai et complice.

Sport

Les séances de chimiothérapie éteignent en moi toute volonté de bouger le moindre petit orteil. Mes yeux à peine ouverts le matin, mon esprit fatigué se projette au soir et me fait miroiter le bonheur d'une nouvelle nuit de huit heures. Une information lue quelque part sur Internet me tire de cette neurasthénie permanente. La récidive d'un cancer pourrait être diminuée par deux grâce à l'activité physique pratiquée de manière intense. Mes paupières s'entrouvrent. Mon cœur se remet à battre. Je suis une droguée repentie à qui l'on vient d'annoncer que des inspirations de marijuana sont capitales pour son bien-être. Une fenêtre vient de s'ouvrir que mon mental frileux s'efforce de refermer.

Je ne me vois pas revenir en salle de fitness étaler mes os, mon pac et ma mine blafarde. Je n'ai pas encore rechaussé mes baskets pour courir et ne m'en sens pas le courage. Il me reste la marche en plein air (mais il fait si froid), le vélo d'appartement (pas assez prenant) et le vélo elliptique. Les mouvements calqués sur celui du ski de fond me paraissent abordables. Le plus dur est de décider du jour où je franchirai le seuil de la petite chambre que nous avons pompeusement appelée salle de sport à la maison pour me remettre sur la machine à torture.

Une multitude de prétextes viennent miner mon envie : je suis trop fatiguée, je n'ai pas le moral, j'ai rendez-vous chez le médecin, je dois m'occuper des enfants, je dois faire les courses. Nous aurions eu un chien, j'aurais trouvé le prétexte de devoir le sortir.

Un matin, le désir se fait plus fort que tout. C'est décidé. Il faut que je me lance. Une fois les enfants et Frédéric partis, je monte les escaliers et pénètre dans l'antre du sport. Dotée d'un vélo d'appartement, cadeau de naissance de Mathilde, et d'un vélo elliptique, cadeau de naissance de Juliette, la chambre d'enfant a servi longtemps de « poussinière ». Nos quatre enfants l'ont occupée à tour de rôle, du retour de la maternité jusqu'à l'arrivée du petit frère ou de la petite sœur. La tapisserie affiche des nounours hilares et bedonnants. Une toise pour Hobbits sépare le cadre de Mireille l'Abeille de celui de Camille la Fourmi.

Surtout ne pas écouter cette petite voix qui me susurre de me ménager, de ne pas en faire trop. Je ris toute seule en repensant aux explications frileuses de nos connaissances qui n'arrivent pas à se lancer dans une quelconque activité physique.

– Tu comprends, Laurence, je suis fatigué(e) en ce moment. C'est le froid, j'ai mon nez qui coule et je tousse. Heu Heu. Je suis trop occupé(e), trop âgé(e) pour faire de l'exercice. Ma cheville me tire.

Dorénavant, je pourrai rire au nez de mes interlocuteurs overbookés. Je les ferai rougir de l'ineptie de leurs arguments et de leur chance d'être en pleine forme. Certes, mon chômage involontaire ne me permet pas de m'adonner aux joies du labeur, mais n'est-ce pas aussi fatigant d'essayer tous les jours de survivre ?

Aujourd'hui est la semaine sans chimiothérapie. Je n'ai plus aucun prétexte pour retarder ma reprise sportive. Un vieux T-shirt posé sur mes épaules et mon torse squelettiques, je m'oblige à grimper sur le vélo elliptique. Les yeux rivés à la fenêtre, en quête d'un encouragement providentiel qui ne vient pas. Seul un pigeon passe la tête et me nargue de son œil rond. Escalader le dispositif me fait l'effet d'aller à l'échafaud. La marche me paraît tellement haute. J'agrippe un des manches de mon bras amaigri, me cramponne à l'autre en haletant. Il faut lever un pied, le reposer pendant que l'autre se lève. Pourquoi est-ce aussi dur ? Je n'ai pourtant pas choisi un programme d'exercice difficile. J'ai souvenir d'avoir couru sur cet engin, il y a à peine un an, goguenarde. Je m'accroche, les mâchoires serrées. Un pas, puis l'autre. Une, deux, une, deux. Les premiers mouvements de jambes sont une torture. Ma tête tourne. Je me sens lasse, lourde, fatiguée, vieillie, malade. Affreusement malade.

Il me faudrait un coach que je n'ai pas. Une idée. La musique devrait m'aider. Je sais être comme une petite fleur qui bouge automatiquement au son d'une mélodie dès qu'un rythme se met en route. Allez, Laurence, mets en marche la petite fleur. Je redescends de l'engin, allume la radio puis monte le son au maximum. Ça y est, le rythme me grise. Je me mets à me trémousser, pendant que de savantes chorégraphies envahissent mon imagination. Est-ce du modern jazz ? De la salsa ? Du pop funk ? Je ne sais pas. Mais je veux être aussi légère et gracieuse que ces danseurs que je vois évoluer devant mes yeux fermés. Mon corps ondule, grisé. Mes jambes bougent. Mes bras se meuvent.

C'est un miracle.

Doucement, la machine se met en route. J'accélère timidement le mouvement, réchauffée par ce début d'exercice. Discipliné, mon corps suit. Le rythme entraînant me fait abaisser les pieds l'un après l'autre, pousser le bras droit, repousser le gauche. Mes yeux se rouvrent par instants, guettant sur le tableau de bord la vitesse, le nombre de calories perdues, le temps restant.

Je suis le capitaine d'un bateau qui lentement quitte le port pour un long voyage : celui qui a pour but de retrouver mon corps, d'arracher des années de survie sans récidive à cette maladie qui fait peur, de réchapper à tous ceux qui m'ont enterrée et leur démontrer que l'on peut venir à bout du cancer.

Le jeu en vaut la chandelle.

Lentement, mes anciens réflexes se réveillent, faisant écho à l'appel général que j'ai lancé. Toutes les forces vives sont demandées sur le pont.

– Le courage ?

– Présent.

– La motivation ?

– Présente.

– Les jambes et les bras ?

– Présents.

– On va se battre ?

– Oui, chef.

Non, mon corps n'a pas oublié que je suis une sportive. Toutes ces années de pratique de karaté et de judo ont forgé mon corps et mon esprit. Ils ont appris à combattre malgré la souffrance et le découragement. La pratique de la planche à voile en conditions extrêmes, l'apprentissage du surf des neiges sur des pentes verglacées viennent renforcer cette niaque qui rejaillit. On ne change pas si facilement.

Je suis une guerrière dans l'âme. J'y arriverai, je le jure, j'y arriverai. Au bout d'une heure d'exercice, survoltée, je m'arrête. Je dois me préserver pour les prochains jours. La lassitude liée à la chimiothérapie a disparu comme par magie.

S'est-elle dissoute dans les gouttes de sueur qui perlent sur mon front, sur le pansement qui protège mon pac et qui tombent une à une à mes pieds ? Un sourire. Dans la glace positionnée juste derrière moi, je vois mon squelette s'agiter, hilare. Est-ce moi, ce visage amaigri, suant et noirci ? Eh bien, ris, visage, ris de joie. Aujourd'hui est une victoire. Aujourd'hui est à marquer d'une pierre blanche. Le goût de l'effort est enfin revenu. Plus jamais il ne repartira, je m'en fais le serment.

Mes efforts paient. Le vélo elliptique devient rapidement mon cheval de bataille. Je le chevauche presque tous les jours, animée par un objectif qui me tient à cœur : celui de me remettre à la course à pied. Inconcevable dans mon état ? Trop dur ? Trop extravagant ? Tout mon être aspire à relever le défi, malgré les mises en garde de ceux à qui je fais part de mon rêve.

– Tu en fais trop ! Tu es malade, après tout. Repose-toi.

Un jour, je me réveille prête à passer l'épreuve du feu. Le printemps est amorcé mais le mois d'avril reste frais. Coiffée d'un bonnet me recouvrant jusqu'aux oreilles, je m'apprête longuement : gants pour protéger mes doigts du froid, pull, écharpe. J'ouvre la porte d'entrée, hume l'air et me sermonne : il faut que je me lance. Sans réfléchir. Avec le sourire malgré l'appréhension. Un peu comme Neil Armstrong foulant le sol lunaire. Un petit pas pour l'homme, un grand pas pour l'humanité. Une petite trotte au dehors. Un grand pas pour ma dignité.

Je suis partie.

Mes longues séances sur l'elliptique ont contribué à améliorer mon endurance. Je cours pendant trois longs quarts d'heure. Le nez, les pieds et les doigts douloureux. Les yeux à moitié fermés, malgré mes efforts pour maintenir mes paupières ouvertes. Je m'arrête le souffle court et la poitrine oppressée.

– Tu ne te préserves pas. C'est de la folie.

Certes.

Mais cette course est une victoire sur la maladie, sur ma tentation à la déprime et à l'immobilisme. On peut courir même avec le cancer. Même avec une chimio. Ce chalenge marque la fin de mon désespoir et matérialise mon combat contre cette résignation que je rencontre si souvent chez d'autres malades : non, je ne vais pas me laisser mourir. Non, il y a encore plein de choses à vivre. Non, c'est notre obsession dans la souffrance qui fait notre malheur.

Je courrai quand je me sentirai fatiguée et désespérée par la chimio. Je courrai avec la bonbonne accrochée à mon téton. Je courrai seule. Je courrai accompagnée. Je courrai la mythique Nocturne de Marcq, sous la pluie. Je courrai dans les Alpes en crachant mes poumons. Je courrai pour le plaisir de sentir le vent sur mon visage. Je courrai sans réfléchir pour le plaisir de voir mes jambes dérouler de longues foulées.

Je courrai enfin pour ressentir la joie d'être vivante.

Un rêve peu à peu me prend. J'aime la musique. J'aime bouger mon corps en rythme. Je me le promets : je ferai de la danse. Frédéric acquiesce vigoureusement.

– Vas-y, fais-toi plaisir.

J'aime toutes les danses. À la rentrée, je m'inscris à des cours de modern jazz, de zumba et de hip-hop. Pour le plaisir de sentir la musique infuser mon corps et le regarder se mouvoir comme une tige ployant sous la brise.

Médecine parallèle

Les effets secondaires de la chimiothérapie sont si intenses que Frédéric et moi recourons rapidement à la médecine parallèle pour tenter de les atténuer. Homéopathes, praticiens en médecine chinoise, ostéopathes. Nous sommes partagés entre l'impression quelquefois de nous éparpiller et la conviction que mon cheminement doit se faire à tous les niveaux : guérison physique, guérison morale et guérison spirituelle. Certains thérapeutes sont des gourous sans scrupule et nous vendent la fin de mes maux physiques et psychologiques. D'autres deviennent les balises incontournables de mon parcours, de la même manière que Patrick et Carole sont les têtes de pont de mon combat.

Praticien en médecine chinoise, Arnaud est d'humeur égale. Une grande âme dans un grand corps. Au plus fort de la tempête, Arnaud m'accueille avec le sourire, alterne massages et messages de zénitude. Rien ne semble perturber son calme olympien.

– Comment pouvez-vous être aussi serein, Arnaud ?

Arnaud sourit d'un air mystérieux.

– Laurence, je vais vous confier un secret.

Je dresse l'oreille, prête à mettre scrupuleusement en œuvre ce qu'il va m'annoncer pendant qu'Arnaud, taquin, fait mine de chercher longtemps.

– Je vis l'instant présent.

– C'est tout ?

– Oui, vous voyez, c'est simple.

– Mais encore ?

– Eh bien, quand je mange, je mange. Quand je lave la vaisselle, je lave la vaisselle. Quand je marche, je marche. Profiter de l'instant présent, c'est le plus important.

Je m'insurge devant une thérapie aussi simpliste.

– Mais, c'est ce que je fais aussi !

– Le pratiquez-vous réellement ? Réfléchissez. Votre esprit n'est-il pas toujours dans le passé comme cette vieille dame de quatre-vingt-trois ans que je soigne et qui n'a pas oublié que sa maman ne lui prêtait pas assez attention ? Ne vous projetez-vous pas continuellement dans le futur ? Allons, Laurence, ne me dites pas que quand vous mangez, vous ne pensez pas à laver la vaisselle et quand vous lavez la vaisselle, vous n'anticipez pas sur votre future marche ?

Comment le sait-il ? Même faire du sport ou méditer devient un acte que j'accomplis en pensée bien avant d'en savourer le moment, ce qui atténue tout effet bénéfique.

– Oui mais, Arnaud, je ne suis pas un moine bouddhiste détaché de toute contrainte. Dans notre société, il faut être performant, faire plusieurs choses à la fois pour réussir, oublier ses maux quotidiens.

– Vous réussirez d'autant mieux si vous vous concentrez sur ce que vous faites et si vous goûtez l'instant présent. Accueillez chaque émotion comme elle se présente. Vous êtes triste ? Eh bien c'est votre humeur d'aujourd'hui. Prenez en soin. Vous êtes en colère ? Accueillez cette colère sans la refouler. Tout est impermanence.

Marie-Edmonde pratique elle aussi la médecine chinoise depuis plus de quarante ans. Du haut de ses soixante-trois ans, cette Malgache au grand cœur mais au parler tranchant comme un scalpel m'accueille dans son cabinet, complet à toute heure de la journée. Avec ses longs cheveux noirs, sa peau cuivrée et sa taille fine enserrée d'une ceinture, la praticienne ressemble à une chamane et manie les aiguilles d'acupuncture avec dextérité. De son œil acéré, elle déchiffre mon corps dénudé, aussi sûrement qu'elle lirait un livre ouvert.

– Regarde la forme de ton nombril. Tu n'as pas encore coupé le cordon ombilical avec tes parents. Ta tumeur au sein gauche est le symbole d'un désaccord profond avec ta famille génitrice. Tu as envie de vomir mais sache que l'estomac est le siège de la colère refoulée : tu ne veux plus garder ces pensées qui t'insupportent. Et puis réfléchis à ce que je vais te dire. Tu te leurres sur tes parents, et tant que tu continueras de le faire, ta tumeur grossira. Ton corps te livre un message. Si tu ne veux pas l'entendre, tu continueras à ne pas aller bien. C'est ton choix de vie. Mais choisis bien. Tu peux aussi en mourir.

La sagesse d'Yvette

Yvette s'occupe de nos petits comme une deuxième maman. De son accent qui roule les « r », elle taraude les petits dès la sortie de l'école.

– Alexis, tes devoirs. Apporte ton cartable. Sors tes cahiers. Tu goûtes et tu me montres tes leçons. Élodie et Juliette, lavez-vous les mains. Venez manger les fruits que je vous ai coupés. Non, pas de bonbons et rien qu'un biscuit. Sinon vous ne mangerez pas ce soir. Bonjour, Mathilde, comment s'est passé le collège ?

Sous ses airs sévères, Yvette garde une âme d'enfant. Juliette ne s'y trompe pas quand, à l'heure du bain, elle grimpe sur le dos de notre nounou malgache et la talonne de ses petits pieds jusqu'à la salle de bains du premier étage.

– Allez, hue, Yvette, hue.

Yvette rit de bon cœur et galope dans les escaliers, en tenant fermement la petite cavalière accrochée à son cou.

Aujourd'hui, c'est mercredi. Yvette est restée déjeuner avec nous.

– Yvette, je vais sortir tout à l'heure pour me changer les idées. Pouvez-vous garder les petits pendant mon absence ?

Élodie s'est arrêtée immédiatement de jouer à mes côtés. Comme un chat, elle s'est approchée doucement et se pelotonne tout contre moi.

– Maman, je peux t'accompagner ? S'il te plaît...

Un soupir et je capitule.

– Allez, prépare-toi, chérie. Maman t'emmène.

Mon âme s'offusque : « Et moi, n'ai-je pas droit à un peu de temps libre, un peu de plaisir ? »

Silence conscience ! Rappelle-toi des dix commandements enseignés dès le berceau : « Et tu tairas tes désirs les plus chers, parce que dévouée à tes enfants tu seras. Mal fagotée tu seras, parce que dévergondée tu t'affranchiras d'être. Une fois mère, soumise tu seras et de toute ton âme tu te donneras, même si sans plaisir tu vivras. »

Adieu, petit moment de solitude dont je pensais bénéficier. Adieu, lèche-vitrine au pas lent. Adieu, pause gourmande. Il me faudra répéter en boucle, l'œil aux aguets : « Essuie-toi la bouche et les mains. Non, pas sur ta robe. Ne mange pas trop vite. »

Flairant la bonne affaire, Mathilde, Alexis et Juliette ont levé la tête.

– Et nous aussi, Maman, on peut venir avec toi ?

Yvette s'écrie.

– Les enfants, laissez votre maman tranquille. Madame Finet, sachez VOUS faire plaisir. À VOUS.

– Mais ça me fait plaisir de sortir avec elle !

– Madame Finet, vous vous mentez à vous-même ! Vous m'avez avoué la dernière fois que vous aspiriez à un peu de solitude pour vous ressourcer. Pourquoi ne le faites-vous pas ? Je vous observe depuis mon arrivée chez vous. C'est toujours la même chose. Vous ne savez pas dire non. Encore moins à vos enfants. Vous ne vous écoutez pas.

La voix d'Yvette gronde. J'ai baissé la tête comme une enfant.

– Mais ça fait plaisir à Élodie.

Yvette triomphe.

– Ah, vous voyez. J'ai raison. Vous faites passer les autres avant vous. La compassion passe d'abord par vous-même. Occupez-vous de vous avant de vous occuper des autres.

Je proteste.

– C'est de l'égoïsme !

Yvette secoue sa petite tête bouclée. Butée comme une porte de prison.

– Ce n'est pas de l'égoïsme. Il faut d'abord se sentir bien pour s'occuper des autres. Si vous vous sentez bien, votre âme sera en paix. Vous ressentirez une plénitude et une confiance en vous qui rejailliront sur votre entourage. C'est ça le bonheur. À défaut, vous vous mentez à vous-même. C'est ça qui vous rend malade.

– Et les autres ?

– Les autres, les autres. Le bonheur est communicatif. Si vous vous sentez bien, à votre contact les autres se sentiront bien. Si vous ne l'êtes pas, ils se diront que vous n'êtes pas sincère et seront mal à l'aise. Vous m'avez offert un bracelet le mois dernier et pourtant vous ne portez jamais de bijou. Or, on offre toujours ce que l'on aime. En recevant votre présent, je me suis posé des questions, je vous l'avoue.

Yvette m'observe derrière ses lunettes.

– Madame Finet, je vous en prie, laissez quelquefois votre « Moi » s'exprimer.

Élodie a suivi la joute oratoire de ses grands yeux dorés. La sortie avec Maman est-elle compromise ?

– J'entends ce que vous me dites, Yvette. Vous avez raison, je ne m'écoute pas assez.

Yvette plisse ses yeux de contentement, tel Yoda devant le jeune et fougueux Anakin. Elle savoure déjà sa victoire comme le contenu de sa tasse de thé qu'elle porte délicatement à la bouche.

– Mais je sortirai quand même avec Élodie.

Un hoquet de la part d'Yvette. Mes yeux rient. Mon cœur sourit devant sa mine ahurie.

– Yvette, mon « Moi » s'est exprimé. Je l'ai entendu clairement me dire : « Sors avec ta fille aujourd'hui et demande à Yvette de garder TOUS les petits demain pour une sortie en solitaire. »

Je conclus malicieusement.

– Yvette, vous qui aimez les proverbes, j'en ai un pour vous : « On ne peut pas empêcher un cœur d'aimer ».

J'ai caressé les cheveux ondulés d'Élodie qui me regarde avec reconnaissance.

– J'en ai un autre aussi : « Pour sa mère, le petit corbeau est précieux comme de l'or ».

Yvette a souri, a agité son index d'un doigt vengeur puis nous a poussées dehors, Élodie et moi, pour un shopping entre filles.

Au fil de nos conversations, j'apprends à découvrir la sagesse et l'ouverture d'esprit de notre nounou. Installée en France depuis plus de dix ans, Yvette s'est transformée en mère nourricière pour sa famille restée à Madagascar. Dans son petit appartement dénué de tout confort, la nounou se contente de peu : un matelas posé sur le sol à la place du lit, pas de réfrigérateur pour entreposer les victuailles, quelques livres qu'elle dévore en lieu et place de repas.

– De quoi aurais-je besoin, madame Finet ? Je suis bien comme ça. Je ne mange pas beaucoup. Je n'ai donc pas besoin d'acheter beaucoup et encore moins besoin d'un frigo.

La tatie célibataire et sans enfant est considérée par ses proches comme celle qui a réussi : ses maigres économies leur sont envoyées sans que ses efforts ne soient appréciés à leur juste valeur. Mais Yvette est naturellement optimiste. Sa joie de vivre lui fait dépasser ses propres souffrances et accueillir celles des autres avec beaucoup de compassion.

Est-ce pour cette raison que je me suis confiée à elle il y a quelques jours ? J'ai vomi mon passé, pleuré mes souffrances, parlé de ma mère et de mon père. Et puis je me suis tue, honteuse de m'être laissée submerger par mes états d'âme.

– Je ne devrais pas me plaindre auprès de vous, Yvette.

– Pourquoi ?

– Vous aussi, vous avez souffert !

– Mais ce n'était pas de la torture.

– Vous y allez un peu fort. Qui parle de torture ? Maman nous tapait avec la ceinture, le câble électrique...

Yvette m'a interrompue.

– Madame Finet, j'ai reçu moi aussi des coups de mes parents. Mais c'était pour de grosses bêtises. Et pas avec les moyens que vos parents ont utilisés. Pas avec ce sang-froid et cette absence de remords. Pas avec cette volonté d'humilier.

Elle a réfléchi un instant.

– Les marques du fouet disparaissent. La trace des injures, jamais.

Je l'ai contemplée longuement. Son visage tout rond, ses dents blanches et régulières, ses cheveux crépus et noirs. Même couleur de peau. Même origine créole. Nous pourrions être sœurs.

– Yvette, c'est peut-être lié à l'origine de mes parents. Au Vietnam ou en Afrique, on tape peut-être plus facilement et plus durement.

Que me disait Patrick à ce sujet ? Un enfant est comme une pousse d'herbe que l'on doit protéger. Herbe si forte qu'elle peut pousser au travers du macadam le plus dur mais si fragile qu'un simple pincement de sa tige entre nos doigts peut la couper. C'est pour cela que, de tout temps et dans tous les pays, les enfants doivent être protégés de tout mal.

Yvette a secoué la tête, comme désemparée par ma propension à trouver des arguments pour disculper mes parents. Un éclair dans ses yeux noirs.

– Et là-bas, les papas ont le droit de violer leurs filles aussi ?

J'ai hoqueté de surprise et me suis tue.

– Je suis désolée, madame Finet, mais vous dites des bêtises.

J'ai réfléchi longtemps tandis qu'Yvette tournait la cuillère dans son mug de thé fumant.

Un silence pendant qu'elle m'observait, confuse, de ses yeux noirs et que je baissais la tête comme une enfant soumise. Sentiment de lassitude et de désespoir. Je ne sais plus qui je suis. Je ne me sens plus la force de me battre. Soudain, j'ai éclaté en gros sanglots, sans retenue, devant la baby-sitter de nos enfants. Yvette, désemparée, s'est levée précipitamment et m'a serrée contre elle.

– Madame Finet, madame Finet. Tout va bien se passer. Je suis là.

– À quoi cela rime tout cela, Yvette ? Mes parents, ma maladie, ces séances de chimio qui n'en finissent pas. C'est trop dur. Je n'en vois plus le bout. Il m'arrive de souhaiter en finir au plus vite et me laisser mourir.

Yvette a froncé les sourcils presque méchamment.

– Ah non, si vous faites ça, avant, je vous étrangle de mes propres mains.

Nous nous sommes regardées, éberluées de l'incongruité de ses propos. Un moment de flottement et puis nous sommes parties toutes les deux dans un fou rire proche de l'hystérie.

Julia

Julia est notre femme de ménage depuis plus de deux ans. Petite et chétive, son corps menu s'active tous les vendredis matin dans notre grande maison. Un coup timide à la sonnette de l'entrée et la voilà qui entre, petite souris humble dont le visage s'illumine quand elle se penche pour embrasser notre petite Juliette aux yeux ronds comme des billes.

– Bonjour, madame. Ça va, les enfants ?

– Ça va. Un café, Julia ?

– C'est pas de refus.

Après une courte période où elle nous a observés, méfiante sous sa mèche grisonnante, Julia fait partie maintenant de la famille. Avant de passer l'aspirateur et de partir astiquer avec ardeur chacune des pièces de la maison, Julia enfile prestement son tablier et s'octroie sa petite pause matinale sur la table de la cuisine : du café, des biscuits, quelques chocolats qu'elle déguste la bouche pincée mais les yeux brillants de plaisir. Nous discutons de tout : de l'actualité, de la météo, des recettes de cuisine, de la maladie, de mes parents.

Julia a eu une enfance pauvre et difficile. À sept ans, elle a quitté clandestinement le Portugal avec sa famille pour être hébergée dans des HLM sans eau chaude ni chauffage. Il y a plus de trente ans, elle s'est fait naturaliser française et travaille depuis autant d'années à laver, repasser, astiquer, épousseter les différentes maisons bourgeoises qui l'emploient. Julia habite aujourd'hui une petite résidence cossue avec son mari, agent d'entretien, ses deux chiens et son chat... Elle couve son fils unique de vingt ans comme la prunelle de ses yeux et rêve d'une belle-fille qui sache s'occuper de lui comme elle le fait.

Julia est d'un naturel pessimiste. Tout lui fait peur : les hormones dans la viande, les pesticides dans les fruits et légumes, la vie qui est si chère, l'avenir qui semble si sombre. Son rêve le plus précieux : gagner au loto et profiter enfin de la vie.

Quelquefois, Julia nous apporte des spécialités de son pays ou des fleurs de son jardin. Elle a baptisé une rose « Lolo » en mon honneur : c'est une fleur couleur fuschia et or dont elle coupe amoureusement les tiges en pensant à moi. Julia a appris avec effroi ma maladie.

– Y a pas de justice dans la vie. Mais faut pas vous inquiéter. Vous allez guérir.

Depuis, Julia nous rapporte périodiquement des images pieuses, du buis béni et des statues saintes qu'elle installe dans notre maison avec force prières. La petite femme croit à la grâce de la vie, aux miracles et aux vertus des prières.

Aveux aux enfants

Alexis, perplexe, tire sur le bout de la pelote qui tient mes secrets emprisonnés. Devant l'absence d'appels téléphoniques de mes parents, notre petit garçon, un soir, m'interpelle.

– Maman ?

– Oui, Alexis.

– Pépé et Mémé savent que tu es très malade ?

– Oui, mon chéri.

– Pourquoi n'appellent-ils pas, alors ?

Un soupir. J'hésite à mentir.

– Parce qu'ils sont fâchés contre Maman.

– Et pourquoi ?

Mathilde nous a rejoints. Son sixième sens lui a indiqué que ma réticence à téléphoner à mes parents avait une origine plus profonde que je ne voulais l'admettre. Elle s'est assise sur le bord du lit d'Alexis et se colle tout contre lui. Je pourrais trouver un prétexte qui me permettrait de reprendre mes esprits : ils sont occupés ; ils sont partis à l'étranger ; ils ont appelé mais les enfants étaient absents. Mais je ne me sens plus le cœur à leurrer les miens. Il faut que je livre aux enfants mes secrets sous peine de m'empêtrer dans des histoires dont je n'arriverai pas à retenir la logique. Je m'étonne toujours de la faculté de nos enfants à se souvenir d'anecdotes dont ils se complaisent à me rappeler les moindres détails.

« Mais si, tu te rappelles. C'est toi qui nous l'avais dit. »

Frédéric et moi nous sommes promis de toujours leur dire la vérité, même si celle-ci peut paraître déplaisante ou embarrassante.

« Papa, Maman, comment fait-on les enfants ? »

Finalement, les choses les plus compliquées sont souvent les plus simples à expliquer. Les enfants sentent qu'on leur ment et prennent un malin plaisir à appuyer là où ça fait mal.

Je raconte avec des mots d'enfant que certains parents n'ont pas des comportements normaux avec leurs enfants. Qu'il y en a qui peuvent les maltraiter : les affamer, les abandonner, les battre. J'omets de dire à mon petit garçon qu'il y a des maux plus douloureux et plus dégradants.

– Ah oui, le maître nous en a parlé à l'école. Cela s'appelle de la maltraitance. Les enfants qui subissent des châtiments peuvent appeler le 119 pour expliquer ce qu'ils subissent et alors on vient les protéger.

Je hausse les sourcils de surprise. Sous de faux airs de rêveur, Alexis peut surprendre par une intelligence fine et un esprit de logique indéniable.

– Heu, oui, c'est ça.

Je continue sur ma lancée. Pépé et Mémé avaient fait des choses pas très gentilles à leurs enfants et avaient demandé de ne le dire à personne. Maman avait caché ces choses pendant très longtemps mais, à force de les cacher et de les porter toute seule, comme des valises trop lourdes, Maman était tombée malade.

– Mais Pépé et Mémé devraient t'aider quand même. Ils t'aiment ! Et puis ce sont tes parents.

Je déglutis avec peine.

– Heu oui, ils m'aiment. Mais Maman a raconté certaines choses qu'ils auraient voulu que Maman garde pour elle comme avant. Et Maman ne peut plus. D'ailleurs, il vaut mieux pour Maman qu'elle ne téléphone plus à Pépé et Mémé pendant quelque temps. Le temps qu'elle aille mieux.

– Ils ne nous aiment pas, alors ?

– Si, si. Vous, vous n'êtes pas leurs enfants mais leurs petits-enfants.

Je passe sous silence le mémorable après-midi où mes parents avaient gardé le temps d'une heure Mathilde et Alexis alors âgés de cinq ans et deux ans. Nous leur avions confié les petits, pendant un bref week-end en Alsace, le temps de faire un jogging. À notre retour, au bout de quarante-cinq minutes, Maman était hystérique. Mathilde m'avait raconté qu'elle avait menacé de donner la fessée à Alexis sous prétexte que ce dernier ne l'écoutait pas. Jamais Frédéric et moi n'avions retenté l'expérience. J'avais trop en tête les accès de fureur maternelle qui pouvaient s'abattre sur nos têtes. Je me remémore aussi ses petites phrases qui, mises bout à bout, indiquaient son niveau de tolérance à l'égard des enfants, y compris de sa propre descendance.

« Ne nous demande pas de garder tes enfants plus tard. On n'est pas des nourrices. »

« Si tu as des enfants, ne les câline pas trop. Ils t'en demanderont toujours plus. »

« On serait restés au Vietnam, on aurait eu des bonnes pour s'occuper de vous. »

Alexis réfléchit longuement.

– Ils vous ont battus ?

Je hoche la tête, trop accablée pour m'étendre sur mes souffrances. Et puis, tout d'un coup, les mots débordent sans que je puisse les retenir : les coups de ceinture, de corde, de câble électrique pour des méfaits dérisoires, la terreur quotidienne, la solitude. Je voudrais pouvoir m'arrêter ; il ne faut pas les épouvanter. Mais comment retenir le flot de paroles qui se déverse de mes lèvres scellées depuis trop longtemps ? Leurs yeux sont agrandis par l'incrédulité : comment les grands-parents-gâteaux ont-ils pu agir de la sorte ? Alexis réagit le premier.

– S'ils t'ont battue, alors ils sont méchants. Moi, je ne veux plus les voir.

Il se lève, fourrage dans sa caisse de peluches et ramène le minuscule nounours vêtu d'un pyjama vert, unique cadeau que mes parents lui ont offert pour son anniversaire il y a quelques mois.

– C'est eux qui me l'ont donné. Je ne veux plus de lui. Je l'aimais bien pourtant.

Je sais qu'en Alexis, la bataille fait rage. Qui est gentil, qui ne l'est pas ? Où se trouve la frontière entre le bien et le mal ? Il ne veut pas faire de tort à mes parents mais ne veut pas me trahir non plus. Peut-être qu'après tout mes parents ne sont pas tout à fait méchants. Peut-être qu'ils m'ont battue pour mon propre bien. Peut-être qu'ils regrettent ce qu'ils ont fait et qu'ils sont trop malheureux de ce qui m'arrive pour prendre contact avec moi. Il me semble pouvoir lire en mon fils comme dans un livre ouvert. Il pousse le minuscule ours du pied.

– Tu n'es pas obligé de le jeter, tu sais.

– Non, je ne le garderai pas.

– Y a-t-il autre chose que tu ne nous as pas dit ? demande Mathilde.

J'hésite et puis je me dis que le moment est venu de révéler l'existence de Serge et de Michel. Les yeux écarquillés, Alexis et Mathilde m'écoutent leur apprendre que Tonton Bruno n'est pas mon seul frère. J'évoque des anecdotes pour les faire rire, après avoir énoncé autant d'horreurs. Le jour où Michel avait été pris de coliques pour avoir mangé trop de mangues. Un éternuement en classe et il n'avait pas pu se retenir sur le banc de l'école. Il était revenu à la maison, les jambes écartées dans son pantalon souillé pendant que, trottinant à ses côtés, je l'interrogeais sur l'origine des effluves que je humais dans son sillage.

Le jour où Serge et Michel avaient fait pipi du haut de l'appartement à travers les barreaux du balcon en Alsace, arrosant abondamment les géraniums de la voisine du bas. Les jeux de Lego, les cavalcades dans les prés, nos parties de gendarmes et de voleurs.

Je peux enfin donner un nom aux complices de mon enfance. En parlant, il me semble les voir me sourire. Ils reprennent possession de leur place de grands frères. Je ne les ai pas oubliés. Les enfants rient à perdre haleine, me questionnent sur leur physique, leur caractère, leurs défauts. Puis petit à petit, les rires se raréfient quand nous évoquons leur adolescence puis leur disparition. Leur mort et leur suicide.

– Vous ne m'en voulez pas de ne pas vous avoir raconté tout cela avant ?

Mathilde et Alexis réfléchissent longuement avant de me répondre.

– Ça fait bizarre de savoir que l'on a d'autres tontons que Tonton Bruno.

– Moi, j'aurais bien aimé les connaître, nos tontons. Ils devaient être marrants.

– Moi, j'ai mal pour eux. Ils ont dû beaucoup souffrir pour choisir de mourir.

– Mais je pense qu'il était trop tôt pour que tu nous parles de tout ça. On était trop petits pour comprendre.

Alexis, chafouin, m'interroge.

– Tu nous as menti, alors ? Et pourtant tu nous as dit que ce n'était pas bien de mentir. Regarde, même la semaine dernière, tu m'as grondé parce que je t'avais dit que j'avais fait mes devoirs alors que ce n'était pas vrai.

Je plisse les yeux, attentive à ne pas tomber dans le piège qu'il me tend. La question est cruciale. Alexis est malin. Il attend ma réponse comme une porte ouverte à tous ses débordements futurs. Il me semble déjà entendre sa voix fluette : « C'est pas grave de mentir. Toi, tu l'as bien fait alors que t'es une adulte ».

– Mon chéri, si j'ai omis de vous dire la vérité pendant toutes ces années, c'était pour VOUS protéger. Vous n'étiez pas assez mûrs pour comprendre ce qui s'était passé. Il y a un âge pour tout. Par exemple, à Juliette, qui a à peine quatre ans, je ne vais pas lui raconter les détails de la reproduction humaine. Elle ne comprendrait pas et serait certainement choquée. De la même façon, il y a des choses que je ne vous dis pas maintenant mais dont je vous parlerai plus tard, quand vous serez plus grands. TOI, lorsque tu m'as menti l'autre jour sur tes devoirs, tu savais que c'était mal mais tu voulais TE protéger. La différence est énorme.

Quelques semaines plus tard, Mathilde est venue me rejoindre dans ma chambre. Songeuse. Notre fille a beaucoup lu et sa maturité n'a d'égale que sa perspicacité.

– Maman, j'ai une question à te poser. Tu me parles beaucoup de Mémé qui te battait mais jamais de Pépé. Cela veut dire que Pépé était gentil et que Mémé ne l'était pas ? Et pourquoi, chaque fois que j'en parle avec Papa, Papa est si en colère ?

Comment faire comprendre à ma fille de douze ans que le grand-père affectueux qu'elle connaissait pouvait être plus dangereux ? Comment lui expliquer l'inceste sans accentuer ma culpabilité ? Comment parler sans sombrer dans le sordide et la traumatiser à tout jamais ?

– Papa est très en colère parce que Pépé a fait des choses très très graves dont je ne peux pas te parler maintenant mais qui ont fait beaucoup de mal à Maman.

– Papa a dit qu'il aurait pu aller en prison.

Je bredouille vaguement. Je ne suis pas encore mûre pour imaginer mon père derrière les barreaux. Mathilde me regarde, elle à qui j'ai expliqué il n'y a pas si longtemps les choses de la vie. Elle hoche la tête et puis, tout doucement, elle me demande.

– Il t'a touchée Pépé, c'est ça ?

Ne plus jamais mentir. Un hochement de tête. Il n'y a pas de mots pour décrire la torture de cette question.

– Je comprends que Papa soit très en colère. On n'en parle plus, si tu veux bien. Ça fait beaucoup de choses à assimiler tout d'un coup mais je suis contente que nous en ayons parlé. Ne t'inquiète pas, je vais m'en sortir et je ne parlerai à personne de cette conversation. C'est quand même ignoble ce que Pépé t'a fait.

– Il a des excuses. Il a eu une enfance malheureuse.

– Et pas toi, peut-être ? Arrête, Maman. Il n'y a pas d'excuse pour ce qui s'est passé.

Elle s'assied à califourchon sur mes genoux. Que mon bébé a grandi et qu'il est lourd sur mes genoux ! Ses yeux noisette me contemplent avec adoration pendant qu'elle me chuchote à l'oreille.

– Je t'aime, Maman. Tu es la meilleure.

Profession de foi

Mathilde va fêter sa profession de foi et attend la célébration avec impatience.

– Papa, Maman, j'aimerais tellement une belle fête pour ma profession de foi.

Un court instant, elle se met à échafauder des scenarii tirés de ses souvenirs : chez les Finet, les fêtes ont toujours été grandioses.

– On pourrait faire comme à la communion de Julie ou celle de Camille. On inviterait la famille, nos amis, tous ceux que l'on aime bien. Il y aurait un grand buffet. Je sais que ce n'est pas le principal mais...

Un brin inquiets, nous préférons tempérer ses ardeurs.

– Écoute chérie, ne t'attends pas à Byzance. Maman sera sous chimiothérapie et sera certainement fatiguée. Et puis, ça risque de coûter cher. Il faut que nous fassions attention.

Notre réticence affichée n'est que pure forme. Nous n'avons pas eu besoin d'échanger longtemps sur le sujet : Frédéric et moi nous sommes déjà promis de mettre les petits plats dans les grands. Nous voulons gâter Mathilde, elle qui n'épargne pas ses efforts depuis quelques mois pour nous seconder.

Mathilde réfléchit pendant qu'une brusque lueur d'espoir renaît dans son regard.

– Papa, Maman, même s'il n'y a pas de grande fête, pensez-vous que je pourrai avoir une pièce montée ? Même une mini-mini.

– On verra, chérie.

Ses yeux vifs implorent les nôtres avec insistance.

– Ou alors un gâteau en glace comme ceux que l'on a vus chez Van Den Casteele ?

– Maman et moi on va réfléchir.

Mathilde opine de la tête.

– Le gâteau, ce serait trop classe. Avec une photo de moi en gros plan bien sûr. Non, je rigole.

Son sourire malicieux s'efface et elle ajoute d'un air grave qui nous tord les entrailles.

– C'est pas ça le principal. Même s'il n'y a rien, je serai contente. L'important, c'est qu'on soit tous là.

Un dernier bisou et Mathilde la Gourmande remonte dans sa chambre dévorer un de ses nombreux romans, comme un curé son bréviaire. Pas d'amertume ni de crise de larmes. Non, juste de la résignation par rapport à un rêve qu'elle voit s'éloigner et qu'elle caressait depuis plusieurs années. Notre grande fille ne croit plus au père Noël depuis longtemps et a appris que mère Faucheuse remplit les hottes des plus grands avec des présents dont ils se seraient bien passés. Les derniers mois ont propulsé notre première fille dans le monde des adultes et l'ont transformée en une guerrière faussement endurcie.

Alors, contre vents et marées, Mathilde nous aide à écoper le bateau familial et s'efforce de réconforter capitaines et moussaillons.

Mathilde la Douce prie chaque soir avec ferveur devant l'autel qu'elle a dressé dans sa chambre. Avec une foi d'enfant : « Faites que ma maman guérisse, s'il vous plaît, Seigneur ». Indépendamment du regard des autres à qui elle ne se confie pas. Elle a même demandé à partir à Lisieux. Pour demander à sainte Thérèse d'intercéder auprès de la Sainte Vierge.

– Tu sais, Maman. Il y a eu plein de guérisons miraculeuses. J'ai fait un vœu là-bas. Moi j'y crois et j'ai promis que nous y reviendrons tous ensemble quand tu iras mieux pour la remercier de la grâce qu'elle va nous accorder. Parce que ça va aller. C'est sûr.

Mathilde, la chef de clan, interpelle ses frères et sœurs dès son retour du collège, son lourd sac déposé dans le couloir.

– Alexis, Élodie, Juliette, allez vous laver. Alexis, tes devoirs. Non, les filles, vous laissez Maman se reposer. Ça va, Maman ? Repose-toi, je fais manger les petits.

Mathilde la cuisinière bataille aux fourneaux et pianote sur l'ordinateur à la recherche de recettes qui nous changeront de sa traditionnelle salade de riz au thon.

Au rappel de tous les faits d'armes de notre premier bébé, Frédéric et moi avons topé sans hésitation, comme deux généraux à la veille d'une bataille.

– Alors, on se lance ?

– On y va !

La profession de foi devra être mémorable.

Un petit rire me prend et me revigore au souvenir de ce conte lu sur la naissance du diable : « Dieu se sentait seul. Il décida de créer le monde. Mais comment faire ? Il ne savait pas. Il s'y prenait mal, échouait, recommençait, s'énervait. Finalement dépité, il jeta sa canne qui, en tombant, heurta le sol et fit apparaître le diable. » Et le conteur de terminer sur cette moralité qui colle si bien à la réalité de la situation : « Le démon fait son nid dans tes creux de fatigue. Ne te décourage pas ».

Au diable les séances de chimiothérapie qui se succèdent et les effets secondaires qui me ravagent davantage.

Au diable la fatigue et les idées noires.

La liste des tâches à réaliser s'avère très vite impressionnante : trouver une salle pour soixante-dix personnes, jongler avec les traiteurs, répartir les missions de chacun, celles que nous pourrons réaliser de nos mains et celles que nous pourrons déléguer.

Pas d'orgueil déplacé. Je connais la limite de mes forces et je sais aussi que, pour beaucoup, nous aider à préparer cet événement est une belle façon de nous prouver leur soutien.

Mano, la sœur de Frédéric et marraine de Mathilde, a d'ores et déjà proposé ses services : elle sera la décoratrice attitrée de la salle. Cousin Dominique sera disc-jockey. Notre amie Sandra, Cousine Valérie et Cousine Sophie cuisineront à tour de bras petits fours, salades et petits gâteaux.

– Que dirais-tu de cannelés ? Et pourquoi pas une salade de melon ? Sophie a une recette de gâteau au chocolat à tomber.

– Moi, je récupérerai les glaces chez le traiteur.

Papi et Nini s'occuperont des fromages, Laetitia et François du vin.

Personne ne veut être en reste.

– Demandez-nous, Frédo et Lolo, on est là.

Profession de foi : jour J

Après des semaines passées à œuvrer comme des fourmis, c'est enfin le grand jour.

Venue tôt pour coiffer Mathilde, Cousine Julie s'est installée à la cuisine : perles, épingles, élastiques, crèmes envahissent la table à manger prestement débarrassée des restes du petit déjeuner. La bouche pincée sur de multiples épingles, Julie virevolte autour de notre fille et fait courir ses doigts dans ses longs cheveux.

– Bouche pas et laiffe-moi faire, Makhilke.

Un petit coup de peigne par ici, une pince par là. Élodie et Juliette n'en reviennent pas de l'expertise de leur cousine et piaffent d'impatience.

– C'est beau ! Et nous, on pourra avoir la même chose ?

Un regard rapide jauge leurs crinières emmêlées et s'attendrit devant les petits yeux ronds qui l'implorent.

– S'il te plaît, Zulie.

La grande cousine fond.

– Bon d'accord. Je finis avec Mathilde et je m'occupe de vous. Voilà, miss. Tu peux te regarder dans le miroir.

Un chignon de boucles et de tresses entoure l'ovale du visage de notre fille. Incrédule, Mathilde se contemple dans la glace, touche délicatement ses cheveux parsemés de perles puis rit de plaisir. Julie se remet aussitôt à la tâche.

– À vous, les filles.

Les petites se sont instantanément calmées. Quelques gloussements nerveux et, comme par magie, les épis disparaissent pour laisser place à de magnifiques tresses savamment disposées.

Tic-tac, tic-tac.

Le temps presse. Cousine Julie est partie.

Tic-tac, tic-tac.

Cousin Vincent et Mano sont passés en coup de vent pour récupérer les clés de la salle dont les tables et les chaises ont été installées hier. Il faut encore faire des allers-retours pour apporter les plats et les derniers cartons remplis de victuailles qui encombrent le couloir. Il reste aussi les menus objets que nous voulons disposer ou afficher pour personnaliser la fête. Il y a les photos soigneusement sélectionnées qui retracent le parcours de Mathilde : bébé aux mimiques attendrissantes, petite fille malicieuse, jeune fille grave... Hier midi, la langue tirée par l'effort, les petits ont dessiné une grande fresque qu'ils destinent à Mathilde : des couleurs vives, des papillons, des fleurs et surtout plein de petits mots doux pour dire leur affection. Comment la mettre en valeur ?

Dring ! Dring !

C'est Papi et Nini. Leur arrivée nous soulage.

– On emmène Mathilde. Vous nous rejoignez plus tard. Ne traînez pas.

Vêtue de son aube, Mathilde est montée dans la Modus couleur citrouille, comme Cendrillon dans son carrosse.

Tic-tac, tic-tac.

Comment arrêter cette trotteuse qui court toujours plus vite ?

Il me semble ne pas avoir assez de bras ni de mains pour parer à toutes les tâches qu'il nous reste à réaliser. Vite, surveiller les petites, habiller Alexis, téléphoner aux traiteurs, répondre au téléphone, achever les derniers préparatifs, charger la voiture. Me doucher, me vêtir, chausser mes hauts talons. Me coiffer. Zut, l'huile dorée censée lustrer ma courte chevelure s'est déversée sur ma veste blanche. Je frotte et refrotte. Avec hargne mais sans succès. La tache s'étend. Je m'énerve, sue à grosses gouttes. Il faut que je me re-douche, me rhabille.

Le dernier quart d'heure.

Frédéric fulmine, l'œil rivé sur la montre. Où est passé l'ultimatum qu'il nous avait donné ?

– Lolo, Lolo, on y va. Vite !

Tant pis pour la veste humide qui pendouillera nonchalamment sur mon avant-bras.

– Vite, les enfants !

Clic, clac. Les ceintures sont attachées.

– Mon doudou ?

Tant pis, pas de doudou malgré la petite moue crispée de Juju. Il faut y aller si nous ne voulons pas rater le début de la messe.

Ça y est. Nous sommes partis. Sur les chapeaux de roues mais le principal est que nous sommes enfin sur la route. Un soupir de soulagement exhalé timidement, pendant que la voiture fonce sur le boulevard. Un coup d'œil de côté à Frédéric qui commence à décrisper doucement sa mâchoire.

Dring ! Dring !

C'est Mathilde au portable de Papi. Éperdue. Presque en pleurs.

– Allô, Papa, Maman, j'ai oublié ma croix à la maison. Il faut ab-so-lu-ment que je l'aie. Vous pouvez aller me la chercher ?

Les lunettes de soleil de Frédéric ne sont pas assez puissantes pour contenir sa fureur.

– P..., Mathilde, tu exagères.

Retour à la maison. Course folle dans la chambre, le portable à la main, pendant que Mathilde guide son père.

– Sur la table. Non ? Alors dans le tiroir de gauche. Non, de droite. Il faut que je raccroche, Papa, on m'appelle. Tu peux continuer de chercher, s'il te plaît ?

Il y a trois croix maintenant, retrouvées un peu partout dans la pièce en désordre et récupérées par la main rageuse de Frédéric. Laquelle doit être prise ? Tant pis, nous repartirons avec les trois et le précieux doudou que Juliette, en extase, fourre immédiatement dans sa bouche. Notre voiture nous jettera à temps devant l'église où, haletants, nous assisterons au rassemblement des communiants avant leur entrée. Sommes-nous arrivés trop tard ? Non, nous avons reconnu la tête couronnée de boucles de notre fille. Mais qu'arbore-t-elle fièrement autour de son cou, attachée par un simple cordon ? Notre fille nous aperçoit, sourit piteusement et chuchote en montrant son poitrail du doigt.

– Ben, finalement, il fallait pas s'inquiéter. La catéchiste m'en a donné une autre...

Je réprime un gloussement devant les yeux exorbités de Frédéric et sa main qui fourre précipitamment les trois croix dans son sac.

– Ta fille...

Il n'a pas le temps de finir, le fou rire me gagne pendant que nous nous fondons dans la foule des parents et des amis venus assister à la cérémonie. Mon cou se tend au-dessus des chignons et des hautes statures pour suivre l'entrée en procession des adolescents dans l'église. Brouhaha, flashs qui crépitent. Les voilà ! Il y a quelques larmes au coin des yeux mais surtout de l'attendrissement quand le flot joyeux des adolescents remonte la nef sur les premiers accords de l'orgue. Mon regard contemple les visages juvéniles, reconnaît au passage certaines communiantes qui jouaient à la maison et réclamaient un bonbon avant de partir. C'était hier ?

Un coup au cœur.

J'aperçois Mathilde.

Frêle lys qui chemine gracieusement vers l'autel. Comme un étendard, la croix miroite doucement sur son aube blanche. Symbole d'amour et d'espérance.

Mon cœur fond. J'ai pressé très fort la main de Frédéric en contemplant avidement notre bébé que nous avons porté sur les fonts baptismaux. En même temps que l'assistance reprend le chant d'entrée avec allégresse, une vague d'émotion m'embrase tout entière. J'ai fermé doucement les yeux pour mieux savourer ce sentiment de plénitude, écho silencieux mais si vibrant de mon cœur empli de joie.

Deux heures plus tard, une symphonie de cloches tirées à la volée libère les paroissiens comme une nuée de moineaux sur le parvis de l'église. Les rires fusent, la joie est presque palpable sous le soleil qui fait cligner précipitamment des yeux après la semi-obscurité abbatiale.

– Les enfants, on se regroupe. On montre ses belles dents baguées !

– *Cheeeeese.*

Un cliché sur le perron pour immortaliser l'instant et les aubes volent vers le parc. C'est le moment béni des séances de photos. Celles avec la famille, celles avec les parrains et marraines, celles qui occuperont une place particulière dans l'album familial. Les communiants volent d'un bras à l'autre de leurs accompagnants endimanchés. Robes à fleurs, costumes printaniers. Les petits frères et sœurs virevoltent comme des papillons ivres.

Le docteur Mora, notre médecin de famille, est également là, avec sa femme et ses quatre enfants. Une poignée de main et un sourire de connivence qui éclaire simultanément nos visages : l'amiral veille ; le capitaine du bateau est toujours présent malgré la tempête ; l'équipage profite de l'accalmie pour souffler.

Un dernier salut, une dernière interpellation aux joyeux groupes qui se défont au rythme des départs. Mathilde a repris son carrosse avec Papi et Nini. Elle ira se changer à la maison, ce qui nous permettra de peaufiner les derniers préparatifs avant son arrivée à la salle des fêtes. Pendant toutes ces semaines, nous avons déployé des ruses de Sioux pour ménager l'effet de surprise. Notre fille est persuadée que la fête donnée en son honneur sera sobre. Mathilde sait tout juste que nous avons loué une petite salle pour la circonstance.

– Ce sera plus simple pour recevoir les invités. Mais ne t'attends pas à grand chose. Tu serais déçue.

Une partie des invités est déjà présente devant la salle des fêtes. De la vitre ouverte de notre voiture, j'aperçois des visages familiers. D'autres véhicules continuent d'affluer. Il y a Yvette, notre nounou actuelle dont les yeux noirs pétillent avec affection. Et puis Julia et son fils qui se tiennent timidement de côté. Il y a Nounou qui a gardé tous nos petits et qui pendant près de douze ans les a bercés, mouchés, élevés. Témoin discret de leurs premiers pas, leurs premiers mots. Nounou a eu du mal à accepter mon nouvel état de malade.

– Allô, Nounou, j'ai une nouvelle à vous annoncer.

– Oh oh ! Vous attendez un cinquième, c'est ça ?

– Non, Nounou, j'ai le cancer.

Nounou avait eu un hoquet de surprise. La voix tremblante de larmes, elle avait balbutié quelques paroles d'encouragement puis avait très vite raccroché. Six mois de silence radio dont je ne lui avais pas tenu rigueur même si j'avais dû déployer des trésors d'ingéniosité pour la convaincre que je n'étais pas mourante et que la vie continuait.

Aujourd'hui, sa courte chevelure rousse flamboie comme un casque au soleil. Telle une guerrière venue défendre ses petits. Un peu confuse de sa réaction, Nounou s'est excusée.

– N'hésitez pas à faire appel à moi. Je serai toujours là.

Les bras chargés des derniers paquets, nous sommes descendus de la voiture. Embrassades. Exclamations de joie. Le cortège d'amis et la famille nous ont suivis jusqu'à la porte de la salle de fête.

Ding, dong. Les allées et venues des traiteurs se succèdent.

Diantre, avons-nous vu trop grand ?

Un brouhaha joyeux dans la foule des invités. La porte s'ouvre.

C'est Mathilde. Radieuse dans sa robe de dentelle. Les cheveux tirés dans l'élégant chignon de boucles et de perles. Son regard, agrandi par le mascara, vole à travers la salle, se pose, revole comme un oiseau qui ne sait sur quelle branche se poser. Les murs ont été décorés d'une multitude de photos et d'une grande fresque. Les tables sont dressées de blanc et de turquoise, sa couleur fétiche. Il y a même des brins de muguet dans les petits bouquets champêtres offerts par Julia. Notre fille a couru vers nous. Elle a chuchoté dans le creux de l'oreille un « Merci » étranglé par le bonheur puis, tel un colibri, est partie voleter de groupe en groupe, effleurant au passage les nappes, humant les bouquets, butinant les petits fours. Son arrivée a lancé le début de la fête. Elle réunit en fanfare la tribu ch'ti au grand complet : oncles, tantes, cousins, cousines, amis de longue date et amis de combat. Un coup d'œil inquiet à travers la salle. Où sont Papi et Nini ? Ils devisent tranquillement avec Jean et Mireille. La soixantaine joyeuse, Jean et Mireille sont rentrés de leurs vacances en Italie tard dans la nuit.

– Pour rien au monde, on ne louperait la profession de foi de la grande.

Ils sont un peu déçus de ne pas avoir pu assister à la messe. Elle, la Flamande au grand cœur qui ne mâche pas ses mots. Lui, le fermier, rescapé du cancer depuis plus de dix ans.

Papi et Nini, Jean et Mireille. Ils m'ont soutenue sans faillir durant ces derniers mois. À travers la salle, nos regards se cherchent. Ballet des mimiques et des phrases chuchotées pendant que leurs yeux sourient affectueusement.

– Ne te fatigue pas trop, Lolo. Prends le temps de t'asseoir.

Un haussement de sourcils admiratif.

– Tu es superbe dans ta robe rose.

Un clin d'œil.

– Comment va ma petite chérie ?

Personne ne manque ?

Si bien sûr. Rien ne pourra me faire oublier l'absence de mes parents ni celle de Bruno.

Plusieurs mois nous séparent de notre dernière conversation téléphonique. Dans leur silence absolu, notre navire a maintes fois menacé de chavirer, égratignant sa coque aux multiples récifs : annonce du cancer, mise en nutrition artificielle, cures de chimiothérapie, effets secondaires, scanners... Nos cris de peur et nos larmes de désespoir sont-ils si faibles pour qu'ils les ignorent, eux, mes géniteurs ? Pas un jour ne passe sans que je m'interroge : sont-ils malades au point de ne pouvoir s'appesantir sur mes propres maux ? Sont-ils devenus sourds et muets ? Peuvent-ils m'avoir oubliée ? Leur honte est-elle si grande pour qu'ils n'osent m'appeler ? Comment me faire absoudre des crimes que j'ai commis ?

– Pardon, Papa, pardon, Maman. Pardon de ne pas avoir pris de vos nouvelles pendant toutes ces semaines. Pardon de contribuer à l'effritement de votre descendance, déjà mise à mal. Pardon de n'avoir pas su garder vos secrets qui, quarante ans après, continuent de torturer mon âme. Pardon de n'avoir pas su taire les viols de mon propre père. Pardon de ne pas continuer à être la petite fille soumise à tous vos désirs et à toutes vos violences. Pardon d'essayer de survivre. Pardon d'essayer seulement d'exister.

Même mourante, je n'aurai pas leur grâce.

Bruno est absent également.

Un serrement de gorge à son évocation, lui, le parrain de Mathilde.

Mon grand frère n'a pas repris contact avec nous depuis trois mois.

Jusqu'à ces derniers jours.

Mathilde a reçu de sa part une courte carte à l'occasion de ses treize ans : « Joyeux anniversaire ! J'espère que tes parents se portent bien. »

Quelques mots courtois accompagnés d'un chèque.

Comme d'habitude.

Comme tous les ans.

J'ai contemplé la lettre et l'ai relue, incrédule et amère.

« J'espère que tes parents se portent bien. »

Comment peut-il ignorer mes souffrances actuelles, lui à qui Frédéric a confié son désespoir, au plus fort de la tempête ?

– Ta sœur a un cancer généralisé. C'est grave.

Que lui dire de plus pour percer la carapace qu'il s'est construite depuis tant d'années et qui anesthésie ses sentiments ?

J'ai pleuré.

Bruno ne changera pas. Bruno continuera de préserver les apparences : appeler aux anniversaires, souhaiter les fêtes, Noël et Pâques. Surtout ne pas aborder les sujets qui fâchent. Bruno continuera de nier la vérité : pas de cancer, pas de violences, pas de viols. Bruno restera loyal envers nos parents.

Pas comme moi.

Moi, j'ai trahi le clan.

Et puis j'ai séché mes larmes.

Je ne veux plus rester dans un jeu de convenances qui ne sont pas convenantes.

J'ai pris la décision de ne pas répondre.

Faire la morte.

Tenter de rassembler les miettes de mon âme et de mon corps mis à mal.

Protéger mon monde en reconstruction.

Mathilde, chemineras-tu seule ?

– Ça va, Lolo ?

Ma belle-sœur interrompt mes pensées. Elle, la marraine au grand cœur qui a paré la salle en l'honneur de sa filleule. Discrète, elle entoure notre fille de toute son affection depuis sa naissance. Avec panache. Avec constance. Avec grand cœur.

– Tu l'as gâtée, Mano. C'est magnifique. Merci.

– C'est rien. Profite.

Mano n'est pas une grande bavarde. Pour cacher sa gêne face à l'émotion qui nous submerge, ma belle-sœur s'active, porte les plats vers la grande table qui servira de buffet : salades multicolores, quiches champêtres, quiches de la mer, petits fours et même spécialités portugaises. Julia a tenu à cuisiner ses petits beignets à la morue dont elle n'est pas peu fière.

Ding, dong. Ce sont les amies de Mathilde que nous avons invitées par surprise et sans qui l'ambiance n'aurait pas été parfaite. Mathilde danse, chante et rit d'une joie sans retenue. Ses yeux scintillent comme des étoiles pendant que Cousin Dominique se déchaîne à la sono, incitant les plus timides à participer à la fête.

Peu à peu, les barrières tombent, mêlant famille et amis, cousins et cousines, jeunes et vieux.

Bonheur d'être ensemble.

Fête de la foi et de la vie.

Les desserts font enfin leur apparition. Sous le regard incrédule de Mathilde, la pièce montée est apportée en grande pompe, suivie de près par le gâteau commandé chez Van Den Casteele, le célèbre glacier.

Mathilde la Gourmande s'approche de la table croulant sous les pâtisseries. Sur la surface givrée du gâteau glacé, il y a une photo d'elle, imprimée sur du pain azyme. Prise il y a quelques jours par sa cousine Camille, Mathilde la Gracieuse y sourit en gros plan.

– Tu vois, chérie, tout y est.

Mathilde rit de bon cœur. Un clin d'œil complice et elle s'en retourne, magnifique papillon blanc de treize ans tout juste sorti de sa chrysalide et qui virevolte, ivre de vie et de bonheur.

Séjour à Lourdes

Nous avons pris la décision de nous rendre à Lourdes pour une petite semaine. Nous serons respectivement brancardier et hospitalière auprès des malades. Donner un peu de notre temps à des personnes en souffrance, n'est-ce pas une façon de relativiser la nôtre ? Pèlerins et bénévoles emprunteront le train mi-juin pour se rendre à la ville sainte et seront divisés en plusieurs groupes en fonction des diocèses auxquels ils appartiennent. Il y a le Train vert pour le diocèse de Lille, le Train bleu pour celui de Cambrai, le Petit Train de l'amitié pour les personnes dont le handicap nécessite une attention plus grande.

Quelques semaines avant le départ, nous avons rencontré Solange et Thérèse, les responsables en charge du Train vert. Les deux petites femmes, replètes et vives, nous accueillent chaleureusement.

– Que devrons-nous faire ?

– Rien de spécial ni de délicat : de l'écoute bienveillante auprès des malades, la conduite des pèlerins aux offices et quelques soins. Vous serez assistés par des aides-soignantes ainsi que par des médecins. Nous serons même accompagnés par des kinésithérapeutes.

Thérèse a contemplé longuement mon corps amaigri avant d'ajouter, pensive :

– Je préfère quand même vous prévenir. Les journées sont longues et fatigantes. Il faut de la force pour porter les brancards ou pousser les fauteuils roulants.

À l'énoncé du programme, je sens poindre une inquiétude dans les yeux de Frédéric. Vite, le devancer avant qu'il ne s'oppose à ce projet.

– J'ai de petits soucis de santé actuellement.

Frédéric hausse les sourcils. Petits ? Notre silence interpelle Solange et Thérèse qui échangent un bref regard. Il faut que j'éclaircisse la situation avant qu'elles n'imaginent que nous cherchons un prétexte pour nous défiler.

– Je suis atteinte d'un cancer. Malheureusement généralisé.

Un frémissement de nos auditrices comme une risée sur une mer d'huile. Je me hâte de continuer avant que Frédéric n'intervienne.

– Mais rien de grave. Ne vous inquiétez pas. Je suis actuellement une chimiothérapie. Il m'arrive d'être fatiguée mais je saurai me préserver. Et puis j'ai envie de le faire. Vraiment.

Je tique intérieurement. Je réalise subitement que le débranchement de ma bonbonne devra être réalisé là-bas. Il nous faudra trouver une infirmière habilitée à le faire.

Le sourire de nos auditrices est revenu.

– Toutes les bonnes volontés sont les bienvenues.

Il me reste maintenant à convaincre le corps médical du bien-fondé de notre voyage. Je m'attends un peu à devoir batailler avec Louis, l'interne du service d'oncologie qui seconde le docteur Delmas. Pendant que l'infirmière accroche la bonbonne de chimiothérapie à mon pac avant notre départ pour Lourdes, Louis m'interpelle nonchalamment.

– J'ai appris que vous vous étiez proposée pour être brancardière à Lourdes ? C'est une expérience magnifique. J'ai moi-même été brancardier hospitalier, il y a quelques années. Un petit conseil toutefois, madame Finet : le séjour est très éprouvant. Il ne faudra pas vous surmener. Souffrez-vous toujours des mêmes effets secondaires après la cure ?

Sous son air d'enfant sage aux grands yeux étonnés, Louis cache un tempérament de fer qui ne se laisse pas facilement mener. Je ne peux pas lui mentir.

– Heu, oui.

– Les mains, les pieds, les nausées, la fatigue, le moral, c'est bien ça ?

On dirait une comptine : « Et la tête ? Et la tête... Alouette, gentille alouette ». Louis me scrute impitoyablement. Rien ne peut lui échapper. J'ai opiné faiblement.

– Ce n'est pas grave, madame Finet.

J'exhale un soupir de soulagement. Même pas besoin de me battre avec lui. Trop facile !

– On va vous booster un peu. Je vais vous prescrire de la cortisone.

Je revois mon visage et mon corps gonflés des jours qui suivent l'absorption des comprimés blancs au pouvoir dynamisant. Non, je ne veux pas me transformer en Bibendum Michelin. Plus qu'une question d'esthétique, j'y mets un point d'honneur. Ma réponse fuse aussitôt.

– Louis, je ne veux pas de cortisone. J'ai suffisamment de médicaments comme cela. Ne vous inquiétez pas ! J'y arriverai.

– Comment ça, beaucoup de médicaments ? Moi, comme médicaments je ne vois que la chimiothérapie !

Louis est aussi tenace que moi. Je ne l'aurai pas à l'usure. Un à un, il combat mes arguments. Avec patience, intelligence et beaucoup d'humour. Il a même la gentillesse d'avoir la victoire humble quand, de guerre lasse, je capitule.

– Vous verrez, madame Finet. Cela sera beaucoup plus facile.

Frédéric et moi avons pris le chemin de la gare pour un voyage de plus de huit heures. Louis a raison. La cortisone fait son effet. Pas de fatigue extrême, ni de nausées malgré la bonbonne de chimiothérapie qui pendouille négligemment à ma taille. Non, juste une surexcitation de puce lâchée dans un camp de nudistes.

– Lolo, où sont les billets de train ?

Je fouille désespérément dans mon sac de voyage, jette un regard par en dessous à Frédéric, puis secoue la tête piteusement. Un œil noir de Frédéric avant qu'il ne pique un sprint effréné jusque chez nous. Rouges et suants, nous monterons dans le train *in extremis*, lui légèrement agacé, moi jurant, mais un peu trop tard, que l'on ne m'y reprendrait plus. L'arrivée à Lourdes démentira ma promesse.

– Lolo, où sont les produits pour débrancher la chimio ?

Il me semble avoir vu le sachet posé sur la commode de l'entrée. J'entends encore Frédéric insister pour que je le prenne. Et puis, là, le trou noir. Le sachet est bien présent mais son contenu a disparu. Frédéric, rageusement, retourne la valise.

Rien.

L'infirmière spécialisée arrive dans une petite demi-heure, juste après notre un repas du soir et avant l'arrivée des pèlerins à l'hôpital de Saint-Frai. C'est la goutte de chimio qui fait déborder la bonbonne... Frédéric jure tout bas. À son front, je vois saillir la petite veine bleue, signe d'un énervement extrême. Depuis le début de la maladie, il s'est promis d'aplanir la moindre difficulté. De jour comme de nuit. Sa rigueur est souvent mise à mal, d'autant que mon étourderie légendaire a été amplifiée par les effets secondaires de la chimiothérapie. Une mémoire de poisson rouge tournant pour la énième fois dans son bocal. Je sens l'orage arriver.

– P.., Lolo, ce n'est pas sérieux.

Offusquée, j'interprète sa réaction comme une offense personnelle. Je ne suis plus une gamine ! Pleine de mauvaise foi, je rétorque.

– Ça arrive à tout le monde d'oublier. Même à toi, d'ailleurs.

– Fais attention quand même. Je ne peux pas toujours penser à tout.

Notre premier conflit depuis de longs mois. Intérieurement, je me sens responsable. Faut-il me frapper le torse et faire mon mea-culpa ou affecter un air outragé ? Je n'ai pas le temps de réfléchir. Mon ego a sournoisement pris les devants.

– D'ailleurs, je n'ai pas besoin de toi. Je sais me débrouiller toute seule.

Comme deux coqs belliqueux, nous nous affrontons du regard. J'ai envie de jurer, me retiens de justesse. Comment m'en sortir dignement ? J'ai trouvé. Je vais aller dîner. Frédéric m'emboîte le pas. Lui aussi a dû prendre la même décision. Peu à peu, nos esprits s'apaisent en même temps que nos estomacs affamés. La serveuse est repartie avec nos assiettes de soupe vides. Où poser mon regard ? Je lorgne du coin de l'œil Frédéric assis face à moi, surprends ses yeux qui pétillent, hésite à maintenir mon silence boudeur.

– Allez, Lolo, on arrête. C'est trop bête. L'infirmière a envoyé un sms. Elle va réussir à te débrancher avec les moyens du bord. Je te demande pardon.

– Non, c'est ma faute. Pardon, mon chéri.

Nos mains se sont rejointes au-dessus de la petite table. Pur moment de bonheur d'entrelacer nos doigts et de nous retrouver. Nos premières vacances à deux depuis de longs mois. Le repas a continué, joyeux et tendre.

Il est près de 22 h 00 quand nous arrivons à l'hôpital Saint-Frai. D'autres brancardiers hospitaliers (« BH ») nous ont rejoints et s'interpellent joyeusement. Tous ont hâte de se mettre à l'œuvre, même si la nuit risque d'être courte : le train de pèlerins est annoncé avec du retard et nous sommes attendus le lendemain aux aurores pour la prière du matin et le lever des malades.

Un brouhaha tout à coup. Les portes des ascenseurs s'ouvrent devant les premiers malades.

Ils nous rejoignent par vagues.

Hagards, harassés, désorientés.

Doucement, nous les conduirons à leurs chambrées.

Pour défaire leurs valises qui arrivent.

Pour extraire les reliquats de leur univers qui nous racontent leur quotidien : ceux qui vivent seuls, ceux qui viennent des hospices, ceux dont on s'occupe et ceux que l'on délaisse.

Pour défaire leurs vêtements souillés qui n'ont pas supporté un aussi long voyage.

Pour exhumer leurs corps flétris.

Pour les laver, les essuyer, les soigner jusque dans les moindres plis.

Et puis les vêtir de propre et de sec.

Les coucher comme de grands enfants qui ferment leurs yeux de fatigue mais aussi de honte. Pour ne pas nous voir, nous qui faisons intrusion dans leur intimité.

Surtout, taire notre propre pudeur à les voir nus, leur souffrance offerte à nos yeux de voyeurs : nos parents pourraient être à leur place. Nous pourrions être à leur place. Qui a dit : « Je me plaignais de ne pas avoir de chaussures, je ne me plains plus depuis que j'ai vu celui qui n'avait pas de pieds » ?

Les journées se suivent, en apparence semblables les unes aux autres, selon un programme bien rodé. Lever aux aurores, prière du matin avant le lever des malades. Soins du corps, soins de l'esprit. Ménage. Lessive. Conduite aux cérémonies. Déjeuner. Conduite aux cérémonies. Soins du corps, soins de l'esprit. Dîner. Coucher des malades.

École de la vie. École de l'humilité. École du don de soi.

Rapidement, les liens se tissent entre les bénévoles affectés à un même groupe de chambres au nom évocateur : « La rencontre ». Il y a Nadine, la chef de salle, Benoît, son adjoint, Katarina, la jolie Polonaise, Françoise, l'avocate venue sans son mari et ses cinq enfants. Il y a Colette, une ancienne élue, Xavier, son mari, Rébecca, l'Antillaise, Véronique, la juge... Il y a Élisabeth, le médecin, Coralie, l'aide-soignante. Il y a aussi plus de deux cents jeunes venus nous appuyer dans une logistique bien rodée : les petites charrettes bleues qui supportent les malades sont si lourdes à tirer pour les octogénaires en retraite ou pour certains bénévoles qui taisent volontairement leur souffrance.

Ici, pas de télévision, ni de shopping intensif auprès des marchands du temple. Pas de lecture, ni de radio. Coupés du monde, BH et malades, tout doucement, s'apprivoisent. Quand le corps est malade, l'âme est en peine.

Louise a quatre-vingt-dix ans. Son bras droit pend, inerte, à côté de celui de son fauteuil roulant. Louise se laisse porter de son lit à son fauteuil roulant et de son fauteuil roulant à son lit, monopolisant les forces des hommes les plus robustes. Tous les jours, Louise est déshabillée, changée, talquée par nos mains devenues expertes. Petit à petit, Louise parle. Raconte sa solitude à l'hospice.

– Que faites-vous de vos journées, Louise ?

Louise sourit humblement.

– Rien.

Ses yeux bleus délavés ne discernent plus grand-chose ; les sons ne lui parviennent qu'assourdis. Les aides-soignantes et proches n'ont plus la patience de lui faire la lecture ou de lui répéter les mêmes questions. Ses doigts déformés par l'arthrite ne peuvent plus tricoter ni écrire. Alors Louise regarde la télévision du matin jusqu'au soir.

– Et avant, Louise, c'était comment ?

Le visage de Louise s'illumine.

– J'étais avec mon mari. Nous nous sommes mariés pendant la guerre. J'avais vingt ans...

Le temps de son séjour à Lourdes, Louise, étonnée de l'intérêt qu'elle suscite, raconte ce qu'elle a enterré derrière sa bouche close. Heureuse de partager avec nous sa plus belle richesse : son passé.

Thérèse-Marie interpelle les plus avertis qui passent précipitamment devant sa chambre.

– Madame, j'ai mal.

Les non-initiés s'arrêtent, pris de pitié pour cette octogénaire impotente. Obsédée par son propre malheur, elle s'agrippe à leurs bras et raconte en boucle la même histoire.

– Ça a commencé par une infection urinaire et puis ça s'est transformé en septicémie. Ça me pince. Il ne faut pas que la température monte. Il faut appeler un médecin. J'ai mal.

Aides-soignantes, médecins et BH défilent à son chevet, la déshabillent, l'examinent, la cajolent. Rien n'apaise sa peur obsédante. Celle de mourir. Celle de ne pas être entendue.

– Madame, j'ai envie de faire pipi.

Thérèse-Marie se sent seule et pleure. Mais, aujourd'hui, la vieille dame sourit : son fils unique, qui habite Toulouse, vient la voir comme tous les ans à Lourdes, pour quelques heures. Alors, Thérèse-Marie se pomponne et attend depuis l'aube, fière de celui dont elle aime nous parler et qui arrive enfin. Avec le sourire crispé de circonstance. Imperméable à l'affection maternelle. Pressé de repartir avant même d'avoir franchi le seuil de la chambre.

Germaine trône comme une souveraine dans son lit, use et abuse sans scrupule des services de la bénévole affectée à son chevet.

– Annie, mes pilules. Annie, mes bas de contention. Annie, vous êtes en retard.

La vieille dame jalouse les attentions données à ses comparses et accentue les gémissements pour attirer l'attention. Nul ne s'insurge contre son despotisme : Germaine est malade. C'est pour cela que la vieille dame est portée précautionneusement sur un brancard, bien que certains, étonnés, l'aient vu marcher.

Un jour, je m'essaie à lui tenir tête. Peut-être arriverai-je à la raisonner ?

– Vous savez, Germaine. Certains souffrent comme vous mais ne disent rien.

Germaine s'offusque. Qui peut être plus malade qu'elle ? Sa voix grince comme une porte non huilée. Ses yeux parcourent la chambre à la recherche de l'impertinent qui oserait la défier dans son rôle de victime.

– Qui souffre ?

Un silence. Je m'aventure.

– Moi, par exemple.

Germaine m'examine derrière ses lunettes et secoue ses boucles grises permanentées.

– Qu'est-ce que vous connaissez à la douleur ? Vous êtes malade, vous ?

Son air méprisant est un affront. Je ne peux résister à la tentation de la souffler. Ma réponse est brève.

– J'ai le cancer.

Un bref moment de silence pendant lequel Germaine semble digérer l'information, tout en continuant de me scruter. L'ai-je gagnée à ma cause ? Germaine a pincé ses lèvres. Semble réfléchir. Peut-être cherche-t-elle un petit mot d'encouragement ? Ça y est, Germaine a trouvé et se délecte de sa réponse comme on suçote un bonbon.

– Et bien moi, j'ai la maladie des os. Alors, qu'est-ce que vous avez à dire ?

Je suis tombée dans son piège. Que faut-il que je réponde pour la sensibiliser à la misère des autres ?

– Et bien moi, mon cancer, il est généralisé.

Germaine sourit d'un air satisfait. Elle sait qu'à ce jeu-là, elle est la plus forte. Ses yeux brillent d'une joie malsaine.

– Eh bien moi, j'ai eu un arrêt cardiaque et puis...

Un silence pendant lequel Germaine semble choisir l'arme la plus adaptée pour m'asséner le coup final.

– On m'a abandonnée à ma naissance.

Est-ce de la haine que je ressens pour cette vieille dame qui ne semble éprouver aucune compassion et attend ma réponse d'un air triomphant ? Ma bouche s'ouvre puis se referme. Nous pourrions continuer l'escalade, comme deux gamines en train de se défier : « Et puis moi, mon papa, il est plus fort que le tien ». Est-ce mon but ? Non. J'y perdrais ma sérénité. Elle n'y gagnerait que la satisfaction de m'avoir mouchée. Il nous faut sortir de cette spirale.

– Écoutez Germaine, on peut continuer longtemps à essayer de trouver laquelle est la plus malade. C'est trop bête. Vous êtes forte. Vous l'avez démontré au travers des expériences douloureuses que vous avez vécues. Ne pensez-vous pas préférable de faire profiter les autres de votre force, votre combativité, votre optimisme ?

Germaine a hoqueté, surprise de ce contre-pied. Puis elle m'a gratifiée d'un large sourire. Démasquée et heureuse d'avoir trouvé quelqu'un qui sache la contrer et reconnaître ses qualités.

– Toi, je t'aime bien. Mais que veux-tu que je fasse, ma chérie ? Je suis vieille. Si tu savais combien j'ai souffert.

– Germaine, je vais vous raconter une histoire. Vous allez comprendre tout de suite que nous avons tous notre part à jouer dans ce monde. Connaissez-vous la légende du colibri ?

Germaine me dévisage.

– Ben non, mais je suis sûre que vous allez me la raconter.

– Un gigantesque incendie dévaste la savane, faisant fuir les animaux de la jungle. Il y a les courageux lions, les panthères noires, les singes, les gazelles, les girafes aux longues jambes. Il y a même un éléphant qui, lourdement, se déplace en barrissant. Tous fuient la chaleur, le feu et tentent de se protéger. Tous ? Non. Il y a ce minuscule colibri qui volette vers le marigot le plus proche, puise dans son bec un peu d'eau et revient à contre-courant des autres animaux verser sa gorgée d'eau dans la fournaise. L'éléphant s'étonne de ses allers-retours et trouve le moyen de plaisanter. « Dis, petit, crois-tu pouvoir éteindre à toi tout seul l'incendie ? » « Non, mais moi j'aurai fait ma part. » Vous êtes un colibri, Germaine, ne l'oubliez pas.

Germaine me jette un regard par en dessous et puis, doucement, se met à rire.

– Colibri, colibri. Un drôle de colibri, mais j'aime bien ton histoire.

Patricia aime les couleurs flashy et promène partout sa bonne humeur dans le fauteuil roulant qu'elle manie avec dextérité.

– J'aime bien donner du bonheur aux gens.

Un coup d'œil en coin à Germaine, sa voisine de lit.

– Il y a des gens qui se plaignent tout le temps. Moi aussi, j'ai eu des malheurs. Mais ça ne sert à rien de les raconter. Ça rend triste et il ne faut pas.

Peu à peu, Patricia se dévoile. Petit clown triste dont le sourire n'est que façade. Pour cacher sa misère, Patricia chante en play-back, le casque glissé sur ses oreilles. D'une toute petite voix étranglée. Comme un oiseau à l'agonie. Comme pour chasser ses cauchemars qui l'empêchent de dormir chaque nuit. Un matin, Patricia me raconte des lambeaux de son passé, en essuyant très vite les larmes de ses yeux maquillés comme ceux une princesse. Surtout ne pas montrer son désespoir. Et puis rire, même si son mari est mort dans ses bras, après des années de souffrance. Même si le cancer l'a broyée, il y a dix ans. Même si des cambrioleurs l'ont violée et l'ont laissée pour morte.

Claude est du même âge que Monique, la doyenne de notre chambrée. Monique ne sent pas ses quatre-vingt-quatre printemps et s'active telle une abeille, chiffons et seau à la main. Ses yeux noirs de pruneaux pétillent dans son visage tout ridé. Infatigable, Monique pousse la charrette bleue où Claude s'assoit pesamment. Depuis quelques jours, aidé de sa canne, Claude se rend à petits pas prudents dans la chambre voisine et observe, taciturne, ces dames qui papotent.

– Alors, Claude, comment ça va aujourd'hui ?

– Ça va, ça va.

Claude a la mémoire qui flanche mais n'a pas tout oublié.

– Que faisiez-vous, Claude, quand vous étiez en activité ?

– J'étais charcutier.

– C'est un beau métier !

– Oui.

Un silence.

– Mais moi, je ne voulais pas être charcutier.

– Qu'auriez-vous voulu faire à la place, Claude ?

– Moi, je voulais être curé.

Plein de rancœur et de regret, Claude remâche comme une vieille chique cette vie imposée par un père tyrannique, coincé entre une mère indifférente et une femme autoritaire. Peu à peu, Claude se détend, reprend confiance en lui et se découvre, tout étonné, un tempérament de joyeux drille.

Thérèse a mal au dos mais Thérèse est surtout en colère.

Contre ses enfants qui ne l'appellent pas suffisamment pour prendre de ses nouvelles. Contre la société qui va si mal. Contre Dieu lui-même.

– Croyez-vous encore, Thérèse ?

Le visage de Thérèse se ferme. Plein de rancœur et de désillusions. Pourquoi Dieu n'intervient-Il pas alors qu'elle L'appelle à sa rescousse depuis si longtemps ?

– Je ne sais plus.

Elle guette ma réaction avant d'enchaîner sur ses misères quotidiennes qu'elle égrène comme un chapelet. Elle conclut sèchement.

– Vous savez, j'ai travaillé au CHR pendant des années. Et je me suis dit : Dieu doit être en ophtalmologie parce qu'il ne doit pas bien voir. Ou Dieu doit être en ORL parce qu'il n'entend pas. Ou encore Dieu doit être en cardiologie car il n'a pas de cœur.

Un silence. Puis d'une toute petite voix, la vieille dame quémande.

– Vous n'avez pas un joli conte pour moi, mademoiselle ?

Je sais que l'uniforme des BH me rajeunit : la jupe marine d'écolière, le béret bleu ciel et la blouse blanche me donnent un air de gamine. Je réprime un sourire puis m'assieds sur le rebord de son lit. Thérèse m'a entendue raconter à Germaine l'histoire du colibri. Elle se renfonce dans son lit et tend l'oreille, avide comme un enfant à qui l'on promet une dernière histoire avant d'aller se coucher.

– Thérèse, connaissez-vous l'histoire du chamelier dans le désert ?

Thérèse secoue la tête et s'enfonce dans son lit, l'oreille aux aguets.

– Le soir est tombé. La caravane s'est arrêtée dans le désert et les nomades fatigués installent le campement pour la nuit. Les chameaux ont bu et se reposent dans leur enclos de fortune. « Mohamed, appelle le chef de la caravane. Je te confie la garde des chameaux. » Mohamed hoche la tête, gonflé d'importance. C'est une lourde tâche qui lui a été confiée. La nuit passe. Le lendemain, le chef de la caravane découvre, stupéfait, la disparition de tout le troupeau. Moment de solitude intense. Comment se fera la poursuite du voyage ? « Mohamed ! » Mohamed arrive tout ensommeillé de la tente où il s'était assoupi. « Oui, Maître ? » « Mohamed, les chameaux ont disparu ! » Mohamed, tout ébahi, se gratte la tête, court à droite, court à gauche. Rien. Pas l'ombre d'un chameau à l'horizon des dunes. « Je t'avais pourtant dit de les surveiller. » « Mais c'est ce que j'ai fait, Maître, j'ai prié Dieu pour qu'il m'aide à vigiler les bêtes et je suis allé me coucher. Dieu n'a pas entendu ma prière ? » « Si Mohamed, Dieu t'a entendu et il n'avait qu'un bras pour veiller à la tâche : le tien ! »

Thérèse fronce les sourcils.

– Je ne comprends pas la morale, mademoiselle.

– Dieu est toujours là quand nous l'appelons mais il faut que nous y mettions du nôtre.

– Ah oui, aide-toi et le ciel t'aidera.

Thibaut est l'un des nombreux jeunes venus en pèlerinage pour seconder les BH. Il pousse Joëlle dans sa chaise roulante, jusqu'aux piscines, là où coule la source sacralisée depuis l'apparition de la

Sainte Vierge. Remplis d'espoir et d'intentions, les pèlerins s'y pressent, pour y être immergés par les piscinières bénévoles. En toute pudeur.

Moment de ferveur, moment de prière, moment de grâce.

À petits pas comptés, Joëlle vient de sortir, soutenue par une BH qui la confie au jeune homme. Thibaut interpelle la malade, d'un ton plein de condescendance.

– Alors, Joëlle, c'était bien, la piscine ? T'avais emmené ton maillot ? C'était quoi ton intention ?

Joëlle parle peu depuis son AVC. Son regard atone fixe longuement l'adolescent. Bientôt gêné, Thibaut tente de garder sa superbe devant ses copains, goguenards, qui observent la scène.

– Allez dis-la moi, Joëlle, dis-la moi s'il te plaît.

Thibaut ne comprend pas la motivation des pèlerins qui se pressent autour de la Grotte. Mais il affecte d'afficher une bonne humeur de circonstance pour ces oubliés de la vie.

Je me suis approchée de lui.

– Tu sais ce que c'est la piscine de Lourdes, Thibaut ?

– Heu, oui.

– Et toi, tu vas y aller cette semaine ?

– Heu, non. J'ai pas pris mon maillot et puis j'ai pas trop envie de nager tout nu.

Les explications que je lui fournis accentuent son désarroi. Une question toutefois m'intrigue.

– Pourquoi es-tu venu, Thibaut ?

Thibaut répète sentencieusement sa leçon.

– Pour faire acte de charité et parce que les jeunes du lycée nous ont dit qu'il fallait le faire.

Un temps de réflexion.

– Mais je pense qu'ils nous ont idéalisé le séjour.

Avec amertume, Thibaut me livre ses premières impressions : les malades ne parlent pas beaucoup ; certains sentent mauvais et d'autres le traitent comme un larbin. Entre les levers à l'aube, les cérémonies et les processions vespérales, les journées sont tellement longues qu'il n'a plus le temps de voir ses copains. Qu'il est loin son rêve de se transformer en bon Samaritain auprès des pèlerins reconnaissants ! Je me risque sur un terrain que je sais glissant.

– Tu es croyant, Thibaut ?

Thibaut me dévisage. Presque méfiant. Essaierais-je par hasard de l'enrôler ? Je le rassure : la foi est un cheminement personnel et loin de moi l'idée de vouloir le conditionner. À quinze ans, bientôt seize, le lycéen a perdu sa foi de communiant comme il a arrêté de croire au père Noël à sept ans. Parler de religion le gêne. Pendant que nous devisons, Thibaut jette des regards autour de lui tout en triturant machinalement la petite croix qu'il porte à son cou. Il ne veut pas passer pour une grenouille de bénitier.

La compassion accomplit des miracles sous toutes ses formes.

À la fin de son séjour, je surprends Thibaut à jouer patiemment à la bataille avec Laurent, le jeune autiste, ou à aider Wanceslas à marcher malgré les relents d'urine qui entourent le vieil homme.

– Thibaut, Thibaut, t'as pas vu mon porte-monnaie ?

C'est Joëlle, inconsolable, qui cherche appui et réconfort auprès du jeune homme. Thibaut enquête, retrouve l'objet convoité et s'empresse de rassurer sa malade. Avec un sourire lumineux ouvert sur des dents baguées qu'il ne cache plus. Le dernier jour, Thibaut achètera même un petit chapelet qu'il choisira longuement parmi les nombreux marchands du temple.

Pour faire comme tout le monde.

Pour rapporter un souvenir de son périple et se remémorer cette ambiance pleine de compassion.

Pour préserver cette minuscule flamme qui, tout doucement, renaît des cendres : sa foi.

Arrêt de la chimio

Le dernier scanner fait état d'une globale stabilité de mon état. Conclusions mi-figue, mi-raisin. La maladie est là mais a reculé. Le verdict tombe.

Accueilli par nos oreilles avides comme paroles de messie, il sera clément.

Le docteur Delmas a eu pitié de ma bouche couverte d'aphtes qui peine à parler et à manger.

Pitié de mon asthénie permanente qui me coupe jambes et joie de vivre.

Pitié de mes mains ouvertes devant lui en une supplique silencieuse : « Faites que ça s'arrête ».

– Vous avez la chance d'avoir un cancer hormono-dépendant. Avec la chimiothérapie, nous avons endigué la lésion principale à l'estomac. Les tumeurs ailleurs restent stables. Nous allons passer à un traitement plus long, mais moins agressif pour votre corps. C'est l'hormonothérapie.

L'oncologue m'a annoncé le nouveau traitement comme une trêve dans la bataille contre le cancer. Pas d'arme de destruction massive. Non, juste des petites pilules blanches qui devront normalement agir en douceur. Ce jour-là a été jour de fête chez les Finet.

– Les enfants, Maman arrête la chimiothérapie !

Qu'il est bon de revivre normalement, sans compter les semaines avec et les semaines sans. Qu'il est bon de vivre tout simplement.

Novembre passe. Temps froid et humide. Fête des défunts. Je suis là.

Décembre arrive. Son cortège d'événements, de cadeaux au pied du sapin, son Noël en famille. Quel plus beau cadeau que de se sentir entouré ?

Décembre se termine. Pour les derniers jours de l'année, nous skions en famille. Loin du spectre de la mort qui nous a étreints il y a un an. En dépit de tous les pronostics, je suis vivante. Et je ris. Et je danse. Et je mange à m'en péter la panse. Et c'est mon corps, bien campé sur mes deux genoux, qui dévale les pistes.

Janvier s'amorce. Souhaits échangés sous le gui. Baisers ardents sous la couette.

– Bonne santé, mon amour.

Les intentions sont remplies de ferveur, unanimes, magnifiques.

Personne ne manque à l'appel ?

Si.

Bientôt un an. Mes parents n'ont toujours pas repris contact. En silence, je me mets à espérer. Peut-être vont-ils m'envoyer une carte de vœux ? Peut-être attendent-ils cette occasion pour repartir à zéro ? Mais s'ils m'écrivent, que devrais-je leur répondre ? Puis-je feindre le pardon, alors que tant de choses me semblent impardonnables ? Non, il ne faut pas que j'entretienne ces sentiments si torturants. Le mental se régale de mes états d'âme et ne me lâche plus. Il a trouvé comment me titiller. La nuit, il s'invite dans mes rêves agités, me réveille, continue de tirer les scénarii initiés dans la journée. Rien ne semble pouvoir le chasser.

Le cœur battant, je suis revenue de nos vacances, me suis jetée sur la boîte aux lettres pleine. Rien. La messagerie du répondeur qui frénétiquement clignote et déverse son trop-plein de bonheur.

– Bonne année à vous ! Une pensée spéciale pour Lolo.

Rien.

Il n'y a pas de messages d'eux.

Mes parents. Mon frère. Ma lignée.

Pas de cartes de vœux. Pas de lettres d'excuse ni de missives de paix. Pas de mots compatissants pour baigner ma souffrance : « Comment vas-tu ? » Ni celle de leurs petits-enfants : « Comment vont-ils ? » Pas de corde lancée à notre barque : « Comment pouvons-nous vous aider ? » Ils se sont tus.

Un tout petit espoir me fait appeler frénétiquement mes beaux-parents.

– Papi, avez-vous eu mes parents au téléphone ? Vous savez, comme les autres années. Pour nous... je veux dire, vous souhaiter la bonne année ?

– Non, Lolo.

Papi est plein de pitié, Frédéric est estomaqué, je suis anéantie.

Récidive

Mon désespoir grossit. Mon sein gauche se gonfle. Une douleur m'étreint. Interrogé, le docteur Delmas temporise.

– Il faut attendre. L'hormonothérapie met du temps avant de se mettre en place.

Janvier et mon anniversaire. Je pense à mes parents. Quarante-six ans d'existence peuvent-ils être effacés d'un coup de lavette trempée dans l'acidité de leur amour-propre ?

Février et mes entretiens désespérés avec les psychothérapeutes. Ai-je réellement compté pour mes parents ? Me suis-je leurrée pendant toutes ces années ? Mal à l'âme, mal physique. Mon sein me torture dorénavant toutes les nuits. Douleur lancinante qui me tient éveillée et ne s'efface pas avec les anti-inflammatoires. Souffrance physique qui bat à l'unisson de mon désespoir. Le docteur Delmas reste serein.

– Votre sein continue de grossir. On va booster votre traitement hormonal. Il faut attendre qu'il fasse effet. Cela risque d'être un peu plus long.

Mars s'amorce. Bientôt le printemps. Les arbres verdissent, me faisant me souvenir de mes années d'enfance quand je courais avec mes frères dans les prés avant de revenir à la maison, appelée par Maman pour l'heure du déjeuner. Ils m'aimaient ! Ils m'aiment ? Un jour, il y a ces deux bourgeons, jaillis de mon sein droit. Qui se boursouflent en quelques semaines et se rappellent à moi, à chaque mouvement de bras. Que je tâte et retâte comme pour effacer leur présence en même temps que mes doutes. Quand vont-ils prendre de mes nouvelles ? Suis-je en train de récidiver ?

Sentiment de désespoir. Sentiment d'injustice. J'ai mal et je ne sais plus quoi faire.

– Madame Finet, on va changer votre traitement hormonal. Son spectre d'action ne répond pas bien à ce que nous attendions.

Doute.

Parents, suis-je définitivement maudite à vos yeux ?

Il y a mon sein que je contemple incrédule dans le miroir. Gros comme un pamplemousse. Bosselé comme la peau d'un combawa. Caricature de la féminité ou symbole de la maternité dont le mamelon n'arrive plus à saillir ?

Il y a cette douleur à gauche qui me broie la nuit, quelle que soit la position que j'adopte. Elle me réveille et me fait garder les yeux ouverts dans le noir, à attendre qu'elle s'atténue.

Crabe, es-tu revenu en même temps que mes anciens fantômes ?

Crabe, quelles parties de mon corps es-tu en en train d'envahir, sans que je ne sente tes pattes dévaster mon territoire ?

Crabe, ne me lâcheras-tu donc pas ?

La sentence tombe. Comme un couperet sur tous mes espoirs.

La maladie est toujours là et trotte dans l'ombre de son amie, la Grande Faucheuse.

– Madame Finet, on va arrêter de tergiverser. L'hormonothérapie n'a pas donné les résultats escomptés. De toute évidence, la maladie ne recule pas au rythme que nous espérions. Nous avons essayé mais vous comme moi savons qu'il serait souhaitable de repasser à la chimiothérapie.

Une petite larme comme un bébé averse en lieu et place de la pluie torrentielle à laquelle je m'attendais. Pleurs de soulagement plus que de chagrin. Ma décision est prise, toute brutale qu'elle soit. Il faut que je reprenne les armes.

Tuer toute résurgence.

Quelle qu'elle soit.

Parents, vous m'avez abandonnée.

Je dois apprendre à vivre sans vous.

Le docteur Delmas s'est mépris sur mes pleurs.

– Madame Finet, il ne faut pas vous en faire. Chaque protocole est différent. Chaque cure est différente. Chaque individu est différent. Ne vous crispez pas.

– De quels effets secondaires souffrirai-je cette fois ?

Comme un parachutiste sur le point d'effectuer son deuxième saut, je sais à l'avance ce que je ressentirai, en dépit des propos rassurants de l'oncologue.

– Il y aura de la fatigue, des nausées, des bouffées de chaleur...

– ...

– des risques très élevés d'alopécie.

Mon air étonné face à ses yeux gênés.

– Perte de cheveux.

– Aurai-je des fourmillements aux extrémités ?

– Non, pas de syndrome mains-pieds. Ah, j'oubliais. La cure s'effectuera toutes les trois semaines au lieu des deux comme précédemment.

Sourire amer. Je vais finir par penser que la reprise est une sinécure. Allez docteur, un dernier effort. S'il vous plaît, à défaut de radiothérapie et de rayon laser, un rayon de soleil pour percer la couverture grise de mon humeur.

– La chimiothérapie se fera uniquement sur la journée au CHR.

– Pas de bonbonne grise alors, au retour à la maison ?

Une ombre de sourire sur le visage du docteur Delmas.

– Pas de bonbonne grise.

Un léger sourire à mes lèvres pendant que je réalise le comique de la situation : quoi, un cancer du sein métastasé ? De la chimiothérapie ? Mais c'est Byzance !

– Docteur, j'ai mal au bras depuis quelques jours.

Et puis aussi au ventre, qui me fait me courber et me jette à nouveau au rebord de la cuvette, un soir.

J'ai lu dans le regard de Frédéric la même peur qui me serre les tripes. Celle que la maladie soit la plus forte, qu'elle m'entraîne moi et mes espérances dans un tourbillon où je ne maîtriserai plus rien. Tu as le cancer. Tu vas mourir et tes prières ne te sauveront pas. Souffle puissant sur notre confiance qui vacille comme la flamme d'une bougie. Et si, finalement, le crabe allait avoir raison de notre combat ? Et si tout ce que nous avons entrepris jusqu'à présent n'était que chimères qui seront balayées par le rationnel ? Et si la chimiothérapie n'arrivait pas à prendre le pas ?

– Nous avons une multitude de traitements, d'autant qu'il s'agit d'un cancer du sein.

Oui, mais si...

Qui peut nous garantir que le traitement sera efficace ?

Personne.

Docteur Delmas n'est pas Dieu.

Crispation.

Le docteur Delmas a commandé un dernier TEP-scan qui a jeté un froid sur nos espérances.

– Nous n'avons pas trouvé de métastases aux os. Par contre, il y a des lésions évidentes à l'estomac, au foie, aux seins, à l'aisselle. La tumeur est toujours active.

Comme un défi, Frédéric a annoncé :

– Nous partirons quand même en vacances. Profitons de chaque instant.

Avant la reprise de la chimiothérapie, prévue deux jours après notre retour des vacances.

Vacances à La Palmyre

Vacances à La Palmyre, à quelques kilomètres de Royan. Séjour à deux, en amoureux. Rêve qui devient réalité après tant de mois dans la tourmente. Notre envie : passer du temps à ne rien faire, sinon se faire plaisir et puis vivre pleinement chaque instant qui passe. Savourer la proximité de l'océan, les grasses matinées, le plaisir de tous les sens.

Arrêt sur image.

Joie.

Frédéric et moi sommes excités comme des enfants à la veille de Noël. Nous allons étrenner un cadeau que nous convoitons depuis des années : nous, les planchistes, qui avons tu notre passion pendant si longtemps, nous allons nous initier au kitesurf, ce sport d'eau et de vent qui détrône le windsurf.

– Et puis on arrivera peut-être à sortir de l'eau. Et puis à tirer des bords. Et puis peut-être qu'on s'achètera des kites en rentrant.

Nous nous sommes inscrits à un stage et nous nous faisons la promesse de goûter chaque moment : celui de l'apprentissage d'un nouveau sport, celui de naviguer à deux quelles que soient les conditions, celui de jouir des éléments de Dame Nature qui ont toujours fait notre bonheur – l'eau, le vent, le soleil.

– Et puis, même s'il n'y a pas de vent, ni de soleil...

– Ouais, il y a quand même l'eau.

– Et puis il y a nous.

– Ouais, ouais.

Sourires béats qui ne nous quittent plus même si nos sentiments sont mitigés. Derrière nous, le raz de marée, et devant nous, une prochaine tempête. Mais pourquoi se tourmenter pour un futur qui n'est pas encore ?

Nous avons posé nos bagages et nos soucis dans l'immense chambre au sein de la pinède. Courses à pied matinales le long de la mer, repas copieux à la limite de l'indigestion, grasses matinées et surtout attente de notre premier cours de kitesurf.

– Je vous préviendrai la veille du début de votre stage de kite. Tout dépend ici de la météo, du vent, de la marée.

Hier, la voix éraillée de Vincent, le responsable des cours, a éveillé notre fringale de sensations.

– Rendez-vous demain à 16 h 00. Ça devrait être bon.

Euphoriques, nous sommes les premiers à nous rendre au cabanon qui sert de refuge au matériel et à l'équipe.

Retrouvailles des sens : odeur des combinaisons en néoprène qui sèchent doucement au vent, cliquetis des filins sur les mâts, alignement des harnais qui pendouillent mollement et sèchent au vent. Derrière le cabanon, il y a aussi les films colorés des voiles, suspendues comme autant de promesses de bords que nous pourrions tirer. En face, il y a les planches à voile, empilées, volumineuses, désuètes pour les futurs kitesurfers que nous rêvons d'être.

Une bouffée de souvenirs à notre arrivée. Nous avons reconnu la mélodie qui s'échappe du lecteur CD : c'est du raggamuffin. Le rythme saccadé a bercé nos débuts de planchistes et nous rappelle le déhanchement de ceux qui nous ont appris à « jiber » sur les mers chaudes des Caraïbes. Antillais longilignes au rire communicatif et dont la vie semblait s'écouler, sereine, sans donner prise au stress de nos vies de citadins.

– Pa ni pwoblem.

Un court instant, derrière nos yeux clos, nous nous remémorons le soleil sur nos peaux, le sable dans nos cheveux, l'eau salée sur nos lèvres. Et puis notre émerveillement à voir leurs corps d'ébène évoluer dans l'eau, accrochés aux voiles de couleur tels des papillons fous tourbillonnant dans l'azur.

Le cabanon deviendra notre point de ralliement. Frédéric et moi ne serons pas les seuls élèves. Un troisième prétendant aux joies de la glisse nous rejoint, tout essoufflé. Regards à la dérobée sur son petit ventre absorbé péniblement par la combinaison qu'il enfile. Les gouttes de sueur perlent sur son visage. Qu'est-ce qui motive ce petit homme bedonnant et grisonnant à démarrer un sport aussi extrême ? Emprisonnés derrière des lunettes, ses yeux myopes surprennent les nôtres.

– Bonjour. Moi, c'est Marc-Henry.

– Bonjour. Je m'appelle Frédéric. Et voici ma femme, Laurence.

Sourire gêné de notre interlocuteur.

– Je ne sais pas si je vais y arriver. Je n'ai pas la condition physique. Mais j'ai besoin de décompresser. Je suis orthodontiste et cela fait plusieurs mois que je n'ai pas pris de vraies vacances.

Ses yeux bleus semblent quêter notre indulgence. Sa voix est douce, presque timide. Le courant passe immédiatement. Entre anciens planchistes, les points communs sont nombreux.

– Bonjour, moi c'est Julien, votre professeur de kite pour la durée de ce stage.

Un sourire éclatant sous une mèche rebelle. Poignée de main virile. Julien est un beau brun tout en longueur. Son corps nerveux et fuselé nous guide sur la plage jusqu'à l'étendue de sable où nous pourrons évoluer seuls, sans risque de gêner ni d'être gênés.

Pendant trois heures, nous sommes seuls au monde.

Nous, les kites, l'océan et le vent.

Plonger les yeux ouverts dans un rêve tout éveillé.

Déplier la voile sur le sable blanc.

La relier aux longues lignes que nous déroulons consciencieusement.

Et puis apprendre à lever tout doucement l'immense voile et la voir se gonfler par la brise comme le ventre d'une femme enceinte.

Pleine de promesses.

La positionner au zénith de sa course, c'est-à-dire au-dessus de ma tête. C'est le point où il n'y a pas de tension. Comment l'immobiliser pour ressentir cette sérénité physique ? Impatiente de faire balancer la voile au-dessus de ma tête, j'ai tiré violemment. La toile colorée oscille puis s'abat tout aussi violemment à mes côtés. Julien papillonne de l'un à l'autre, distille ses conseils comme une abeille butine ses fleurs.

– La voile se guide sans effort. Presque avec le petit doigt. Jamais en force.

Mes gestes sont guindés. Ils reflètent mon espoir de voir ma voile se regonfler, comme l'espérance qui me tient de renaître de mes cendres. Il me faut des résultats. Rapidement. Mon mouvement est trop brusque. La voile s'effondre à nouveau avec fracas.

– Tout doucement, Lolo, un petit geste, dit Julien. La réaction est lente mais elle vient toujours. Sois à l'écoute. Que te dit le vent ? Que te dit la voile ?

Je suis seule, moi et mon kite. Ne penser qu'à ça. Être à l'écoute des éléments. Être à l'écoute de ce qui m'anime. Que me dicte mon instinct ? Faut-il que je donne du mou ? Faut-il que je tire la ligne ? La rafale est trop forte. Faut-il que je lâche tout ? Absorbée, j'ai laissé mon corps guider la manœuvre.

– Regarde, sens, vois, touche, ressens.

Tout mon corps est tendu vers l'instant présent.

N'est-ce que du kite ? N'est-ce pas plutôt l'essence de la vie ?

Quand je kite, je kite. Pourquoi ces mots résonnent-ils soudain ? Quand je mange, je mange ; quand je travaille, je travaille ; quand je joue, je joue.

Un sourire. Je me sens vivante et ce sentiment de plénitude qui s'infuse en moi, n'est-ce pas tout simplement le bonheur ? Là, maintenant, tout de suite, sans me tourmenter pour un passé qui n'est plus ni un futur qui n'est pas encore. Est-ce cela la pleine conscience ?

Docilement, la voile s'est immobilisée au zénith. Ce n'est pas suffisant. Pour me faire avancer, il faut que je sache la balancer mécaniquement. Lentement, par petites touches que je suis du regard, la voile se met à danser comme un balancier puissant.

Ça y est.

J'y arrive. Satisfaction intense. Sentiment de victoire que je savoure. Sentiment de bien-être indescriptible. Un coup d'œil à Frédéric et Marc-Henry éparpillés sur la plage et dont les mouvements lents semblent calqués sur les miens. Il y a cette sensation de ne faire qu'un, comme reliés à une même passion par des fils invisibles.

– On va dans l'eau maintenant.

J'ai attaché la voile à mon harnais.

Jouissance physique en sentant l'eau froide qui lèche mes pieds, mes chevilles, mes genoux, mes cuisses. Bientôt, avec un peu plus d'expérience, je me ferai tracter dans l'eau. Il faut que j'avance.

La soirée se termine. Le soleil se couche. Harassés, nous replions les voiles, regagnons le cabanon pour nous dévêtir de la combinaison. Avec un sentiment d'euphorie qui nous prend à la gorge. Retour à notre hôtel. Nos corps fatigués aspirent à une bonne douche, nos esprits à revivre les moments forts de la journée. La proximité est propice à l'échange de confidences. Les barrières tombent. Marc-Henry se dévoile.

– Cela faisait un bail que je n'étais pas remonté sur l'eau.

Un sourire pensif.

– J'ai tellement galéré depuis mon *burn-out* il y a dix ans.

Marc-Henry nous raconte son parcours du combattant qui l'a fait reprendre ses études à trente ans. Après avoir été pharmacien, il est devenu orthodontiste. Une passion pour lui, un métier pour lequel il a tout sacrifié : pas de sorties, pas de copines, pas de week-ends. Le spécialiste dentaire veut maintenant profiter de ce qu'il ne s'est pas permis pendant toutes ces années. Croquer la vie à pleines dents. Et puis reposer son corps qu'il dit fatigué. Son regard dégoûté s'appesantit sur sa taille épaissie par des poignées d'amour alimentées par la malbouffe, l'absence d'exercice physique et la bonne bière. Sa conception de la vie maintenant ? Surtout pas d'enfants ni de femme : trop de contraintes en perspective. Juste quelques amourettes au passage parce que son cœur a été meurtri plusieurs fois et qu'il ne veut pas revivre de déceptions amoureuses.

– Tu es heureux alors ?

– Ça va venir. Je vais me laisser vivre maintenant.

Mais il y a un léger hic, qu'il nous avoue avec une petite grimace : Marc-Henry éprouve des difficultés à manger, ressent une petite douleur à l'estomac et quelquefois vomit.

– Oh, trois fois rien. C'est peut-être le stress.

Frédéric et moi échangeons un regard.

– T'as pas consulté ?

– Non, c'est bête, hein ? J'ai pris rendez-vous à mon retour pour une fibroscopie. Mais j'ai trop peur que l'on me découvre quelque chose de grave.

– Ah oui ?

– Vous imaginez, si l'on me trouvait une tumeur à l'estomac ? Avoir un cancer, après avoir tellement galéré.

Marc-Henry a un rire de gorge comme amusé par sa propre plaisanterie, pendant que nous le contemplons d'un œil morne. Frédéric soupire.

– Ouais. Mais tu sais, il y a pire. Le cancer pourrait être généralisé

– Alors là, je me flingue. Non, ce n'est pas possible. J'ai eu mon lot de souffrances. À d'autres maintenant. Moi j'ai eu mon quota.

Ah bon ! Je ne savais pas qu'il y avait un quota pour la souffrance, sinon cela ferait longtemps que j'aurais réclamé auprès du Divin.

– Dieu, je pense avoir suffisamment souffert. À d'autres, maintenant.

Nous avons clos la conversation. Bizarrement, le pire que projette Marc-Henry ne m'anéantit pas. Quand bien même je suis atteinte de l'une des neuf plaies d'Égypte, comment expliquer cette sensation de sérénité qui m'habite par moments, alors même que mon bateau subit de multiples voies d'eau ?

– Pourquoi souris-tu ?

– Je ne sais pas. Je me sens bien.

Frédéric secoue la tête incrédule.

– Je ne te suis pas.

– Moi non plus mais je ne cherche pas à comprendre.

Comment expliquer ce sentiment de paix intérieure qui chaque jour éclot un peu plus ? Aujourd'hui, pour la première fois, j'ai réussi à tirer mes premiers bords en kitesurf. Frédéric a ri en me voyant revenir de la plage, euphorique, après plusieurs jours d'essais infructueux.

– Tu as réussi, Lolo, tu as réussi.

Les pieds dans l'eau, j'ai attendu de monter dans le bateau à moteur qui nous ramenait au port. Sensation soudaine de ne faire qu'un avec la nature, la mer, le ciel. Prise de conscience de la beauté de la vie. Quand les cures de chimiothérapies reprendront et que mon corps demandera grâce, je n'oublierai pas le ravissement éprouvé ce jour-là : je suis vivante.

Je suis une tire-au-flanc

Il est tôt ce matin dans la salle d'attente déjà bondée du docteur Mora. Je m'affale, exténuée, sur une des chaises encore vacantes. Chaque lendemain de cure, le docteur Mora veut me voir. S'assurer que mon corps suit. Dépasser ma douleur et ma faiblesse. M'exhorter à vivre normalement. Il ne faut pas que le capitaine du bateau flanche, même au plus fort de la tempête.

Je ferme les yeux, appuie l'arrière de ma tête contre le mur et savoure cet instant de répit. Je me redresse brusquement. Non, pas de répit. Pas de faiblesse à exhiber devant les patients qui attendent comme moi. Il y a des mamans lasses qui bercent des petits en larmes, des personnes âgées pour qui les quelques pas jusqu'au cabinet du médecin semblent une épreuve. Et puis il y a moi, bien vivante. Il faut que j'arrête d'exagérer mon état de faiblesse. Je marche encore.

Je parcours les magazines empilés sur la table. Que vais-je choisir ? Dois-je prendre connaissance de la situation financière de la France ? Une moue intérieure. Non, pas le cœur à lire l'analyse de l'éminent économiste au chevet de notre pays. Il me faut quelque chose de léger, qui me fasse rêver, qui ne m'apporte rien si ce n'est le plaisir futile de découvrir les fastes d'un monde que je ne connaîtrai jamais. Pourquoi ne pas m'informer des détails du mariage de la princesse d'Angleterre ? Non, je vais plutôt lire les aventures estivales de la chanteuse pop internationale qui en est à son cinquième divorce. Ma main s'est déjà saisie du magazine quand mes yeux s'arrêtent brusquement sur la première page de la revue suivante.

Tiens, on y parle du cancer. Le titre s'étale en grand, accrocheur, incroyablement perturbant : « J'ai continué de travailler malgré mon cancer ». Mes doigts gourds feuillettent les pages. C'est une ministre qui témoigne. Elle parle de son cancer du sein, de chimiothérapie, d'alopécie. Elle parle de sa fatigue extrême et de son silence face à l'entourage professionnel. Elle a continué de travailler malgré la maladie. La journaliste l'encense : quel courage, quelle volonté de fer, quel exemple pour les milliers de femmes qui souffrent !

Je ressens un malaise. Si elle peut le faire, pourquoi pas moi ?

Mes yeux parcourent avidement l'article dans l'espoir d'y dénicher l'information qui me prouvera que j'ai des circonstances atténuantes. Peine perdue. Ma petite voix reprend, sûre d'elle : « Regarde, tu marches, tu danses, tu cours même. Au fait, tu as bien participé à la Nocturne de Marcq il y a deux semaines ? Si tu cours, pourquoi ne pourrais-tu pas te rendre à ton travail ? »

C'est vrai, il y a deux semaines, Frédéric et moi avons couru les 10 km de la Nocturne de Marcq. La course mythique avait démarré à 21 h 00. Sous une pluie battante. Je m'étais juré d'aller jusqu'au bout de l'épreuve.

– Je vais la faire cette p... de course. Même si je dois atteindre la ligne d'arrivée en rampant. J'y arriverai.

Je m'étais entraînée à courir durant les semaines précédant l'épreuve. Avec et sans la bonbonne de chimio. Malgré la souffrance de mes extrémités mises à mal. Malgré mes muscles tétanisés et mes doigts gourds. Malgré cette fatigue si caractéristique qui entravait mes muscles, ma volonté, mon âme.

Et puis cela avait été le grand soir.

Côte à côte, Frédéric et moi avions trottiné, savourant le moment présent : nos foulées sur le bitume mouillé, l'excitation habituelle liée au dépassement de soi, les cris d'encouragement des spectateurs massés le long du boulevard. Nous avions égrené les kilomètres comme un chapelet le jour d'une neuvaine.

– Plus que sept kilomètres. Ça va, Lolo ?

– Ça va, Frédo. Regarde, j'ai un œil qui se ferme tout seul.

Sourire hilare.

Quelques minutes plus tard.

– Déjà quatre kilomètres. Ça va toujours, Lolo ?

– Ça va, ça va. Regarde, Frédo, maintenant j'ai mes deux yeux qui se ferment tout seuls.

Un silence.

– Frédo, j'ai peur de tomber. J'ai peur de ne pas y arriver. J'ai peur tout court.

– Donne-moi la main. Je vais te conduire.

Frédo m'avait tenu la main, m'exhortant doucement.

– Tu vas y arriver, Lolo, je suis là.

Petit à petit, à son contact, mon corps et mon âme s'étaient apaisés. La fatigue et la peur s'étaient estompées. Nous avions dépassé certains participants partis comme des flèches et qui traînaillaient maintenant en haletant, la main sur le côté.

– Allez, courage ! La ligne d'arrivée n'est pas loin.

– J'en peux plus. À cause de ce foutu point de côté. Bon courage à vous.

Quelques mètres encore et puis Frédéric et moi avions franchi la ligne d'arrivée.

Ensemble.

Main dans la main.

Euphoriques.

Nous avions réussi. Notre joie était si manifeste que des coureurs nous avaient interpellés.

– Alors, quel temps vous avez fait ?

Une telle réaction ne pouvait rimer qu'avec un temps de parcours exceptionnellement bon.

– Oh, une heure cinq, presque dix.

Sourire incrédule. Ricanements condescendants pour ces adeptes du dix kilomètres en moins d'une heure.

– Ah !

Point de déception mais un sentiment de puissance. Je savais maintenant qu'avec de la volonté, de la confiance et beaucoup d'amour, j'arriverai à soulever des montagnes.

– Madame Finet, c'est à vous.

La porte du cabinet du docteur Mora s'est ouverte énergiquement et le médecin m'invite à le suivre. Je dépose le magazine comme on dépose les armes. Le souvenir de ma course n'a fait que ranimer mon impression de profiter du système.

– Comment vous sentez-vous, aujourd'hui, madame Finet ?

Pas envie de parler. Juste envie de dormir et de vomir. Mes yeux se ferment malgré moi. Il faut que je me concentre pour lui répondre. Ma langue se meut difficilement.

– Ça va, ça va.

– Je vais vous prendre la tension. Hmm... 8.7. Vous êtes un peu faible. Je vais examiner vos poumons.

Il me faut défaire mon pull, déboutonner les boutons de mon chemisier. Mes doigts s'empêtrent comme s'ils étaient revêtus de gants molletonnés. Tiens, un rictus vient de déformer ma joue ? Trop bizarre cette tétanie des muscles du visage. Le docteur Mora hoche la tête, se rassied sur sa chaise et consulte son ordinateur.

Pendant qu'il pianote sur le clavier, je m'escrime à détacher le chèque de son carnet. Trop mal aux doigts. Enfin ! J'ai tendu le bout de papier déchiré tant bien que mal au docteur Mora qui me contemple pensivement.

– Et le moral, madame Finet ? Comment ça va ?

A-t-il une antenne ? Sent-il mes doutes ?

– Ça va aussi. Il y a juste quelquefois ce sentiment de culpabilité que je ressens.

– Ah oui ? Que se passe-t-il ?

– Docteur ! Pensez-vous que je puisse reprendre le travail ?

Le docteur Mora hausse les sourcils. Je complète hâtivement devant sa mimique incrédule.

– Bon, pas forcément tout de suite, mais dès que la chimiothérapie sera arrêtée. Enfin, même entre les cures.

– Hein ?

– Oui, je crois que je suis une tire-au-flanc qui profite du système. J'ai lu cet article tout à l'heure dans la salle d'attente. Vous savez, la ministre qui a continué de travailler malgré son cancer. Je devrais faire comme elle. Mon attitude n'est pas normale.

Je le regarde par en dessous. Surtout ne pas pleurer parce que, quand je verse des larmes, j'ai l'impression que l'on m'arrache les yeux. Aaahh ! trop tard. Mon nez coule en même temps que je me transforme en fontaine.

– Ah, cet article ? Quel ravage il peut faire auprès des malades ! Croyez-moi, madame Finet, je suis réputé pour ne pas donner d'arrêt de travail gracieusement. Quand certains malades viennent et que je sens qu'ils pourraient abuser, j'ai trouvé une petite phase pour les dissuader de me demander de les arrêter.

Je relève la tête et surprends son air narquois.

– Ah ! ce n'est pas ce petit bobo qui va vous empêcher de travailler, n'est-ce pas, monsieur ou madame Untel ?

J'esquisse un pâle sourire.

– Vous, si je vous dis que vous devez vous arrêter, croyez-moi, c'est que vous le devez. Chaque cancer est différent et vous n'avez pas choisi le plus simple. Dans le cas de la ministre, elle ne dit rien des conditions de sa maladie. Elle n'a pas comme vous des enfants en bas âge à prendre en charge. Elle dispose peut-être d'une multitude d'aides dans ses tâches ménagères.

Je fronce les sourcils, me concentre pour imaginer Mme le ministre aux fourneaux, à faire les devoirs des petits, à s'escrimer avec les conduites périscolaires du mercredi. Non, l'image n'est pas réaliste.

– Dans votre cas, il est hors de question que vous travailliez pendant la chimiothérapie. Regardez-vous. Il faut vous battre, mettre toutes les chances de votre côté.

Je baisse malgré moi les yeux sur mon torse raccroché à la bonbonne de chimio. J'ai arrêté de boutonner mon chemisier. Trop difficile.

– Certains, atteints du cancer, trouvent du sens à travailler. Cela leur donne l'impression d'être vivant. C'est la forme de lutte qu'ils ont choisie contre la maladie. S'ils arrêtent, ils ont l'impression que la maladie les a déjà terrassés. Est-ce votre cas ?

Je repense à Philippe, mon collègue atteint du cancer en même temps que moi. Au bout de six mois de traitement, il avait repris le travail. C'était un bosseur effréné, premier à son bureau de directeur opérationnel, dernier à quitter les lieux. Toujours sur le pont. Indéboulonnable. Sûr de lui. Joanne m'avait appris la semaine dernière qu'il avait été remplacé.

– Il est parti où, Philippe ?

Sourire crispé de Joanne pendant que je la vois chercher désespérément ses mots.

– On l'a... On l'a... On l'a enterré, il y a deux semaines.

J'avais dégluti pendant qu'elle tentait désespérément de combler mon silence.

– Je n'ai pas voulu t'en parler. Ne t'inquiète pas. Tous les cas sont différents.

J'avais rencontré Philippe, un jour, chez le pédiatre, alors que Mathilde n'était qu'un bébé vagissant dans son couffin. Nous avions échangé sur nos nuits trop courtes, tel deux compagnons d'armes.

– Qui l'a remplacé ?

– Patrick, tu sais, du bureau d'en face.

Je connaissais le successeur de Philippe. Il était fiable, travailleur. Il saurait vite reprendre les missions de mon collègue. On est finalement peu de chose.

Je secoue vigoureusement la tête, comme épouvantée par ce qui pourrait m'attendre. Le docteur a-t-il lu dans mes pensées ? Il reprend impitoyablement.

– Vous avez des enfants. Profitez d'eux. Profitez des instants de répit et de joie qui vous sont offerts.

– Oui, mais une fois passés les effets secondaires, je ne souffre pas.

– Vous avez de la chance de ne pas souffrir. Profitez-en.

– Mais cela veut dire que je peux reprendre mon travail alors. Il y en a bien qui travaillent avec un rhume, une grippe, de la fièvre.

– Madame Finet, on est d'accord ? VOUS N'AVEZ PAS LA GRIPPE ! Ne banalisez pas votre maladie. Reposez-vous et, en dehors des périodes difficiles, profitez-en pour vous ressourcer. Nous aurons bien le temps de préparer votre retour dans le monde professionnel.

Ses propos font écho à ceux énoncés par l'oncologue lors de notre dernière rencontre.

– Voyez le cancer comme un redoutable ennemi que vous combattez, au même titre que ces soldats partis se battre au Vietnam. Certains soldats en sont revenus avec des blessures graves apparentes. On ne les renverra pas au front. D'autres ont survécu en apparence mais leur traumatisme est inimaginable. On ne les renverra pas non plus au front. Vous êtes dans le même cas. On ne pourra pas vous demander de revenir au front, la fleur au fusil.

Carole avait renchéri.

– Vous savez, madame Finet, quand il y a eu le tsunami en 2004, il ne restait plus rien : les maisons étaient détruites, les vagues avaient balayé tout sur leur passage, des milliers de vies avaient été emportées. Et puis, petit à petit, les débris ont été déblayés, les maisons et les écoles reconstruites. Tout semble revenu à la normale. En apparence seulement. Avez-vous imaginé l'impact sur tous ces pauvres gens qui ont frôlé la mort ? Votre cancer est un tsunami. Il vous faudra du temps pour vous reconstruire, sachant que rien ne sera plus comme avant.

J'ai lu sur Internet les parcours de ceux qui ont survécu à la maladie et dont la réinsertion se fait au chausse-pied. Il faudra que je renaisse au forceps dans un monde qui aura continué de tourner. Que répondre aux curieux ? Comment rassurer les méfiants et me garder des intolérants ? Surtout ne pas me leurrer : passés les premiers jours d'apitoiement, il me faudra revendiquer mon droit de vivre autrement.

– Une reprise à temps partiel ? De la fatigue ? Du découragement ? Mais où allez-vous chercher tout cela ? Vous êtes vivante, non ? Oubliez le reste, c'est de l'histoire ancienne. Vous devez travailler maintenant.

Comme les autres.

Comme avant.

Le doute m'assaille : « Comment ferai-je en étant devenue si différente ? Non, comment ferai-je pour travestir mon âme enfin libérée ? Je veux vivre et rire et croquer la vie à pleines dents. Je ne veux plus m'enfermer dans un système de convenances qui ne me correspond plus. » Atrocité du paradoxe, il m'arrive même de remercier cette maladie qui me libère de toute contrainte : j'ai enfin un prétexte pour ne plus m'astreindre à des « Il faut absolument... C'est indubitablement important... C'est extrêmement urgent ».

Une porte de sortie m'a même été offerte, celle que m'a entrouverte le médecin-conseil mandaté par mon entreprise. La mine défaite, il a consulté mon dossier médical, s'est attardé sur le diagnostic « cancer généralisé – chimio palliative » et a murmuré avec un bref soupir d'épouvante.

– Dans votre état, songez à l'invalidité. Profitez de la vie pendant le temps qui vous reste.

Invalide ? Moi ?

Mais je ne veux pas être invalide ! Je ne suis ni aveugle ni sourde, je marche, je cours même. Je crie haut et fort mon désarroi pour tenter de convaincre le dieu Travail qui me toise du haut de son building d'affaires.

– Comment ? Tu ne ressens plus d'intérêt à stresser pour les échéances humaines ? Tu n'as aucune envie de préserver ta place de lapin tremblant dans un monde de crocodiles ? Mais, ma pauvre, le monde des Bisounours n'existe pas. Il faut que tu contribues à faire bouillir la marmite familiale. Il faut que tu retrouves ta place dans une société qui n'accepte pas les différences. Les mains dans le cambouis. Renais dans un travail porteur, nourricier, emblématique. Coule-toi dans le moule que t'ont façonné tes parents depuis ton enfance.

Je ne veux pas. De la rose naît le compost et du compost naît la rose.

Il me faut renaître de mes cendres.

Jeux de rôle

Depuis quelques jours, Frédéric et moi avons inventé un nouveau jeu. Les enfants couchés, nous nous faisons face autour de la grande table débarrassée des couverts. L'idée est d'arriver à faire parler mon enfant intérieur, tapi au fond de moi et qui ne demande qu'à s'exprimer. J'ai enfin compris que la petite Laurence a étouffé pendant trop longtemps ses idées et qu'il me faut lui apprendre à se montrer davantage. Frédéric a lu dans un livre que les jeux de rôle sont les meilleurs moyens pour se livrer à ce genre d'exercice.

– Allez, Laurence, on y va. On commence par du facile, tu veux ?

J'opine vigoureusement, alléchée à l'idée d'extérioriser ce moi emprisonné pendant si longtemps.

– Je suis... je suis Pascal. Je viens te voir à la maison. Alors, Laurence, comment ça va ?

Frédéric sait que je voue à mon ancien chef une admiration sans borne. Polytechnicien et marié à une polytechnicienne, Pascal est un ponte à la SNCF. Ce cadre supérieur de haut niveau a toujours fait preuve d'une intelligence fine et d'une grande humanité. Bon nombre de ses collaborateurs disent de lui avec respect : « Pascal ? C'est quelqu'un. » Dès la connaissance de mon arrêt, Pascal a tenu à nous rendre visite. La rencontre avait été enrichissante. Frédéric attendait, curieux de voir en chair et en os mon mentor, et les enfants étaient intrigués de rencontrer un « monsieur dont Maman parlait souvent ». Le cocktail déjeunatoire s'était déroulé en toute simplicité. Mal à l'aise, je m'étais tue pendant que Pascal avait alimenté la conversation de sa voix de ténor, habitué à tenir en haleine des auditeurs sous le charme.

– Dis, Maman, il parle fort le monsieur.

J'avais reconnu le ton péremptoire de mon chef et son opinion tranchée sur tout. Il avait jaugé notre famille d'un simple coup d'œil, entre l'apéritif et les petits fours. Devant Mathilde qu'il avait surprise à lire un roman de poche pour se divertir de toutes les œuvres classiques dont elle se délectait, il avait approuvé bruyamment.

– Tu lis quoi ? Un roman de midinette ? Ah ! C'est vrai, c'est de ton âge.

À Frédéric qui décrivait son travail, Pascal avait demandé :

– Tu es ingénieur, c'est ça ? Ça se voit.

Puis, regardant Élodie et Juliette qui jouaient sagement dans la salle de jeux, il avait conclu, sûr de lui :

– Les chiens ne font pas des chats.

Sa femme et lui étaient partis, me laissant confuse et mal à l'aise. Je n'avais pas été à la hauteur de la rencontre. J'avais le sentiment de n'être qu'un hamster insignifiant pédalant dans sa roue en regardant passer une étoile filante.

Frédéric et moi jouons et rejouons sa visite parmi nous, mettant en exergue mon manque de confiance face à l'autorité quelle qu'elle soit. Nos rires fusent pendant que Frédéric, goguenard, prend plaisir à réinvestir le rôle de mon mentor. Pas si grand, finalement, Pascal ! Ni si innocent ! Mon enfant intérieur petit à petit se gausse et rentre dans le cercle de lumière.

Frédéric se tait finalement puis suggère :

– Allons, je vais prendre un autre rôle. Celui-là est trop facile. Qui veux-tu que je joue ?

– Sois Jérôme. Tu sais, lorsqu'il me demande de finir un dossier alors qu'il est tard le soir et que j'ai besoin de partir plus tôt.

Scène classique que je n'ai pas eue à rechercher très loin dans mes souvenirs. Frédéric hoche la tête, me sourit, puis passe négligemment sa main dans une crinière imaginaire. Ricanement carnassier. Est-ce celui de Frédéric qui se délecte à l'idée de notre future passe d'armes ou celui de Jérôme décidé à terrasser mes velléités de rébellion ? Je retiens mon souffle.

– Alors, Laurence, t'as fini le document sur les X73500 que je t'avais demandé ?

Une sueur froide. Je revis en un instant toutes ces soirées où j'attendais que le maître se prononce. Je me sens coincée. Il attend mon analyse et je n'ai rien à lui fournir. Je me doutais pourtant que les échéances n'étaient pas tenables en l'état. Je n'avais même pas bronché quand il me les avait énoncées. Je savais que rien ne se résoudrait d'un seul claquement de doigt. J'aurais dû... j'aurais dû... Vite, bredouiller une réponse qui détourne l'orage qui gronde déjà.

– Heu... oui, oui, je vais le finir.

– Comment « tu vas le finir » ? Ce n'est pas encore terminé ?

– Heu... il me faut des éléments complémentaires. À défaut, l'analyse sera faussée. Mais je devrais bientôt les obtenir et rendre le dossier à temps.

Pourquoi cette voix geignarde ? J'aimerais avoir de l'assurance. Je n'en ai pas. Frédéric gonfle sa voix pendant que je me tasse sur ma chaise. Ce n'est qu'un jeu, n'est-ce pas ?

– Mais je n'en ai rien à foutre de tes explications. Je te demande QUAND tu me donneras ce document. C'est pas compliqué quand même.

– Oui, oui. Mais...

Impression d'être un roquet qui jappe pour répondre à l'aboiement d'un gros chien. Ma voix monte dans les aigus. Je ne fais pas le poids.

– Il n'y a pas de mais. Tu me le donnes ce soir.

– Mais...

Presque des larmes dans les yeux pendant qu'en moi s'opère un changement de stratégie. Je vais rester tard, travailler encore plus.

S'il voit que je fais des efforts, si je me montre conciliante, peut-être me pardonnera-t-il mon retard ? Déconfite, je relève les yeux pour voir si l'orage s'est calmé... et surprend le coup d'œil moqueur de Frédéric. Son sifflement persifleur annonce la fin de la partie.

– Purée, Lolo, y a du boulot ! D'abord tu n'as pas à te justifier. Qui est-il pour que tu t'aplatisses de cette manière ?

– Ben, c'est mon chef.

– Et alors ? Cela lui donne tous les droits ? Même de te traiter comme une sous-m... ?

– Ben non !

– Regarde, tu n'as même pas réussi à placer le fait que tu voulais sortir plus tôt !

C'est vrai, ça ! Dans le feu de l'action, j'ai complètement oublié le principal : moi.

– Tut-tut. Allez, on recommence.

Nous rejouerons la scène plusieurs fois, chaque exercice me rapprochant toujours un peu plus de l'objectif sans jamais y parvenir.

– Changeons de situation.

– Bon, Lolo, on attaque un peu plus dur. Tu es prête ?

– Oui, oui.

Frédéric fait mine de chercher mais je sens que sa décision est prise depuis longtemps.

– Tiens, on va rejouer la scène de la robe de mariée avec ta mère. Tu sais, celle où elle t'emmène chez Tati pour que tu choisisses ce qu'elle veut.

Je rigole. Là, je ne vais pas me faire avoir. En plus, avec la blondeur de Frédéric, difficile de le faire passer pour ma mère. Frédéric se tait, réfléchit puis me regarde d'un œil malin. Je n'aime pas cette lueur sournoise dans ses yeux.

– Bon, Laurence. Papa et moi avons décidé de t'acheter ta robe de mariée.

– Oh merci, Maman.

Il me semble que mon cœur se gonfle de joie. Mes parents m'aiment et veulent me faire plaisir. Je vais essayer de leur faire plaisir aussi. Tout n'était que malentendu. En fait, ils m'aiment mais ils ne savent pas comment me le montrer. Il faut que je sois plus patiente avec eux.

– Il te faut une robe blanche, d'accord ? Parce que tu es vierge, n'est-ce pas ?

– Oui, Maman.

Traître ! Frédéric a porté tout de suite le coup de grâce.

– Il n'y a que les filles trouées qui portent des vêtements de couleur à leur mariage. Qu'est-ce qu'il voulait déjà que tu choisisses, Frédéric ? Du crème ?

– Non, Maman. Il a dit ça comme ça, c'est tout.

Je bredouille pendant qu'une chaleur subite envahit tout mon corps. Que devrai-je faire ou accepter pour chasser cette culpabilité dévorante ? Honte qui bouffe le cœur. Honte qui donne envie de disparaître et de dire oui à tout ce que l'on me demande.

– Bon, Laurence, on va chez Tati. Il y a de tout là-bas. Allez viens, on y va.

– Oui, Maman.

Frédéric secoue la tête, incrédule.

– Hein ? Quoi ?

Temps mort pendant lequel nous nous regardons dans les yeux et que j'exhale un bref soupir de soulagement. Après tout, c'est de l'histoire ancienne.

– Lolo, pourquoi tu me réponds cela ? Ce n'est pas ce que tu veux, pourtant ?

– Non, mais mes parents n'ont pas les moyens, tu comprends. Ils veulent me faire plaisir. Ils ne connaissent pas les magasins comme Pronuptia. Je ne peux pas leur refuser de vouloir m'aider. Ça ne se fait pas.

Je réfléchis, me revois vingt ans plus tôt, coincée entre mon amour et l'envie de ne pas décevoir mes parents. J'esquisse une moue. Si c'était à refaire, je répondrais la même chose. Se battre contre leurs idées est inconcevable : à leur jeu à eux, je n'ai jamais gagné.

– Mais toi, ça te fait plaisir d'aller chez Tati chercher ta robe de mariée ?

– Ben non.

Je revois la scène dans le magasin. Je revois mon mutisme et mes mensonges face aux questions de Frédéric : « Tu l'as achetée où ta robe ? » Je réentends Maman me faire promettre de ne rien dire : les autres ne comprendraient pas. « Je ne peux pas répondre, c'est un cadeau ».

– Lolo, si tu n'aimes pas alors pourquoi tu acceptes ?

– Ben... parce que mes parents passent avant moi !

– Mais c'est ton mariage. C'est censé être le plus beau jour de ta vie, non ? N'as-tu pas envie qu'il soit parfait dans les moindres détails ?

– Ben, pour que ce soit parfait, il faut que mes parents me le fassent savoir.

– Et que te dit ton enfant intérieur ?

Comment le savoir ? Comment l'écouter ? Que lui dire ? Une certaine gêne à parler à la petite Laurence, cet être tiré de mon imagination et qu'il me faut aimer et protéger. Perplexe, je réfléchis. D'où me vient brusquement cette inspiration qui me fait pencher ma tête là, juste au-dessus de mon cœur ? Accorder de l'écoute et de la compassion à la petite Laurence. L'imaginer nichée au creux de mes bras comme Juliette, notre petite dernière dont les yeux reflètent tant d'amour et de confiance.

Juliette

À cinq ans, perchée sur sa chaise haute, Juliette parle haut et fort pour se faire entendre, nous fait rire par les remarques qu'elle a cueillies au hasard des conversations des plus grands et qu'elle replace à bon escient. Sa petite bouille ronde est éclairée par deux grands yeux noirs qui observent et enregistrent la moindre de nos discussions. En juillet, nous avons passé le début de nos vacances au bord de l'Adriatique. Juliette, qui sait maintenant bien nager, passe son temps à évoluer dans l'eau de la piscine ou de la mer.

– Regarde, Maman, je fais des culbutos ! Regarde, regarde !

Sa voix piaille dans les aigus jusqu'à ce que je m'arrache à mes trois minutes de repos sur le transat pour la voir évoluer.

– C'est bien, Juju ! Continue ! C'est super.

Je repose ma tête. Trois minutes de calme pendant que ma main recherche celle de Frédéric. Enfin le repos, le soleil.

– Regarde, Maman, maintenant je fais de la natation synchronisée. Comme Mathilde.

– Oui, oui, Juju. Maman regarde.

– C'est quand que tu viens ?

Juju ne me lâchera pas tant que je ne descendrai pas dans l'eau avec elle. Avec un soupir, je me lève, plonge dans l'eau bleue de la piscine puis m'approche d'elle en grosses brasses. Euphorique, Juliette se précipite à la vitesse de ses petites jambes pour se pendre à mon cou et ne me lâche plus. De cette semaine de bonheur en famille, nous reviendrons le derme doré par le soleil grec. Uniformément bronzés comme des pains sortis du four, excepté notre benjamine. Depuis notre retour, Juliette est aux prises avec un eczéma qui la submerge tout entière et se gratte de jour comme de nuit.

– Juju, arrête de te gratter. Juju, tu te fais mal.

Juliette cesse quelques instants puis, subrepticement, recommence. Massages à la crème hydratante sans cortisone, avec cortisone, savons spécifiques, huiles spéciales. Nous avons scrupuleusement suivi les conseils des médecins et des pharmaciens. Rien ne semble arrêter la danse de ses petits doigts qui frottent, s'acharnent, griffent sa chair tendre.

– Juju, on va arrêter le lait de vache. Tu es peut-être allergique.

Juliette est conciliante même si la suppression de tous les produits laitiers est un rude coup porté à sa gourmandise. Rien ne semble apaiser ses démangeaisons qui transforment bientôt son corps en une gigantesque plaie ambulante. Hier, Nounou nous a conviés à un après-midi crêpes. Pendant que les enfants retrouvent avec joie le jardin dans lequel ils ont appris à marcher, Nounou observe pensivement Juliette qui a picoré dans mon assiette et est repartie en sautillant vers ses frères et sœurs.

– Elle a beaucoup d'eczéma, Juliette.

– Oui, je ne sais plus quoi faire. Certainement une réaction allergique. J'ai pris rendez-vous chez le dermatologue à la rentrée. Le médecin traitant dit que c'est normal à son âge. Il faudra certainement que nous consultions un allergologue.

– Vous savez que l'eczéma est aussi une réaction psychosomatique ?

– Ah bon ?

– Oui, chez les petits, il est souvent associé à un sentiment d'angoisse ou d'abandon. Les petits sont de vraies éponges.

En revenant à la maison, j'ai foncé vers le dieu Internet. Je sais, les forums sont remplis de jeteurs de sort. Il n'y a que ceux qui ont des problèmes qui témoignent, mais tant pis. Nounou a toujours été de bon conseil. Il faut que je l'écoute. Au point où nous en sommes...

Eczéma chez enfants + Rechercher.

Signification eczéma + Rechercher.

Le verdict tombe. J'écarquille les yeux. Non, cela ne peut pas s'appliquer à Juju. Bien sûr, nous lui avons parlé de ma maladie. Mais elle était si petite quand cela m'est arrivé. Et puis nous parlons si vite et à mi-mots. Qu'a-t-elle retenu ? Je réfléchis à toute allure. Des fragments de puzzle se mettent en place. Des petites phrases qui, mises bout à bout, prennent un éclairage différent. Que m'avait dit sa maîtresse de moyenne section ?

– Juliette a pris la parole aujourd'hui devant ses petits copains et copines. Elle a dit : « Maman fait de la chimiothérapie. » Et elle a expliqué à toute la classe ce que c'était. C'est étonnant pour un petit bout d'à peine quatre ans.

Un brusque souvenir me revient en mémoire. La petite question qui revenait en leitmotiv chaque fois que Juliette m'accompagnait faire des courses.

– Maman, quand tu seras plus malade, est-ce que tu pourras m'acheter ça ?

Ça, c'est un joujou, une friandise qu'elle convoite de ses grands yeux de poupée. Presque résignée à ce qu'on lui refuse. Il faut que j'en aie le cœur net. Cet après-midi, je rejoins Juju dans le salon. Babillant toute seule, notre benjamine est en train de jouer avec ses Barbie qu'elle a disposées en cercle : ses Barbie forment une grande famille et sont en vacances ; elles vont partir dans le grand camping-car. Juliette s'acharne à les faire toutes rentrer dans la monstrueuse voiture rose bonbon reçue à son anniversaire. Il ne faut pas qu'une Barbie reste toute seule à la maison.

– Juju, viens voir Maman. J'ai envie d'un câlin et puis je voudrais te parler.

Juliette accourt aussitôt avec le sourire. Je l'assois sur mes genoux, l'embrasse, la berce. Moment de douceur pendant que sa petite tête vient se nicher au creux de mon épaule et que sa main continue de gratter le creux de son genou. J'ai posé ma main sur les petits doigts qui s'agitent, les ai portés à mes lèvres pour y déposer un bisou.

– Juju, est-ce que tu as peur, des fois ?

Juliette réfléchit, les sourcils froncés.

– Peur de quoi ?

– Je ne sais pas, moi. C'est une question comme ça. Regarde, moi des fois, j'ai peur de... de... des souris. J'en fais même des cauchemars.

Le visage de Juliette s'éclaire.

– Moi je n'ai pas peur des souris. C'est rigolo. Mais moi j'ai peur de mes rêves, des fois.

– Ah oui ! C'est quoi tes rêves ? Raconte à maman.

Juliette m'explique patiemment. C'est toujours le même cauchemar qui revient. Elle est dans une maison ou dans un magasin. Elle me perd et elle pleure mais je ne viens pas la chercher.

– Juliette, quand tu fais des cauchemars comme ça, il ne faut pas que tu les gardes pour toi toute seule. Tu nous les racontes parce que souvent ça veut dire quelque chose. Là, ça peut vouloir dire que tu as peur que Maman ne soit plus là. C'est comme des valises trop lourdes. Il faut qu'on t'aide à les porter.

– Comme les valises d'Alexis ? C'est pour ça qu'il va chez Madame Carron ?

Je déglutis. Je n'avais pas réalisé que Juliette avait suivi avec autant d'intensité notre saga.

– Heu oui. C'est exactement ça. Madame Carron est une psychologue. Elle aide à porter et à décharger les valises qu'on a dans la tête.

Je réfléchis et puis demande tout doucement à Juliette en continuant de la bercer sur mes genoux :

– Et toi, tu as des valises ?

Juliette relève la tête et me dévisage gravement.

– Oui, j'en ai. J'ai peur que mes frères et sœurs ne veulent plus jouer avec moi. Et puis j'ai peur que tu meures avec le cancer et que je reste toute seule.

Un court instant, pendant lequel je vois sa petite poitrine se soulever et s'abaisser.

– Maman, tu as toujours été malade ? Enfin, je veux dire, tu es malade depuis que je suis née ?

– Mais non, ma chérie, la preuve. Tu te souviens de l'Italie et de la piscine où il y avait tout plein de moustiques ?

– Oh oui !

– Eh bien, tu avais trois ans et Maman n'était pas malade.

– Ce n'est pas à cause de moi, alors, que tu es malade ?

– Mais non, ma chérie, cela n'a rien à voir ! Tu n'y es pour rien. Absolument pour rien.

Nous avons longtemps parlé, serrées l'une contre l'autre. Petit à petit, les mots sont sortis de sa bouche. Mes réponses se sont placées tout naturellement entre ses questions comme mes doigts entrelacés avec les siens. La rassurer sur notre amour. Sur ma présence. Sur son innocence. Parler de vie et de mort. Parler de maladie mais aussi de joie de vivre. Parler de l'instant présent. L'écouter et la chérir.

Quelques semaines ont passé. Juliette a arrêté de se gratter sans que nous ayons changé de type de crème. Le rendez-vous est toujours pris chez le dermatologue même si, lentement, les plaques de desquamation sur sa peau disparaissent et que le lait a de nouveau fait son apparition tous les matins au petit déjeuner de notre benjamine. Juliette, Élodie, Alexis, Mathilde. Chacun des enfants, à sa manière, absorbe le tsunami qui dévaste notre famille. Certains le feront en étouffant leurs cris de peur, d'autres comme Alexis lanceront désespérément des appels à l'aide jusqu'à ce que leur demande de secours soit entendue.

Alexis

Alexis est l'unique garçon de la fratrie et se sent seul. Comment trouver sa place dans un univers de Barbie et de Polly Pocket ? Comment assumer son énergie toute masculine alors qu'amis et famille encensent la douceur de ses sœurs ?

– Ah ! Alexis, n'est pas aussi sage que ses sœurs.

– Pfff ! C'est normal, c'est un garçon.

Le Noël dernier, dans la vaste maison de Tonton Jacques, son impression de jouer le rôle du vilain petit canard s'est renforcée. Tonton Jacques n'avait pas apprécié son passe-temps de fin d'après-midi. En le découvrant accroupi devant la cheminée à regarder se consumer les vestiges des emballages cadeaux qu'il avait jetés. Sans se cacher. Pour lui comme pour nous, il n'y avait pas de danger : son cousin Aubin faisait de même ; le pare-feu était mis ; les adultes discutaient tout à côté. Tonton Jacques avait hurlé sa désapprobation.

Comme ça.

Pour le plaisir de faire peur aux plus vulnérables que lui. Lui, le tonton qui peut claquer une fessée à d'autres enfants que les siens sous l'œil médusé des vrais parents. Lui, dont les sautes d'humeur font trembler tout le monde. Lui, qui aime s'amuser de ses propres bêtises à gros rires gras.

Alexis a vu le père Noël au nez rougi par l'alcool se transformer en père Fouettard. Frédéric, déjà mis à mal par ma santé vacillante, a perdu sa patience légendaire. Le « Petit con ! » lancé à notre fils pétrifié n'est pas passé : on n'insulte pas nos enfants, encore moins un jour de Noël. La scène a jeté un froid sur notre réunion de famille qui s'est terminée sur les chapeaux de roues. Alexis est parti sans comprendre pourquoi ce qu'il avait fait était si grave. Allait-il être à l'origine de l'éclatement de notre cellule familiale ?

– Pourquoi Tonton Jacques ne m'aime pas ?

– Mais non, Alexis, ne te fie pas aux apparences. Ce n'était qu'un peu d'énervement de la part des grandes personnes. Personne ne te déteste.

– Alors pourquoi Aubin n'a pas été grondé, lui aussi ? Il est plus grand que moi et il jetait aussi des papiers dans la cheminée...

– Ah bon ?

Les mauvais rêves ont redoublé dans les jours qui ont suivi : est-il indésirable ? Que doit-il faire pour se faire aimer ? Depuis quelques semaines, notre fils se plaint de cauchemars : un voleur entre dans la maison et tue tout le monde, sauf lui. Il y a une guerre et toute la famille meurt, sauf lui. Réveillé, Alexis continue de réfléchir. Épouvanté par ce qui pourrait arriver dans son monde jusqu'à présent préservé : Maman est gravement malade et va perdre ses cheveux. Maman ne travaille plus. Papa pleure souvent. Pépé et Mémé sont fâchés. Papi et Nini sont vieux.

Si Maman meurt du cancer et que Papa meurt de chagrin, qui voudra bien s'occuper de lui ? Sépare-t-on les fratries dans les orphelinats ? Calmement, j'essaie de calmer ses angoisses qui résonnent à l'unisson des miennes.

– Les cauchemars, mon chéri, c'est comme de la sueur après le sport. Tu as vu ou ressenti des choses dans la journée qui t'ont marqué ou qui t'ont fait peur. Et bien, la nuit, ces impressions sortent de ta tête dans les rêves. Ce que tu me racontes montre que tu as peur d'être abandonné. Et c'est normal, avec la maladie de Maman.

Comme un arrosoir ne peut suffir à un champ de tournesols assoiffés, mes paroles d'apaisement ne semblent pas le satisfaire.

Les cauchemars se succèdent, les dessins morbides s'accumulent dans les tiroirs de son bureau. Le petit garçon rêveur et souriant se transforme en quelques mois en garçonnet agressif qui voit le verre à moitié vide plutôt qu'à moitié plein. Malgré nos tentatives pour lui redonner sa gaîté première, la peur s'installe comme un immense nuage dissimulerait le soleil.

Peur du noir.

Peur de monter seul au second étage de notre maison.

Peur de mal faire.

Peur de souffrir.

Le noir appelle le noir. Quand il n'est pas seul, Alexis s'entoure désormais de quelques copains tristes : enfants en mal d'existence, enfants perturbés. Avec la peur est venue dame Tristesse suivie de près par dame Colère. Une parole de travers et Alexis ira se venger sur tout ce qui peut se percer, se tordre ou se déchirer. Pulls troués, stylos abîmés, jouets cassés. Il n'y a plus de limites à son agressivité qui nous exaspère progressivement.

– Alexis ?

Silence. Il n'y a que le cri joyeux des petites qui rient dans la salle de jeux.

– Alexis ?

Toujours pas de réponse de la part de notre fils de dix ans. Après un goûter gargantuesque, il a quitté la table. Miettes, sachets de biscuits vides, peaux de bananes jonchent la nappe. Un verre de lait vide posé en équilibre précaire sur le rebord de l'évier me nargue. Je pousse un soupir d'exaspération, essuie les vestiges de son retour de l'école, repousse son cartable d'une main rageuse.

Non, pas le repousser mais plutôt l'ouvrir. Il est bientôt l'heure des devoirs. Il va falloir m'atteler à la tâche, comme un bœuf tirant une charrue lourdement chargée. Le sac ouvert dégorge de cahiers chiffonnés, de livres cornés. De la trousse agonisante ruissellent des stylos mordus, des crayons décapités, des pelures de taille-crayons de toutes les couleurs. Ma main fourrage parmi les emballages de bonbons vides et extirpe au passage quelques feuilles arrachées. Un coup au cœur à la vue des dessins : scènes de combat méticuleusement reconstituées, robots et guerriers sanglants, gerbes de sang qui giclent de corps décapités.

Au-delà de la beauté artistique et du sens du détail, cette orgie de noir et de rouge dégage quelque chose de violent qui me dérange. Où Alexis trouve-t-il ces idées ? J'essaie de me rassurer. C'est un garçon. Il est normal qu'un garçon dessine autre chose que des princesses, des châteaux et des licornes. Dois-je m'inquiéter pour autant ? Notre famille ne sortira pas intacte du tsunami qui nous dévaste.

– Alexis, tu descends maintenant !

Mon ton est monté de deux octaves.

– Ouiiiii.

Le visage boudeur, Alexis descend mollement des escaliers, donne un coup de pied au passage à la chaise puis me regarde, le visage fermé.

– Tu as des devoirs à faire. On s'y met ?

Pourquoi le « on » ? J'ai mordu mes lèvres sur la phrase énoncée trop vite. La directrice de l'école nous l'a répété en début d'année. Son instituteur aussi. Les élèves de CM2 sont en passe de devenir des collégiens. Il faut les res-pon-sa-bi-li-ser. « Si votre enfant ne veut pas faire ses devoirs, qu'à cela ne tienne. Il devra en assumer les conséquences. Il faut qu'il s'habitue au rythme de travail qui lui sera demandé en 6e. »

Tant pis pour les conseils de l'équipe pédagogique. Alexis grandira et apprendra à être autonome plus tard.

Pour l'instant, il faut que je l'aide.

Tant que je le peux encore.

– Allez, assieds-toi là. Prends ta trousse. Sors tes affaires.

Les yeux vides, Alexis prend place sur la table de la cuisine. Pas dans son bureau où, je le sais, il rêvera devant sa feuille ou jouera avec les stylos de sa trousse.

– Allez, Alexis, sors tes affaires.

Ça y est, la machine est lancée. Alexis a sorti son agenda qu'il feuillette nonchalamment jusqu'à la page du jour. Problème page 57. C'est un problème sur les aires. Un petit *warning* clignote dans ma tête. Il m'a vaguement semblé entendre sa copine Anne-Charlotte, croisée sur le chemin du retour, me chantonner d'un air mutin : « Demain, y'a interro et moi j'ai révisé-eu. »

– Alexis, il y a une évaluation demain ?

Une vache en train de brouter prendrait un air plus intéressé au passage d'un train.

– Hein ?

– Il y a une interrogation demain sur les surfaces ?

– Ah, heu, oui, je crois.

– Tu as tout compris ?

– Heu, ouais. Enfin moyen.

– OK, alors on va faire plusieurs problèmes ensemble, histoire de vérifier que les bases sont bien là. Ensuite, tu pourras jouer.

Surtout ne pas m'enflammer. Ce n'est pas le moment. Alexis se buterait, je m'énerverais, la soirée serait gâchée.

– Écoute, tu commences le problème. Et quand tu as fini, tu m'appelles et on corrige ensemble.

Alexis s'est penché sur son brouillon, tripotant le bouchon de son stylo, suçotant la mine du côté encre. Le fait-il exprès ? Je me retiens d'intervenir, me contentant de l'observer du coin de l'œil tout en épluchant les légumes pour le repas du soir. Après tout, il a le droit de réfléchir et j'ai le droit de ne pas intervenir.

Ses opérations s'étalent péniblement sur la feuille. Soudain, un paraphe rageur sur la colonne de chiffres laborieusement alignés. Sa main tachetée a attaqué une autre page du cahier.

Une autre colonne de chiffres en formation prudente...

Elle connaîtra le même sort que la première : fauchée par le stylo qui s'acharne à la faire disparaître sous les ratures. Le cahier s'est métamorphosé en champ de bataille.

Pas le temps d'aligner d'autres hiéroglyphes. D'un geste brusque, Alexis a barré sa feuille et l'a chiffonnée entre ses doigts tachés d'encre. Une larme perle. Alexis tente de l'essuyer furtivement, maculant de noir son visage comme un mercenaire en embuscade. Je m'avance rapidement, abandonnant pommes de terre et épluchures sur le plan de travail. Au loin, la hotte ronronne, la casserole bout.

– Qu'est-ce qui ne va pas ?

– Rien, rien.

– Mais si, attends, je vais t'aider.

Trop tard. Le piège s'est refermé. J'y suis entrée sans me douter de ce qui allait m'attendre. Alexis oppose un air buté à mes questions les plus simples. Bientôt, le doute s'immisce dans mon esprit. Est-il réellement ignare ou essaie-t-il de tester mes limites ? Malgré mes efforts pour rester douce mais ferme, mon ton monte rapidement. Bientôt, la fermeté n'est qu'un vague souvenir, un précepte inculqué aux parents pour les culpabiliser. Je me suis transformée en furie et ne me maîtrise plus. Comment parvenir à atteindre mon fils dans la tour de silence dans laquelle il s'est muré ? Faut-il que je le secoue, que je l'humilie ? Hors de moi, je hurle :

– Va dans ta chambre !

Pour me protéger contre ce raz-de-marée qui me submerge.

Pour le protéger contre une colère destructrice.

Alexis s'arc-boute à sa chaise. Que puis-je faire pour qu'il m'obéisse ? Lui ne se lève pas, mouton buté qui ne veut pas qu'on le mène à l'abattoir. Un quart de seconde, je me vois le pousser. Une envie folle de le gifler. Pourquoi ne réagit-il pas ? Pourquoi cette bouche hermétiquement close et ce regard mauvais ? Je l'ai pris par le bras. Alexis hurle. Ses cris font écho à d'autres plus anciens. Suis-je en train de ressembler à ma mère ? Suis-je en train de le persécuter ?

Un bruit de clé dans la serrure de la porte d'entrée. C'est Frédéric, rentré du travail. Son pas preste dans le couloir. Il accourt dans la cuisine. Une colère froide dans ses yeux à la vue de la scène qui n'est pas une première. Depuis quelques jours, chaque séance de travail se transforme en cris et en pleurs. Son ton est cassant.

– Tu entends ce que ta mère te dit ? Va dans ta chambre et ce n'est pas la peine de descendre pour manger si tu n'es pas calmé.

Frédéric a accompagné la voix du geste. Sa main s'est refermée en tenaille sur le bras de notre fils et le contraint à avancer. Un quart de seconde, il me semble avoir vu de la terreur sur le visage d'Alexis, qui se faufile puis monte quatre à quatre les escaliers.

Il faut que je me calme. Il faut que je me fasse entendre de mon fils. Ne pas le laisser s'embourber. Le rassurer. Après tout, c'est de ma faute s'il se comporte de cette façon. C'est moi qui suis tombée malade. Moi qui ai menti durant toutes ces années. Moi qui dois porter les miens sur ce chemin de croix. Dussé-je souffrir.

Je suis montée derrière Alexis, partagée entre l'envie de pacifier et celle de laisser exprimer ma colère face à cette crise. Qu'il réagisse, qu'il s'exprime, qu'il tombe dans mes bras et que nous nous rejoignions, nous que tout semble séparer. Que j'arrive à ré-établir un pont entre nos deux continents qui dérivent.

Alexis est allongé en travers de son lit, la tête cachée par son coude qu'il a levé comme pour se protéger d'éventuels coups. Il n'a même pas bronché à mon arrivée. Dort-il ? Non, j'ai surpris le coup d'œil plein de rancune qu'il m'a lancé lorsque je me suis assise à ses côtés.

– Alexis, on peut parler ?

Un silence boudeur.

– Alexis, s'il te plaît, réponds-moi au moins quand je te parle.

– J'ai rien à dire.

– Mais qu'est-ce qui ne va pas, à la fin ? Pourquoi te comportes-tu de la sorte ?

Alexis m'a regardée, imperméable à toute tentative de réconciliation.

Je n'avais pas imaginé la scène se dérouler ainsi. Quelque chose me pousse à m'exprimer comme pour conjurer le vent de folie qui se remet à souffler. Le doute s'installe. Après tout, je suis sa mère. Il faut qu'il m'obéisse. Non, il ne faut pas que je réagisse ainsi. C'est un abus d'autorité. Si, il me doit obéissance. Les enfants doivent respect aux parents et non le contraire.

Non, tu agis comme tes parents. Tu ne fais que réitérer les erreurs du passé.

Si, il y a des limites que les enfants ne doivent pas dépasser. Cela tient du bon sens.

La colère est remontée par vagues, le sang-froid m'abandonne. Est-ce moi soudain qui me lève d'un bond et le secoue de rage ? Que faut-il que je fasse pour qu'il réagisse ? Les membres tremblants, je hurle :

– Mais réponds enfin ! Je te parle !

Il y a de la haine sur son visage.

Soudain, un coup au ventre.

Mon fils m'a repoussée violemment.

À moins qu'il ne m'ait frappée.

Mon monde s'est fracassé quand son poing m'a heurtée.

Suffisamment fort pour me faire pousser un cri.

De surprise et d'impuissance.

De peur aussi.

Frédéric et moi avions toujours mis un point d'honneur à ne jamais lever la main sur nos enfants. Pourquoi l'aurions-nous fait ? La gifle aurait montré notre impuissance à communiquer avec eux. Nous voulions les élever dans le respect de la personne. Je ne voulais pas reproduire le schéma éducatif que j'avais connu. Et puis, si une gifle était nécessaire à certains parents pour asseoir leur autorité, quel châtiment pour un méfait plus grand ?

Notre éducation avait porté ses fruits jusqu'à présent. Nos enfants ne nous craignaient pas mais savaient que nous détenions l'autorité. Si Alexis venait à nous taper aujourd'hui, cela signifiait que l'état de guerre était déclaré : notre méthode avait échoué. Fallait-il que nous répliquions en utilisant les mêmes armes que lui : le pot de fer contre le pot de terre, l'arme nucléaire contre l'arc et le carquois ? Pas de discussion mais un « Ferme ta gueule et obéis-nous ou tu subiras le fouet ».

Était-ce ce que nous voulions ?

Nos cris ont alerté Frédéric qui, d'un bond, est à mes côtés.

Chaos indescriptible pendant que sa voix tonne.

– Ne recommence plus jamais. Tu m'entends ? Ça ne te suffit pas que ta mère soit malade ?

Ses bras forts encerclent Alexis et le repoussent violemment sur son lit.

Notre fils se débat, donne des coups de pied, hurle.

Bête furieuse dont on a peur qu'il morde.

Animal aux abois qui craint qu'on l'achève.

Gamin impuissant dont les yeux fous de terreur regardent son père claquer violemment la porte de sa chambre.

– Tu nous fait c..., Alexis. Y en a marre.

Ce soir-là, Alexis ne descendra pas dîner avec nous. Quand je monterai me coucher, je tomberai sur la porte close de sa chambre sur laquelle Alexis aura écrit d'une main rageuse « Celui qui ouvre la porte, je lui casse la gueule ». Il est 22 h 00, tout dort. J'ai franchi la porte. Coussins et couette ont été jetés par terre. À la lueur de la lumière du couloir, je contemple les vestiges de sa colère : mon visage gribouillé sur les photos, le punching-ball percé de multiples trous occasionnés par un compas grand ouvert et, surtout, ces quelques mots griffonnés sur un bout de feuille et qui me sautent au cœur : « J'hésite à appeler le 119, parce que mes parents me maltraitent ».

Je me rappelle nos échanges pleins de tendresse, pendant nos trêves si courtes.

« Maman, tu m'aimes comment ? »

« Maman t'aime chaud comme le soleil, grand comme l'espace. Même si quelquefois Maman gronde fort comme un dragon, elle t'aimera toujours. »

Je me suis baissée et l'ai embrassé tout doucement sur son front et sur ses joues.

– Dors bien, mon Alexis. Je t'aime.

Alexis s'est recroquevillé comme pour m'éviter. Il a balbutié quelques mots où perçait la peur et est retombé dans un sommeil agité.

Demain matin, l'orage sera passé. Alexis se réveillera, penaud, et viendra se blottir contre moi. Il demandera son lot de câlins. Je m'excuserai de mon impatience. Il me demandera pardon. Je le rassurerai sur mon amour.

Fini ?

Non.

Nous nous sommes habitués à vivre au rythme de ces séismes de plus en plus violents, avec l'espoir toujours présent qu'il n'y aura pas de prochain tremblement de terre familial.

Nous nous leurrons.

Notre fils nous échappe. Certes, il continue de jouer et de sourire comme tout garçon de dix ans. Ses résultats scolaires sont bons. Mais nous ne pouvons plus considérer ses crises de colère comme des caprices d'enfant mal élevé. Nous ne pouvons pas mettre ses états d'âme sur le compte d'un comportement d'adolescent précoce. Il y a trop de signes que nous avons voulu nous cacher et qui témoignent de sa souffrance. Frédéric et moi en avons longuement discuté.

Il n'y aura pas de second Serge ni de second Michel. Il n'y aura pas de secret jalousement gardé ni de rupture de communication avec notre enfant. Il n'y aura pas d'éducation à coups de fouet dans la douleur et dans la peur.

Et si nous devons nous remettre en cause alors nous le ferons.

Sans hésitation.

Mme Carron

Frédéric et moi avons fait part de la situation au docteur Mora qui continue de veiller sur le moral de tout l'équipage.

– Prenez rendez-vous pour Alexis chez Madame Carron. Vous verrez, c'est une psychologue qui a l'habitude de travailler avec les enfants. Je la connais personnellement. Allez-y en toute confiance.

Un soir de trêve, nous avons expliqué à Alexis notre démarche et l'avons convaincu du bien-fondé de la consultation.

– Mais un psychologue, c'est pour les fous ? Moi, je ne suis pas fou.

Alexis nous regarde, terrorisé.

– Alexis. Quand tu as mal aux dents, tu vas chez le dentiste. Quand tu ne vois pas bien, tu vas chez l'ophtalmologue. Tu es d'accord avec nous ? Depuis quelque temps, reconnais que tu ne vas pas très bien : tu fais des cauchemars, tu as peur facilement, tu t'énerves pour un rien...

– Je n'arrive pas à me maîtriser. Je ne sais pas ce qui m'arrive.

Alexis rajoute tout bas.

– J'ai des choses dans ma tête qui me font peur et me rendent malheureux.

– Comme les valises dont je t'avais parlé ?

Je l'attire à moi et resserre mon étreinte.

– Eh bien un psychothérapeute, c'est un spécialiste qui t'aide à ouvrir les valises et à ranger les affaires, quand tes valises sont trop lourdes. Un peu comme ce que j'aurais dû faire depuis longtemps. D'ailleurs, regarde ! Maman va bien chez le psychologue. Crois-tu que je sois folle ?

J'ai louché et grimacé. Assis sur mes genoux, Alexis a esquissé un sourire.

– Non.

Il réfléchit un court instant et puis murmure :

– Mais je vais me payer la honte quand mes copains vont le savoir.

– Tu n'es pas obligé d'en parler, tu sais. C'est une chose qui t'est personnelle. Mais il n'y a rien de honteux, je te le garantis. Regarde, moi, j'y vais bien. J'en ai même deux de psychothérapeutes : il y a Carole au CHR et Patrick. Je n'ai pas honte de moi. Au contraire, je suis même fière d'essayer de m'en sortir et de commencer à y arriver. Aurais-tu voulu que Maman continue de pleurer comme elle le faisait avant ?

Frédéric lui a ébouriffé les cheveux et a ajouté :

– D'ailleurs, Coco, moi aussi, je vais consulter un psychothérapeute. Parce que j'ai besoin qu'on m'aide. Surtout depuis ces derniers mois. Je suis un homme et pourtant je n'ai absolument pas peur ni honte de dire qu'il me faut parler pour y voir plus clair.

Alexis a hoché la tête, rassuré.

Mme Carron est une dame âgée, aux cheveux blond cendré et aux yeux bleu gris qui nous scrutent intensément. Un air d'institutrice à la retraite ? Non, plutôt une doublure féminine de l'inspecteur Colombo quand elle se penche au-dessus de son bureau et tend son oreille pour mieux entendre nos propos.

Nous avons d'autant plus confiance que Mme Carron nous a rassurés au bout de la première séance.

– Alexis est extrêmement intelligent et sensible. Et surtout, il est moteur dans la démarche. Mais nous avons été très clairs. Ce qui se passera entre lui et moi ne sortira pas de ce bureau à moins qu'il ne veuille vous en parler. Moi, je ne dirai rien.

Alexis nous raconte peu ce qui se passe. Nous savons que pendant les trois quarts d'heure de consultation, il dessine, joue à des jeux de société. Surtout ne pas lui faire peur. Et puis l'encourager à y aller. Peu de commentaires à son retour mais les crises semblent s'espacer.

Un soir pourtant, le dragon se réveille. Sous l'œil effaré des petites sœurs, la séance de devoirs vire à nouveau au cauchemar : cris, pleurs, cahiers déchirés. J'assiste, impuissante, à l'explosion de son volcan qui ne se calme qu'à l'arrivée de Frédéric, rentré plus tôt pour l'emmener à la consultation chez Mme Carron. La porte claquée sur leurs deux silhouettes, je cours, tremblante de rage, jusqu'à notre salle de sport. Il me faut faire de l'exercice pour décharger ce trop-plein d'émotion qui me submerge. Les bras tremblants, je monte sur l'elliptique. Peu à peu, ma colère se calme. Pourquoi me mettre dans ces états ? Après tout, ce n'est qu'un enfant qui veut s'affirmer !

Ma sérénité est revenue au rythme de mes pas.

Un bruit de serrure dans la porte. C'est Frédéric qui revient avec Alexis. Des pas dans l'escalier. Ceux légers d'Alexis qui court se réfugier dans sa chambre sans passer me voir. Je tique ! Mon fils n'a pas passé sa tête pour me faire son petit coucou habituel : il doit être encore fâché. Je pédale de plus belle : respire, Lolo, respire, tout va bien se passer. Des pas plus lourds. Ceux de Frédéric. Je continue d'agiter les bras et les jambes. Plus que cinq minutes et j'aurai fini ma séance de sport quotidienne. Je halète.

– Alors, pff, pff, ça s'est bien passé, pff, pff ?

– Lolo, c'est plus grave qu'on ne le croit.

– Comment ça ?

– Madame Carron a dit qu'il était en train de faire une dépression infantile précoce. Alexis lui a avoué qu'il avait voulu se suicider.

– Quoi ?

– Il paraît qu'il a ouvert la fenêtre de sa chambre un soir et qu'il a voulu sauter. Madame Carron est prête à l'interner. J'aurais dû le voir avant. J'aurais dû faire quelque chose.

Je devrais m'effondrer. Il n'y aura donc jamais de paix dans notre famille ? N'ai-je pas suffisamment souffert pour racheter mes fautes ? Mon cancer n'est-il pas suffisant pour rompre la malédiction ? Je sens la peur et la culpabilité qui commencent à dévorer Frédéric : le diable se frotte les mains et se délecte devant sa nouvelle proie. Il me semble l'entendre s'insinuer sournoisement dans l'esprit du père de mon fils.

Une rage soudain m'étreint.

– Alexiiiiis ?

– Non, Lolo, je t'ai dit que c'est grave. Il ne faut pas...

J'interromps brutalement Frédéric.

– Laisse-moi faire. Alexiiiis ?

Je saute en bas de l'elliptique comme un cow-boy de son cheval, marche d'un pas rapide vers la chambre de mon fils dont j'ouvre la porte en grand. Alexis est couché sur son lit, les yeux dans le vague.

– Bon, t'as fini de bouder ?

Maussade, mon fils me regarde. Il n'y a aucune douceur dans ma voix. Je ne tergiverserai pas.

– J'aimerais que l'on parle.

– Nan, j'ai tout dit à Madame Carron. J'ai plus rien à te dire.

– Eh bien tu vas m'en dire plus. Tu me suis dans la chambre. Allez, dépêche-toi.

D'où me vient cette force ?

Alexis se traîne de mauvaise grâce jusque dans ma chambre, suivi de près par Frédéric. Je m'assois sur notre lit et regarde notre fils. C'est une partie de poker menteur qui commence. Je ne lâcherai pas le morceau.

– On va arrêter de jouer, Alexis. Alors, il paraît que t'as eu envie de te suicider ?

– Je ne te dirai rien. Madame Carron a promis que c'est quelque chose entre elle et moi.

– Tu as raison. Mais je veux quand même me renseigner avant. Tu comprends, je suis un peu intéressée dans l'affaire. Bon, comment veux-tu t'y prendre ?

– Hein ?

– Ben oui, pour te suicider, tu vas faire comment ? En avalant du poison, en te donnant un coup de couteau, en sautant par la fenêtre ? Un petit conseil : ne te rate pas. Tu pourrais t'en mordre les doigts.

Alexis me regarde, stupéfait.

– Tu te rappelles d'Émilie, ma copine que l'on avait rencontrée avec ses enfants à Disneyland Paris ? Et bien, sa meilleure amie a voulu se suicider à vingt ans. Elle semblait avoir tout, pourtant. Elle s'est jetée par la fenêtre de sa maison et s'est ratée. Dommage pour elle. On la pousse maintenant en fauteuil roulant : colonne vertébrale cassée. Elle ne peut plus bouger et a bien du mal à parler. Le pire c'est qu'elle est consciente de sa paralysie. Elle qui voulait en finir avec tout le monde est dépendante de tous pour manger, pour se laver, pour faire pipi... C'est pour cela que je te dis de ne pas te rater, si tu veux vraiment te suicider.

Un passage à vide.

– Pourquoi elle voulait se suicider, ta copine ?

– Pour une histoire d'amour perdu. Maintenant, elle n'en a que faire de son ancien petit copain. Mais sur le coup, il n'y avait que ça qui comptait. Elle avait l'impression que vivre sans lui était trop douloureux.

Alexis réfléchit. J'en profite pour rajouter.

– Et toi, pourquoi veux-tu te suicider ?

– Je suis malheureux.

– Ok. Mais qui te dit que quand tu vas mourir tu ne vas pas être aussi malheureux ? Qui te dit que la mort n'est pas, aussi, très douloureuse ?

– Mais on dit que quand on meurt on ne souffre plus...

– Qui est revenu de la mort pour te le dire ? Qui te dit que Dieu soulage les gens qui meurent par suicide ? Après tout, le suicide est une destruction de ce qu'Il a créé avec tant d'amour. Quand tu fais un super robot en Lego et que ta petite sœur le casse, es-tu content ?

Alexis réfléchit à toute vitesse puis déglutit.

– Ben non, mais c'est pas pareil.

– Dieu t'a créé parfait.

– Oui, mais je suis moche. Regarde, je suis tout maigre, j'ai de grandes dents. Je n'aime pas ma tête. Elle est toute grosse par rapport à mon corps.

– Moi, je te trouve très bien…

– Oui, mais toi t'es ma mère.

– Tu te vois moche parce que tu ne t'aimes pas. Mais on va y arriver. Alors je reprends. En admettant que tu te suicides et que ça marche, as-tu pensé à ceux qui restent ? Tu es fâché contre nous, tes parents, et moi en particulier, pour une petite histoire dont tu riras d'ici quelque temps. Si, si, je te le promets. Mais si tu te suicides, as-tu pensé à ce que ressentiront Mathilde, Élodie et Juliette ?

À ce moment, un coup timide à la porte de notre chambre fermée et des chuchotements à peine étouffés.

– Non, vas-y.

– Non, c'est toi.

Je devine qu'Élodie et Juliette sont montées pour voir ce qui se passe. C'est bientôt l'heure du dîner. Je ne suis pas à mon poste habituel devant les fourneaux. Les petites s'inquiètent. Une inspiration soudaine.

– Élodie et Juliette, entrez.

La poignée de la porte s'abaisse lentement. Deux paires de grands yeux ronds comme des billes nous contemplent. Inquiètes, elles surprennent les larmes qu'Alexis essuie furtivement sur ses joues.

– Qu'est-ce qu'il a, Alexis ? Pourquoi il pleure ?

– C'est quand qu'il vient jouer avec nous ?

– Alexis est triste, c'est pourquoi nous prenons un moment avec lui.

Élodie s'est approchée tout près de nous. Son regard se pose sur ce grand frère qui l'initie à ses jeux de garçon. Avec qui elle s'entend comme larron en foire. Qu'elle écoute avec patience quand il raconte des anecdotes de l'école, ses histoires avec ses copains. Son complice.

– Il a des valises, c'est ça ?

– Oui, c'est ça.

Pas de jugement dans ses grands yeux. Juste de l'adoration et une confiance infinie.

– Tu l'aimes bien, ton grand frère ?

Élodie opine vigoureusement de la tête et s'approche d'Alexis, comme aimantée.

– Oh oui !

– Venez faire un câlin à Alexis. Il en a besoin.

Elles se sont approchées et ont collé leurs petites têtes, l'une contre le dos, l'autre contre l'épaule d'Alexis. Nous avons de la chance : nos enfants ne ressentent pas de pudeur à se faire des câlins ou à s'embrasser. Ils connaissent le pouvoir de l'amour sous ses cinq formes : les paroles valorisantes, le toucher, les moments de qualité, les cadeaux, les services rendus.

Je réfléchis puis interpelle Élodie qui me regarde avec ses grands yeux dorés.

– Dis, Élodie, qu'est-ce que tu dirais si Alexis...

J'ai laissé traîner volontairement ma phrase. Alexis sursaute. Horrifié, il m'interrompt.

– Non, Maman.

– Ben si, je peux le dire puisque c'est ce que tu voulais faire.

Élodie s'est empressée de s'engouffrer dans la brèche. Comme une chatte qui flaire le bon plan. Est-ce un jeu ? Peut-elle y participer ? Y a-t-il quelque chose à gagner ?

– Il voulait faire quoi, Alexis ?

– En fait Alexis voulait...

– Non, Maman, s'il te plaît non, ne dis rien.

– Bon ben...

Je fais mine de réfléchir longuement.

– ... Puisque tu insistes on en parlera une autre fois. Élodie, ne t'inquiète pas. C'est quelque chose entre Alexis et moi. Tu peux nous laisser, s'il te plaît ?

Élodie et Juliette ont rouvert la porte et se sont faufilées par l'entrebâillement. Au passage, Élodie a caressé le bras de son frère. Comme ça. Pour le sentir, à moins que ce ne soit pour qu'il sente toute sa tendresse. Une fois leurs petites frimousses disparues, je me suis tournée vers Alexis.

– Bon, alors, on continue de parler Alexis. Si tu te suicides, que vont penser tes petites sœurs ? Je t'ai raconté ce qui s'était passé quand Tonton Serge s'était suicidé. C'était horrible pour Pépé et Mémé, mais pour mes frères et moi aussi. Je n'ai pas compris son geste. Je me suis sentie coupable.

En même temps que je parle à mon fils, il me semble que je me parle à moi. Désespérément rongée par la culpabilité et le chagrin. Si fière de ce frère aîné dont je ne voyais pas les défauts. Petite sœur qui voulait mourir de chagrin, à l'aube de ses dix-sept ans. Un éclair de compréhension tout d'un coup. Mon frère est mort. C'était son choix. Il ne voulait pas me faire de mal. Simplement cesser cette souffrance qu'il ne pouvait plus atténuer.

J'ai respiré un grand coup et j'ai continué à parler à mon fils. En moi, je savais que d'une fleur naît le compost et du compost naît la fleur.

– Si tu meurs, comment tes sœurs, petites et grande, vont gérer ta disparition ? Peut-être qu'elles vont se sentir coupables, peut-être qu'elles vont elles-mêmes faire des bêtises, se faire mal, se suicider aussi. Regarde-les bien. Juju avec ses grands yeux de girafe, qui te ressemble tant : même façon de sucer son doudou, même sensibilité. Élodie qui ne songe qu'à t'imiter. Tu veux les punir, elles aussi ? Mais de quoi ? Elles n'y sont pour rien.

– Non, je veux pas les punir, elles. Elles ont rien fait...

– Un suicide, ça détruit celui qui meurt mais aussi ceux qui restent. C'est ça que tu veux ?

– Maman, j'ai compris. Arrête. S'il te plaît.

Je ne lâcherai pas le morceau. Il faut que je la déterre de son esprit cette saloperie d'idée. Qu'elle ne jette pas ses racines dans ce terreau vierge et fragile. Que le diable lâche mon fils. Que la malédiction s'arrête. Je me battrai, je le jure, mais j'y arriverai. Peut-être que mes propos sont intolérables et feraient hurler d'horreur n'importe quel psychothérapeute. J'ai failli aux règles de base instaurées par Mme Carron. Je me suis immiscée dans son travail. Je ne suis pas psychologue. Peut-être suis-je en train de faire plus de mal que de bien ?

Tant pis.

Je n'ai que cette rage qui me bouffe comme une louve à qui l'on essaie d'enlever son petit. Je n'ai que cette intuition qui me guide et me fait sortir de cette attente de bon aloi qui m'a retenue pendant toutes ces semaines. Peur de mal faire. Peur de le traumatiser. Peur de reproduire le même schéma générationnel. Qui me dit que je ne suis pas comme ma mère ? Je poursuis, tenace :

– Attends, Alexis, c'est trop facile de me demander d'arrêter. Maman a toujours dit : quand on fait une bêtise, on répare ou on assume.

– Non, en fait j'ai dit ça comme ça, le suicide. Mais c'était pas tout à fait vrai.

– Alors pourquoi as-tu ouvert la fenêtre ? Pourquoi es-tu monté sur le toit de la soupente ?

Alexis répond piteusement.

– Je voulais vous faire peur.

– Mais qu'est-ce qui ne va pas, mon chéri ?

– Rien, Maman, je te jure.

– Parle, Alexis, parle. Je suis là.

J'ai serré mon petit garçon contre moi, très fort. Comme pour absorber sa souffrance et la faire mienne. Pour enlever ce mal qui le ronge et que je n'arrive pas à extraire. Soudain, Alexis a hoqueté.

– Je suis en colère... très très en colère.

– Contre qui mon chéri. Contre Maman ?

– Oui... Et contre moi aussi.

– Pourquoi, mon chat ?

– Parce que... Parce que...

– Oui, mon doudou, vas-y.

– Tu es malade et...

– Oui, Coco.

– Parce que c'est à cause de moi que tu es tombée malade et que tu vas mourir.

– À cause de toi ?

Ahurissement, soulagement, presque joie. Ai-je touché le fond du problème ?

– Mais pourquoi dis-tu ça ?

Entre deux hoquets, Alexis m'explique. Si je suis malade, c'est parce qu'il fait tout le temps des bêtises et qu'il me met en colère. Après, j'ai des valises que je n'arrive pas à porter toute seule et c'est comme ça que j'ai le cancer. Le raccourci emprunté ressemble étrangement à l'explication que je lui ai donnée quand je lui ai avoué mon passé.

– Mais tu n'y es pour rien, Alexis, dans la maladie de Maman. Sais-tu, Alexis, que le cancer met plus de vingt ans à se déclarer ? Et il y a vingt ans, tu n'étais même pas encore une lueur d'espoir dans les yeux de Papa et de Maman. Alors comment aurais-tu pu être à l'origine de mon cancer ?

Une lueur de joie et de soulagement dans ses yeux.

– C'est vrai ?

– Je te le promets. Si tu ne me crois pas je peux même te montrer des articles sur Internet. Par contre, il y a quelque chose que je peux te dire. Il y a un an, les médecins pensaient que Maman était condamnée et ne passerait pas l'année. Regarde, je suis toujours là. Et je continue de me battre de toutes mes forces parce que je vous aime et que votre amour, ton amour, me porte.

Alexis se blottit tout contre moi puis me chuchote tout bas.

– Maman, j'ai tellement peur que tu meures.

Je resserre mon étreinte. Qu'il est difficile de ne pas mentir pour apaiser les souffrances de son enfant. Je pourrais le rassurer et lui dire que je vais guérir, qu'il ne faut pas s'inquiéter, que tout reviendra comme avant.

Je ne peux pas.

J'ai simplement expliqué à mon fils que comme lui, j'étais un être vivant et pas un rocher. Un roc pouvait vivre des millions d'années, moi non. Il y aurait un moment que je ne connaissais pas à l'avance où j'allais être amenée à disparaître. Ce pouvait être aujourd'hui, demain ou dans cinquante ans. Ça pouvait être lié au cancer ou pas. Mais si je passais ma vie à avoir peur, alors je n'aurais vécu qu'à moitié. Il y a des gens dans le monde qui ne vivent qu'à moitié ; alors il faut profiter de l'instant présent, arrêter de se tourmenter pour le passé qui n'est plus et pour le futur qui n'est pas encore. Vivre intensément parce que chaque moment mérite qu'on le vive comme si on allait mourir demain ou comme si on allait vivre toujours.

Au bout de quelques mois, les rendez-vous d'Alexis chez Mme Carron s'espacent. Alexis peu à peu retrouve son sourire, prend ses marques, apaise ses colères et ses craintes. Lentement, ses dessins s'entourent de couleurs, parlent de joie de vivre, de guerres où les bons gagnent sur les méchants sans effusion d'hémoglobine à haute dose. Hier soir, mine de rien, il a décroché de la porte de sa chambre la pancarte sur laquelle il avait écrit en grosses lettres rageuses : « Ne pas entrer sans toquer ».

– Tu n'en as plus besoin ?

– Non. Je n'ai plus besoin de me protéger.

Il y a encore quelques crises qui ont secoué notre microcosme familial. Comme dans n'importe quelle famille, quand un petit apprend à devenir ado et qu'un ado apprend à devenir grand. Il y a aussi quelquefois des peurs qui reviennent, camouflées derrière des monstres informes qui parlent de mort et peuvent faire du mal. Nous trouvons à deux des méthodes pour les décoder et en rire.

– Maman, j'ai peur des zombies.

– C'est quoi pour toi un zombie ?

– C'est un mort-vivant et il revient pour transformer les vivants en morts.

Que me disait Mme Carron ? Alexis pouvait craindre que le cancer ne soit contagieux et que ma maladie ne soit mortelle.

– Chéri, les zombies sont nés de l'imagination de cinéastes pour provoquer de l'adrénaline à ceux qui sont en manque.

– Oui, mais s'ils existaient vraiment ?

– Chéri, as-tu vu voler des éléphants roses dotés de quatre trompes et de trois trous du cul ?

Alexis pouffe de rire.

– Ben non, ça n'existe pas.

– Eh bien les zombies, c'est pareil. Si tu n'as pas peur des éléphants roses à quatre trompes et trois trous du cul, parce que tu sais qu'ils n'existent pas, pourquoi aurais-tu peur des zombies ?

Le pardon

Ce matin, j'ai rendez-vous avec Patrick.

– Comment vas-tu aujourd'hui, Laurence ?

Que lui dire ? Rien ne me chagrine. Je relate les petits événements qui ont ponctué les jours précédant notre rendez-vous. Pas de cure de chimiothérapie pour fatiguer mon corps ou accentuer mes états d'âme. Je suis en pause depuis plusieurs semaines et savoure chaque jour qui passe. Mon humeur est presque joyeuse. Dans quelques semaines, ce sera Noël. Nous comptons fêter la nouvelle année à la neige. Non, tout va bien.

– Et tes parents ?

J'y pense quelquefois. Surtout en ces périodes de fête. Bientôt un an sans nouvelles de leur part. Ils ne sont pas au courant de la teneur ni de l'évolution de mon cancer. Ils ne savent pas le calvaire que j'ai enduré ni nos doutes, nos peurs. Ils n'ont pas demandé de nouvelles de leurs petits-enfants. Ils ne se sont pas enquis de ce que nous sommes devenus, ni si je suis morte, ni si je souffre, ni si nous pouvons avoir besoin d'eux.

C'est sûr. Ils ne m'ont pas pardonné.

– Et toi ?

– Moi ?

– Oui, toi, leur as-tu pardonné ?

J'ai envie d'acquiescer mais mon esprit n'est pas prompt à sacrifier sur l'autel de la paix mon corps humilié, mes rêves avortés, mon enfance piétinée, mon cœur et ma tête qui leur restent encore soumis. Toutes ces années vécues dans le silence et dans la crainte. Je n'ose imaginer ma réaction si je les voyais. Quoi leur dire ? Comment les embrasser sans arrière-pensée ? Judas a apposé un baiser sur le front du Christ après l'avoir trahi. Mais qui embrassera qui ? Qui est Judas et qui ne l'est pas ? Comme s'il avait deviné mes pensées, Patrick se lève, empoigne deux chaises et les positionne près de la mienne.

– Tiens, Laurence. On va faire un jeu. Tu vois ces deux sièges ? Tu vas imaginer que tes parents sont assis là, à tes côtés. Que ressens-tu ?

Mon souffle se fait immédiatement plus rauque. Je n'ose lever les yeux pour regarder les emplacements vides. Mes pensées se brouillent. Une rage me submerge. Je dois la refouler. C'est du passé maintenant. Il faut que je regarde vers l'avenir. Que me répètent déjà amis et proches ? J'ai un mari qui m'aime, des enfants qui ont besoin de moi. Penser à moi, me consacrer à eux, oublier le passé.

– Laurence, regarde-moi. Que ressens-tu ? Penses-tu pouvoir aborder le pardon ?

Je détourne les yeux de mes chaussures. Une rage subite me fait haleter. Ma sérénité se fissure. Un haut-le-cœur. Salopards. Voyez comme je souffre. Que voulez-vous de plus si ce n'est ma mort ? Pas de pardon. Même pas en rêve.

– Heu, je ne pense pas pouvoir pardonner, Patrick. Je ne devrais plus leur en vouloir. Je suis libérée maintenant que j'ai parlé mais c'est plus fort que moi.

Ma voix se durcit.

– Non, je ne leur pardonne pas. Même pas en rêve. On va arrêter d'en parler si tu le veux bien.

Au fond de moi, la bataille fait rage. Ma petite voix intérieure me sermonne. Il faut que je sois une bonne petite. Il y va de la paix de mon âme. Quelle phrase bredouilles-tu, mal à l'aise, chaque soir dans le Notre Père ? « Pardonne-nous nos offenses, comme nous pardonnons aussi à ceux qui nous ont offensés. » C'est bien ça ?

– Jamais !

Est-ce moi qui ai crié de la sorte ? Je ne peux pas leur pardonner. Je ne suis pas une sainte.

– Quand je parle de pardon, je n'y mets pas de connotation judéo-chrétienne. Je ne te demande pas d'oublier ce qui s'est passé. Me suis-tu ?

Je secoue farouchement la tête.

– Il faut couper les liens virtuels qui lient ton esprit au leur. Un peu comme le fil qui attacherait ton bras à un ballon gonflé à l'hélium. Laisse-les vivre leur vie et tu vivras délivrée.

– Je ne peux pas !

– Ton ego tout seul ne le peut pas. Il te faut l'aide de Dieu ou de la conscience, ou de la vie, ou de l'énergie créatrice. Appelle cette aide comme tu l'entends. Mais ce n'est pas que de ton ressort.

Ma colère ne s'éteint pas. Dirigée contre mes parents mais aussi contre Patrick. Mesure-t-il la portée de ce qu'il me demande ?

– Tiens, je t'ai rédigé un texte sur le pardon. Lis-le quand tu te sentiras prête. Il devrait t'aider.

Je m'empare avec rancœur du bout de papier qu'il me tend avec sollicitude. Pas envie de le lire. Il me semble qu'une chape de plomb s'est à nouveau abattue sur mon esprit jadis serein. Il est trop tôt pour moi. La chute est sévère. Je pleure à nouveau. Crise existentielle. Mal-être. Le découragement s'empare de moi. N'arriverai-je jamais à sortir de ce cauchemar ? Au bout de plusieurs séances, Patrick sonne le repli.

– Nous allons faire une pause, Laurence. Le pardon n'est pas pour tout de suite. Nous y reviendrons quand tu seras prête.

Je m'insurge. Je veux guérir. Dussé-je en mourir. Patrick secoue doucement la tête.

– Il nous faut être patients, Laurence. Tu n'es pas encore prête.

Et puis un jour, je comprendrai le vrai sens du pardon. Non pas celui que l'on prononce du bout des lèvres pendant que le cœur lutte contre la colère. Non, l'envie tout simplement de couper le lien qui m'attache à ceux qui m'ont fait du mal. Pour leur bien mais aussi pour le mien. J'arriverai à penser à mes parents, non pas en oubliant ce qu'ils m'ont fait endurer mais en acceptant de lâcher cette haine destructrice et en me tournant résolument vers la vie. Puissance des rêves et de l'inconscient qui sommeille en nous.

Parle-moi de tes rêves, je te dirai qui tu es

Pendant des années, j'ai tu les cauchemars qui me terrifiaient et auraient pu me trahir. Des histoires, toujours les mêmes, où un homme essayait de pénétrer dans l'appartement de mes parents pourtant bien fermé. Des coups répétés à la porte d'entrée. J'entends sa voix doucereuse qui m'enjoint de lui ouvrir. Je ne veux pas. Je pousse les verrous, tire la barre pour bloquer l'issue mais je sais pertinemment que les loquets ne suffiront pas à lutter contre cette intrusion. Je me précipite dans ma chambre, cache mon corps qui ne peut se désintégrer, ferme les yeux pour ne pas voir l'inéluctable, hurle sans qu'aucun son ne sorte. Je ne lui échapperai pas. Les verrous se déferont et il sera là. Je ne me rappelle jamais de la fin de ce cauchemar. D'ailleurs y a-t-il une fin ? Il y a seulement l'expression de ses yeux qui me fait éprouver une peur panique. Mais de quoi ai-je si peur ? Sentiment de solitude et d'impuissance. Personne ne viendra me secourir.

Mes rêves prennent dorénavant une autre tournure. L'autre nuit, l'homme qui hante mes nuits est revenu. Un coup à la porte. J'ai jeté comme d'habitude un œil par le judas. C'était bien lui. Un sourire de conquérant qui autrefois me terrifiait. J'ai hurlé par la porte fermée.

– Va-t'en ! Je n'ai pas peur de toi.

L'homme est parti sans un mot après m'avoir lancé un regard terrible. De celui qui reviendra et me fera payer mon insolence. J'ai foncé vers les fenêtres arrière de notre appartement. Un pressentiment. L'homme est malin. Le seul pouvoir de ma voix ne pourra le faire disparaître. J'avais raison. L'homme était en train d'escalader le balcon voisin du nôtre et de s'introduire par la fenêtre ouverte de la chambre de mes parents. Je me suis précipitée droit sur lui et l'ai poussé dans le vide. J'ai refermé la porte vitrée derrière moi avec une impression de tourner la page. Plus jamais je ne serai sa victime.

Un rêve en chasse un autre. Une peur part, une autre prend sa place. Durant des nuits, mon esprit a brodé des thèmes autour d'une même trame de rêve. Un voyage. Frédéric, les enfants et moi prenons le métro pour un long périple. Soudain, un grand mur tombe entre nous. Je vois les regards ahuris de ma famille qui assistent à notre séparation. Nous poursuivrons chacun notre chemin sans possibilité de nous rejoindre. Eux sont entourés par une foule de voyageurs qui leur fait oublier que je suis là. Seule sur le quai, je les attends puis finalement monte dans une rame. Elle me conduira vers de verts pâturages. Ils ne pourront pas me rejoindre.

J'ai refait le même rêve, revu les yeux hébétés des miens au moment de la séparation. Je suis intimement convaincue que je les retrouverai. Je monte dans une rame, sors à la station suivante. Il me faut remonter à la surface, acheter un billet, redescendre et revenir vers les miens. Je n'ai pas de tickets, ni d'argent pour en acheter. Une cliente s'avance, se propose de me dépanner. Nous allons vers la même direction. Nous empruntons un long tunnel plongé dans l'obscurité et éclairé par intermittence par des ampoules très faibles. Je sais qu'au bout du tunnel, je serai arrivée à destination. Je chemine doucement, la femme à mes côtés. Bientôt la nuit complète. Celle qui marche à côté de moi est terrorisée. Je n'ai pas peur. Ma main droite s'attarde sur le mur et me guide. Ma main gauche tire celle de la dame qui, dorénavant, se laisse guider. Une porte, à un moment donné. Un pâtissier, sa femme et son fils nous reçoivent. Nous sommes arrivés. Je vais pouvoir rejoindre les miens.

Que veulent dire mes rêves ? Pas besoin d'avoir fait des études en psy pour comprendre qu'ils reflètent ma victoire sur la peur et sur le passé. Mon père ne parviendra plus à violer mon intimité et je ne me soumettrai plus sans mot dire à ses violences. Je lutterai contre la maladie et la mort qui pourrait me séparer des miens. Mais, à terme, je parviendrai à vaincre mes souffrances. Ma détermination sera mon fil d'Ariane et j'y arriverai parce que ma foi m'aidera : croire sans voir. Et le pâtissier, sa femme et son fils ? Certains pourraient y voir le symbole de la Trinité. Moi, je n'y vois qu'une part de rêve...

La vie est belle

Aujourd'hui c'est dimanche, veille de la rentrée scolaire. Nous avons passé de belles vacances pour la Toussaint. Pas de grandes balades touristiques ni de visites au pas de course ni de semaines de repos au loin à ne pas se reposer. Non. Rien. Juste quinze jours à flâner à la maison, à regarder des comédies à la télévision, à cuisiner, à manger, à dormir jusqu'à plus soif, à lire, à faire du lèche-vitrines, à s'acheter des gaufres chaudes. Bref, du bon temps passé à vivre sans excès.

Blottie sous la couette, je m'étire longuement. À mes côtés, Frédéric dort encore. Au-dessus de notre chambre, j'entends des petits pas qui trépignent, des tiroirs que l'on tire, une chaise qui racle le sol. Les petites doivent être réveillées. Un grincement de porte et une cavalcade dans les escaliers. Alexis a rejoint ses sœurs. J'entends leurs rires étouffés et la voix complice de Mathilde.

– Chut, moins de bruit. Les parents dorment encore.

Je souris. Mon bras se meut sous la couette et cherche le corps de Frédéric. Ça y est. Ma main se colle contre sa cuisse, trouve la chaleur de sa peau à travers le pyjama. Bientôt, mes doigts frustrés continuent leur quête, remontent leur chemin, passent sous le tissu fin pour toucher le ventre musclé, se glissent vers la poitrine, hésitent, redescendent un peu plus bas. Frédéric a stoppé ma course. Un petit rire pendant que mes yeux surprennent les siens qui brillent malicieusement dans la pénombre de la chambre. Son souffle me chatouille la nuque. On est si bien sous la couette.

Hier, Mathilde, en rangeant ses affaires, a eu une brusque prise de conscience. Morose, elle s'est laissée tomber sur le canapé et a énuméré tout ce qui l'attendait dans les jours qui allaient suivre : les tonnes de devoirs, les profs, le stress des évaluations, la fin des grasses matinées, les disputes avec les copines, les retours sous la pluie. Sa voix avait de légers trémolos pendant qu'elle énumérait les petits tracas de sa vie quotidienne de collégienne comme les neuf plaies d'Égypte.

– Tu sais, Maman, j'ai l'impression de passer ma vie à travailler pour un avenir meilleur en sachant que je cours toujours après quelque chose. J'ai le cafard. Après-demain, ça va être l'école. J'étais si bien à la maison.

Je l'ai prise sur mes genoux. Comment la consoler ? Il y a encore quelques mois, je lui aurais fait miroiter les prochaines vacances de Noël et notre futur séjour au ski. Je l'aurais consolée en lui parlant des bons plats que je mijoterais dans la semaine ou des achats plaisirs qui font tant de bien au moral : un nouveau jean, une nouvelle robe, un petit gadget. Ou bien je lui aurais rappelé les mille et un plaisirs goûtés durant ces derniers jours. J'aurais fait ressurgir des souvenirs radieux de notre séjour estival à la mer. Mais, depuis, j'ai réfléchi. Non, il ne faut pas que j'entraîne mes enfants à vivre comme je l'ai fait pendant aussi longtemps mais leur apprendre à vivre intensément chaque instant et le savourer. Les bons moments mais aussi les moins bons. Comment lui faire comprendre que la vie est faite ainsi et qu'il faut l'accepter avec reconnaissance ? Brusquement, j'ai une inspiration.

– Mathilde, enlève ta chaussette. Je vais te coller un petit bouton sur la plante des pieds que tu garderas jusqu'à ce soir. Oh, trois fois rien. Mais suffisamment pour que tu sentes que le seul fait de marcher sans douleur est un pur bonheur. Et puis tiens, pendant que j'y suis, tu vas enfoncer également un bout de coton dans une de tes narines. Et tu comprendras mieux le bonheur de respirer.

Au bout d'une demi-heure, Mathilde demande grâce : elle veut respirer sans gêne. La narine libérée, elle inspire profondément, ivre de l'air qui l'entoure et qui pourtant sent le graillon et les frites. Je repense à Patrick qui m'avait posé la question, l'air de rien.

– Laurence, à quel niveau de pourcentage estimes-tu inhaler l'air ?

La question m'avait surprise. Où était le piège ? J'avais observé silencieusement mon inspiration : petite bouffée inhalée un peu sur le qui-vive du bout de mes narines et que je jugeais suffisante pour m'oxygéner. Perplexe, j'avais avancé un 30 %, en me retenant de ne pas annoncer un 25 %. Patrick m'avait souri malicieusement.

– Pourquoi 30 % ? Qu'est-ce qui t'empêche de respirer à 100 % ? Tu en as le droit. Personne ne t'incite à prendre moins. Profites-en, c'est gratuit.

C'est vrai. Rien ne m'empêche de respirer ni de profiter de ce que la vie m'offre. Mathilde venait de le comprendre. Jusqu'au soir elle a gardé le bouton sous son pied, en boitillant et en pestant contre cette entrave pourtant si légère à ses pas : comment courir, trottiner ou simplement marcher sans penser à ce petit truc qui, sans lui faire mal, occupait son esprit ? Le soir, en ôtant le bouton, elle m'a souri.

– OK, Maman, j'ai compris la leçon.

Elle a grimpé les escaliers quatre à quatre et a rangé précieusement le bouton dans ses affaires personnelles. Au cas où elle oublierait qu'il est tellement précieux de vivre simplement.

La libération

Nous avons rencontré une spécialiste reconnue en mémoire cellulaire. Ambiance feutrée dans une tour parisienne. Moquette épaisse, décor bourgeois, lumière tamisée. Nous sommes repartis de l'entretien dotés d'un livre traitant du sujet et délestés d'un chèque conséquent. Frédéric est enthousiaste. Ça y est, la solution à tous mes problèmes est trouvée. Il a ressassé sur le chemin du retour les conseils prônés par la praticienne.

– Tu vas voir, Lolo. Tout est inscrit dans ton corps. Il faut simplement déprogrammer tes cellules conditionnées à la peur et à la souffrance. Tu vas identifier les événements qui ont pu avoir une incidence dans ta vie, compléter le questionnaire que nous a confié la praticienne et le lui retourner au plus vite en vue de notre prochaine rencontre. Tant que tu ne seras pas affranchie de cette inscription dans ton corps, les mêmes maux reviendront cycliquement.

Un après-midi, je m'installe face à Frédéric dont les doigts trépignent d'impatience sur le clavier de notre ordinateur. Il a positionné la longue liste de questions entre nous deux comme le buzzer d'un jeu dont je serais la seule concurrente.

– Alors, Lolo, comment as-tu été conçue ? Quels problèmes ont rencontrés tes parents pendant la grossesse ? Comment s'est passé l'accouchement ?

Avalanche de questions dont la complexité m'effare. Où trouver les réponses ? Frédéric hésite avec moi.

– Bon, ça ne fait rien. Il y a d'autres questions auxquelles tu dois répondre. Étais-tu souvent malade petite ? À quel âge ? Comment s'est passée ton entrée à l'école maternelle ? Quels copains, copines ? Tes dépressions ? Tes états d'âme ?

Je m'efforce de verbaliser mes souvenirs. Surtout ne rien oublier. Mais comment distinguer ce qui est important de ce qui ne l'est pas ? Dans la salle de jeux, tout à côté de nous, nos enfants gloussent, crient, rient.

– À quel âge as-tu eu tes règles ? À quel âge as-tu eu ton premier rapport sexuel ?

Je tique imperceptiblement. Je n'ai même pas de réponse à cette question. Que faut-il répondre ? À un an, deux ans, trois ans ? Frédéric secoue la tête.

– Ah oui, c'est vrai. Alors je vais passer à la question suivante. Non pas celle-là. Elle veut savoir si tu as eu des relations incestueuses. Ah voilà, peux-tu me dire si tu as eu des amoureux avant que nous nous mariions ? Quel était ton premier amour ?

Il est un pas entre évoquer mes souvenirs dans un contexte propice aux confidences et déshabiller mon passé pour consigner sur papier mes premiers émois. Un sentiment étrange me submerge : mon jardin secret est devenu un parc public. Quel sens donner à ce déshabillage impudique qui dévoile sans restriction mes pensées les plus intimes, mon corps, mon sexe ? Est-il normal de vouloir se protéger ?

– Pourquoi dois-je me livrer de la sorte ?

– Il faut leur faire confiance.

Frédéric semble serein sur le sujet.

– Leur fais-tu confiance au point de vouloir tout dévoiler ? Oui ? Alors, c'est qui ton premier amour ? Ah oui, Muriel, c'est ça ? Mmm Mmm. Mais avant elle, as-tu eu d'autres petites amies ? Brigitte ? Ah non, Marianne. Tiens, tu ne m'as jamais parlé d'elle.

Sourcils froncés, le stylo à la main, je suis passée subrepticement du côté de l'examinateur.

– À quel âge, ta première masturbation ?

Mon cher et tendre perd contenance, rougit et marmonne. Sa gêne est manifeste.

– Ah non, excuse-moi, je me suis emballée : ce n'est pas marqué mais j'avais envie de savoir.

Un regard noir de Frédéric avant qu'une subite prise de conscience ne le fasse sortir du rôle de l'arroseur arrosé.

– Bon, Lolo, on reprend si tu veux bien. Passons au chapitre suivant. Il y a une question sur nos relations avec autrui, voisins, amis. Et une aussi sur notre situation financière passée et actuelle. Avons-nous des prêts en cours ? Non, attends, j'en ai loupé une. Es-tu sujette à une constipation chronique ?

Mieux qu'un scanner. Non, pire qu'un scanner. Ma sérénité de façade progressivement se lézarde. Quelle « spécialiste » est-elle pour que je me livre ainsi ? Jamais aucun des praticiens rencontrés ne m'a soumise à un tel tir croisé de questions. Le recoupement de toutes mes réponses lui donnera la possibilité de me connaître mieux que quiconque. J'ai brusquement reculé ma chaise et croisé les bras.

– C'est tout, j'arrête. Je ne veux plus répondre.

– Lolo, attends. Il ne nous reste plus que quelques questions...

Est-ce de l'exaspération qui se forme au creux de mon ventre ? Mais contre qui ? Ne serait-ce pas plutôt de la peur ? Celle que peut ressentir un animal acculé ?

– Allons, relativise. Cette formalité peut te paraître indiscrète mais c'est pour ton bien.

Son ton est convaincant. Ne pas avoir peur. Avoir confiance en elle. En lui. Les laisser amadouer mon enfant intérieur dont les yeux semblent m'implorer. S'il te plaît, je ne veux pas. Si, obéis sans discuter. Parce que tu es faible et qu'ils sont les plus forts. Parce que cela a toujours été.

Un sursaut. N'ai-je rien retenu ? Protéger la petite Laurence. Refuser. Sortir de cette torpeur qui me pousse à me plier au désir des autres. Peur de décevoir. Peur de ne pas être aimée. Peur de dire non. Un souvenir pas si lointain. Nos jeux de simulation entre Frédéric et moi : « Tu aimes Papa ? » Je n'avais jamais réussi à affronter la concupiscence de mon père, même en rêve. Je découvre subitement le pouvoir du non affirmé haut et fort.

Que mon père vienne et je lui cracherai mon insoumission.

Fous le camp. Dégage, salopard.

J'interromps Frédéric brutalement.

– Non, c'est fini. Je ne céderai pas. Pourquoi faut-il que je me déshabille de la sorte ?

– Allons, tu dramatises, Lolo. La forme n'est peut-être pas bonne, mais le fond...

Pourquoi ne m'entend-il pas ? Ma voix est montée dans les aigus.

– Il n'y a pas de fond qui tienne si la forme est absente.

Sans que je ne puisse les retenir, mes larmes ont jailli en gros sanglots. La vague est devenue tsunami, submergeant mon sang-froid et mon obéissance aveugle. J'ai soudain hurlé.

– C'est du viol.

Rage destructrice. Mes mains se crispent. Envie de frapper, de déchirer, de casser. Consterné, Frédéric assiste à mon naufrage.

– Lolo, tu as raison. Laissons tomber.

Mais le mal est fait. Mon regard se durcit subitement. Ma fureur se détourne pour s'abattre tout près, là, sur mon mari dont les yeux clairs me supplient de croire en son amour. Trop tard, ma bouche éructe ma rage, reflet de mon âme en détresse.

– Je te déteste.

À qui ai-je destiné ces mots ? À mon père ? À ma mère ? À tous ceux qui n'ont fait de moi qu'une bouchée et contre qui je n'ai jamais élevé la voix ? À moins que la phrase ne me soit destinée, à moi qui n'ai jamais su dire non ? Alertés par mes éclats de voix, les enfants ont fait irruption dans la pièce où nous étions.

– Qu'est-ce qu'elle a Maman ?

Vite, essuyer mes pleurs. Feindre la sérénité. Comme je l'ai toujours fait.

– Rien, les enfants, ne vous inquiétez pas. C'est Papa et Maman qui discutent. On n'est pas d'accord sur un sujet et cela me rend triste.

Sitôt les enfants partis, je me lève. J'étouffe. Il faut que je quitte la pièce, que je mette le plus de distance entre Frédéric et moi. Sa présence m'insupporte. Pas de pitié pour son visage blême et désespéré qui tente de rencontrer mon regard et de se faire pardonner. Mais de quoi ? D'avoir voulu me secourir ? De n'avoir pas su me protéger ? Que faire ?

Fuir. Dans l'action. Dans le sport. Me fatiguer le corps pour distraire l'esprit. Je suis montée quatre à quatre jusqu'à la petite pièce et me suis jetée sur l'elliptique. De la musique à plein volume pour couvrir mon désespoir. Courir pour dissoudre la colère. Tel le promeneur qui perce la chrysalide et croit aider le papillon à se libérer, Frédéric m'avait poussée dans mes retranchements. Geste guidé par l'amour mais qui aurait pu être fatal à ma métamorphose et mon envol. Je ne devais pas lui en vouloir. Je ne pouvais pas lui en vouloir, lui mon Orphée qui m'avait cherchée jusque dans les enfers. Mais la décision de vivre m'appartenait comme celle de mourir. Son amour, si fort qu'il soit, ne devait pas me priver de ma liberté de choisir.

Et je renaîtrai de mes cendres...

Je suis en rémission. Libération de mon esprit. Libération de mon corps. Stupeur et joie. Le dernier scanner confirme la régression de l'ensemble des tumeurs. J'ai bataillé pour arrêter les dernières cures de chimiothérapie. Je n'aurai pas de traitement en hormonothérapie pour prendre le relais de presque trente séances qui ont martyrisé mon corps. Je reverrai l'oncologue dans trois mois. Le docteur Delmas m'a accompagnée jusqu'à la porte de son cabinet avec le sourire.

– Vous revenez de loin, madame Finet.

J'envisage avec effroi mon retour parmi les vivants. Impression d'être une acrobate sans filet qui s'élance dans le vide. Avec des doutes. Comment reprendre le cours de ma vie là où je l'ai laissée voilà près de deux ans ? Je ne suis plus la même. J'ai rendez-vous avec Patrick aujourd'hui. Lui annoncer la bonne nouvelle et puis surtout discuter de la personne que je suis devenue et de celle que je ne veux plus être.

– J'ai peur, Patrick.

– Ah bon !

– Oui, je vais devoir retrouver mon travail, le stress, m'efforcer de m'intéresser à des choses dont je n'arrive plus à voir l'intérêt. Comme si j'étais une boule qui devait entrer dorénavant dans un cube. Il y a trop de choses qui sont passées pour que je reste inchangée. Et pourtant, il le faut.

– Comment en es-tu si sûre ?

– Parce que c'est comme cela. Parce que je dois assurer ma part dans cette société. Il serait présomptueux de vouloir prétendre à d'autres horizons.

– Ah bon ? Sais-tu que j'aime me promener dans les cimetières ? Ils sont pleins de gens remplis d'ambitions qui ne se sont jamais écoutés et ont laissé dégrader leur conscience au profit de mobiles moins nobles : l'argent, la réussite, la sécurité de l'emploi. Penses-tu avoir fait tout ce chemin pour aboutir au même point qu'il y a deux ans ? Tu me décevrais beaucoup, Laurence.

Je réfléchis, esquisse une moue dubitative.

– Oublie ce pour quoi on t'a formatée. Que veux-tu faire ? Qu'est-ce qui fait palpiter ta conscience ? Qu'est-ce qui, au plus profond de toi, te fait vibrer ?

Mes yeux brillent subitement à l'écoute de cette petite voix qui s'élève alors de mon âme. Si pure et si sûre. Au-delà de toutes considérations matérielles.

– Il y a comme un irrésistible appel depuis quelque temps. Quelque chose que je ne me connaissais pas et que j'ai découvert. Quelque chose qui me permettrait de partager ce que j'ai appris.

L'œil de Patrick pétille.

– Précise ta pensée.

J'hésite puis ajoute confuse :

– J'ai découvert que j'adorais écrire.

Patrick sourit.

– Si c'est ce que tu veux réellement, réalise-le.

– Mais comment faire ? Je ne suis pas écrivain. Je ne connais personne dans le monde de l'édition. Je ne me connais pas de talent pour témoigner.

– L'intention fait tout, ne l'oublie pas. Le reste n'est que l'agitation du mental pour empêcher la conscience de s'exprimer.

Je souris à mon tour, subitement convaincue de la justesse de mon désir. Peu à peu l'idée fait jour dans mon esprit. Je m'attelle, vibrante, à une tâche dont la difficulté soudain s'estompe. Ô joie de témoigner, plaisir d'écrire et de revivre tant d'émotions au travers de mon Moi qui s'exprime, comme touché par la grâce.

Petit enfant intérieur, je te le promets, tel le phénix je renaîtrai de mes cendres.

Avertissement au lecteur

Laurence Finet est décédée en janvier 2015, à quarante-sept ans. Elle a achevé le manuscrit de ce livre deux mois avant sa mort et l'a légué à son mari Frédéric et à ses enfants.

Table des matières

Mise en page : Le vent se lève...

Achevé d'imprimer par Corlet, imprimeur, S.A.
14110 Condé-sur-Noireau
N° d'éditeur : 6493 – N° fab. : 6718 – N° d'imprimeur : 178342
Dépôt légal : janvier 2016

Imprimé en France